NOT YOUR KING

BAD HERO ROMANCE

DESIRE & DECEPTION
BUCH EINS

ALICIA GREY

NIO BLACK

Eine explizite Triggerliste findest du
im Buch auf der letzten Seite

ALICIA GREY   NIO BLACK

NOT YOUR KING

Black Edition

J K♥

Black Edition by Versum Verlagsgruppe GmbH

Not your King
1. Auflage

Copyright © 2024 by Versum Verlagsgruppe GmbH, Karlsplatz 3
80335 München
Text © 2024: Alicia Grey & Nio Black

Coverdesign: Ria Raven
Umschlaggestaltung: Ria Raven
Korrektorat: Lisa Kanigowski
Lektorat: Marie Deutscher
Satz: Christelle Zaurrini
Bildmaterial: Shutterstock, Midjourney
Druck und Verarbeitung:
Druckerei CPI Books GmbH, Leck
Printed in EU

ISBN 978-3-98942-636-8

Weitere Informationen unter:
www.black-ed.de
TikTok: black.edition.verlag
Instagram: black.edition.verlag

Hat dir keiner gesagt, dass du dich von den Bösen fernhalten sollst?

Lauf, solange du kannst, denn wenn ich dich erst einmal in meine Welt hineingezogen habe, wird dich die Dunkelheit verschlingen.

Fuck. Ich sehe schon, du willst diese Welt. Das Verruchte und Gefährliche. Herzklopfen, bis es dir fast aus der Brust springt und dein gesamter Körper kribbelt.

Du willst dich fallen lassen, mit geschlossenen Augen, ohne zu wissen, ob ich dich auffange oder du dem Erdboden entgegen rast.

Ohne Sicherungsseil.

Ohne letzte Rettung.

Nervenkitzel ist dein heimlicher Freund?

Dann bist du bei mir richtig. Ich bin kein Held, kein Märchenprinz, ich bin derjenige, der dich in die Schatten zieht und dir all deine geheimen Fantasien ins Ohr flüstert. Vielleicht werden wir sie zusammen wahr werden lassen, vielleicht werfe ich dich auch den Monstern zum Fraß vor.

Finde es selbst heraus, wenn du dich traust!

Reese

KAPITEL I
AVA

Mit nur wenig Motivation rühre ich in meiner Schüssel und lausche den Gesprächen am Tisch, während sich die Haferflocken immer mehr in einen schleimigen Brei verwandeln. Es ist paradox, dass die Queens, obwohl sie haufenweise Kohle auf ihrem Bankkonto stapeln, das Frühstück der Armen essen.

Ich bekomme davon keinen Bissen herunter, ohne an meine Kindheit zu denken. Also schiebe ich die Schüssel zur Seite und lehne mich auf meinem gepolsterten Stuhl zurück. Meine fehlende Bereitschaft, am Frühstück teilzunehmen, bleibt nicht lange unbemerkt, denn Lucy wirft mir einen fragenden Blick zu, woraufhin ich ihr lächelnd auf ihre unausgesprochene Frage antworte. »Ich habe heute keinen großen Hunger.«

Meine Adoptivmutter rutscht mit ihrem Stuhl so weit zurück, dass sie die Serviette von ihrem Schoß ziehen kann. Keine Ahnung, wie sehr Haferbrei ihre Hose ruinieren könnte, aber vermutlich kostet ihre Yogahose mehr, als ich es mir auch nur vorstellen könnte.

»Kein Wunder, mein Liebling.« Sie beugt sich quer über den Tisch, um meine Hand zu nehmen und fest zuzudrücken. Ihre Haut ist so warm und weich, wie die eines Neugeborenen, weil sie noch keinen Tag in ihrem Leben körperliche Arbeit verrichten musste. Obwohl sie eine derart zierliche Person ist, hat sie einen mächtig kräftigen Händedruck. Ihre frisch manikürten Nägel glänzen in einem sommerlichen Babyblau, das perfekt zu ihrem Outfit passt. »Heute ist dein großer Tag!« Sie sieht über die Schulter zu Dan, der offenbar keine Angst hat, seinen schicken Anzug zu versauen. »Wir sind unfassbar stolz auf dich, nicht wahr, Schatz?«

Dan nickt heftig und grinst mich breit an. Dass er ein Chia-Korn zwischen den Zähnen hängen hat, sagt ihm keiner. »Sehr stolz! Du bist unsere kleine Gewinnerin!«

Am liebsten würde ich ihm sagen, dass ich das nicht bin und auch nicht hören will, stattdessen lächle ich.

»Ich kann auch gehen, wenn ihr wollt? Ich bin ja offensichtlich nur ein Störfaktor hier am Tisch oder in dieser Familie«, mischt sich da plötzlich Sydney ein und erntet von mir für ihre dramatische Einlage ein dankendes Lächeln. Syd ist die leibliche Tochter der Queens und meine beste Freundin. Auch wenn sie das nicht gerne zugibt, denn laut ihrer Definition können Adoptivgeschwister keine besten Freunde sein.

»Ach Sydney!« Lucy legt die Stirn enttäuscht in Falten. »Deine Schwester hat heute ihren ersten Tag bei einer anerkannten Psychologin! Das sollten wir feiern. Ich finde, du könntest sie genauso unterstützen wie wir.«

»Als Praktikantin«, ergänzt Syd spöttisch. »Das kann jeder dahergelaufene Streuner.«

Sydney und Lucy sind sich in manchen Dingen so ähnlich und in anderen die absoluten Gegenteile. Beide sehen aus wie wahr gewordene Porzellanpuppen. Mit ihrer hellen Haut, den großen dunklen Knopfaugen und dem rabenschwarzen Haar. Schon äußerlich kann jeder erkennen, dass ich mit meiner dunkleren Haut und den blonden Haaren nicht dazu passe. Doch während Lucy die Seele eines Engels und die Stimme einer Fee hat, tut Sydney alles dafür, eher einem kleinen Teufelchen zu gleichen. Ich vermute, dass sie als Kind zu oft Chucky die Mörderpuppe gesehen hat und sich mit ihr identifizieren kann.

Lucy zieht scharf die Luft ein und versucht unauffällig in meine Richtung zu schielen. Da ich es bemerkt habe, ist es ihr nicht gerade gut gelungen. Dan und Lucy sind toll! Wirklich! Nur behandeln sie mich seit Jahren mit Samthandschuhen. Als wäre ich ein rohes Ei, dessen Schale schon die ersten Risse aufweist. Was sicherlich auch stimmt, aber daran kann niemand etwas ändern und meine größte Angst ist es, dass ich niemals wieder, wie ein normaler Mensch behandelt werde.

Ihre größte Sorge ist sicherlich, dass ich endgültig zerbreche und sich mein Inneres über dem weißen Perserteppich verteilt. Zugegeben, keine besonders schöne Vorstellung.

Seit dem Tod meiner Eltern vor dreizehn Jahren lebe ich hier und vor zehn Jahren haben sie mich schließlich adoptiert. Ich bin also offiziell eine Queen, obwohl ich mich mit diesem Glamour nicht identifizieren kann. Vielleicht hat es mich deshalb auch nie gestört, dass Sydney manchmal so eine Bitch ist. Sie ist kein wirklich fieser Mensch, aber seit ich in der Familie bin, fühlt sie sich offenbar benachteiligt. Um ehrlich zu sein, ergänzen wir uns ganz gut, wenn ihre Eltern nicht dabei sind. Sie behandelt mich wie einen echten Menschen und kein Wrack, während ich ihr die Anerkennung gebe, die sie verdient hat.

Von wegen, Schwestern können keine besten Freunde sein!

»Sydney, es reicht! Du bist zwanzig Jahre alt, benimm dich endlich entsprechend!« Dan stellt sich abrupt auf und schlägt mit der Faust auf den Tisch. Allerdings war er noch nie die dominanteste, geschweige denn furchteinflößendste Person, weshalb Sydney lediglich die Augen verdreht, sich mit ihrer Serviette den Mund abtupft und diese schließlich in ihre noch volle Schüssel fallen lässt. Ihr Stuhl schleift in der Stille, als sie ihn nach hinten schiebt.

»Mir ist auch der Appetit vergangen, aber da ich keinen großen Tag vor mir habe, habe ich vermutlich keine Standpauke zu erwarten.« Mit diesen Worten verschwindet sie aus dem Esszimmer und hinterlässt eine noch unerträglichere Stille. Wenn sie da ist, fühle ich mich nicht ganz so wie ein Eindringling in diesem Haus. Obwohl sie mich oft als Grund für ihre Wutausbrüche benutzt, nehme ich es ihr nicht übel. Immerhin sieht sie, dass ich eigentlich nicht hierhergehöre und man mich wie einen Fremdkörper in diese Familie gepflanzt hat. Es ist eine normale Reaktion, dass sie mich abstoßen will, doch ihre Eltern machen es mir nur unerträglicher, indem sie so überfreundlich zu mir sind. Damit beweisen sie mir, dass ich nicht wirklich dazugehöre und es sich für sie genauso falsch anfühlt wie für alle anderen.

»Ich ...« Ich stehe auf. Mein Stuhl gibt dabei keinen Laut von sich. »Ich muss jetzt los.«

Das Praktikum bei Dr. Baker habe ich nur durch Beziehungen bekommen, die Dan hat spielen lassen. Dass ich mit dreiundzwanzig noch immer nicht meinen Platz in der Welt gefunden habe, während Syd bereits mitten im Leben steht und ihr Modedesign-Studium mit Bravour meistert, setzt mich jeden Tag unter Druck. Ich weiß, dass ich so lange bei Lucy und Dan wohnen darf, wie ich will, schließlich ist das Haus groß genug, aber manchmal fühle ich mich wie eine Schmarotzerin.

Es dauert nicht lange, bis ich an meinem neuen Arbeitsplatz angekommen bin. Auch, wenn es für meinen Geschmack ruhig weiter weg sein könnte, denn in diesen wenigen Minuten allein im Auto konnte ich freier atmen.

Ich habe die Musik laut aufgedreht, mitgesungen und mir keine Gedanken darüber gemacht, ob mein Musikgeschmack jemandem gegen den Strich gehen könnte. Die Praxis macht nicht den Anschein, als brauche Dr. Baker das Geld. So ein Haus kann man sich nicht leisten, wenn man in normalen Verhältnissen aufgewachsen ist. Vielleicht gefällt ihr der Job ja wirklich. Oder sie tut es nur, um die Langeweile in ihrem Leben zu vertreiben. So, wie meine Adoptiveltern nicht arbeiten gehen müssten. Beide stammen aus reichen Familien ab und haben dermaßen viel Geld geerbt, dass es fast schon lächerlich ist. Dennoch hat Lucy ihr eigenes Yogastudio eröffnet und Dan hat einen hohen Posten in einer Bank inne.

Ich betätige die Klingel am Eingang und beinahe zeitgleich ertönt ein Surren. Ich lehne mich gegen die schwere Tür und versuche mir ein erstes Bild vom Eingangsbereich zu machen. Hohe weiße Wände. Hier und da hängt ein Gemälde oder anderer schlichter, aber eleganter Wandbehang. Alles wirkt wie aus dem Katalog, aber vermutlich ist das in einer Praxis auch das Beste.

Wer will schon Patienten behandeln, wenn persönliche

Gegenstände den Raum schmücken? Man weiß ja nie, mit was für Menschen man es zu tun hat. Ein Duft von frischer Zitrone liegt in der Luft, aber nicht so penetrant, dass es an einen Badreiniger erinnert. Viel eher, als hätte gerade jemand ein erfrischendes Getränk zubereitet.

Während ich mich weiter umsehe, höre ich klackernde Schritte auf mich zukommen. Dr. Claudia Baker tritt mit einem zauberhaften Lächeln und dem schönsten pinkfarbenen Anzug, den ich je gesehen habe, an mich heran. Sie ist höchstens vierzig, wirkt jedoch, als hätte sie das emotionale Wissen einer Sechzigjährigen. »Ava! Wie schön, dass du da bist!« Sie schließt mich in die Arme, woraufhin ich mich sofort am ganzen Körper versteife. Das letzte und einzige Mal, dass ich sie gesehen habe, war letztes Jahr auf der Weihnachtsfeier der Queens.

»Hallo, Dr. Baker. Schön, dass ich hier sein darf. Ich habe mich schon sehr auf diese Chance gefreut.« Das meine ich ernst. Obwohl ich noch nicht wirklich weiß, was ich mit meinem Leben anfangen soll, wusste ich immer, dass ich Menschen auf die ein oder andere Art helfen will. Ich frage mich oft, ob meine Eltern noch leben würden, wenn ihnen damals jemand aus ihren Schwierigkeiten geholfen hätte. Ob es mit Geld oder einem offenen Ohr gewesen wäre. Ein Stechen in meinem Herzen erinnert mich daran, dass ich diese Gedanken nicht mehr zulassen wollte. Was vergangen ist, kann man nicht mehr ändern. Kein »Was wäre, wenn« der Welt kann es ungeschehen machen.

»Nenn mich Claudia«, sagt sie schmunzelnd. Sie berührt mich am Ellenbogen und deutet mir an, ihr zu folgen. Als wir den Eingangsbereich hinter uns lassen, breitet sich vor uns ein Raum aus, der einem Wohnzimmer nahekommt. In verschiedenen Bereichen findet man Sessel, Sofas und ganz schlicht einen Schreibtisch mit Stühlen.

»Ich will, dass meine Patienten sich wohlfühlen«, sagt Dr. Baker, die mich dabei beobachtet hat, wie ich mich umsehe. »Und für den einen soll es gemütlich sein, während ein anderer lieber die Distanz wahren möchte. Wo wäre dein liebster Platz?«

Mich überkommt der Gedanke, dass sie womöglich mich therapieren will, weshalb ich mich noch einmal umsehe und überlege, wo sich ein normaler Mensch hinsetzen würde. Das ist alles, was ich will: Normal sein. Nicht krank, nicht zerbrechlich.

»Ähm. Ich würde mich gerne dorthin setzen.« Ich deute auf eine Sitzbank im Erker.

»Interessant.« Sie lächelt freundlich, ehe sie sich zum Schreibtisch begibt. »Du behältst gerne den Überblick, nicht wahr?«

»Kann schon sein«, antworte ich zögernd und obwohl ich nicht weiß, ob ich ihr folgen soll, fühlt es sich nicht richtig an, hier untätig rumzustehen.

»Setz dich.« Sie deutet auf einen Stuhl vor dem Schreibtisch. Ob sie Gedanken lesen kann? Wäre sicher vorteilhaft als Psychologin. Ein bisschen unbehaglich ziehe ich den Stuhl zurück, setze mich darauf und beobachte Dr. Baker, wie sie eine Akte aus der Schublade zieht. »Du hast dir einen guten Tag ausgesucht, um anzufangen. Heute ist alles mit dabei.« Nachdem sie mich in Diskretion geschult hat, instruiert sie mich über die ersten Patienten und erläutert mir ihre Herangehensweise. Sie verschreibt nur im äußersten Notfall Medikamente und versucht lieber, dem Thema auf den Grund zu gehen. Manche ihrer Patienten haben tiefe Traumata.

Sie tippt auf eine Akte. »Einige der Leute reden gerne darüber, weil es ihnen hilft, wenn sie den emotionalen Ballast mit jemandem teilen können, während andere lieber drumherum drucksen und man viel Zeit in sie investieren muss.«

»Das klingt anstrengend.«

Sie nickt vorsichtig und verschränkt ihre Hände auf dem Tisch vor sich. »Es ist eine große Verantwortung. Manchmal ist es schwer, mit anzusehen, dass man nicht jedem helfen kann. Aber jeder noch so kleine Schritt ist ein Schritt in die richtige Richtung.« Sie zwinkert mir zu und widmet sich wieder dem Papier vor sich.

Wie vermutet, begleite ich Dr. Baker den Tag über bei Terminen mit Patienten mit erstklassigen Luxusproblemen. Die erste Frau wartet seit Monaten auf ihren neuen Sportwagen und ärgert sich jeden Tag darüber, dass ihre Freunde sie für eine Schwindlerin halten, solange das Auto nicht da ist. Dr. Baker versucht herauszufinden, ob ihr Wunsch nach Anerkennung woanders herrührt, während ich der Meinung bin, dass sie lediglich nicht weiß, was ernsthafte Probleme sind.

Es folgen Diskussionen mit diversen Menschen über Eheprobleme, weil der Mann zu viel arbeitet, die Frau zu viel Geld ausgibt oder zu wenige Urlaube gemacht werden. Nach etwa fünf Stunden kann ich es nicht mehr hören und mit jedem neuen Patienten sinkt meine Freude über das Praktikum weiter in den Keller. Die Hoffnung, dies könne mein Traumjob sein, verflüchtigt sich mit jeder Minute mehr.

Frustriert stochere ich mit der Gabel in meinem Salat, spieße eine Tomate auf, um sie gleich wieder runterzuschieben.

»Es ist nicht das, was du erwartet hast«, erkennt Dr. Baker, ohne mich auch nur anzusehen. Sie beißt in ihre Salamipizza und als ich hochsehe, hängt ihr ein bisschen Käse am Kinn.

»Sie sind gut, Dr. Baker«, erkenne ich schmunzelnd und stoße die Luft aus.

»Claudia«, erinnert sie mich. »Man muss kein Therapeut sein, um deine Blicke als Enttäuschung zu deuten.«

»Es liegt nicht an Ihnen«, beginne ich. Ich habe das Gefühl, Claudia nicht anlügen zu können. Oder zu müssen.

Sie lacht auf. »Willst du mit mir Schluss machen?«

Meine Mundwinkel zucken nach oben. »Nein.« Ich werde entspannter und lege schlussendlich meine Gabel zur Seite. »Nein, aber ich ...« Ich zucke die Achseln. »Ich dachte, man hilft in diesem Beruf Menschen mit echten Problemen.«

Claudia hat bemerkt, dass ihr immer noch Käse am Kinn hängt und wischt ihn mit der Serviette weg, ehe sie die Hände vor sich auf dem Tisch verschränkt. »Kein Problem ist weniger wichtig, Ava. Manchmal gibt es tiefgreifendere, manchmal sind sie oberflächlich. Aber viele Leute haben niemanden sonst, mit dem sie über ihre Gedanken und Gefühle sprechen können. Wir helfen Menschen.«

Ich senke den Blick. Sie hat recht, was dazu führt, dass ich mich für meine Worte schäme. »Okay.«

Sie greift über den Tisch und tätschelt meine Hand. »Aber ich verstehe, was du meinst.« Sie lehnt sich wieder zurück und streicht sich die Haare aus dem Gesicht. »Unsere nächsten Patienten werden wohl eher deinem Geschmack entsprechen.« Sie hebt einen Mundwinkel, sieht jedoch alles andere als glücklich aus. Weil ich nicht nachfragen will, was sie damit meint, nicke ich vorsichtig und esse auf.

Ich sitze auf einem Sessel neben Claudia, während sie die Akte auf ihren Knien durchgeht. Sie ist um einiges dicker als die vom Morgen.

Ein Klopfen an der Tür lenkt sie ab, sodass sie die Akte zuschlägt. »Kommen Sie rein!« Die Tür wird zögerlich geöffnet und eine Frau um die fünfzig tritt herein. Claudia steht auf und deutet auf das braune Sofa uns gegenüber. Sie kennt ihre Patienten und wusste bisher bei jedem, wo er sich hinsetzen wollte. Ob auch so was in den Akten steht?

»Mrs. Beyer, setzen Sie sich.« Die Aura im Raum verändert sich, als die Dame die Tür hinter sich schließt. Mit ihr erscheint eine Traurigkeit, eine Schwere, die sich sofort in mein Herz frisst. Wie bei allen Patienten zuvor, fragt Claudia die Dame nach der Erlaubnis, dass ich die Stunde begleite.

»Natürlich. Ich wünschte, meine Kinder würden sich so für einen Job ins Zeug legen.«

»Wie geht es Ihnen?«, fragt Claudia in einem derart aufrichtigen Ton, dass mir beinahe die Tränen kommen. Sie hatte recht, das hier ist anders als zuvor. Das spüre ich, ohne dass die Frau ein Wort gesagt haben muss.

Mrs. Beyer senkt den Blick. Ihre Lippe beginnt zu zittern. »Heute ist kein guter Tag.«

»Erzählen Sie mir davon.« Claudias Stimme ist sanft und zugleich gibt sie einem das Gefühl, als könne sie einen auffangen. Als wäre sie stark genug, ihre eigenen und unsere Sorgen zu tragen.

»Mein Sohn ...« Die Frau, mit den grauen, strähnigen Haaren und den dunklen Rändern unter den Augen, beginnt zu schluchzen. »Entschuldigen Sie!«

Claudia schüttelt den Kopf. »Es ist in Ordnung, zu weinen. Es ist sogar gut! Gefühle wollen gefühlt werden.«

»Er hat sich diesen Kriminellen angeschlossen. Unten am alten Zoo.« Sie beginnt zu zittern und krallt ihre mageren Finger in den blau karierten Rock. »Ich weiß nicht, was ich noch tun soll. Er wird wie seine Brüder noch im Knast landen.« Schluchzend vergräbt sie das Gesicht in den Händen. »Oder ...« Sie röchelt, versucht nach Luft zu japsen. »Oder schlimmer.«

Sie tut mir leid und obwohl ich sicher bin, dass Claudia genauso fühlen muss, bleibt sie sachlich. Meine Chefin hält ihr eine Packung Taschentücher hin. »Niemand kann gerettet werden, wenn er nicht gerettet werden will.«

»Leichter gesagt als getan«, spricht Mrs. Beyer meinen ersten Gedanken laut aus. »Er ist mein Sohn.« Sie haucht die letzten Worte und ich spüre regelrecht, wie ihr Herz dabei bricht.

»Und Sie haben alles getan, um für ihn da zu sein. Aber ist Ihr Glück nicht genauso wichtig?«

»Ja?« Dass ihre Antwort eher wie eine Frage klingt, bricht mir das Herz. Und es erinnert mich daran, dass auch ich nie an mein eigenes Glück denke. Ehrlich gesagt habe ich das Gefühl, kein Recht dazu zu haben. Immer, wenn ich mich frage, was ich mir wünsche, fühle ich mich schuldig. Allen gegenüber, die mir so viel schenken. Ein Haus, Essen, eine Familie.

Ich darf mich nicht beklagen, oder?

Die knappe Stunde vergeht wie ein Wimpernschlag und

ich bin beinahe traurig, als die Frau sich verabschiedet und uns allein zurücklässt. Doch in dem Augenblick, als die Tür ins Schloss fällt, spüre ich, wie ausgelaugt ich nach dem Gespräch bin. Obwohl ich nichts beigetragen habe, hat mir diese Situation einiges abverlangt.

»Wie geht es dir?«, fragt Claudia und reicht mir eine Flasche Wasser, die ich dankend annehme und einen großen Schluck davon nehme.

»Das war ...« Ich suche nach den richtigen Worten.

»Intensiv«, ergänzt sie.

Ich nicke. »Sie war ganz anders als die Leute heute Morgen.«

Claudia setzt sich auf den Platz mir gegenüber. »Die Hälfte meines Tages schenke ich Menschen, die mir das hier finanzieren.« Sie deutet auf den Raum, in dem wir uns befinden. »Und mir die Möglichkeit geben, den restlichen Tag Menschen zu behandeln, die sich eine Therapie nicht so einfach leisten können.«

»Sie machen das also kostenlos?«

Claudia lächelt. »Jeder gibt, was er kann. Mein nächster Patient tanzt ein wenig aus der Reihe. Mr. Davis hatte die Wahl zwischen einer Freiheitsstrafe oder einer Therapie in meiner Praxis. Er ist also nicht ganz aus freien Stücken hier.«

»Er wurde gezwungen?«

»Das Ehepaar, das er ausgeraubt hat, hat ihm die Wahl gelassen. Das hätten sie nicht tun müssen.«

Obwohl ich gerne mehr erfahren hätte, wird das Gespräch unterbrochen, indem die Tür entschlossen geöffnet wird und ein Kerl reinkommt, der meinen Puls sofort zum Rasen bringt. Sein Auftreten ist selbstbewusst und zugleich absolut gleichgültig. Das Erste, was mir auffällt, sind seine dunklen Tattoos, die sich über seine Hände und Arme bis über seinen Hals erstrecken. Er fährt sich mit der rechten Hand durch seine blonden Haare, die in seinem schmalen Gesicht hängen. Ohne eine Begrüßung setzt er sich in den Erker auf die Sitzbank, zieht ein Bein an sich heran und kramt in seiner Hosentasche nach einer Zigarettenschachtel.

»Sie dürfen hier drin immer noch nicht rauchen, Mr. Davis.«

»Wer ist das?«, fragt er mit einem Nicken in meine Richtung, während er sich eine Zigarette in den Mundwinkel schiebt.

»Miss Queen begleitet mich einige Wochen und will sich ansehen, ob der Beruf eine Option für sie ist.« Claudia setzt sich hin, lässt ihn jedoch nicht aus den Augen.

»Zuckersüß«, sagt er lachend.

»Ist es für Sie in Ordnung, dass Miss Queen die Sitzung begleitet?«

»Sie dürfte mich sogar Nach Hause begleiten.« Er fischt nach seinem Feuerzeug und will die Zigarette in seinem Mund anzünden, doch Claudia wirft ihm einen deutlichen Blick zu. Streng und doch auf einer Augenhöhe.

»Sie kennen die Regeln. Legen Sie die Zigarette weg.«

»Wenn du so nett fragst.« Er lässt sie in die Tasche zurückgleiten, behält das Feuerzeug jedoch in der Hand und lässt die Flamme immer wieder aufflackern. Er wirkt nervös, aber ich wette, ich bin nervöser!

»Wie geht es Ihnen heute?«

Es beeindruckt mich, wie vielschichtig Claudia ist. Bisher habe ich etliche Facetten an ihr gesehen. Im Augenblick ist sie interessiert, lässt sich jedoch nicht von seinem unhöflichen Auftreten beirren. Anders als ich. Ich fühle das Prickeln, das seine reine Anwesenheit in der Luft verströmt, durch meinen Körper gleiten.

Er zuckt mit den Schultern. »Willst du die Wahrheit oder eine rührselige Geschichte, damit du dich besser fühlst?«

»Immer die Wahrheit natürlich.« Claudia lehnt sich entspannt zurück, während ich mich immer weiter aufrichte. Wie ein stocksteifer Besen sitze ich auf meinem Platz.

»Langweilig.« Er grinst und wirft mir einen verstohlenen Blick zu. »Wie geht es *dir* denn heute, Prinzessin?«

Es ist nicht das erste Mal, dass mich jemand aufgrund meines Nachnamens so nennt, doch es ist das erste Mal, dass es Herzflattern bei mir auslöst. »Mir?«

»Miss Queen ist nur Zuschauerin, Reese. Bitte sprechen Sie sie nicht an.« Claudias Stimme ist härter als eben noch.

Reese.

Er hebt entschuldigend die Hände, sieht jedoch wieder zu mir und zwinkert mir zu. »Ich gelobe Besserung.«

Sofort senke ich den Blick, bin jedoch sicher, dass er genau gesehen hat, wie mein Gesicht Feuer gefangen hat. Das Geplänkel geht zwischen ihnen hin und her, doch im Großen und Ganzen erfährt Claudia in dieser Stunde nichts über Reese und das, was er preisgibt, ist vermutlich gelogen. Ich sehe ihn nicht wieder an und weiß dementsprechend auch nicht, ob er mir noch einmal Beachtung geschenkt hat. Erst, als er gegangen ist, hebe ich wieder den Blick und starre auf den Platz am Erker. Ob es etwas aussagt, dass er denselben Platz ausgewählt hat wie ich am Morgen? Wenn ja, über ihn? Oder über mich?

KAPITEL 2
AVA

Sydney hebt eine Augenbraue und starrt mich abwartend an. Sie schiebt sich den letzten Happs ihres Gebäcks in den Mund und kaut wortlos. Dass sie schweigt, kommt auch nur dann vor, wenn sie gerade isst.

»Hast du etwas gesagt?«, frage ich irritiert, weil ich seit einigen Minuten meinen Gedanken nachgehe.

Der Duft von frischem Gebäck und heißer Schokolade liegt in der Luft und hat meine Gedanken davonschweben lassen. Es kommt selten vor, dass ich nicht vollkommen im Augenblick lebe, weil es oft zu schmerzhaft ist, meinen Gedanken zu folgen. Hin und wieder führen sie mich an Erinnerungen, die ich tief hinten in meinem Gedächtnis verscharrt habe. Doch heute gibt es ein anderes Thema, dem ich nachgehe.

»Isst du das noch?« Sie deutet auf den Donut, der unberührt auf meinem Teller liegt.

Samstags ist unser Brunch-Hopping-Tag und da ich im letzten Lokal gleich zwei Avocado-Toasts gegessen und den größten Kakao meines Lebens getrunken habe, schüttele ich mit dem Kopf und reiche ihr den mit rosa Zuckerguss überzogenen Donut. Syd liebt es zu essen und sie liebt ihre Kurven, weshalb sie nichts davon abhält, auch diesen hier genüsslich zu verspeisen. »Alles klar bei dir? Du siehst aus, als hättest du erfahren, dass meine Eltern dich doch noch zurückgeben. Ich glaube nicht, dass das so funktioniert. Wer will auch schon eine Dreiundzwanzigjährige adoptieren?« Sie reißt die Augen auf, als sie in das Gebäck beißt. »Mh! Boah, ist der lecker! Sicher, dass du den nicht noch willst?«

Ich ignoriere ihre Sticheleien, weil ich weiß, dass sie es nicht so meint. Würde ich darauf eingehen, bestünde die Gefahr, dass sie schnippisch wird. »Ich denke an einen Typen, der gestern bei Dr. Baker war.«

Sydney leckt sich den Zucker von den rot geschminkten Lippen und wischt sich ihre Hände an der Serviette ab. »Du denkst an 'nen Typen? Ich dachte immer, du stehst auf Frauen.«

»Wieso das?«, frage ich lachend.

Sie zuckt mit den Schultern. »Für mich wäre das voll okay, wenn's so wäre, Ava. Es würde so einiges erklären, jedenfalls.«

Ich schüttle den Kopf. »Ich stehe nicht auf Frauen, aber ich denke auch nicht in dieser Weise an den Typen.«

»Aha.« Sie isst weiter, lässt mich jedoch nicht aus den Augen. Obwohl ich Sydney als meine beste Freundin betrachte, haben wir tatsächlich noch nie über irgendwelche Liebesthemen gesprochen. Ich weiß nicht einmal, ob sie gerade in einer Beziehung ist oder nicht. Nur, dass sie auf Typen steht, die ich nicht mit nach Hause bringen würde. Vielleicht tut sie es genau deshalb. Sydney ist sprunghaft, was das angeht. Ist der Kerl zu perfekt oder zu nett, langweilt sie sich schnell. Ist er im Gegenteil dazu jedoch zu gleichgültig, fühlt sie sich nicht wertgeschätzt und macht Schluss. Vielleicht habe ich ihr noch nie von meiner Vorstellung eines Traumpartners erzählt, weil ich in meinem Leben selbst noch nie Interesse an einer anderen Person hatte und keine Ahnung habe, wie diese Traumvorstellung aussehen könnte. Egal, welchen Geschlechts. Es fällt mir schwer, mich Menschen zu öffnen und ihnen mein wahres Ich zu zeigen. Offenbar war dieses Ich als Kind so abstoßend, dass nicht einmal meine leiblichen Eltern es lieben konnten.

»Er ist anders, weißt du?«

»Inwiefern anders?« Sydney winkt die Kellnerin zu uns und bestellt noch zwei Latte macchiatos mit Hafermilch zum Mitnehmen. Ich denke über ihre Frage nach, auf die ich mir schon vorher hätte eine Antwort einfallen lassen sollen. Anders. Was ist anders für eine Beschreibung? Anders witzig? Anders schräg?

»Er scheint sich nicht verstellen zu müssen. Als wäre ihm egal, wie die Menschen ihn sehen und was sie von ihm denken.«

»Wow.« Sie bezahlt die Rechnung mitsamt üppigem Trinkgeld und stülpt sich ihren beigefarbenen Mantel über, während ich in meine Jeansjacke schlüpfe. Wir nehmen unsere Getränke, winken den Mitarbeitern hinter der Theke zu und verlassen den Laden. »Das ist traurig.«

»Traurig?«

Sydney bleibt stehen, sodass ich beinahe in sie reinlaufe. Sie stemmt eine Hand in ihre runde Hüfte und starrt mich an. Wütend ... oder genervt? »Mensch, Ava! Dass du denkst, es wäre wichtig, was die Leute denken. Ist doch vollkommen egal, was andere von dir halten! Du bist ein liebes Mädchen. Hübsch, zuvorkommend, freundlich!«

Ich runzle die Stirn und schirme die Augen vor der Sonne ab, um Syd besser sehen zu können. »Wieso klingt das wie eine Beleidigung?« Stöhnend dreht sie sich wieder um und marschiert davon, sodass ich ihr hinterherlaufen muss. Sie ist erstaunlich fix, mit einem offenen Kaffeebecher und ihren Designerboots. Für Oktober ist es recht kalt und ich ziehe meine Jacke enger um meinen Körper. Letztes Jahr um diese Zeit hat die gesamte Familie einen Urlaub in Saint Tropez gemacht. Es war schon fast unangenehm mitzufahren. Bis auf mich war da kein Mensch, der auch nur einen Tag lang in seinem Leben nichts zu essen hatte. Obwohl vor allem der Strand traumhaft war, war ich dankbar, wieder hier zu sein.

»Weil niemand so vollkommen sein sollte! Es ist echt nicht cool, dein Leben lang jedem etwas vorzuspielen.« Wir steuern ein Café an, in dem es das beste vegane Eis der Stadt gibt. »Außerdem glaube ich dir nicht, dass das der einzige Grund ist, wieso deine Gedanken um ihn schwirren. Schließlich bin ich laut dieser Definition auch anders und an mich scheinst du nicht so intensiv zu denken.« Ich beiße mir auf die Unterlippe, was Antwort genug ist.

Sydney grinst mich an, was ehrlich gesagt selten vorkommt. Vielleicht sollte sie Dr. Baker ebenfalls mal einen Besuch abstatten. Sie legt mir ihren freien Arm um die Schulter und zieht mich an sich. Sydney ist die einzige Person, bei der ich mich nicht sofort verkrampfe, wenn sie mich berührt. »Ich habe so lange auf diesen Moment gewartet, dass wir endlich über Jungs tratschen können.« Sie nimmt einen Schluck von ihrer Latte. »Oder Mädels.«

»Ich steh auf Jungs«, wiederhole ich, was sich in meinen Ohren jedoch so anhört, als wäre ich eine Zwölfjährige, die zum ersten Mal in einen Jungen verliebt ist. Fehlt nur noch, dass ich kleine Zettelchen schreibe mit: *Ich mag dich, magst du mich auch? Ja, Nein, Vielleicht?* Bei der Vorstellung, wie Reese auf so einen Zettel reagieren könnte, zucken meine Mundwinkel. Dabei mag ich den Kerl nicht einmal, schließlich kenne ich ihn nicht. Es wäre doch echt verrückt, wenn ich mich ausgerechnet in einen Typen verlieben würde, den ich in einer Therapie kennengelernt habe. Noch mehr ungelöste Probleme brauch ich weiß Gott nicht in meinem Leben.

»Wenn wir schon mal dabei sind: Hattest du schon einmal Sex?« Ihre Augenbrauen hüpfen verspielt.

»Syd!« Ich spüre, wie ich puterrot anlaufe.

»Was denn?« Sie verdreht die Augen, wirft ihren leeren Becher in eine Mülltonne vor der Eisdiele und hebt beschwichtigend die Arme. »Nur ne Frage! Ich muss doch wissen, ob ich dich auf die Welt dort draußen noch vorbereiten muss.« Es gefällt mir nicht, dass sie dabei so schelmisch grinst. Ich bin mir ziemlich sicher, dass sie mir noch den ein oder anderen Trick verraten könnte, aber so weit sind wir in diesem Gebiet noch nicht. Bis vor wenigen Sekunden wusste sie nicht einmal, ob ich hetero bin. Vielleicht sollten wir uns in kleinen Babyschritten zu den großen Sex-Tipps vortasten. »Also?«

»Ich bin keine Jungfrau mehr, Syd. Das muss wirklich reichen fürs Erste.« In diesem Augenblick bin ich erleichtert, dass ich nicht so schnell trinke wie sie und mich noch einen Moment hinter meinem Becher verstecken kann.

Kreischend hüpft sie auf der Stelle. »Wer war es? Bobby? Liam?« Sie schüttelt den Kopf. »Nein, nein! Es war Jeff, oder?«

Seufzend lasse ich meine Hand sinken. »Es war nicht Jeff.« Scheiße, wieso mussten wir jetzt über dieses Thema sprechen? Ich bin es beinahe sechs Jahre gekonnt umgangen und jetzt fragt sie mich hier auf offener Straße danach? »Du erinnerst dich, als wir vor sechs Jahren im Zeltlager waren.«

Sydney beginnt lauthals zu lachen. »Antoine!«

Ich seufze wortlos. Ich wünschte, ich könnte sie korrigieren oder ihr den Mund stopfen. Sofort bereue ich, dass ich ihr davon erzählt habe. Ich hätte behaupten sollen, ich wäre noch Jungfrau. Oder von irgendeinem anderen Kerl erzählen sollen. Wieso muss ich ausgerechnet Antoine hervorkramen? Sie lacht nur lauter, stützt sich auf ihre Oberschenkel und beginnt nach Luft zu japsen.

»Übertreib es nicht«, murmle ich. Als wäre mir die Geschichte nicht schon peinlich genug. Antoine, mit dem französischen Akzent, der von Tag eins an um mich herumscharwenzelt ist, wie Winnie Pooh um seinen Honigtopf. Der mir Blumen gepflückt und sie vor das Zelt meiner Gruppe gelegt hat, zusammen mit echt verstörenden Nachrichten. Der mich beim Duschen beobachtet und dann so getan hat, als hätte er sich verlaufen. Allein der Gedanke, wie unheimlich er war, lässt mich frösteln. Ich habe echt keine Ahnung, wie es dazu kam, aber an unserem letzten Abend bin ich spazieren gegangen, weil ich allein sein wollte. Natürlich hat Antoine das bemerkt und sich ganz zufällig ebenfalls auf den Weg gemacht.

»Wieso denn Antoine?« Sydney hat sich endlich von ihrem Lachflash erholt.

»Die Sterne«, sage ich entschuldigend, als wäre es eine ausreichende Antwort.

»Klar.« Sie grinst so breit, dass ich all ihre Zähne erkennen kann. Schöne weiße Zähne.

»Und er hatte mich einfach in einem sentimentalen Moment erwischt«, ergänze ich.

»War es wenigstens gut und so, wie du es dir vorgestellt hast?«

Ich zucke die Schultern. »Es war okay.« Dass er am Ende geweint und mir gestanden hat, dass er gar nicht Antoine, sondern Antony heißt und in unserer Beziehung nicht für immer einen französischen Akzent vortäuschen kann, erwähne ich nicht. Gut für Antony oder Antoine, dass diese Beziehung noch ganze zwei Minuten gehalten hat, bis wir wieder am Zeltplatz angekommen sind.

»Du hast mir echt meinen Tag gerettet, Ava.« Syd öffnet die Tür zum Eisladen und winkt mich rein. Ich hoffe einfach, dass sich dieses Thema somit ein für alle Mal erledigt hat.

Die nächsten Tage vergehen nur schleichend, weil ich insgeheim auf Freitag gewartet habe und jetzt sitze ich hier beim Mittagsessen und bekomme keinen Bissen herunter. Ich habe Claudia nicht gefragt, ob Reese heute wieder eine Sitzung hat, aber in Wahrheit gab es nichts anderes, woran ich den ganzen Vormittag denken konnte. Vor allem das Gespräch mit Sydney hat mir zu denken gegeben. Sie hat recht damit, dass sie genauso rebellisch ist wie er. Ihr ist egal, was andere Leute von ihr denken und obwohl ich das schon immer an ihr bewundert habe, hatte ich nie diesen Drang, es ihr nachzumachen.

Anders als bei Reese, der diesen Wunsch schon nach einer Stunde in mir geweckt hat. Natürlich habe ich nicht vor, in das nächstbeste Tattoo Studio zu gehen und mich vollstechen zu lassen oder mich einer Gang anzuschließen, aber vielleicht kann ich mir von ihm ja eine Scheibe abschneiden.

»Du solltest etwas essen.« Claudia deutet auf mein Sandwich, von dem ich nach und nach die Kruste abgeknibbelt habe und das jetzt aussieht wie ein gerupftes Huhn. Schnell kehre ich mit den Händen die Krümel vom Tisch auf und werfe sie in den winzigen Mülleimer unter dem Tisch.

»Ich habe keinen Hunger.« Claudia begutachtet mich. Ob es an ihrem Job oder ihrem Blick liegt, weiß ich nicht, aber wenn sie ihre ganze Aufmerksamkeit auf mich richtet, befürchte ich jedes Mal, dass sie all die dunklen Geheimnisse aus mir rauskitzelt. Auch die, die ich vor mir selbst verborgen halte. Also beende ich den Augenkontakt und beiße in mein Sandwich. Sie wartet so lange, bis ich aufgegessen habe, ehe wir zusammen in ihr Büro gehen. Wie selbstverständlich setze ich mich in den Erker am Fenster und greife nach meinem Notizbuch. Seit ich hier arbeite, habe ich angefangen zu zeichnen. Eigentlich sind es eher Kritzeleien, Gefühle, die ich versuche, auf Papier zu bekommen. Meistens von mir, aber hin und wieder auch von Patienten.

Als sich die Tür ohne Vorwarnung öffnet, weiß ich, dass er es ist. Alle anderen Besucher klopfen vorher oder kündigen sich auf irgendeine andere Art an. Reese nicht. Er ist die Hauptrolle dieses Stücks und denkt, dass jeder nur auf ihn wartet. Was in meinem Fall tatsächlich zutrifft.

Er kommt auf mich zu und erst, als er neben mir stehen bleibt, erinnere ich mich, dass er letztes Mal hier saß. Ich schrecke auf und setze mich auf einen der freien Sessel. Heute trägt er eine Lederjacke, welche die Tattoos an seinen Armen bedeckt. Sofort fallen mir die rot geprellten Fingerknöchel auf und ich frage mich, ob er sich geprügelt oder gegen eine Wand geschlagen hat. »Falls du nach einem Ehering suchst, kann ich dich beruhigen, Prinzessin.« Ertappt wende ich den Blick ab.

»Ihre Hand sieht nicht gut aus.« Claudia schlägt das rechte Bein über das andere und platziert ihr Notizbuch darauf. Ihr langer Faltenrock hebt sich nur so viel vom Boden ab, dass man ihre schwarzen Pumps sehen kann.

Reese lässt sich ruckartig auf seinem Stammplatz nieder. »Du solltest den anderen sehen.«

»Will ich das?« Ihre Stimme klingt neutral, während ich am liebsten jedes Detail wissen wollen würde.

Reese zuckt mit den Schultern und wirft einen Blick hinaus ins Freie. »Vermutlich nicht.«

»Erzählen Sie mir davon.«

Er antwortet nicht sofort, doch als Reese wieder in unsere Richtung sieht, habe ich das Gefühl, dass sein ganzer Kiefer angespannt ist. »Der Kerl wollte etwas haben, was ihm nicht gehört.«

»Und das ist nicht okay.«

Er stößt ein Lachen aus. »In manchen Ländern wird einem die Hand abgeschlagen, mit der man gestohlen hat.« Reese' Zunge streicht über seine Lippen. »Er kann sich also glücklich schätzen, dass er noch beide Hände hat.«

»Interessant«, sagt Claudia und notiert etwas. »Sie stehlen ohne Gewissensbisse, aber selbst darf man Ihrem Hab und Gut nicht zu nah kommen? Woran könnte das liegen?«

Er richtet sich auf, geht offenbar in Kampfhaltung und starrt Claudia mit einem Blick in die Augen, der mir das Blut in den Adern gefrieren lässt. »Das ist etwas anderes.«

»Inwiefern?«

»Ich habe das Recht dazu.« Seine Stimme ist düster geworden, noch markerschütternder als sie es ohnehin schon war.

Claudia lehnt sich vor. Sie wirkt, als wäre sie kurz davor,

ein Geheimnis zu lüften. »Was gibt Ihnen dieses Recht, Mr. Davis? Sie selbst? Ihre Vergangenheit? Die Welt?«

»Jemand wie du wird das nie verstehen«, brummt er.

»Versuchen Sie, es mir zu erklären.«

»Auge um Auge.« Er schweigt kurz. »Wenn dir etwas von großem Wert genommen wurde, dann ... hast du das Recht, dir zu nehmen, was du willst. Aber das kapieren manche Menschen nicht.« Sein Blick zuckt in meine Richtung und durchbohrt mich. Er durchschaut mich. Ein Zittern geht durch meinen Körper, als er fragt: »Du schon, nicht wahr?«

Ich schnappe nach Luft, spüre, wie der gesamte Sauerstoff aus meinen Lungenflügeln fließt. Sein Blick lässt mich erzittern. Hat er mich gesehen? Mein wahres Ich? Kann Dunkelheit Dunkelheit erkennen? »I – Ich ...«

»Es reicht, Reese! Sehen Sie mich an, nicht Ava!« Er löst den Blick von mir, doch die Spuren bleiben noch lange danach auf mir haften.

»Vergeltung ist nicht der richtige Weg. Vergebung ist der Schlüssel.«

Er lacht und steht kopfschüttelnd auf. »So etwas können nur Menschen sagen, die nichts zu vergelten haben.« Mit diesen Worten macht er sich auf den Weg zur Tür.

»Die Stunde ist noch nicht vorbei!«

»Für mich schon.« Er zieht die Tür mit so einer Wucht hinter sich ins Schloss, dass der Boden vibriert. Genau wie mein verräterisches Herz.

KAPITEL 3
REESE

Mein ganzer Körper steht in Flammen, als ich die Tür der Praxis hinter mir mit voller Wucht ins Schloss werfe.

»Fuck!« Meine Faust donnert gegen die Wand und das Pochen in meiner Hand bringt mir die ersehnte Erleichterung. Es war ein Fehler, herzukommen. Diese Schlampe hat doch keine Ahnung, wovon sie spricht. Sie ist eine echt miserable Therapeutin. Eine Heuchlerin mit ihren kostenlosen Therapiestunden. Vielleicht lässt es sie besser schlafen, vielleicht geilt sie sich aber auch daran auf, wie viele Menschen darauf angewiesen sind. Am Ende des Tages fahren ihre Patienten in ihr abgefucktes Zuhause, wo ein längst geplünderter Kühlschrank und eine traurige Leere herrschen, während sie es sich vor ihrem Kamin mit einem Glas Champagner gut gehen lässt. Mit gutem Gewissen, weil sie ja etwas zurückgibt. Es gibt einen Grund, wieso nur Menschen mit oberflächlichen Problemen einen Therapeuten aufsuchen. Wie soll so eine beschissene Stunde mir bei meinen helfen? Mir fehlt keine seelische Unterstützung, ein paar nette Worte oder die

Analyse meiner Traumata. Fuck, die kenne ich besser, als mir lieb ist. Solange sie mir keine Psychopharmaka verschreibt, die mein Leben bunter machen, ist das hier reinste Zeitverschwendung.

Sie behandelt mich, als wäre ich irgendein dahergelaufener Kleinkrimineller. Ein Anfänger, der für den Kick andere Leute abzockt. Für den Spaß oder den nächsten Schuss. Sie will mich dazu bringen, dass ich etwas aus mir mache, mir einen Ausbildungsplatz suche und für irgendeinen Scheißkonzern arbeite. Lieber verkaufe ich meine Seele, als mich wie all die anderen braven Bürger im System einzugliedern und vom Staat gemolken zu werden wie eine Kuh, nur um im Alter dann zur Schlachtbank geführt zu werden. Lieber bin ich der Schlächter als das Vieh.

Vielleicht kennt sie sich mit den ganzen reichen Vorstadtleuten aus, mit ihren primitiven Problemen. Mit ihrem ätzend langweiligen Dasein und dem immerwährenden Suchen nach einer Ablenkung aus ihrem Trott. Aber Menschen mit echten Schwierigkeiten, mit wahren Problemen kann man nicht mit einer Stunde die Woche heilen. Ich zünde mir eine Kippe an und trete die Mülltonne neben der Tür mit voller Wucht um. Sogar dieser verfluchte Mülleimer ist geordneter als mein Scheißleben. Selbst der hat eine bessere Perspektive als ich.

Es kotzt mich an, dass Menschen wie diese Frau einem immer wieder vor Augen führen, wie wertlos das eigene Leben ist. Wie erbärmlich.

Am liebsten würde ich gerade irgendwem die Fresse polieren, um meine Aggression zu kanalisieren, doch bis auf eine alte Frau in einem viel zu knalligen Jogginganzug, die mich entgeistert anstarrt, ist niemand weit und breit zu sehen, der mir diese Freude machen würde. Wäre ich zu Hause, würde ich innerhalb weniger Sekunden jemanden finden, dem ich ohne schlechtes Gewissen die Zähne einschlagen könnte.

Ich reiße die Hände in die Luft. »Was? Hast du ein Problem, alte Vogelscheuche?« Die Frau zerrt an der Leine ihres Hundes und zieht den Dackel, der gerade genüsslich an einen Baum gepisst hat, hinter sich her. Keine Ahnung, wer genervter ist, der Hund oder ich. Mit einem letzten Blick in meine Richtung rennt sie auf kleinen Schritten davon. Offenbar hat sie Angst, dass ich ihr folge, denn immer wieder blickt sie über die Schulter zu mir herüber. Als würde ich mir für sie die Finger schmutzig machen. Eine alte Frau habe ich bisher noch nicht verprügelt und wenn sie mich nicht weiter so anglotzt, wird das auch nicht passieren.

Hätte die Therapeutin auch nur einen Bruchteil der Scheiße erlebt, die in meinem Leben abging, hätte sie sich längst einen Strick genommen und sich auf offener Straße erhängt. Mir war von Anfang an klar, dass so eine Tussi mir nichts erzählen kann, was ich nicht längst weiß. Reine Zeitverschwendung. Sie hat kein Recht darauf, mich zu verurteilen und erst recht nicht, mich zu therapieren. Meine Probleme und Lösungen gehören mir allein.

Meine Gedanken werden von dem Klingeln meines Handys unterbrochen. Meines gestohlenen Handys, ironischerweise. »Was?«, knurre ich, während ich den Qualm aus meiner Lunge puste. Ich mache mich auf den Weg zu meinem Motorrad, das völlig fehl am Platz zwischen den ganzen Schnösel-Karren ist. Ein Bugatti hier, ein Rolls-Royce da. Was die Besitzer wohl sagen würden, wenn die Spiegel ihrer heiß geliebten Wagen fehlen würden?

»Hast du noch mal mit Garrett gesprochen?« Die Stimme

meines besten Freundes klingt nicht so vorlaut wie sonst. Offenbar setzt ihm die Sache heute Morgen mehr zu, als ich dachte.

Stöhnend schiebe ich ein Bein über das Bike, das mich schon seit fünf Jahren begleitet und mein kostbarster Besitz ist. »Nee und das werde ich auch nicht.«

»Reese.« Ash fühlt sich verantwortlich für den »Zwischenfall«, wie er es nennt.

Er ist weiß Gott kein Unschuldslamm, aber zwischen der Familie versucht er jede Auseinandersetzung zu verhindern. Dass ich Garrett heute seinetwegen die Nase gebrochen habe, beschäftigt ihn. Auch, wenn es gerechtfertigt war, und das wissen beide. Aus diesem Grund hat auch kein anderer eingegriffen und mich gewähren lassen.

Eine Scheißfamilie haben wir uns da zusammengesucht. Einer kaputter als der andere. Würde man all unsere Scherben zusammensetzen, könnten wir ganze Kirchenfenster damit verkleiden. Niemand von uns hat auch nur den blassen Schimmer davon, wie eine intakte Familie auszusehen hat und doch haben wir uns irgendwie gefunden und zusammengetan.

»Komm nach Hause und dann reden wir. Er wollte mich nur ärgern. Du weißt doch, wie er ist. Wenn ich ihm verzeihen kann, dann du doch sicher auch.« Trautes Heim, Glück allein. Sofern man eine gammelige Bruchbude mit einer Horde Versagern ein Heim nennen kann.

»Ein Arschloch. Das ist er. Und du? Du bist einfach zu gut. Vielleicht solltest du mal auf deinen Instinkt hören und dein Hirn ausschalten. Ich weiß, was in dir steckt.«

Unser Mitbewohner Garrett hatte Ash das Einzige genommen, das er aus seinem alten, absolut beschissenen Leben mit zu uns gebracht hat. Er war dreizehn, als er sich unserer

Familie angeschlossen hat und damit damals einer der jüngsten Mitglieder. So lange hat er dieses Foto beschützt und gehütet. Bis er heute einen Augenblick unachtsam war und seinen Geldbeutel hat liegen lassen. Garrett hat es sicher nicht auf das Bild, sondern auf Kohle abgesehen. Doch die fand er nicht.

Nur das Foto ...

»Ich habe das Bild doch wieder. Und ... du weißt, dass ich lieber nicht auf meinen Instinkt höre. Bisher ist das nicht sonderlich gut ausgegangen. Ich will so nicht mehr sein, Reese.« Ich höre, wie Ash das zerknitterte Bild versucht zu glätten.

Ich rufe es mir in Erinnerung und sehe ein kleines schwarzhaariges Mädchen, das die Gesichtszüge eines Engels hat. Sie ist höchstens sieben Jahre alt. An ihrer Hand ihr größerer Bruder. Ash. Sein Lächeln ist nicht so echt wie ihres. Es ist gequält und voller Angst. Weil er weiß, dass er lächeln muss, um nicht aufzufallen. Weil die Angst in seinen Augen die Leute nur ermutigt, ihn noch weiter zu quälen. Mittlerweile hat er es perfektioniert und versteckt sich in jeder freien Minute dahinter.

Dass Garrett ihm dieses Bild genommen hat und vor den Jungs darüber hergezogen ist, hat heute Morgen alle Sicherungen in mir durchbrennen lassen. Anstatt sich mit Ash anzulegen, hätte er genauso gut gleich mir eine reinhauen können. Doch noch wütender war ich über Ash, dass er sich so sehr zusammenreißen konnte. Er hat nie gelernt, für sich einzustehen und dafür zu kämpfen, was ihm wichtig ist. Nur in wenigen Momenten, wenn er komplett die Beherrschung verliert, schießen all der Schmerz und die Wut aus ihm heraus wie aus einem Vulkan. Ich habe ihn erst ein paar Mal in solchen Augenblicken erlebt und es hat sich jedes Mal so angefühlt, als lasse er all die Wut, die Frustration und den Schmerz heraus, den er jahrelang angesammelt hat. Schön säuberlich verstaut in einer Kiste ganz hinten in seinem Herzen.

»Ich frage mich ...« Ash schweigt. Ich höre seinen schweren Atem und sehe vor meinen Augen seinen verkniffenen Blick. Es ist nicht gut, wenn er an seine Vergangenheit denkt und daran, was er alles verloren hat. Ich liebe Ash. Scheiße, ich wünschte, ich würde es nicht tun. Es lebt sich einfacher ohne Liebe, aber dieser Kerl hat mir von Anfang an das Gefühl von Familie gegeben. Und jetzt hänge ich da mit drin. Fühle mich verantwortlich für ihn und kann es nicht mit ansehen, wenn es ihm schlecht geht.

»Ich bin mir sicher, dass es ihr gut geht«, sage ich. Was eine Lüge ist. Vermutlich liegt seine kleine Schwester wie die meisten in ihrer Situation in irgendeiner Gosse oder ist längst verreckt. Aber als ich an das unschuldige Gesicht auf dem Bild denke und daran, dass sie von Anfang an keine Chance hatte, überkommt mich Mitleid. Gleichzeitig erscheint ein weiteres Bild in meinem Kopf. Eines von einem anderen blonden Mädchen, das auf den ersten Blick unschuldig wirkt. Ich denke an Ava und daran, dass ich in ihren Augen Abgründe gesehen habe, die sie offenbar mit aller Macht unterdrücken will. Ich bin mir sicher, dass sie nicht so harmlos ist, wie sie tut. Das brave Getue ist nur Show, das habe ich schon bei unserem ersten Treffen erkannt. Viel zu groß war die Neugierde in ihrem Blick, als sie mich gesehen hat. Da war weder Abscheu noch Furcht. Auch, wenn sie es verbergen wollte, habe ich bemerkt, dass sie mich angesehen hat.

Und *wie* sie mich angesehen hat. Dass ich nicht sofort hart wurde, als sie mich mit ihren Augen auszuziehen versucht hat, ist ein Wunder. Scheiße, die Kleine hat einen Blick drauf, für den ich töten würde, wenn sie es verlangt. Es kann kein Zufall sein, dass ausgerechnet jemand wie sie die Therapie begleitet. Es gibt nicht viele Frauen, die mich derart reizen wie sie. Die meisten, die ich kenne, gehen mir so schnell auf den Sack, dass ich wünschte, sie nie gefickt zu haben. Bisher hatte ich aber auch noch nie die Gelegenheit, einer von ihrem Kaliber nahe genug zu kommen. Die meisten Frauen ihrer Liga kümmern sich einen Scheiß um Typen wie mich und im Gegenzug sind sie mir viel zu bedeutungslos. In ihren schicken Kleidchen, den hohen Schuhen und langweiligen Leben. Was soll so eine mir schon zu bieten haben, außer Kopfschmerzen und Regeln?

Es sind zwei Welten, die aufeinandertreffen und am Schluss endet es in einer Explosion.

Aber Ava scheint anders zu sein. Zumindest auf den ersten Blick. Auch, wenn ich mich frage, wer zur Hölle schon ein Praktikum in so einem langweiligen Laden macht. Wenn sie Interesse an dem Beruf hat, wäre der Besuch in einer Klapse doch tausendmal interessanter gewesen. Vermutlich hat sie die Kontakte ihrer Eltern genutzt.

Eine verwöhnte Prinzessin eben.

Ich will gerade den Motor meines Bikes aufschnurren lassen, als ich einen alten Sack dabei beobachte, wie er seinen Arsch aus einem roten Porsche hievt. Er hat deutliche Schwierigkeiten, sich aus dem tiefgelegenen Wagen zu erheben, was ziemlich amüsant ist. Es macht mir Spaß dabei zuzusehen, wie diese reichen Säcke sich zum Deppen machen, um jedem zu zeigen, was sie noch draufhaben. Auch ein Haufen Asche schützt einen nicht vor einer Midlife-Crisis, in der dieser Kerl ganz offensichtlich steckt.

Er stöhnt und röchelt bei dem Versuch, nicht an seinem

eigenen Fett zu ersticken. Leider kann man mit keinem Geld der Welt dafür sorgen, dass du kein absoluter Trottel bist. Aus der anderen Seite steigt eine junge Frau aus, die sich um seinen Hals wirft und kichernd an seinem Kinn knabbert. Angewidert verziehe ich das Gesicht. Ich habe diesen Typen schon öfter gesehen. Anders als die anderen Schnösel hat er den Termin nach mir. Doch es ist das erste Mal, dass ich diese Frau bei ihm sehe. Wie es aussieht, scheint es ihm nichts mehr auszumachen, seine Frau auf offener Straße zu betrügen. So ein Wichser. Sofort denke ich an meinen eigenen Vater und mir kommt die Galle hoch. Arm, reich. Eins haben unsere Welten gleich: Viel zu wenige Typen kennen noch so was wie Ehre.

»Und? Was ist? Kommst du?« Ash kennt mich gut genug, um zu wissen, dass ich Gesprächen lieber aus dem Weg gehe, als darüber zu reden. Wenn ich auch nur daran denken würde, es zu tun, wäre es nur um ihm einen Gefallen zu tun.

Allerdings steht das heute nicht auf meiner To-do-Liste. Ich sehe dem Betrüger hinterher, während das Weib wieder Platz hinter dem Lenkrad nimmt und mit lautem Grollen davonfährt. »Kannst du vergessen. Ich habe noch etwas vor.« Ich lege auf, während in meinem Kopf bereits ein grober Plan entsteht, wie ich diesem Wichser eine Lektion erteilen kann.

KAPITEL 4
AVA

Was in den nächsten Stunden passiert, geht völlig an mir vorbei. Meine Gedanken kreisen ununterbrochen um Reese und seinen Blick, der sich tief in mein Inneres gegraben hat.

Claudia schließt das Haupttor ab und ich begleite sie zum Parkplatz, auf dem unsere Autos stehen. Weil sie heute noch die Abrechnungen vorbereitet hat, wurde es später. Die Sonne ist bereits vollständig untergegangen und die dünne Jacke, die über meinen Schultern liegt, schützt mich nicht vor der kühlen Luft. Das Licht hinter uns erlischt, als wir an den Wagen angekommen sind.

»Geht es dir gut?«, fragt Claudia, als sie die Fahrertür des schwarzen Lexus' öffnet.

»Klar!« Ich krame in meiner Tasche nach der Schlüsselkarte meines Teslas. Für mich ein absolut überteuertes Geschenk, das ich letztes Jahr zum Geburtstag bekommen habe, aber Dan und Lucy fanden die Vorstellung schön, dass jedes Familienmitglied einen Tesla fährt.

Immerhin konnte ich sie überzeugen, dass ich nur einen

Model 3 benötige und kein noch teureres Auto. An guten Tagen fahre ich damit zwanzig Minuten, an den meisten jedoch steht es nur in unserer Garage neben den anderen.

Claudia beobachtet mich eine Zeit lang mit gerunzelter Stirn. »Ich habe eine Aufgabe für dich.«

»Eine Aufgabe?«

»Ich finde dich sehr talentiert und denke, dass dieser Job gut für dich sein könnte. Ich bin der Meinung, dass du genau die richtige Mischung aus Professionalität und Einfühlungsvermögen hast.«

»Oh ... Ähm ... Danke«, stottere ich. Überrumpelt von diesem Kompliment.

»Aus diesem Grund hätte ich gerne, dass du eine Beurteilung über einen unserer Patienten schreibst. Natürlich nur für mich. Ich würde gerne wissen, was du über ihn denkst und wie du ihn einschätzt. Das ist eine gute Übung. Ihr seid etwa in demselben Alter. Mich würde interessieren, wie du ihn einschätzt als Laie.« Ich nicke, obwohl ich innerlich gerne den Kopf schütteln würde. Ich glaube nicht, dass ich zu so einer Aufgabe bereits imstande bin. »Perfekt.« Sie schenkt mir ein breites Lächeln. »Bitte mach dir Gedanken um Reese Davis. Sammle alles, was du denkst, und in einigen Wochen schreibst du mir einen Bericht.« Wieder nicke ich. Dieses Mal würde ich jedoch am liebsten laut Nein schreien. Ich möchte nicht über Reese nachdenken, der sowieso schon viel zu oft durch meinen Kopf geistert. »Okay, dann hab eine gute Nacht.« Sie steigt ein und fährt davon.

Ich lehne mich mit dem Rücken gegen die Fahrertür, schließe die Augen und atme tief durch. Nach diesem verrückten Tag fühlt sich mein Hirn an, als würde es jeden Augenblick platzen. All diese Gedanken haben mich absolut mürbe gemacht und allein die Vorstellung, dass ich jetzt nach Hause fahren und mit der gesamten Familie am Tisch sitzen muss, treibt mir die Tränen in die Augen.

Es gibt Tage, an denen fällt es mir unheimlich schwer, jedem vorzuspielen, dass alles in bester Ordnung ist. Da würde ich am liebsten laut schreien oder etwas kaputt schlagen. Aber das kann ich nicht, denn ich will Dan und Lucy nicht enttäuschen. Ich lasse den Autoschlüssel zurück in die Tasche fallen und suche stattdessen nach meinem Handy, um Sydney anzurufen. Wenn jemand weiß, was ich tun soll, dann sie. Mit gerunzelter Stirn bewege ich meine Hand von einer Seite zur anderen, doch als ich die gesamte Tasche auf den Kopf gestellt habe, wird mir klar, dass ich mein Handy auf dem Platz im Erker vergessen haben muss.

»Shit.« Ich beiße mir auf die Unterlippe und hasse den Gedanken, dass ich dem Familienessen wohl doch nicht aus dem Weg gehen kann.

Ich schaff das schon!

Was ist schon ein Abend? Es ist nur einer von vielen. Ich öffne die Tür meines Wagens, steige ein und entdecke auf dem Beifahrersitz den Schlüssel zur Praxis, den meine Chefin mir für Notfälle gegeben hat. Ich weiß, dass ein vergessenes Handy kein Notfall ist, aber im Endeffekt habe ich die letzten zwei Wochen jeden Tag dort verbracht. Hätte ich etwas anstellen wollen, hätte ich es schon längst getan.

Zähneknirschend greife ich danach, steige aus und schlage die Tür hinter mir zu. Ich balle meine Hand zu einer Faust, um den Schlüssel ja nicht fallen zu lassen. Als ich zurück am Gebäude der Praxis bin, hat mich der Bewegungsmelder offensichtlich schon erfasst, denn das Licht weist mir den Weg.

»*Wie ein roter Teppich*«, denke ich.

Im Innern ist es dunkel und ich wage es nicht, das Licht anzumachen, also taste ich mich den Weg entlang bis ins Büro.

Zum Glück kenne ich mich mittlerweile gut genug aus, um nicht überall gegen zustoßen. Vor der Tür erstarre ich jedoch, als ich Geräusche hinter der Bürotür höre. Was zur Hölle bedeutet das? Niemand sollte mehr im Gebäude sein. Ich beiße mir auf die Zunge. Überlege, ob ich abhauen soll. Allerdings kann ich niemanden anrufen. Weder Claudia noch die Polizei. Ich lege den Kopf in den Nacken, schaue die dunkle Decke an und lege eine Hand um den Türgriff.

Das ist dumm. Echt dumm!

Vielleicht habe ich mir das Geräusch auch nur eingebildet, weil ich langsam paranoid werde? Doch als ich die Tür öffne und eine dunkle Gestalt hinter dem Schreibtisch meiner Chefin sehe, erstarre ich zu Eis. Der Eindringling bemerkt mich und stößt ein »Fuck« aus.

Ich kenne diese Stimme. »Reese?«

»Prinzessin?« Wie versteinert stehe ich in der Tür und starre ihn an, wie er über die Akten gebückt dasteht und mich abwartend beobachtet.

Ich löse mich aus meiner Starre, mache einen Schritt vor, bleibe wieder stehen. »Was ... was machst du hier?«

»Bist du allein?«, fragt er mit düsterer Stimme, die mir durch Mark und Bein geht. Ich denke an das Gespräch, das ich eben noch mit Claudia geführt habe und über die Beurteilung. Ob diese Begegnung da reingehört? Vermutlich schon. Ich schließe die Tür hinter mir und gehe mit schnellen Schritten auf ihn zu. Er lässt von den Akten ab, sein Blick ist auf mich gerichtet. Gerade will ich etwas sagen, da hören wir, wie ein Wagen vor der Praxis stehen bleibt.

Reese rennt zum Fenster. »Verfluchte Scheiße!«

Auch ohne nachzuschauen, weiß ich, dass es Claudia ist. »Sei ruhig!« Er kommt auf mich zu gerannt, greift nach meinem Handgelenk und zieht mich hinter sich her. Beinahe wäre ich gestolpert, doch Reese hält mich so fest, dass ich es schaffe, ihm zu dem Wandschrank zu folgen. Er öffnet die Tür, schlüpft hinein, als wäre es nicht das erste Mal, dass er sowas tut, und zieht an mir, sodass ich vor ihm stehe. »Mach zu!« Ohne darüber nachzudenken, schließe ich den Schrank und versuche, meinen Atem zu beruhigen. Wieso bin ich ihm gefolgt? Ich könnte Claudia plausibel erklären, was ich hier mache. Selbst, wenn sie nicht glücklich darüber wäre, würde ich keinen Ärger bekommen. Ich könnte Reese ohne Probleme verraten. Aber was dann? Ganz sicher würde ich ihn nicht wieder sehen. Ich widerstehe meinem Drang, das Richtige zu tun und diesen Wandschrank schnellstmöglich zu verlassen.

»Was passiert hier?« Ich bewege mich, versuche Abstand zu gewinnen, doch Reese hat andere Pläne. Vermutlich stellt er sich dieselben Fragen wie ich. Er schlingt einen Arm um meinen Bauch und zieht mich noch näher an sich.

»Du musst dich beruhigen!«, flüstert er an mein Ohr. Die Stimme, die kaum mehr als ein Hauchen ist, jagt Schauer über meinen Rücken, der jetzt dicht an seine Brust gepresst ist. Eigentlich müsste ich ausflippen. In diesem engen Raum, umklammert von einem Kerl, den ich nicht kenne. Einem Kerl, der ganz offensichtlich nichts von Grenzen und Gesetzen hält. Ich bin gefangen. Aber es ist ein anderes Gefühl als Befangenheit, das in mir aufkommt. Es ist Aufregung. Wieso fühlt sich diese Situation nicht so falsch an, wie sie es tun müsste? Wieso ist es nicht die Angst, die mein Herz schneller schlagen lässt, sondern sein Körper an meinem?

Reese' Duft aus Zedernholz und geharztem Alkohol

umhüllt uns. Als ich bemerke, wie mir schwindelig wird, versuche ich tiefer zu atmen. Sein Griff um mich verstärkt sich und ich spüre, wie auch sein Mund wieder näherkommt. Ich höre ein Lächeln auf seinen Lippen, als er flüstert: »Hätte ich ja nicht gedacht, dass wir uns so schnell so nah kommen.«

»Bild dir nichts darauf ein!«, zische ich, während ich versuche, wieder mehr Halt auf den Beinen zu bekommen. Dieser Kerl bringt mich schon jetzt in größere Schwierigkeiten, als mir lieb ist. »Das wird nicht wieder vorkommen!«

Das Raunen, das seinen Mund verlässt, lässt mich selbst an meinen Worten zweifeln. »Da bin ich mir nicht so sicher, Prinzessin. Für meinen Geschmack liegen noch zu viele Schichten Stoff zwischen uns.«

Ich atme schwer, bin froh, dass er nicht sehen kann, wie rot ich werde und frage mich, ob er meinen schnellen Herzschlag spüren kann. Bestimmt! Und garantiert weiß er, dass es seine Worte sind, die diesen Effekt auf mich haben.

Als ich höre, dass Claudia immer näherkommt, drehe ich mich in seine Richtung, sodass mein Mund beinahe seinen berührt. Sein heißer Atem streicht mein Gesicht und lässt mich erzittern. Ich stelle mich auf Zehenspitzen und beuge mich so weit vor, dass ich etwas in sein Ohr flüstern kann. Mit einer Stimme, die nicht wie meine klingt. »Wenn wir raus sind, hast du zwei Minuten.« Ich höre die Schritte meiner Chefin. »Fenster im Badezimmer.«

Mit diesen Worten springe ich aus dem Wandschrank und schließe die Tür schnell hinter mir. Keine Ahnung, wo das herkommt. Seit wann bin ich so risikobereit? Ich renne zum Erker und finde mein Handy genau in dem Augenblick, als Claudia die Tür öffnet. Licht folgt ihr hinein und ich bete, dass mich meine roten Wangen nicht sofort entlarven.

»Ava? Die stumme Alarmanlage hat mir mitgeteilt, hier wäre jemand.« Claudia wirkt verunsichert, doch ich schenke ihr ein entschuldigendes Lächeln.

»Ich habe mein Handy vergessen.« *Ist nicht gelogen.* »Und weil ich den Schlüssel noch hatte, wollte ich es schnell holen und dir Bescheid sagen, dass ich hier reingekommen bin.« *Wieso decke ich diesen Kerl eigentlich?* »Es tut mir echt leid!« Ich gehe auf sie zu, berühre sie leicht am Arm und merke, dass sie sich entspannt.

»Okay, aber eigentlich ist das nicht erlaubt.« Sie legt den Kopf schief und sieht mich etwas enttäuscht an.

»Ich mache es nie wieder.« Nickend legt sie ihre Hand an meinen Rücken, um mich herauszuschieben. Ich weiß, dass ich ihr Vertrauen mit dieser Aktion missbraucht habe, also nehme ich mir vor, die nächsten Tage eine vorbildliche Praktikantin zu sein. Draußen angekommen schaltet sie die Alarmanlage auf ihrem Smartphone wieder ein, hält die Hand auf und ich lasse den Schlüssel in ihre Handfläche fallen.

»Gute Nacht, Ava.« Sie steigt in den Wagen, der direkt vor der Praxis steht, und erneut sehe ich ihr beim Wegfahren hinterher. Der Wind jagt eine Gänsehaut über meinen Körper.

Wenige Minuten später sehe ich Reese, wie er im Dunkeln neben dem Haus gegen die Wand gelehnt steht und gehe mit wild klopfendem Herzen auf ihn zu. Er nickt nur, als hätten wir uns eben nicht vor meiner Chefin im Wandschrank versteckt.

»Hast du ein Auto?«, fragt er.

»Spinnst du?« Ich reiße die Hände in die Luft. »Was sollte das? Du bist bei meiner Chefin eingebrochen und hast was-weiß-ich in ihrem Büro angestellt!«

Reese hebt eine Augenbraue. »Ja.«

»Was, ja?« Ich schnaube. Unter anderem, weil er nicht einmal den Anschein von Reue zeigt, aber auch, weil ich nicht weiß, was ich sonst noch sagen soll.

»Ja, hab ich.« Reese stößt sich von der Wand ab und kommt einen Schritt auf mich zu, sodass sein Duft mich wieder völlig umhüllt. »Und du hast mich gedeckt, Prinzessin. Also frage ich noch einmal: Hast du ein Auto?« Ich starre ihn mit offenem Mund an und nicke. »Perfekt. Wenn du nicht willst, dass ich deiner Mrs. Baker stecke, dass sie dir nicht vertrauen sollte, fährst du mich zum Haus meines Vaters. Er hat noch etwas, was mir gehört.«

Es ist verdammt schwer, mich auf die Straße vor mir zu konzentrieren, während Reese neben mir sitzt und den Innenraum meines Wagens mustert. Er schnipst gegen den Traumfänger, der an meinem Spiegel hängt, sodass dieser sich im Kreis dreht. »Wie oft hast du schon in deinem Wagen geschlafen, dass du den brauchst?« Er hebt eine Augenbraue, die durch eine Narbe einen Cut aufweist, und wirft mir einen belustigten Blick zu. Dieses halbe Grinsen lässt meine Knie weich werden und ich richte meine Aufmerksamkeit wieder nach vorne auf die Straße.

»Einmal«, antworte ich. »Als ich ein bisschen zu viel getrunken hatte und so nicht nach Hause kommen wollte.«

»Böses Mädchen«, sagt er lachend. Er wendet sich ab, um aus dem Fenster zu sehen. »Stimmt schon, nach einem Gläschen Sekt sollte man das Auto besser stehen lassen.« Es ärgert mich, dass er mich mit diesem Thema aufzieht. Fast so sehr wie seine Erpressung. Was hätte ich tun sollen? Bei Claudia zugeben, was ich getan habe? Ich wäre meinen Praktikumsplatz los und anders als erwartet, gefällt es mir viel zu gut.

Mir ist bestens bewusst, dass ich vermutlich die langweiligste Frau bin, die er je kennengelernt hat. Ich sage nichts mehr, folge lediglich seinen Anweisungen, bis wir vor einem Haus stehen bleiben, das beinahe so groß und protzig ist wie unseres. Ich lehne mich nach vorn, um sein ganzes Ausmaß erfassen zu können. »Hier wohnt dein Vater?« Ich hätte Reese nicht so eingeschätzt, dass er viel Geld besitzt. *Hallo, Vorurteil.*

Er steigt aus und bevor er die Tür zuwirft, sagt er: »Bleib hier und warte auf mich, Prinzessin.«

Ich sehe Reese hinterher, wie er zum Eingang läuft. Die Hände hat er tief in die Taschen seiner Lederjacke gesteckt, während sein Kopf unter der Kapuze seines Hoodies verborgen liegt. Er ist kein Muskelpaket, aber aufgrund seines Gangs kann man erkennen, dass er trainiert ist und seinen Körper unter Kontrolle hat. Mir wird warm bei dem Gedanken, wie er sich wohl anfühlen würde. Ich beobachte ihn weiter, als er bei der Tür ankommt. Es wirkt nicht so, als hätte er einen Schlüssel, was mich ein wenig stutzig macht. Bricht er ins Haus seines Vaters ein? Bisher hat er nicht über ihn geredet. Ich schätze, sie haben keine besonders gute Beziehung.

Vom Auto aus beobachte ich, wie er sein Handy aus der Tasche zieht und mit jemandem telefoniert, bevor er die Tür aufschiebt und im Haus verschwindet. Ich auf die Uhr. Halb Elf.

Zehn Minuten später ist er immer noch nicht zurück und ich vermute, dass er mich verarscht hat. Was, wenn er gar nicht mehr kommt? Wenn er durch eine Hintertür verschwunden ist? Ich nehme meinen Mut zusammen, verlasse den Wagen und folge ihm ins Haus. Die Tür ist nicht mehr verschlossen und ich schlüpfe schnell hinein. Ich fühle mich wie ein Eindringling und alles in mir drängt mich dazu, den Rückzug anzutreten. Das hier ist nicht richtig.

»Reese?«, rufe ich ihn leise. Insofern man jemanden leise rufen kann. Vorsichtig gehe ich durch den Eingangsbereich, von wo aus Türen in verschiedene Zimmer führen. Ich öffne die erste Tür und lande in einer großzügigen Küche, doch hier ist keine Spur von Reese, also schließe ich sie wieder.

Ein unbehagliches Gefühl begleitet mich durch die verschiedenen Räume, bis ich Reese in einem Schlafzimmer finde. »Was machst du hier?«

Er schreckt zusammen. »Scheiße, du solltest doch im Auto warten!«, fährt er mich an, sodass ich ebenfalls zusammenzucke.

»Du warst so lange weg. Das hier ist nicht das Haus deines Vaters, oder?« Dass er nicht antwortet, sagt alles, was ich wissen muss. Ich sollte gehen. Die Polizei rufen oder ihn zwingen, die Sachen zurückzulegen. »Reese!« Erst, als ich ihn bei der Schulter packe, sieht er mich an.

»Der Typ hat Kohle ohne Ende und ist ein Wichser. Wir greifen uns nur sein Zeug. Das seiner Frau fasse ich nicht an. Wenn du dich damit besser fühlst, stell dir vor, wir spielen Robin Hood.«

Mit verengten Augen sehe ich ihn an. »Wieso bezweifle ich, dass du das Zeug armen Kindern schenkst?«

»Prinzessin ...« Reese schenkt mir ein unverschämt charmantes Grinsen. Dann reicht er mir eine Armbanduhr, die offensichtlich ein Vermögen gekostet hat. Ich nehme sie reflexartig entgegen. Genauso wie die Manschettenknöpfe und die goldene Kette. Ich bin gerade Beihelferin bei einem

Diebstahl. »Sieh mich an. Ich bin das ärmste Kind von allen.«

»Das ist nicht richtig«, zische ich, nehme ihm eine Schatulle aus der Hand und werfe sie in die Schublade zurück. »Das kannst du nicht tun! *Ich* kann das nicht!« Meine Stimme wird immer schriller.

»Du solltest ja auch nur im Auto warten«, sagt er so lässig, als wäre das hier das Normalste der Welt.

»Können wir bitte gehen? Du musst das doch nicht tun«, flüstere ich. *Wir*.

Als ich daran denke, dass ich hier irgendetwas angefasst haben könnte, wird mir schwindelig. Ob sie meine Fingerabdrücke zu mir zurückführen können, wenn ich noch nie etwas verbrochen habe?

Ich versuche die Sachen, die Reese mir gegeben hat, zurück in die Schublade zu legen, doch er lehnt sich zu mir und stopft sie in meine Tasche. Ich lasse es geschehen, weil ich mir sicher bin, dass Widerworte zwecklos sind, laufe dann jedoch zum Türgriff, um mit meinem Rock die Abdrücke abzuwischen, die ich da hinterlassen haben könnte.

Reese beobachtet mich und grinst. »Das ist putzig.« Er schließt die aufgerissenen Schubladen wieder, doch anstatt das Haus zu verlassen, geht er weiter den Flur entlang. Er wirft mir einen Blick über die Schulter zu, ehe er die Tür öffnet und ein im Dunkel liegendes Büro betritt. »Willst du nicht wissen, was dieser Kerl zu verbergen hat? Sieh dir das Büro eines Mannes an und du blickst geradewegs in sein Inneres.«

»Wir dürfen nicht hier sein«, versuche ich erneut, ihn zum Gehen zu bewegen, doch Reese überhört mich gekonnt. Zum ersten Mal in seiner Gegenwart fühle ich mich nicht gesehen. Und das missfällt mir mehr, als es sollte.

Durch das Fenster fällt das schummrige Licht einer Laterne herein und lässt dieses Szenario wirken wie aus einem schlechten Thriller. Eine Gänsehaut läuft mir über den Rücken, als ich mich im Raum umsehe. Ein großer dunkler Tisch steht in der Mitte des Raums, das Fenster im Rücken des ledernen Schreibtischstuhls. Während Reese beginnt, die Schubladen einer Kommode zu durchsuchen, lasse ich die Fingerspitzen über das Holz der Tischplatte streichen. Die Fingerabdrücke sind plötzlich vergessen. Alles, was ich sehe, ist das einzige Bild im gesamten Raum.

Es ist ein Familienfoto. Aufgenommen im Park. Im Sommer. Obwohl er damals dünner war und deutlich weniger Falten hatte, erkenne ich den Mann. Er war heute in der Praxis. Auf dem Foto umarmt er eine Frau. Vor ihnen sitzen zwei Kinder, die mit Puppen spielen. Die Frau auf dem Bild ist krank. Ob sie es damals schon war, weiß ich nicht, doch mittlerweile wird das Bild ihn nicht mehr zum Strahlen bringen, wenn er es sieht. Heute denkt er bei ihrem Anblick nur daran, wann der perfekte Zeitpunkt wäre, sie zu verlassen. Er könne es nicht mehr ertragen. Nein, ich konnte das nicht ertragen! Dieses Gerede und sich selbst zum Opfer erheben. Dass er sich deswegen schlecht fühlt, aber auch an sich und seine mentale Gesundheit denken muss. Augenblicklich spüre ich wieder die Abscheu und den Ekel, die ich für diesen Mann empfunden habe. Jetzt, wo ich ein Bild seiner Familie in den Händen halte, tut mir die Frau nur noch mehr leid.

»Du warst in der Praxis, um seine Adresse herauszufinden?«

»Schuldig«, raunt er, während er den gesamten Inhalt der Schublade auf dem Boden verteilt. Das hier ist nicht nur ein Raub. Hinter Reese' Handlung steckt mehr.

»Kennst du ihn?« Ich lehne mich mit dem Rücken gegen die Kante des Tisches und beobachte ihn. Wo kommt plötzlich diese Ruhe her? Bis vor wenigen Sekunden empfand ich diese ganze Aktion als das, was sie ist. Als Straftat. Doch mit einem Mal macht es mir kaum noch etwas aus.

Wieder antwortet er nicht, sondern bückt sich, um eine Schatulle vom Boden aufzuheben. »Was haben wir denn hier?« Das Kästchen öffnet sich mit einem lauten Klick. »Sieht seine Frau wie eine Kitty aus?« Mit hochgezogener Augenbraue sieht er mich an und hält erst einen handgeschriebenen Zettel und dann eine Kette mit fettem Klunker hoch. Das Rot des Rubins funkelt sogar im Halbdunkel.

»Sie heißt Bethany«, murmele ich. An seinen Namen erinnere ich mich nicht, aber an ihren. Weil ich mir bei seinen Worten so oft vorgestellt habe, wie ich sie vor ihm warne. Was, wenn sie wieder gesund wird? Was, wenn er dann doch bleibt? Was, wenn sie niemals erfährt, mit was für einem Feigling sie zusammen ist. Die meisten Menschen sehen nicht hinter die Maske derjenigen, die sie lieben. Sie wird vielleicht niemals wissen, dass ihr Mann dieser Kitty eine viel zu teure Kette schenken wollte, statt seine Energie auf sie zu fokussieren.

In diesem Augenblick spüre ich eine Flamme in mir, die ich mein ganzes Leben lang unter einer Glaskuppel versteckt und sie zu ersticken versucht habe. Ich spüre sie lodern und zum ersten Mal will ich sie brennen sehen.

Ich stoße mich vom Tisch ab und gehe auf Reese zu. Ich weiß nicht, wo diese Seite von mir herkommt, doch vor ihm angekommen drehe ich ihm den Rücken zu und fasse meine Haare zu einem Pferdeschwanz zusammen. Er versteht sofort und legt mir die Kette um. Die Schatulle mitsamt Zettel fällt zu Boden. Seine Finger streifen die Haut an meinem Hals, als er den Verschluss langsamer als nötig verschließt.

»Ich wusste, dass ein unmoralischer Teil in dir steckt.« Ich lasse die Haare wieder los, doch bewege mich nicht von der Stelle. Reese' Finger streichen weiter über meinen Hals, meinen Nacken entlang, bis er am Saum meines Oberteils ankommt. »Hast du eine Ahnung, wie heiß mich diese Seite an dir macht?«

Ich schlucke schwer, doch nicht, weil ich mich unbehaglich fühle. Im Gegenteil. Seine Worte jagen mir Schauer über den Rücken. Seine Berührungen tun ihr Übriges. »Stehst du etwa auf böse Mädchen?« Ich habe keine Ahnung, wo das herkam, aber auch mir gefällt diese plötzlich erschienene Seite.

Meine Wangen beginnen zu brennen, als ich meinen Hintern ein wenig zu provokant nach hinten schiebe, bis ich Reese' Körper spüre. Ein angenehmes Prickeln zieht sich meine Schenkel empor bis zu meiner empfindlichsten Stelle.

Verdammt, was wird das hier?

»Oh, Prinzessin.« Ein heiseres Lachen stiehlt sich über Reese' Lippen. Ein Lachen, das mir endgültig den Rest gibt. Mit flatternden Lidern schließe ich die Augen und lasse mich rückwärts gegen seine Brust fallen.

Er ist vorbereitet. Er ist bereit.

Seine Härte presst sich gegen meinen Rücken, während seine Finger, die eben noch meinen Nacken berührt haben, sich nach vorne bewegen. Sich wie automatisch um meinen Hals legen, sodass ich den Kopf keuchend gegen seine Brust lehnen muss. »Du unartiges kleines Ding.« Seine Stimme geht mir durch Mark und Bein. Ihr Vibrieren zieht seine Bahn durch meinen Körper bis zwischen meine Beine, wo es ein wohliges Kribbeln hinterlässt. »Mit Schmuck bekommt man dich also dahin, wo man dich haben will.«

»Nicht mit Schmuck«, stoße ich aus. Der Druck um meine Kehle wird fester, doch es ist nicht unangenehm. Ich spüre sein Verlangen durch ihn in mich übergehen. Ihm gefällt das hier. Sie gefällt ihm wirklich. Diese Seite an mir, die ich in all den Jahren nie zum Vorschein gebracht habe. »Mit Gerechtigkeit.«

»Mhhh.« Er lehnt sich vor, sodass sein Mund nur wenige Millimeter von meinem Ohr entfernt ist. »Rache ist auch mein liebster Zeitvertreib.« Mit einer geschmeidigen Bewegung dreht Reese mich um und dirigiert meinen Körper nach hinten. Ich ignoriere den Schubladeninhalt, den ich knirschend unter meinen Schuhen begrabe. Erst die Wand, gegen welche Reese mich sachte presst, stoppt meinen Weg.

Ich lasse meinen Blick über sein Gesicht wandern. Es liegt beinahe vollkommen im Dunkeln und doch erkenne ich das Blitzen in seinen Augen. Die wilden Strähnen hängen ihm in der Stirn, die er jetzt mit einer Bewegung nach hinten wischt, um den Arm kurz darauf dicht neben meinem Gesicht an die Wand zu stemmen. Sein Duft steigt mir in die Nase.

»Ich wusste doch, dass ich dir noch einmal so nah kommen werde. Wer hätte gedacht, dass es so schnell passiert?« Er greift nach einer Haarsträhne, die mir im Gesicht hängt, und dreht sie zwischen den Fingern. »Und dass du so bereitwillig mitmachst?«

Mein Herz schlägt mir bis zum Hals, doch ich recke das Kinn. Im Augenblick bin ich stark. Das hier könnte ich immer sein. Tapfer. Wild. *Frei.* »Sollten wir nicht besser gehen?« Meine Stimme klingt alles andere als stark, doch das Zittern darin stammt nicht von der Angst in meinen Knochen, sondern der Lust in meinem Bauch.

Wieder lehnt er sich vor, bis sein Körper meinen enger gegen die Wand und die Luft aus meinen Lungen presst. »Willst du das denn?« Ich öffne die Lippen und schaue schwer atmend zu ihm hoch. »Fuck, Prinzessin. Sieh mich weiter so an und ich ficke dich an Ort und Stelle.« Seine Worte entlocken mir ein Stöhnen und Sekunden später liegen seine Hände an meinem Hintern und heben mich an, sodass ich die Beine um seine Hüfte legen muss. Seine Härte drückt sich gegen meine Mitte, sein Mund schwebt über meinem. »Willst du das?« Seine Augen liegen auf meinen Lippen, während meine fahrig über sein Gesicht wandern. Wie schön er ist. Wie verdammt schön.

Ich öffne den Mund, will ihm antworten, dass ich es will. *Dass er die Finger von mir lassen soll.* Dass er mich berühren soll. *Dass er mich gehen lassen muss.* Doch bevor ich auch nur ein Wort über die Lippen bringe, überbrückt Reese die Distanz zwischen uns und küsst mich. Ein wilder Kuss, der keinen Widerspruch zulässt. So, wie ich ihn eingeschätzt habe. So animalisch, so markerschütternd.

Ein Keuchen entweicht meiner Kehle. Er nimmt es auf, öffnet meine Lippen, um mit der Zunge in meinen Mund einzudringen. Wilder, als ich jemals geküsst wurde. Er weiß, was er tut. Spürt genau, was er tun muss, um mich auf ungeahnte Höhen zu bringen. Er tut es wirklich. Er ficke mich an Ort und Stelle. Mit diesem Kuss. Sein ganzer Körper presst mich immer fester gegen die Wand, während sich sein Becken Sekunde um Sekunde näher gegen mich drängt. Als er seine rechte Hand von meinem Hintern löst und vorne in meine Jeans gleiten lässt, löse ich mich von seinen Lippen. Nach Luft schnappend, werfe ich den Kopf nach hinten. Nie zuvor war ich so feucht, dass ich es trotz Hose spüren konnte.

»Fuck.« Er weiß, dass das nur für ihn ist. Weiß, dass ich nur für ihn so nass geworden bin. Ich spüre seine Finger, die sich kreisend über dem Stoff meines Slips über meinen Kitzler bewegen. Ich wimmere, doch das Geräusch wird von einem anderen übertönt. Das Zuschlagen einer Autotür.

»Reese«, hauche ich alarmiert, lasse meine Beine wieder zu Boden gleiten und werfe ich ihm einen gehetzten Blick zu. »Wir gehen jetzt. Sofort!« Der Moment ist verpufft. Die abenteuerliche Seite verschwunden. Zurück bleibt ein Schamgefühl, das ich noch mehr verteufle als die wiedergekehrte Angst.

Ich halte die Luft vor Aufregung an und erst, als wir wieder im Auto sitzen, ich den Motor anstelle und so schnell wie möglich von dieser Adresse abhaue, kann ich wieder atmen. Mit dem Sauerstoff kommen jedoch auch diverse andere Gefühle zurück. Panik, Schuldgefühle ... und ein Rausch, den ich nicht benennen kann. Als wir weit genug entfernt sind, dass mein Herz nicht mehr aus meiner Brust zu springen droht, fahre ich zur Seite und stelle den Motor aus. Ich schnalle mich los, drehe mich so zur Seite, dass ich Reese ansehen kann. »Was haben wir getan?«

Er grinst. »Aufregend, nicht?«

»Nein!« Vielleicht ein bisschen. »Das war eine Straftat.«

Er schnauft. »Es hat dir gefallen. Du kannst dir einreden, dass es nicht so ist, aber ich habe es gesehen.«

»Das war nicht ich. Das war bloß das Adrenalin.« Mein Magen macht einen nervösen Hüpfer. Ich weiß, dass das nur teilweise stimmt und doch muss ich daran festhalten. Das war nicht ich. Das bin nicht ich.

»Du solltest dich untersuchen lassen, wenn Adrenalin sowas mit dir anstellt.« Das schelmische Grinsen auf seinen Lippen zeigt deutlich, dass er mir kein Wort glaubt.

»Fick dich!«

»Ich würde lieber dich -«

»Halt die Klappe! Was machst du jetzt mit dem Zeug?«, frage ich, um das Thema zu wechseln. »Verkaufst du es wenigstens und spendest den Erlös an arme Kinder, Robin Hood?«

»Du bist verdammt sexy, wenn du so streng bist, Prinzessin.« Reese, der die ganze Zeit nicht angeschnallt war, dreht sich zu mir und zieht das Knie an, sodass er mich jetzt auch frontal ansehen kann. Seine Augen bewegen sich, bis sein Blick auf meinem Dekolleté liegt. »Die Kette kannst du behalten. Sie sieht viel besser an dir aus, als sie es je bei Kitty hätte tun können.«

Meine Haut beginnt zu kribbeln, aber ich widerstehe dem Drang, die Kette zu berühren. Das würde ihn nur befeuern. »Du bist kein guter Kerl.«

Ein Schmunzeln legt sich auf seine Lippen, das ich verteufle und mich gleichzeitig an den Kuss denken lasse. *Stopp!* »Willst du lieber einen guten Kerl oder einen, der die Welt für dich in Brand setzen würde?«

Ich ignoriere seine Worte, die er nur sagt, um mich wieder aus dem Konzept zu bringen. Ich hasse es, dass sie genau diese Wirkung auf mich haben.

KAPITEL 5
REESE

Mit meinen neuen Errungenschaften bepackt, bahne ich mir einen Weg an etlichen Kerlen entlang, denen man weniger gerne begegnet, mit einer Ausbeute wie meiner. Dass das hier keine Gegend ist, in der man mit heißer Ware rumlaufen sollte, ist mir mehr als bewusst. Jeder dieser Typen würde sich mit der goldenen Uhr so viel Stoff kaufen, dass sie sich die Birne wegknallen können. Ihre Blicke habe ich bereits auf mich gezogen, als ich aus Avas Bonzenkarre ausgestiegen bin. Sie wollte nicht hören, als ich sagte, ich würde den Rest laufen. Ihre Sorge hat mich schmunzeln lassen. Auch wenn es absolut unberechtigt war. Sollte einer versuchen, mich anzugreifen, würde er den Morgen nicht mehr erleben. Die meisten hier im Viertel kennen mich und die wenigsten würden sich tatsächlich noch mit mir anlegen, außer sie sind absolut high oder hacke dicht. Sie wissen, dass ich nicht lange zögern würde, um ihnen mein Messer vorzustellen. Ich bin kein Freund von Pistolen. Über eine Stichwaffe hat man eine bessere Gewalt. Sie ist wie die Verlängerung meines Arms.

Dieser Ort hier war früher ein Treffpunkt für Familien. Damals, als der Zoo noch offen war und sich nicht die ersten Obdachlosen dort eingenistet haben. Nach und nach ist das Viertel vernachlässigt worden. Wie ein Leberfleck, den man so lange ignoriert, bis daraus etwas Widerliches wächst, das man nicht mehr kontrollieren kann. Wir sind die Krankheit, die diesen Ort eingenommen hat und die restliche Stadt tut so, als gäbe es uns nicht. Ich kenne jede Ecke, in der jemand lauert, um etwas zu verticken. Jede heruntergekommene Kneipe, an der ich vorbeikomme. Jeden Junkie-Treffpunkt. Jede Nutte, die mir lasziv zuwinkt. Ich ignoriere alle und will nur nach Hause.

Nach Hause. Ich lache auf bei dem Gedanken. Die Drecksbude, in der ich mit meiner »Familie« hause, kann man nicht wirklich als Zuhause bezeichnen. Aber ehrlich gesagt ist es auch nicht schlimmer als das meiner Kindheit. Es war ein ehemaliges Bürogebäude, das eines der ersten war, das dichtgemacht hat, weil sich die Mitarbeiter beschwert haben. Niemand wollte mehr hier arbeiten, also war das Haus Freiwild. Nicht einmal die Besitzer kümmerten sich mehr darum, es zu verkaufen. Die Tür steht einen Spaltbreit offen, weil sie vor zwei Wochen aus den Angeln gerissen wurde und seitdem nicht mehr völlig zu schließen ist. Wie üblich hängt wabernder Rauch und Schweißgeruch in der Luft und raubt einem im ersten Augenblick den Atem. Laute Stimmen dringen aus dem Gemeinschaftsraum, der ein ehemaliger Warteraum ist, bis hin in den vollkommen vermüllten Eingangsbereich, in dem ich mich gerade befinde. Ich folge ihm bis ins hinterste Zimmer, das ich mein Reich nennen darf. Anders als im restlichen Haus herrscht hier Ordnung. Bis auf ein Bett und einen Schrank ist der Raum kahl. Die Tapeten, die bei meinem

Einzug halb von den Wänden hingen, habe ich vollkommen abgerissen. Jetzt sind da graue Wände, die ich immer wieder vom Schimmel befreien muss, weil es natürlich keine Heizung gibt.

Ein Drecksloch. Aber besser als auf der Straße zu schlafen. Es gab Momente, in denen ich darüber nachgedacht habe, meinen Scheiß auf die Reihe zu bekommen und hier zu verschwinden. Irgendwo eine Wohnung zu suchen, aber dann bräuchte ich einen Job. Und zack, wären wir wieder bei der Kuh und dem Schlächter.

Ich verstaue das Diebesgut in dem Tresor unten im Schrank. Ash hat mich ausgelacht, als ich ihn mir gekauft habe, aber immerhin kann ich so nachts meine Augen schließen, ohne ununterbrochen zu befürchten, dass einer meiner Mitbewohner mir mein Zeug stiehlt. Bevor ich meine Lederjacke aufs Bett werfe, befördere ich noch meine halb leere Zigarettenschachtel daraus hervor und zünde mir eine an. Den Rest stopfe ich in meine Hosentasche.

Der Gemeinschaftsraum ist rappelvoll. Als gäbe es nicht genug Orte, wo sich der Abschaum treffen kann, scheint unser Haus ein Treffpunkt sie zu sein. Hier drin stinkt es nach Schweiß und Resignation. Ein paar Typen, die ich noch nie hier gesehen habe, liegen benommen auf dem Sofa und starren in die Leere. Ich lege meine angezündete Zigarette in einen der überfüllten Aschenbecher, stoße den Qualm aus und gehe zum Laufgitter, in dem das jüngste Mitglied unserer Familie sitzt und mit leeren Klopapierrollen spielt. Sofort streckt Cherry ihre Arme aus, sodass ich sie hochheben kann. Sie ist für ihre drei Jahre viel zu schmächtig, was kein Wunder ist. An so einem Ort sollte kein Kind aufwachsen, aber vermutlich hat sie eine bessere Kindheit als der Großteil von uns. Keiner weiß so wirklich, wer ihr Vater ist, weil ihre Mom Brittany mit so vielen Kerlen gefickt hat, dass es jeder sein könnte. Ich weiß nur, dass ich es nicht bin, denn Brit ist eher wie eine Schwester für mich und auf eine andere Art habe ich sie nie gesehen. Während sie auf Freiersuche ist, kümmern wir uns so gut es uns möglich ist, um Cherry. Ganz sicher hätte sie es besser erwischen können, aber immerhin hat sie eine ganze Horde an Ersatzvätern, die für sie töten würden.

Ich greife in die Bauchtasche meines Hoodies und befördere ein strahlend weißes Plüschtier hervor, das ich aus dem Haus habe mitgehen lassen. Cherrys Augen weiten sich und sofort greift sie danach, um es fest an sich zu pressen. »Freust du dich, Krümel?« Sie vergräbt das Gesicht in dem Hasen und es bricht mir das Herz, dass er in spätestens einer Woche nicht mehr so unschuldig und rein sein wird wie jetzt. Nichts hier drin ist das oder wird es je wieder sein. Ich nehme sie mit zur Bar, die mitten im Raum steht. Sie ist das Schmuckstück dieses Raums und ein Überbleibsel einer Kneipe, die beinahe dreißig Jahre überlebt hat; letztes Jahr jedoch auch dicht machen musste. Es war das erste Mal, dass wir uns zusammengerafft haben, um das Teil in diesen Raum zu befördern. Niemand hat sich quergestellt.

»Hey.« Mit Cherry auf der Hüfte sitzend, schnappe ich mir einen Barhocker und nehme Platz. Das Holz knarzt unter mir und droht in seine Einzelteile zu zerspringen, also setze ich die Kleine sicherheitshalber auf dem Holz vor mir ab. Sofort beginnt sie an meinem Hoodie zu zupfen. Das Plüschtier mit der anderen Hand eng an sich gedrückt.

»Wo hast du das her?«, fragt Ash und deutet auf das Spielzeug. Er geht um die Bar herum, um mir seinen selbstgebrannten Schnaps einzuschütten. Eine ekelhafte Plörre, aber mein bester Freund ist verdammt stolz darauf. Ich setze an und lasse den Alkohol meine Kehle verätzen.

»Ich war unterwegs und hab ihn gefunden«, lüge ich. Sollte jemand hören, dass ich in ein Haus eingebrochen bin, würden sie wissen wollen, was ich zusätzlich zu dem Geschenk habe mitgehen lassen.

»Gefunden?« Ethan und Garrett lassen sich neben mich auf die Hocker sinken. Ash wirft mir einen Blick zu, der aussagt: Halt dich zurück. Das Tür-Debakel ist ihre Schuld. Weil sie sich mit Typen angelegt haben, mit denen wir jahrelang Frieden hatten. Das hat sich jetzt geändert und das mit der Tür war nur ein Anfang. Immer wieder fallen sie wie Heuschrecken über uns ein, saufen unseren Alkohol, plündern den Kühlschrank und gehen mir gewaltig auf die Eier.

»Ja. Gefunden«, antworte ich karg.

»Etwa in dem schicken Tesla, mit dem du hergekommen bist?« Ethan grinst mich mit seinen gelben Zähnen an.

Ehe ich mich in seine Richtung drehe, reiche ich Cherry über den Tisch an Ash. »Kümmer dich um deinen Scheiß, Ethan.«

Lachend klopft Garrett Ethan auf die Schulter. »Meinst du, die kleine Blonde hat ihm das Plüschtier geschenkt?«

Ethan reißt enthusiastisch die Augen auf. »Du bist ein Genie!« Er wendet sich wieder an mich. »Wir haben uns schon gefragt, was du freitags immer machst.« Er zwinkert mir grinsend zu. »Jetzt weiß ich, wie du deine Zeit verbringst.«

Garrett beginnt zu kichern wie ein kleines Schulmädchen. Ja, wir halten im Notfall zusammen, aber meistens herrschen in dieser Familie Rivalitäten, die mir mächtig auf den Sack gehen. Und dass sie jetzt über Ava reden wie über jede dahergelaufene billige Nutte, geht mir gewaltig auf den Sack.

»Offenbar hast du das Rätsel gelöst«, antworte ich. »Könnt ihr zwei Clowns euch jetzt verpissen?«

»Eine Frage hab ich noch.« Ethans Grinsen wird immer breiter, während mein Blut in meinen Adern pulsiert. »Bist du ihre Schlampe oder reicht es der Puppe, dir einen zu blasen, um gegen ihren Daddy zu rebellieren?«

Garrett und Ethan lachen so laut, dass sogar die Typen vom Sofa aufblicken. Auch durch meinen Körper geht ein Lachen. »Was denkst du denn?«

»Also ich an deiner Stelle hätte die Kleine so hart durchgenommen, dass sie nicht mehr auf ihrem Fahrersitz sitzen könnte, ohne zu wimmern.«

Wieder lachen wir, doch dann greife ich Ethans fettigen Haarschopf und schmettere seinen Schädel auf die Holzplatte der Bar. Garrett springt mit einem schrillen Aufschrei von uns weg und starrt erschrocken zwischen uns hin und her. Während Ethan Blut aus der Nase strömt und er sich wimmernd den Kopf umfasst, nehme ich mir meine fast heruntergebrannte Zigarette und ziehe daran. Ich puste den Qualm in seine Richtung und sage in ruhigem Ton: »Wag es noch einmal so über mich oder sie zu sprechen und ich schlag dir deine abgefaulten Zähne ein.«

Ohne darauf zu achten, ob er noch etwas sagt oder immer noch Blut aus seiner Nase schießt, stehe ich auf und verlasse den Raum. Es gibt Tage, da ertrage ich die reine Anwesenheit dieser ganzen Typen nicht. Heute ist einer dieser Tage.

Ruhe ist an diesem Ort ein Fremdwort, weshalb es mich nicht wundert, dass ich nicht lange in Frieden gelassen werde.

Ich sitze auf der Treppenstufe hinterm Haus, starre auf den leeren Hof und höre zu, wie sich Schritte nähern und Ash sich mit einem schweren Seufzen neben mich fallen lässt. Er schließt seine mandelförmigen Augen und richtet das Gesicht in den dunklen Himmel.

»Was ist los mit dir?«, fragt er, ehe er sich mir zuwendet, einen Joint anzündet und ihn mir hinhält.

Ich schüttle den Kopf. »Geh mir nicht auf die Nerven.«

»Ach komm schon.« Er stößt mich mit der Schulter an. »Vor mir brauchst du nicht den harten Kerl zu spielen.«

Schnaubend senke ich den Blick auf meine verschränkten Hände. »Wünschst du dir nicht manchmal einen Platz, an dem du einfach in Ruhe gelassen wirst?«

Ash lacht, zieht an seinem Joint und lehnt sich zurück, um sich auf seinen Armen abzustützen. »Du warst schon immer ein Träumer.« Ich werfe ihm einen drohenden Blick zu. »War ein Spaß.« Er setzt sich auf und holt etwas aus einer Tasche, die er um die Schulter hängen hat. »Das hier kann uns hier rausholen, Kumpel.«

Ich reiße die Augen auf, als ich den Beutel mit weißem Pulver in seiner Hand sehe. »Fuck, Ash!« Ich sehe mich um, um sicherzugehen, dass niemand uns beobachtet. Doch wir sind ganz allein. »Wie viel ist das?«

Er grinst breit. »Vier Kilo feinstes Koks.«

»Fuck.« Ich schließe die Augen.

»Das macht uns reich!« Seine Stimme ist so enthusiastisch, dass ich ihm ungern seinen Traum nehmen würde. Wenn irgendjemand einem Neuling so viel Stoff gegeben hat zum Verticken, war diese Person entweder dumm oder absolut skrupellos.

»Oder es bringt dich ins Grab! Von wem hast du das?«

»Von Li Tian.«

Oder er ist beides. Dumm und skrupellos.

»Du hast das echt von den Chinesen? Bist du so hohl?« Ich vergrabe das Gesicht in den Händen. »Das ist keine gute Idee. Bring das Zeug zurück.« Für gewöhnlich ist mir egal, wer sich in die Scheiße reitet.

Jeder ist für sein eigenes Glück oder seinen Untergang zuständig, aber Ash ist neben Brittany und ihrer Tochter der einzige Mensch in meinem Leben, der mir etwas bedeutet. Ihn zu verlieren, kann ich nicht zulassen. Dass er so lange in dieser Welt überlebt hat, verdankt er nur mir. Ash ist naiv und zu gutgläubig für das Leben, in das er hereingeboren wurde. Seine Kindheit hätte ihm klarmachen müssen, dass er niemandem vertrauen kann. So wie mir.

Aber Ash hat sich für einen anderen Weg entschieden. Er tut lieber so, als wäre das alles nie passiert. Es gibt Tage, an denen beneide ich ihn. Doch heute würde ich ihm lieber den Kopf waschen.

»Nee!« Er schüttelt vehement den Kopf. »Das hier mach ich richtig, Reese! Ich schwöre, ich verbock's nicht! Ich bringe uns hier raus!«

»Wie willst du überhaupt vier Kilo Koks verkaufen? Weißt du eigentlich, wie viel das ist?« Meine Kopfschmerzen werden von Sekunde zu Sekunde stärker.

Ash streichelt mit der Hand über seine Tasche, als wäre der Heilige Gral darin versteckt. »Ich habe Leute, die das für mich machen. Das ist ja das Beste. Ich verteile die Hälfte, aber bekomme den Großteil des Geldes.«

»Das du an die Mafia wieder abtreten musst.«

»Zehn Prozent behalte ich.«

»Zehn Prozent«, echoe ich. Für zehn Prozent hat er sich

mit den fiesesten Typen zusammengetan, die er auffinden konnte. »Ich hoffe, du baust keine Scheiße. Ich halt meinen Kopf nicht für dich hin.«

»Vertrau mir.« Mit geschlossenen Augen hebt er das Gesicht gen Himmel. Ich wünschte, ich könne ihm vertrauen, aber ich wappne mich schon darauf, ihn am Ende doch wieder aus der Scheiße ziehen zu müssen.

AVA:

Wer bist du?

UNBEKANNT:

Der Typ, an den du gerade gedacht hast,
Prinzessin.

KAPITEL 6
AVA

Ich hatte keine Ahnung, wie schnell mein Herz pochen kann, ohne dass ich an einem Infarkt sterbe. Nachdem ich Reese in seinem Viertel abgesetzt habe, bin ich nach Hause gefahren, aber habe es nicht über mich gebracht, hineinzugehen. Ich war noch nicht bereit, die vergangene Stunde hinter mir zu lassen. Das Ungewisse, das Adrenalin, das Abenteuer. Zum ersten Mal habe ich gegen ein Gesetz verstoßen. Reese hat mich zu einer Kriminellen gemacht und ein Teil in mir findet das nicht so schlimm, wie es sein müsste. Es kommt nicht selten vor, dass ich mich frage, was aus mir geworden wäre, wenn ich bei meinen Eltern aufgewachsen wäre. Sie waren nicht reich. Alles andere als das. Vielleicht mussten wir uns nicht als arm bezeichnen, aber es gab Tage, an denen eine heiße Mahlzeit ein Luxus war, den wir uns nicht leisten konnten.

Vielleicht wäre das mein Leben geworden, wenn sie nicht gestorben wären.

Erst, als ich sehe, wie Lucy eine Gardine zur Seite schiebt

und ihr blasses Gesicht im Fenster auftaucht, werde ich zurück in die Realität gerissen. Das hier ist mein Leben. Adoptiveltern, die sofort einen Nervenzusammenbruch erleiden, wenn ich auch nur eine Stunde zu spät nach Hause komme. Die mich betüdeln und in Luftpolsterfolie einpacken und keine Ahnung haben, dass sie mich damit ersticken.

Meine Kehle schnürt sich wie von selbst zu, als ich meinen Wagen verlasse und zur Haustür schlurfe. Noch ehe ich da bin, kommt Lucy mir zuvor und reißt die Tür mit Tränen in den Augen auf. Sie trägt einen langen Kimono über ihrem Zweiteiler und sieht aus, als hätte ich sie gerade aus einer Yogastunde gerissen.

»Meine Süße! Da bist du ja!« Sie dreht den Kopf und ruft: »Dan! Sie ist hier! Ruf die Polizei an, dass alles in Ordnung ist.«

Zähneknirschend gehe ich auf sie zu und beherrsche mich, meine Stimme neutral klingen zu lassen. »Ihr ... habt die Polizei gerufen?«

»Natürlich.« Lucy reißt erst ihre Augen weit auf, dann mich in eine innige Umarmung. »Du weißt doch, dass wir immer nach dir suchen lassen würden. Du bist doch unser Kind.«

Mein Rücken ist starr in ihrer Umarmung. Ich wünschte, sie würde mich nicht so sehr erdrücken. Weil meine leiblichen Eltern mir keine Liebe schenken konnten, denken Lucy und Dan, dass sie das wiedergutmachen müssen. Allerdings fühle ich mich dadurch nur noch schäbiger. Immer wieder reiben sie mir damit unter die Nase, was für ein Freak ich bin. Dass sie sich in irgendeiner Hinsicht schuldig fühlen. Auch, wenn wir uns damals nicht einmal gekannt haben. Die beiden wollten nicht einmal ein Kind adoptieren, aber als sie von meinem

Schicksal erfahren haben, hat es sich wohl richtig für sie angefühlt zu helfen. Ich war ihr kleines Projekt. Sie wollten wohl
etwas zurückgeben, weil sie so viel Glück in ihrem Leben
hatten. Als Lucy mich aus ihrer – für ihre Verhältnisse kurzen
– Umarmung lässt, gehe ich an ihr vorbei ins Haus. »Hast du
Hunger? Bist du müde? Um Himmels willen, du musst völlig
erschöpft sein!«

»Mir geht's gut«, hauche ich, da meine Stimme mittler-
weile völlig von dem Kloß in meinem Hals abgedrückt wird.
Sie raubt mir jegliche Luft zum Atmen. Ohne sie noch einmal
anzusehen, gehe ich hoch in mein Zimmer und werfe mich
rücklings aufs Bett. Ich lege meine Hände flach auf meinen
Bauch und versuche meine Atmung wieder zu kontrollieren.
Ein und aus. Ein und aus. Ich atme. Ich lebe. Ich habe die
Kontrolle.

Als ich kurz davor bin, wieder tief durchatmen zu können,
wird meine Zimmertür abrupt aufgerissen. »Du bist eine
Schwerkriminelle!«

»Was?« Ich setze mich hastig auf und starre Sydney mit
verängstigter Miene an. Sie weiß es. Wer weiß es sonst noch?
Und woher?

Die Matratze senkt sich, als Syd sich mit einem breiten
Grinsen neben mich im Schneidersitz hinhockt. »Was hast du
die Stunde getrieben, in der du wie vom Erdboden verschluckt
warst, du Rebellin?«

Ich kräusle die Stirn. »Was denkst du denn, was ich
getrieben habe?«

Sydney sieht verwirrt aus. »Was?« Sie schüttelt augenverdrehend den Kopf. »Du bist echt seltsam. Also? Mom und
Dad sind fast umgekommen vor Sorge.«

Stöhnend lasse ich mich wieder auf den Rücken fallen.

»Ich wünschte, sie würden mir einfach vertrauen. Ich bin doch kein kleines Kind mehr.«

Sydney legt sich neben mich, sodass wir gemeinsam an die Decke starren können, wo noch immer einige Leuchtsterne kleben und mir jede Nacht erhellen. Für sie war ich bei meinem Einzug echt dankbar. Ein neues Haus, fremde Menschen, ein neues Bett. Sie mussten gehört haben, dass ich in meinem alten Zimmer ebenfalls solche Sterne hatte. Bis heute spenden sie mir hin und wieder noch Trost. »Sie nerven, aber meinen es nicht böse.«

Es wundert mich, dass sie ihre Eltern in Schutz nimmt. Vielleicht hätte ich mich wirklich melden sollen. Allerdings hatte ich auch nicht vor, bei einem Einbruch Komplizin zu sein. Was hätte ich schreiben sollen? »Ich …« Ich überlege, ob ich es ihr erzählen soll. Wenn nicht Syd, wem dann sonst? »Ich war mit einem Kerl unterwegs.«

Als hätte ich ihr verkündet, dass ich schwanger bin, dreht sie sich zur Seite, stützt sich auf ihren angewinkelten Arm und starrt mich mit offenem Mund an. »Du? Mit einem Kerl? Wo hast du denn einen Kerl kennengelernt?« Sie zieht die Luft ein. »Etwa der von der Therapie? O! Mein! Gott!« Ich versuche nicht einmal, es zu verheimlichen und beiße mir stattdessen auf die Unterlippe. »Habt ihr rumgemacht?« Sie lässt mir keine Zeit zum Antworten oder auch nur um darüber nachzudenken. »Ist er heiß? Wie sieht er aus?«

»Verdammt heiß.« Die Worte kommen mir schneller über die Lippen, als mir lieb ist.

Sydney setzt sich auf und hüpft wie ein kleines Mädchen auf ihrem Platz auf und ab. »Details! Details! Details! Ich muss alles wissen! Du kleines Luder!«

»Er ...« Ich rufe mir sein Bild in den Kopf. Auch, wenn das nicht allzu schwer ist, weil ich es ohnehin nicht mehr aus dem Gedächtnis bekomme. »Er hat dunkle Augen. So dunkel, dass man sich davor fürchten könnte. Ich bin mir sicher, dass er mit diesen Augen echt schlimme Dinge mit angesehen hat.«

»Oha. Einer der Bösen.« Sie grinst. »Gefällt mir. Das scheint dein Beuteschema zu sein. Antoine war ja auch -«

»Stopp!«, unterbreche ich sie angewidert. »Noch ein Wort über Antoine und du erfährst nichts mehr!« Sydney nickt artig und tut so, als würde sie ihre Lippen abschließen. »Okay ... Seine Haare sind dunkelblond mit noch dunkleren Strähnen. Irgendwie stehen sie immer kreuz und quer und doch absolut perfekt. So, als wäre er gerade erst mit seinen Fingern dadurch gefahren.« Der Gedanke an seine tätowierten Arme und Hände lässt mich erzittern. »Er trägt einen Dreitagebart, der an seinem Kinn in Tattoos übergeht.«

»Heiß!«

»Scheiße, Syd! Das ist nicht okay.« Seufzend werfe ich mich zum wiederholten Mal nach hinten. Das ist absolut nicht okay! »Oder?«

»Klar, Süße! Du darfst dich doch noch amüsieren. Ist ja nicht so, als würdet ihr morgen heiraten oder so.«

Mit zerknittertem Gesicht sehe ich sie an. Vielleicht mache ich mir echt zu viele Gedanken. »Meinst du?«

Meine Adoptivschwester steht auf und stützt sich auf meine Oberschenkel ab. »Natürlich. Ein bisschen Spaß schadet nie. Ich hab jetzt ein Date, aber du musst mich auf jeden Fall auf dem Laufenden halten!« Mit einem Augenzwinkern verlässt sie mein Zimmer. »Und jetzt schlaf schön.«

Kurz nachdem sie gegangen ist, spüre ich ein Vibrieren in

meiner Hose. Ich ziehe mein Handy hervor. Neben unzähligen Anrufen von Lucy, die ich verpasst habe, entdecke ich auch eine Nachricht von einer unbekannten Nummer.

UNBEKANNT:

Hast du mein Geschenk schon gefunden?

AVA:

Wer bist du?

UNBEKANNT:

Der Typ, an den du gerade gedacht hast, Prinzessin.

Scheiße, kann er Gedanken lesen? Obwohl ich das besser lassen sollte, speichere ich mir die Nummer ein und gebe seinen Namen in das Adressbuch meines Handys ein. Verdammt, sogar sein Name sieht echt heiß aus.

AVA:

Woher hast du meine Nummer?

REESE:

Woher hatte ich die Adresse, der wir einen kleinen Besuch abgestattet haben?

AVA:

WAS? Ich habe eine Akte bei Dr. Baker?

REESE:

Und? Hast du mein Geschenk gefunden?

Erst weiß ich nicht, was er meint, doch weil ich nicht wie eine Idiotin wirken will, denke ich nach und kann mir nur vorstellen, dass er etwas in meiner Handtasche für mich hinterlassen hat. Ein Geschenk ...

Auf leisen Sohlen schleiche ich mich aus meinem Zimmer

und sehe mich um. Keiner der anderen ist zu sehen oder zu hören. Vermutlich machen Lucy und Dan es sich gerade auf der Couch bequem, trinken auf den Schock meines Verschwindens ein Gläschen Wein und schauen sich einen alten Schinken an. Ich gehe schnell die Treppe hinunter zu meiner Tasche, die ich im Flur auf der weißen Kommode abgestellt habe. Darauf bedacht, keine Geräusche zu machen, wühle ich darin, bis ich eine Schatulle finde, die heute Morgen noch nicht darin lag. Mein Herz poltert, während ich sie öffne und sie ein Schmuckstück preisgibt, das aussieht, als hätte er ein Vermögen gekostet. Ein schmaler Ring aus Weißgold mit einem wunderschönen Edelstein, der perfekt in seiner Fassung sitzt. Ich halte den Atem an, während ich wieder hoch in mein Zimmer eile und das Handy nehme.

AVA:

Reese … das …

REESE:

Keine Sorge, es ist nur ein Ring. Ich will dir keinen Antrag machen.

AVA:

Du schenkst mir einen gestohlenen Ring? Das ist echt nicht so cool, wie du denkst.

REESE:

Wirst du ihn tragen? Bei meiner nächsten Sitzung? Genauso wie die Kette?

AVA:

Du spinnst! Du kannst von Glück sprechen, wenn ich dich nicht gleich der Polizei ausliefere!

REESE:

Das hättest du längst getan. Ich kenne Frauen wie dich. Nach Außen wirkst du wie ein nettes Mädchen, das nie etwas Verbotenes tut, aber im Kern willst du aus dieser Rolle ausbrechen. Dein Glück: Du hast mich kennengelernt. Im Ausbrechen bin ich Profi ;-)

AVA:

Du kennst mich nicht ...

REESE:

Vielleicht. Aber ich weiß, dass du die beste Komplizin bist, die ich mir hätte wünschen können. Bei einem so unschuldigen Gesicht wird nie jemand etwas ahnen. Nicht zu vergessen, dass du ja deine Fingerabdrücke so gekonnt vernichtet hast.

AVA:

Haha. Ich lache mich schlapp ...

REESE:

Gib wenigstens zu, dass es dir Spaß gemacht hat, gegen ein paar Regeln zu verstoßen.

AVA:

Das wird nie wieder vorkommen!

REESE:

Das hast du schon einmal gesagt, als wir im Schrank waren. Auf dein Wort scheint kein Verlass zu sein.

Ich starre noch eine ganze Zeit lang auf meinen Bildschirm in der Hoffnung, dass er noch einmal schreibt, aber er enttäuscht mich. Reese antwortet nicht mehr, doch das bedeutet nicht, dass meine Gedanken sich nicht weiter um ihn drehen. Um seine fordernde Art. Um die Weise, wie er mit mir spricht und mich damit aus der Fassung bringt. Ich denke an seine dunklen Augen und wie er mich damit ansieht. Dass er keinen Hehl daraus macht, dass er mich attraktiv findet. Scheiße, er hat es mich deutlich spüren lassen. Ich spüre, wie sich mein Unterleib zusammenzieht und ich langsam feucht werde. Fuck! Seinetwegen? Nur wegen seiner anzüglichen Worte? Weil er mir nicht das Gefühl gegeben hat, als müsse er mich vor der bösen Welt beschützen. Weil er Teil dieser bösen Welt ist ...

Ich schließe meine Augen, um die Sterne über mir nicht mehr sehen zu müssen und lasse meine Hand über meinen eigenen Körper wandern. Über meinen Bauch, der sich jetzt stockend bewegt. Ich stoße den Atem aus, als ich meine Finger in mein Höschen gleiten lasse und mich berühre. Ich stelle mir vor, dass es Reese ist, der mich streichelt. Mein Gesicht glüht, während ich mein Becken vor und zurück bewege, während sich meine Finger verselbstständigen. Ich frage mich, ob er zärtlich wäre, ob er meinen Kitzler sanft berühren würde. Wahrscheinlich nicht. Der kurze Vorgeschmack hat gereicht, um mir zu verdeutlichen, wie Sex mit ihm wäre. Vermutlich weiß er genau, wie er eine Frau zum Höhepunkt bringen kann. Ich lasse einen Finger in mich gleiten und widerstehe dem Drang, aufzustöhnen. Ich bin feucht. Seinetwegen und das, obwohl er nicht einmal hier ist. Der Gedanke daran, wie er mich befriedigen würde, reicht, dass ich dem Höhepunkt immer näherkomme, bis ich schließlich die freie Hand in das Laken unter mir kralle und einen lautlosen Schrei von mir gebe.

KAPITEL 7
REESE

»Wie oft musst du noch zu deiner Seelenklempnerin?«, fragt Brittany, während sie Cherry auf dem Schoß auf und ab hüpfen lässt. Sie sieht verdammt fertig aus, lässt es sich aber nach einer langen Nacht nicht nehmen, nach Schichtende noch ein bisschen mit ihrer Tochter zu spielen. Cherrys Kichern wird immer lauter und sie wirft ihren Kopf freudestrahlend nach hinten. Sie streckt ihre Arme in meine Richtung und ich winke ihr lächelnd zu, ehe sie sich wieder zu ihrer Mutter beugt.

Ich lehne mich gegen Brittanys Schrank und beobachte die beiden. Ich wünschte, sie müssten nicht hier leben. Wünschte, die Kleine müsste nicht hier aufwachsen. Aber die Welt ist scheiße und daran wird sich nie etwas ändern. Es gibt tausende Kinder wie Cherry. Manche von ihnen schaffen es vielleicht, aber die meisten werden genau hier bleiben.

Ich frage mich, wieso Brittany überhaupt einen Schrank besitzt, denn wie es aussieht, liegen ihre gesamten Klamotten auf dem schmutzigen Boden verteilt. »Du solltest dringend aufräumen. Das ist echt kein Ort für ein Kind.«

Sie wirft mir einen drohenden Blick zu und presst ihre ohnehin schmalen Lippen zu einem Schlitz. »Halt die Fresse, Reese. Ich verdiene im Gegensatz zu dir Geld, um Essen für uns heranzuschaffen. Was machst du den ganzen Tag?« Cherry scheint nichts davon mitzubekommen. Anders als für andere Kinder ist es für sie nichts Außergewöhnliches, dass ihre Mutter so vulgär ist. Sie zieht an Brittanys dünnen Haaren, während sie weiter auf und ab springt.

»Ich besorge uns auch Geld. Nur auf eine andere Art.« Ich stoße mich ab und gehe auf sie zu, um Cherry hochzuheben. »Du solltest dich ausruhen. Wenn du so scheiße aussiehst, kannst du das Anschaffen gehen auch gleich sein lassen.«

»Fick dich.« Brittany zeigt mir den Mittelfinger, legt sich aber wie erwartet hin und ich lasse sie schmunzelnd zurück. »Hab dich auch lieb.«

Brit und Ash sind die einzigen, die von meinen Sitzungen wissen. Die anderen würden mich auslachen und für schwach halten. Und Schwäche ist das Letzte, was ich vor dieser Meute an Aasgeiern zeigen will. Ein halbes Jahr muss ich noch wöchentlich dort antanzen, was mir mächtig gegen den Strich geht, aber für so einen kleinen Diebstahl will ich echt nicht einfahren. Den Gefallen werde ich sicher niemandem tun.

Nachdem ich Cherry in ihrem Kinderstall abgesetzt habe, den irgendeine reiche Familie vor einiger Zeit ausrangiert hat, mache ich mich aus dem Staub, bevor noch jemand dumme Fragen stellen kann, wohin ich wieder verschwinde.

Auf dem Weg zu meinem Motorrad fängt mich Ash ab und läuft mir hinterher wie ein Hund. Ich weiß sofort, dass er etwas von mir will. »Ich hab' heut Abend 'nen Job.«

»Okay.« Der Schotter unter meinen Sohlen knirscht bei jedem Schritt, während ich von irgendwoher einen Streit höre.

»Ja!« Ash klopft mir auf die Schulter, um mich zurückzuhalten. »Irgend so ein Proll veranstaltet eine Hausparty und hat mich eingeladen.« Er stößt ein Lachen aus. »Es spricht sich wohl herum, dass ich guten Stoff habe.« Ich stoße nur ein Knurren aus. Ash weiß, dass ich es nicht für schlau halte, dass er mit Li Tian ins Geschäft gekommen ist. Dieser Typ sorgt nur für Schwierigkeiten. Wenn etwas nicht nach seinem Plan läuft, tickt er gerne schon mal aus. Bisher hat Ash sich auf Gras und harmlose Drogen beschränkt. Dass er jetzt mit Koks dealt, ist eine andere Liga. »Begleite mich doch! Ich könnte sicher deine Hilfe gebrauchen bei den ganzen Rich-Kids. Ich kann nicht einfach raushauen, dass ich ihnen etwas verticken kann. Erst muss ich ein bisschen warm mit ihnen werden. Vielleicht finde ich ja Stammkunden.«

»Vergiss es.« Ich schüttele den Kopf und gehe schneller, um mein Bike zu erreichen, ehe er weiter auf mich einredet. Ohne auf seine Reaktion zu warten, starte ich die Maschine und lasse Ash in einer Wolke aus Staub und dem Qualm meines Auspuffs zurück.

Es ist eine Woche her, dass ich Ava gesehen oder mit ihr geschrieben habe. Es war so viel los, dass ich nicht einmal daran gedacht habe, ihren Namen in meinem Handy zu suchen. Auch, wenn ich gestehen muss, dass ihr Bild hin und wieder in meinem Gedächtnis aufgetaucht ist. Oder das Gefühl, als sie ihren geilen Arsch gegen meinen Schwanz gepresst hat, als wir in diesem Schrank feststeckten. Wie sich ihre feuchte Pussy meinen Fingern entgegengebeugt hat.

Fuck.

Ich öffne die Tür zum Büro und als hätte sie nur auf den Moment gewartet, huschen ihre schönen blauen Augen in meine Richtung. Sie sitzt im Erker und anders als das letzte Mal macht sie keine Anstalten, mir den Platz zu überlassen. Unsere Blicke halten sich gefangen, während ich die Therapeutin nur verschwommen wahrnehme.

»Hallo, Mr. Davis. Sie sind ein bisschen spät.« Ich sehe im Augenwinkel, dass sie auf einen freien Platz auf dem Sofa deutet, doch ich bleibe lieber stehen und lehne mich an eine Wand, von wo aus ich Ava ganz genau im Auge behalten kann. Sie kaut auf ihrer Unterlippe und irgendwann unterbricht sie unseren Blickkontakt.

»Ich bin jetzt hier.« Ich beobachte, wie Ava auf ihrem Platz herumrutscht und ich wünschte, es wäre mein Schoß, auf dem sie das tut. Fuck, ich brauch diese Frau auf mir.

»Wie geht es Ihnen, Reese?« Ich bin nicht dumm und weiß, dass sie meinen Namen so oft verwendet, um eine Bindung zu mir aufzubauen. Aber das kann sie echt vergessen. Ich bin nicht hier, um Freunde zu finden oder gerettet zu werden. Ich tue das hier nicht, weil ich denke, dass ich danach von meinen Problemen geheilt bin. Sie sind ein Teil von mir. Sie gehören zu mir.

»Ich hatte einen verrückten Traum«, sage ich und stecke meine Hände tief in die Hosentaschen. Unter anderem, um meinen Ständer zu verbergen.

»Erzählen Sie mir davon!« Die Alte ist völlig hin und weg,

dass ich ihr etwas Persönliches anvertraue. Auch, wenn es nur gequirlte Scheiße ist.

»Erst war es dunkel. Ich war eingesperrt ... in einem Schrank.« Avas Augen zucken hoch und finden meine. Mein Mundwinkel zuckt. Jedoch so wenig, dass nur sie es erahnen könnte. »Ich hatte Angst, entdeckt zu werden.«

»Kann es sein, dass Sie sich vor sich selbst verstecken, Reese?«

Ich befeuchte meine Lippen. »Es war, als stünde ich vor etwas Großem. Einem Coup, der sich echt lohnen könnte.«

»Aber Sie waren eingesperrt. Dieser »Coup« könnte für Ihren Durchbruch stehen. Sie verstecken sich vor sich selbst und dem Menschen, der hinter dieser Fassade liegt.«

Ich nicke, obwohl ich weiß, dass sie nur Blödsinn von sich gibt. Und Ava weiß es auch. Ihre Augen sind weit aufgerissen. Sie weiß, dass ich über den Abend vor einer Woche spreche. Ich lasse meine Augen an ihr hinabwandern und entdecke, dass sie den Ring trägt. Sie dreht ihn mit Zeigefinger und Daumen der rechten Hand, während er wie angegossen am linken Ringfinger sitzt.

»Schöner Ring«, sage ich und nicke in ihre Richtung. »Wer ist der Glückliche?«

Jetzt sieht auch die Therapeutin in ihre Richtung. Avas Gesicht läuft knallrot an, während sie ihre Hand hastig unter ihren Arsch schiebt. »Ich ...« Sie blickt zwischen ihrer Chefin und mir hin und her. »Den habe ich mir selbst gekauft.«

Ich zwinkere ihr zu, doch sie senkt sofort den Blick. Lügen ist echt nicht ihre Stärke. Vielleicht sollte ich ihr Unterricht geben. Der Trick ist es, so nah an der Wahrheit zu bleiben, dass man es selbst glauben kann. »Und die Kette ist auch neu?«

Sie sieht wieder hoch und bedenkt mich mit einem so stechenden Blick, dass ich sie mir am liebsten auf der Stelle schnappen und vor den Augen ihrer Chefin ficken würde.

Den Rest der Stunde, in der ich nur noch sporadisch mitgearbeitet habe, vermied Ava es, mich anzusehen. Auf meine Anspielungen ging sie nicht ein, weshalb mir schnell langweilig wurde und ich mich doch noch auf das Sofa fallen lassen und so getan habe, als würde ich der Therapeutin zuhören. Ich habe mich gefragt, wie ein einzelner Mensch nur so viel Blödsinn verzapfen kann. Von wegen Vergebung. Wem soll ich vergeben? Mir? Wofür? Dass ich versuche, aus meinem Drecksleben mehr zu machen? Meiner Mutter? Dafür, dass sie mich nicht einfach nach der Geburt ertränkt hat? Es hätte mir so manche Scheiße erspart. Aber davon weiß diese Frau nichts, denn das geht sie einen Dreck an. Genauso wie jeden anderen.

Jetzt ist meine Laune echt im Keller, weshalb ich mir einen Drink nach dem anderen hinter die Binde kippe. Ich hatte keine Lust, nach Hause zu gehen und bin in einer Kneipe hängengeblieben, die ich für gewöhnlich meide. Es ist nicht mein Gebiet, es sind nicht meine Leute. Aber genau das brauch ich gerade. Ruhe, um den Müll über Vergebung aus meinem Schädel zu saufen.

Ich schnipse vor meinem Glas, um dem Barkeeper zu verstehen zu geben, dass er es auffüllen soll. Der Typ ist locker Mitte sechzig und hat sich so sein Leben sicher auch nicht vorgestellt. Er schenkt mir eine Plörre ein, zu der sogar Ashs Schnaps wie ein edler Tropfen schmeckt. Hier drin stinkt es nach Schweiß und dem billigen Fusel, der mir den Hals wegätzt. Es wundert mich, dass sogar hier Nutten rumlungern, die auf der Suche nach ein paar Kröten alles tun würden.

»Hey, Süßer.« Ein Mädchen lehnt sich neben mich an die Bar und wirft ihre Haare über die Schulter. Sie wirkt nicht viel älter als achtzehn und noch recht unverbraucht. Ich leere mein Glas, das wieder aufgefüllt wurde und stelle es lautstark zurück auf das klebrige Holz, während ich meinen Kopf in ihre Richtung drehe, um sie genauer anzusehen. Ihr Gesicht ist nicht so fahl oder eingefallen wie die der Fixer und sie hat eine recht anständige Figur.

»Was willst du?«, knurre ich.

»Dich.« Sie legt ihre Hand auf meinen Arm und lässt ihre langen Krallen neckisch über meine Haut wandern. An jedem anderen Tag wäre sie wie ein Jackpot gewesen, aber heute bin ich nicht in Stimmung.

Ich schüttle sie ab und wende mich wieder nach vorne. »Kein Interesse. Lauf lieber wieder nach Hause, ehe du endest wie der Rest von uns.« Sie verschwindet ohne ein weiteres Wort und hängt im nächsten Augenblick am Rockzipfel eines anderen Typen. Ich fische mein Handy aus meiner Hosentasche und suche nach ihrem Namen.

Keine gute Idee, Reese. Du bist besoffen. Lass es lieber.

REESE:

Was machst du?

O Gott, ich klinge wie ein Kind. Bevor ich die Nachricht wieder löschen kann, sehe ich, dass sie tippt.

AVA:

Ich mache mich fertig für eine Party. Meine Schwester schleppt mich mit.

Was für eine Party?

AVA:

Keine Ahnung. Von so 'nem Typen. Ich kenne ihn überhaupt nicht.

Ein Grollen bahnt sich in mir an.

Sie soll nicht auf eine Party zu irgendeinem Kerl gehen. Wer weiß, welche Gestalten da rumlaufen und nur darauf warten, sie in eine dunkle Ecke zu ziehen. Der Gedanke lässt mich die Muskeln in meinen Armen anspannen, bis hin zu meinen Fingern, die ein lautes Knacken von sich geben, als ich sie zur Faust balle. Nein, definitiv keine Option. Erst dann fällt mir ein, dass Ash heute einen Job hat. Vielleicht ist es dieselbe Party?

Drei Stunden später parken Ash und ich unsere Bikes an einer Straße, in einem Viertel, in dem wir auffallen wie bunte Hunde. Jeder Blinde würde erkennen, dass wir zum Dealen hier sind.

»Du denkst immer noch, dass das eine gute Idee ist?«, frage ich meinen Freund murrend.

Er kratzt sich am Hinterkopf. »Vielleicht hätten wir uns umziehen und mit dem Taxi kommen sollen.«

Ich verdrehe die Augen und laufe vor. An den ganzen schicken Karren vorbei, den beleuchteten Weg entlang. Rechts und links ist er von Pflanzen umrahmt und wirkt wie ein verdammter roter Teppich. Ein Typ in einem weißen Polohemd kommt uns entgegen und strahlt uns mit einem breiten

Grinsen an, das ich ihm am liebsten aus dem Gesicht fegen würde.

»Hey!« Er breitet die Arme aus und reicht mir die Hand, als er bei mir ankommt. Ich ignoriere ihn, woraufhin er Ash ebenfalls begrüßt. »Meine Ehrengäste.« Er lässt den Blick über uns schweifen. »Ich wusste gar nicht, dass ihr zu zweit kommt.« Er legt den Kopf schief und grinst wieder breit. »Dann ist ja sicher genug für alle da.«

Ash nickt mit einem Lächeln, das ihm dieses Mal nicht ganz so gelingt wie sonst. Offensichtlich spürt er auch sofort, dass wir hier nicht hingehören. Weil ich dieser Situation entkommen will, lasse ich die beiden stehen und betrete das Haus, in dem ich von lautem Hip-Hop empfangen werde. Ich verziehe das Gesicht. Kurzerhand sehe ich mich um, suche nach einer Bar, aber auch nach ihr. Ersteres finde ich sofort und befülle einen roten Plastikbecher mit Whisky und genehmige mir einen großen Schluck, ehe ich ihn wieder auffülle. Der Alkohol ist das erste Positive an diesem Abend. Wenn der Umgang mit diesen Kids einen Vorteil hat, dann ist es, dass sie Kohle für die wirklich guten Sachen ausgeben.

Meine Suche führt mich durch ein protziges Esszimmer, in dem ein Beamer aufgestellt wurde, damit ein paar Kerle auf einer Leinwand zocken können und etliche Weiber hinter ihnen stehen, um sie anzufeuern.

Diese Leute mögen deutlich mehr Knete auf ihren Konten liegen haben, doch im Grunde sind sie nicht viel anders als wir. Die Kerle versuchen damit anzugeben, wie sie andere Jungs fertigmachen, um den Frauen zu zeigen, dass sie im Notfall beschützen können. Jäger und Sammler. Innerlich sind wir alle Neandertaler, die sich gegenseitig die Köpfe einschlagen wollen. Ob in echt oder auf einem Bildschirm.

Kopfschüttelnd verlasse ich diesen Raum wieder, um in einem Wohnzimmer zu landen, das größer ist als unser gesamtes Haus. Neben einer gigantischen Couch, auf der sich schon einige Paare miteinander amüsieren, gibt es hier noch einen Tisch, an dem eine Gruppe lautstark grölender Jungs Bierpong spielt und einen Billardtisch. Hier finde ich Ava. Ich erkenne sie sofort, auch wenn ich sie nur von hinten sehe. Sie trägt ein enges schwarzes Samtkleid, das ihre Kurven perfekt betont. Der Saum endet kurz unter ihrem Arsch, was in mir nicht nur eine Fantasie wachruft.

Sie hat den Queue auf dem Boden abgestellt und hält sich daran fest, während sie einem anderen Mädchen dabei zusieht, wie sie versucht, eine Kugel zu treffen. Ich sehe sofort den Ring an ihrem Finger und muss schmunzeln. Da sie ihre Haare zu einem unordentlichen Dutt hochgesteckt hat, liegt ihr Hals viel zu verführerisch frei. Ich lasse mich auf das Sofa sinken und kann meinen Blick nicht von ihr nehmen. Meine Hose wird eng bei dem Gedanken, wie gerne ich meine Hand um ihren Hals legen, ihr das Kleid hochschieben und in sie eindringen würde.

Offensichtlich bin ich nicht der Einzige, der Ava und – vermutlich ihre Schwester – bei dem Spiel beobachtet. Neben mir sitzt ein Kerl in Jeansjacke und Justin Bieber Frisur und glotzt die beiden an. Seine Hand liegt in seinem Schritt und richtet seinen Schwanz.

»Ich weiß gar nicht, wen ich von ihnen lieber flachlegen würde.« Er leckt sich über die Unterlippe und sofort spüre ich den Drang, ihm seine Zunge aus dem Maul zu schneiden.

»Okay.« Er starrt auf Avas Arsch, den sie uns in ihrem engen Kleid perfekt präsentiert, während sie sich über den Billardtisch beugt, um eine Kugel zu stoßen.

»Ich habe mich entschieden.«

Ich ziehe mein Butterflymesser aus meiner Arschtasche und klappe es vor seinen Augen auf. Dabei wende ich mich ihm zu, sodass er verängstigt zwischen mir und meinem Freund in der Hand hin und her sehen muss. »Schau sie noch einmal so an und ich steche dir deine Augen aus, um sie irgendeinem Köter zum Fraß vorzusetzen.« Im nächsten Augenblick springt er auf und stürzt davon. Ich lehne mich zurück, packe mein Messer wieder ein und beobachte Ava weiter. Sie hat echt einen Prachtarsch ...

Es ist sicherlich nicht die beste Idee, in meinem Zustand mit jemandem wie ihm in der Dunkelheit zu verschwinden, aber da ist nichts. Keine Sorgen, keine Angst.

KAPITEL 8
AVA

»Du bist heute echt nicht wiederzuerkennen, Schwesterherz.«

»Das sagt die Richtige«, kontere ich mit hochgezogener Augenbraue. Noch nie hat sie mich Schwester oder gar Schwesterherz genannt. »Schwesterherz?«

Syd zuckt mit den Schultern. Die Stunde, die sie dafür geopfert hat, sich eine Lockenpracht zu zaubern, hat sich eindeutig gelohnt. Die schwarzen Haare fallen in wunderschönen großen Locken über ihren nackten Rücken. Das rote Kleid wirkt von vorne eher schlicht, aber sobald sie sich umdreht: Boom! »Langsam erkenne ich eben Gemeinsamkeiten. Das gefällt mir.« Nachdem ich sie rigoros im Billard besiegt habe, hat sie mich mit in die Küche genommen und mir einen Drink zubereitet, der meinen ganzen Körper in Flammen setzt. Als sie mich auf diese Party eingeladen hat, habe ich mir eines geschworen: Heute lasse ich die Sau raus. Einmal will ich mich frei fühlen. Ohne an die Konsequenzen denken zu müssen. Ich werde Syd nachahmen und mich einfach fallen lassen. Als sie mir dieses Kleid gegeben hat, habe ich beinahe einen Rückzieher gemacht, aber jetzt bin ich froh, nicht gekniffen zu haben. Ich muss zugeben, dass ich mich sexy fühle und die Blicke der Männer genieße. Obwohl ich so tue, als bemerke ich sie nicht, spüre ich sie an meinem Körper hängen. Sydney legt ihren Kopf in den Nacken und trinkt aus. Sie verzieht das Gesicht und stößt einen schrillen Schrei aus.

»Scheiße, brennt das! Hier!« Sie hält mir einen Shot hin, den ich nehme und erst daran nippe. Mein Hals zieht sich zusammen, so stark ist der Alkohol, der ihn hinunterrinnt.

Ich halte ihr das Glas hin. »Das Zeug krieg ich nicht runter.«

Doch statt ihrer ist es eine andere Hand, die mir das Glas abnimmt. Die Tattoos darauf würde ich überall wiedererkennen.

»Weil du es falsch trinkst.«

Ich hebe den Kopf und sehe Reese dabei zu, wie er nach einer Zitronenscheibe greift und ihren Saft auf seiner Hand zwischen Zeigefinger und Daumen verteilt. Als Nächstes streut er eine Prise Salz darauf und leckt die Mischung ab, bevor er den Tequila trinkt. Anschließend beißt er in das Zitronenstück und befreit es von seinem Fleisch. Seine Miene verzieht sich keinen Millimeter, seine Augen halten mich gefangen und lassen keinen Platz für Flucht. Nicht, dass ich auch nur daran denken würde. Vielleicht liegt es an den Drinks, die ich vorher schon hatte, aber sein Blick lässt meine Haut kribbeln.

Ich greife ebenfalls nach einer Scheibe und dem Salz. »Darf ich?« Ich deute auf seine Hand, woraufhin seine linke Augenbraue erstaunt zuckt. Ich bin genauso überrascht über meine Frage wie er, aber es war mein erster Gedanke, dass ich dieses Spiel gerne fortführen würde und statt wie sonst auf meine Vernunft zu hören, habe ich ihn ausgesprochen. Er nickt und ich nehme seine Hand. Sie fühlt sich auf merkwürdige Weise nicht fremd an.

Ich sehe ihm in die Augen, die noch dunkler werden, als ich seine Hand vorbereite, sie umfasse und an meinen Mund führe. Seiner öffnet sich einen Spalt, während ich meine Lippen auf seine Haut lege. Etwas länger als nötig und meine Zunge darüber wandern lasse. Das Saure und Salzige vermischt sich in meinem Mund. Der Gedanke, dass vorher schon seine Zunge diese Stelle berührt hat, lässt meine Mitte zucken. Ich lasse seine Hand wieder los, nehme einen weiteren Shot und würge ihn mit einem großzügigen Schluck hinunter. Reese hält mir die Zitrone hin, woraufhin ich sie an meinen Mund führe und daran sauge. Keine Sekunde lasse ich ihn aus den Augen.

»Was war das?«, höre ich Syds Stimme. Sie habe ich in den letzten Sekunden völlig ausgeblendet. Als mir klar wird, was sie eben mit angesehen hat, schäme ich mich ein bisschen.

»Ähm.« Ich schüttele den Kopf, um ihn freizubekommen. »Das ist Reese.«

Erst legt sie die Stirn in Falten, doch als sie versteht, reißt sie Mund und Augen auf. »Ah! Der Reese!« Sie wendet sich ihm zu. »Ich bin Sydney.«

Reese reißt den Blick von mir los und nickt ihr kurz zu.

»Was machst du hier?«, frage ich über die Musik hinweg, die ich auch bis eben noch ausblenden konnte.

Er zuckt mit den Schultern. »Das finde ich noch heraus, Prinzessin.«

Mit diesen Worten verschwindet er ebenso schnell, wie er

aufgetaucht ist. Sydney sieht ihm irritiert hinterher. »Fuck. Der ist echt heiß.« Sie wendet sich mir zu. »Wieso Prinzessin?«

»Keine Ahnung.« Ich hefte meinen Blick an seinen Rücken, bis er aus meinem Sichtfeld verschwunden ist. Erst dann drehe ich mich wieder um. »War das schräg?«

Sydneys Mundwinkel zucken. »Dass du seine Hand abgeleckt hast?« Sie presst die Lippen zusammen, um nicht loszulachen. »Vielleicht ein bisschen.«

Mein Kopf beginnt zu schmerzen, als ich darüber nachdenke, ob oder wie sehr ich mich gerade zum Deppen gemacht habe. »Scheiße.« Ich nehme mir vom Tisch einen Becher und mache eine großzügige Mischung aus Gin und Tonic. Sydney kichert nur wie ein Schulmädchen, als ich den Becher leere. »Kein Grund, dich zu betrinken.« Ohne auf ihre Worte einzugehen, gieße ich mir den Becher noch einmal voll.

Sydneys Aufmerksamkeit ist abgedriftet und auf einem Kerl haften geblieben, mit dem sie vor einer halben Ewigkeit etwas hatte. Ich mochte ihn noch nie, weshalb ich nicht gerade traurig darüber war, als sie ihn abserviert hat. Dass sich ihre Laune jetzt offenbar mit jeder Sekunde weiter verschlechtert, bestätigt nur meine Meinung über ihn. »Komm«, sage ich und berühre sie an der Schulter, um sie aus der Küche zu lotsen, doch sie schüttelt mich ab und presst ihren Rücken gegen den Tresen, um ihn noch besser sehen zu können.

Er streicht sich mit den beringten Fingern durch seine Schmalzlocken und tanzt sich von hinten an eine zu bedauernde Frau heran. Wenn sie wüsste, was für einen widerlichen Charakter er hat, würde sie schnellstmöglich das Weite suchen.

Ich erinnere mich noch genau, wie Sydney sich jeden

Abend in den Schlaf geweint hat, wenn er sie wieder einmal sitzen gelassen hat, weil er andere Prioritäten hatte. Dass diese Prioritäten andere Frauen waren, war uns beiden klar, aber Syd hat die Tatsache viel zu lange ignoriert.

Es war das erste und einzige Mal, dass ich einen Freund von ihr kennengelernt habe. Ihr war klar, dass ich sie beschützen wollte, als ich ihr geraten habe, ihn zu verlassen, aber vermutlich hat ein Teil von ihr mir nie verziehen, dass ich recht hatte.

Im genau richtigen Moment erscheint ein anderer Typ an unserer Seite und ich hoffe, dass er eine passende Ablenkung sein könnte. Er lehnt sich halb über den Tresen, um uns mit einem verschmitzten Grinsen auf sich aufmerksam zu machen. Einige der Leute hier kenne ich noch von der Schule oder von Treffen bei uns zu Hause, aber ihn habe ich noch nie irgendwo gesehen. »Heute ist ein schöner Abend, um das Leben zu feiern, nicht wahr?«

Sydney mustert ihn intensiv, verzieht das Gesicht jedoch nur abschätzig. Obwohl ich weiß, dass er mit seinen dunklen Haaren und den spitzen Eckzähnen, die sich beim Lächeln zeigen, genau ihrem Typen entspricht. Vielleicht war es doch nicht genau der richtige, sondern der absolut falsche Zeitpunkt für sein Auftauchen. »Bis jetzt war es ein schöner Abend, das stimmt.«

Er stützt sich auf den Ellenbogen, legt das Kinn in seine offene Hand und lässt seinen Blick über meine beste Freundin wandern. »Habt ihr Lust auf eine Runde Bierpong? Ein Freund von mir und ich suchen noch nach würdigen Mitstreitern.«

»Und wir sehen so aus?«, fragt sie naserümpfend.

»Okay.« Der Kerl drückt sich vom Tresen ab und hebt entschuldigend die Arme. »Versteh ich schon. Wir machen alle fertig in dem Spiel.« Sydney springt auf seine Herausforderung sofort an. Als wisse er genau, welche Knöpfe er bei ihr drücken muss.

»Vielleicht solltet ihr euch auf eure erste Niederlage gefasst machen.« Sie wirft ihre Haare über die Schulter, schnappt sich so schnell meine Hand, dass ich nur im letzten Augenblick mein Getränk mitnehmen kann, und zieht mich in Richtung Wohnzimmer.

Wenn ich ehrlich bin, habe ich keine große Lust auf dieses Spiel, aber Sydney würde mir einen Rückzieher nicht verzeihen, weshalb ich die Klappe halte. Immerhin läuft im Wohnzimmer bessere Musik. Hip-Hop ist nun wirklich nicht mein liebstes Genre. Als »Last Resort« von Papa Roach beginnt, sind offensichtlich nicht alle der Meinung, aber ich spüre die schrillen und gleichzeitig tiefen Töne in meiner Brust schlagen und fühle mich eindeutig wohler mit der Auswahl.

Es wundert mich nicht, als ich sehe, wer an der Anlage steht. Allerdings wundert es mich, als der Kerl, der uns auf Schritt und Tritt ins Wohnzimmer gefolgt ist, seinen Namen ruft. »Hey! Reese, ich habe neue Gegner gefunden!«

Er dreht sich in unsere Richtung und als er mich erkennt, schüttelt er knapp den Kopf. »Kannst du vergessen, Ash! Such jemand anderes.«

Ich fühle mich wie vor den Kopf gestoßen. Seine Worte sind so hart, dass es sich wie eine Ohrfeige anfühlt. Entweder habe ich ihn völlig falsch eingeschätzt oder mit meiner Aktion in der Küche verschreckt. Keine Ahnung, was sein Problem ist, aber es geht mir gehörig gegen den Strich. Auch Ash wirkt verwirrt und geht auf seinen Kumpel zu, um mit ihm leise zu diskutieren. Reese sieht von ihm zu uns und sein Blick verfinstert sich immer weiter. Weil ich es ziemlich daneben finde, dass die beiden über uns reden, als wären wir Ware, die an den Mann gebracht werden will, gehe ich kurzerhand auf sie zu und mische mich ein. »Spielen wir jetzt, oder was?« Ich sehe Reese an und lege die Lippe kraus. »Oder hast du etwa Angst zu verlieren?«

Seine Antwort ist ein Knurren, woraufhin Ash wieder das Grinsen auflegt, mit dem er sich vorgestellt hat. »Wir sind sofort da. Macht euch schon einmal warm.«

Widerwillig lasse ich die beiden stehen und mache mich auf den Weg zum Bierpong-Tisch, an dem Syd bereits wartet.

Wir stellen die Becher in zwei Dreiecken auf und füllen sie bis zur Hälfte mit Bier.

»Ob das Zufall war?«, fragt Syd, die ihre schlechte Laune offenbar in der Küche zurückgelassen hat. »Ich glaube ja nicht.« Ihr verschmitztes Lächeln unterstreicht ihre Worte.

»Er will gar nicht mit mir spielen. Hast du das nicht gemerkt?« Ich klinge enttäuschter, als ich wollte.

»Quatsch!« Syd legt die Stirn in Falten, dreht sich in seine Richtung und mustert ihn genau. »Ich bin mir sicher, dafür gibt es einen guten Grund.« Sie grinst. »Schau!« Als ich mich ebenfalls umdrehe, sehe ich, wie die beiden auf uns zukommen. Reese wirkt nicht gerade begeistert, aber immerhin ist er nicht abgehauen, wie er es oft gerne tut, wenn er einer Situation entkommen will.

»Na dann!« Ash klopft in die Hände und nimmt sich einen Tischtennisball, den er Sydney zuwirft. »Ladys First.«

Sie fängt ihn gekonnt und wirft ohne Umschweife in den

ersten Becher. Jubelnd klatschen wir ab und warten darauf, dass einer der Kerle den Becher leertrinkt. »Deine Idee, dein Bier.« Reese reicht seinem Freund den Becher, den er mit einem Zwinkern leert und hinter sich auf den Boden wirft. Wirklich Anstand haben wohl beide nicht.

Ich muss leider feststellen, dass ich im Billard mehr glänzen konnte als bei diesem Spiel. Es dauert nicht lange, bis unsere Becher beinahe leer sind und ich noch keinen einzigen auf der anderen Seite getroffen habe.

»Jetzt mach schon, Ava!«, zischt Sydney dicht neben meinem Ohr und setzt mich damit noch mehr unter Druck, als ich ohnehin schon stehe. Ich spüre den Alkohol in meinem Körper und der macht es nicht gerade leichter, mein Ziel zu treffen. Ich atme tief durch, fixiere einen in der Mitte in der Hoffnung, dass ich im Notfall einen der anderen treffe. Der Ball fliegt über die Platte und ... trifft natürlich nicht. »AVA!«

Entschuldigend hebe ich die Hände, woraufhin wir nur darauf warten, dass wir auch die letzten Becher austrinken müssen. Lange dauert es jedenfalls nicht und wir entscheiden, noch eine Runde zu machen.

»Ich hätte gerne einen anderen Partner!«, ruft Sydney sofort.

»Hey!« Entrüstet schubse ich sie einen Schritt von mir weg.

»Was denn? Ich will gewinnen und mit dir ist das unmöglich.«

Ich ziehe eine Schnute, verstehe ihren Einwand jedoch. Zuerst bin ich in Ashs Team, weil Reese offenbar keinen Bock auf mich hat und wie es aussieht, war es die richtige Entscheidung, denn wieder einmal bin ich im Verliererteam. Zu meinem Glück übernimmt Ash die meisten Becher, weshalb ich nur einen einzigen runterwürgen muss. Ich habe genug

Bier für ein ganzes Leben in meinem Körper. Es würde mich nicht wundern, wenn ich sogar Bier blute.

»Eine letzte Revanche. Wer jetzt gewinnt, hat den Sieg in der Tasche. Ava war dann einmal von jedem das Handicap.« Ich nehme Ashs Vorschlag nicht persönlich, weil ich den Verdacht habe, dass er gerne einmal mit Syd im Team wäre. Allerdings bedeutet das auch, dass ich an Reese' Seite stehen muss. Was seiner Miene nach nicht gerade das ist, was er im Augenblick will.

»Hey«, murmele ich, als ich bei ihm ankomme. Er füllt die wenigen leeren Becher wieder auf. »Bereit zu verlieren?« Okay, ich gebe zu, dass die letzte halbe Stunde an meinem Selbstbewusstsein einen kleinen Knacks hinterlassen hat.

Er greift nach einem Ball und hält ihn mir hin. Es wäre besser, wenn er anfangen würde, das ist uns beiden bewusst. Dennoch lässt er sich nicht abbringen. »Mach dich locker«, sagt er und legt seine Hände um meine Schultern. Dass diese Berührung genau das Gegenteil in mir auslöst, scheint ihm nicht aufzufallen. Doch anders als bei den meisten Menschen versteife ich mich nicht aus Unwohlsein. Er beugt sich leicht über mich, sodass sein heißer Atem meinen nackten Hals streift. Sofort zieht sich eine fast schmerzende Gänsehaut über meinen Körper und ich muss ein Seufzen unterdrücken.

Contenance!

»Es ist egal, ob wir gewinnen, Prinzessin«, sagt er so leise, dass sich sogar diese Worte wie etwas Unanständiges anhören. Ich schlucke schwer. Sein Körper ist so nah an meinem, dass mir beinahe schwindelig wird. Und weil ich weiß, dass er nicht weggeht, ehe ich den ersten Zug mache, lasse ich meine Hand vorschnellen und treffe einen Becher.

Sydney macht einen empörten Aufschrei, während ich

mich laut jubelnd umdrehe und Reese umarme. Ausnahmsweise bin nicht ich es, die sich versteift. Er legt seinen rechten Arm um meine Hüfte und zieht mich ein Stückchen näher zu sich heran, ehe wir uns schnell wieder voneinander trennen.

»Von wegen Nachteil!«, rufe ich und zeige demonstrativ mit dem Finger auf unser gegnerisches Team. »Ich brauche nur den richtigen Partner!« Tatsächlich bewahrt sich mein Enthusiasmus, denn Reese und ich gewinnen diese Runde. Zugegebenermaßen hat er den Großteil dazu beigetragen, aber ich habe dafür gesorgt, dass die anderen mindestens zwei Becher leeren mussten.

Jetzt sitzen wir auf dem Sofa, wo ich merke, dass das keine gute Idee war. Das Wohnzimmer dreht sich und ich bin mir zu neunzig Prozent sicher, dass das vorher nicht der Fall war. Ich ziehe die Lippen zwischen die Zähne und betrachte die übrigen Gäste. Ob sich der Raum für noch jemanden außer mir dreht? Gerne würde ich Reese fragen, aber er beobachtet nur seinen Freund, wie dieser eine Zigarette aus der Tasche zieht und anzündet.

»Hier«, sagt Ash, während er den Qualm aus seinen Lungen stößt und hält sie Sydney hin. Erst, als sie sie nimmt, rieche ich, dass es sich nicht um eine Zigarette, sondern um Gras handelt. Sydney wirkt nicht so, als wäre sie überrascht über den Geschmack, was mich ehrlich gesagt auch nicht wundert. Ich hingegen zögere, als sie ihn mir ebenfalls hinhält.

Reese' Mundwinkel zucken, während er sich an Ash richtet. »Ich sag dir doch, dass das nichts für unsere kleine Prinzessin ist.«

Doch als wäre dies mein Stichwort, greife ich zu. Ich befeuchte meine Lippen, spüre, wie ich beobachtet werde, und fühle mich immer unbehaglicher. Aber ich habe mir etwas vorgenommen. Außerdem hat Reese kein Recht, über mich zu urteilen und ich will ihm beweisen, dass ich keine Prinzessin bin. Sydney verzieht ihren Mund zu einem wissenden Grinsen. Sie weiß, dass ich kneifen will, sagt aber nichts. Unter ihrem und Reese' Blick führe ich den Joint zu meinen Lippen und ziehe daran. Sofort verspüre ich lediglich ein schmerzendes Kratzen in der Lunge und huste, obwohl ich es verhindern wollte, den Qualm wieder heraus.

Sydney schnappt sich den Joint aus meiner Hand, lehnt sich lachend zurück, bettet den Kopf auf der Kopflehne des Sofas und zieht daran wie ein Profi, während ich immer noch versuche, meine Atmung wieder in den Griff zu bekommen.

Reese erhebt sich und zieht seinen Kumpel mit sich. Keine Ahnung, was sie besprechen, aber ich bin mir ziemlich sicher, dass es um uns geht. Hastig rutsche ich nun neben Sydney und stupse sie mit dem Ellenbogen an. »Ich mach mich zum Deppen.«

»Nö.« Sie nimmt einen tiefen Zug, ehe sie mir das qualmende Stäbchen wieder reicht. »Du musst dich nur entspannen.«

Scheiß drauf! Mach dich locker!

Dieses Mal gelingt es mir, den Hustenreiz zu unterbinden und ich frage mich, ob ich schon etwas spüren sollte.

»Wieso sehen sie uns so an?«, fragt Sydney. Sie muss ihren Kopf irgendwann in den letzten Minuten gegen meinen fallengelassen haben, denn ihre Haare kitzeln mich im Gesicht.

»Vielleicht schauen sie durch uns hindurch?«, mutmaße ich. Ich verspüre eine angenehme Leichtigkeit in meinem Kopf. Es ist, als würde nicht mehr Blut durch meine Adern pumpen, sondern absolute Entspannung. Während ich den Gesprächen um mich herum lausche, fühlt es sich so an, als würde ich mit der Matratze unter mir verschmelzen, weil ich so leicht bin. Ein lustiger Gedanke. Wie es sich wohl anfühlen würde, wenn sich dann jemand auf mich setzt, ohne dass er mich bemerkt?

Ich beginne zu kichern und kann auch nicht damit aufhören, als ich erkenne, dass Reese mich betrachtet. Die Jungs kommen wieder auf uns zu und mein Hals wird trocken, als Reese vor mir stehen bleibt. Er berührt mich am Kinn und hebt es an, sodass ich ihn ansehen kann. »Du siehst nicht gut aus. Wir sollten eine Weile an die frische Luft.«

»Oder!« Ash beugt sich vor, sodass er seine Ellenbogen auf seine Oberschenkel abstützen kann. Ich wende den Kopf in seine Richtung. »Wir haben noch ein bisschen mehr Spaß.«

»Ash!« Reese schüttelt den Kopf, aber sein Freund hat schon ein Tütchen mit weißem Pulver aus seiner Jackentasche herausbefördert und schwenkt damit vor unseren Augen umher.

»Ist echt gutes Zeug und ich mach euch einen Freundschaftspreis.«

Reese greift nach meiner Hand, um mich hochzuhieven. Uff, plötzlich fühle ich mich nicht mehr so leicht, dass ich mit dem Sofa verschmelzen könnte. Viel eher bin ich superschwer und meine Füße pappen am Boden fest.

Ich senke den Blick, um zu kontrollieren, ob sie wirklich einsinken, aber Fehlanzeige. Ganz normale Füße.

Ich weiß nicht mehr genau, was Ash vorgeschlagen hat,

aber Reese scheint die Idee nicht sonderlich gut zu finden, also glaube ich Reese und folge ihm. Als wir das Wohnzimmer verlassen, winke ich Sydney lächelnd zu. Sie wird schon klarkommen.

Während ich ihm hinterherlaufe, registriere ich, dass ich Reese' Hand immer noch halte. Ich streiche mit dem Daumen über seine Haut und erinnere mich, dass ich vor einer Stunde meine Zunge über die Stelle habe gleiten lassen. Er dreht den Kopf in meine Richtung, lässt den Blick über mich wandern und zieht mich weiter hinter sich her. Hinaus ins Freie. Der Garten ist über und über mit Lichterketten und Kerzen dekoriert. Einige Paare haben es sich hier mit Decken oder auf der Sitzgarnitur gemütlich gemacht, während sich einzelne Gruppen an Stehtischen befinden und lauthals lachen oder angeregte Gespräche führen. Ich muss zugeben, dass die frische Luft guttut. Ich nehme ein paar tiefe Atemzüge und lasse sie meinen Körper durchströmen.

»Wohin gehen wir?«, frage ich, weil Reese mich noch weiter wegführt. Eigentlich müsste ich mir langsam Sorgen machen. Es ist sicherlich nicht die beste Idee, in meinem Zustand mit jemandem wie ihm in der Dunkelheit zu verschwinden, aber da ist nichts. Keine Sorgen, keine Angst.

»Weg von dieser Party.«

»Aber wir sind doch erst gekommen«, erkenne ich schmollend und werfe einen Blick über die Schulter. Ich stapfe mit meinen hohen Schuhen über den Rasen und sinke immer wieder mit den Hacken ein. Wir entfernen uns weiter von der Musik, die ich nicht sonderlich vermissen werde.

»Du verpasst nichts, Prinzessin.« Wir erreichen die Hauptstraße und er führt mich zu einem Motorrad.

Seinem Motorrad, wie ich vermute, denn er steigt auf und startet den Motor. »Steig auf.«

»Wohin fahren wir?« Ich zögere. Ich weiß, dass er einiges getrunken hat, aber ehrlicherweise wirkt er nicht wie jemand, dem das etwas ausmachen würde.

»Steig auf und ich zeige es dir.«

KAPITEL 9
REESE

E s sollte mich einen Scheiß interessieren, ob die Kleine kokst oder nicht, aber es interessiert mich. Mir egal, was Ash mit ihrer Freundin anstellt, aber Ava soll mit diesem Zeug nicht in Kontakt kommen. Offensichtlich war ich ihm gegenüber nicht deutlich genug, dass er sie in Frieden damit lassen soll. Jetzt steht sie in ihrem viel zu heißen Kleid vor meiner Maschine, hat die Hände vor sich verschränkt und überlegt, ob sie mir vertrauen soll.

Das solltest du auf keinen Fall, Prinzessin. Lauf, ohne dich noch einmal umzudrehen!

In dem Augenblick, als ich erwarte, dass sie einen Rückzieher macht, schwingt sie ein Bein über mein Bike und legt ihre Hände an meine Taille. Das Kleid ist so weit hochgerutscht, dass sie mit ihrem nackten Arsch auf dem Sitz hinter mir Platz nimmt, aber das scheint ihr nichts auszumachen. Ohne auf eine Einladung zu warten, fahre ich los. Ava kreischt auf und presst sich fester gegen meinen Rücken. Die Hände gräbt sie vor meinem Bauch in meine Lederjacke. Ich gebe

Gas, beschleunige das Bike immer mehr, bis sich endlich das Gefühl von Freiheit in mir ausbreitet und wir die Hausparty hinter uns lassen. Ava quiekt hinter mir auf. »Langsamer!«, ruft sie schrill, aber ich ignoriere sie. Einige Autos hupen uns aus, als ich mit einer rasenden Geschwindigkeit an ihnen vorbeiziehe. Genau das ist es, was ich jetzt brauche. Dieses Adrenalin, das durch meine Adern pumpt. Es war ätzend in diesem Haus eingesperrt zu sein, mit diesen reichen Kids, von denen sich niemand auch nur an mein Gesicht erinnern wird. Vermutlich wissen morgen nicht einmal mehr die Typen, denen Ash sein Zeug vertickt, dass er da war. Sie halten sich für etwas Besseres. Wichtiger als den Abschaum. Als wir.

Ich fahre schneller, kopfloser. Das blaue Licht und die Sirene, die hinter uns ertönen, nachdem wir zwei Querstraßen zwischen uns und die Party gebracht haben, kommen unerwartet. Das war eigentlich nicht der Plan, aber eine schöne Verfolgungsjagd kommt mir gerade recht. Ein schiefes Lächeln legt sich auf meine Lippen, als ich mich umsehe und nach einem Weg suche, wo ich die Bullen abwimmeln kann. Ich kenne diese Straßen wie meine Westentasche. Es kam früher nicht selten vor, dass wir Straßenrennen durch die Stadt veranstaltet haben. Die Lichter der Straßenlaternen huschen an uns vorbei und bilden einen einzigen Lichtschweif über uns. Die Cops versuchen uns einzuholen, sind aber mit ihren Karren deutlich weniger mobil und gelenkig, weshalb sie uns immer wieder beinahe verlieren. Zu schade, wenn es so schnell vorbei wäre, weshalb ich Schlangenlinien fahre, damit sie zumindest den Hauch einer Chance haben. Ich spüre, dass Ava unruhig auf dem Sitz hinter mir ist und sich immer wieder umdreht, um zu kontrollieren, ob wir eingeholt werden. Vermutlich ist es ihre erste Konfrontation mit der Polizei, was mein Spiel noch reizvoller macht.

Ich gebe wieder Gas, nehme eine enge Kurve nach rechts, wobei sich das Bike im genau richtigen Winkel zum Boden neigt. Unsere Reifen quietschen über dem trockenen Asphalt. Ava krallt sich immer fester an mich, zieht sich komplett an mich heran wie ein Seestern an die Glasscheibe eines Aquariums. Obwohl sie Schwierigkeiten damit haben, Schritt zu halten, verlieren die Bullen nicht das Interesse an uns. Mir wird, nachdem ich sie einige Male habe aufholen lassen, jedoch allmählich langweilig, weshalb ich einen Ausweg suche. Ich reiße den Lenker um, fahre quer über die Straße und halte mich an einen Lkw, der gerade eine Straße einbiegt, die auf den ersten Blick zu schmal für uns beide ist. Auf den zweiten passt es um Haaresbreite.

Mein Herz hämmert in meiner Brust und diese wenigen Minuten haben es geschafft, mich etwas fühlen zu lassen, was ich nur selten empfinde: Nervenkitzel. Es dauert einige Minuten, ehe wir die Stadt verlassen haben und den Wald erreicht haben. Die Polizei haben wir endgültig abgehängt.

»Reese!«, höre ich Avas Wimmern hinter mir und ich gehe vom Gas. Sie hat das Gesicht in meinen Rücken gegraben. Vermutlich bereut sie ihre Entscheidung gerade und ein Teil von mir denkt, dass es besser für sie wäre, wenn sie sich zukünftig daran erinnert. Vielleicht sollte ich sie hier einfach stehen lassen, schließlich ist sie keine von uns. Bevor sie mich kennengelernt hat, hat sie sicher auch einen Dreck auf Typen wie mich gegeben. Als wir ankommen, stelle ich das Motorrad an der Seite ab. Innerhalb einer Sekunde ist sie von ihrem Sitz gesprungen, hat sich das Kleid zurecht gezogen und starrt mich mit geweiteten Augen an. »Wolltest du uns umbringen?«

Ich zucke bloß mit den Schultern und lasse sie stehen, während ich den Waldweg entlang marschiere. Sie rennt mir hinterher und ich höre, wie sie auf dem unebenen Boden ins Stolpern gerät. »Bleib stehen! Was sollte das?«

Erst, als wir an dem Ort ankommen, der mein eigentliches Ziel war, bleibe ich stehen und stütze mich auf das Geländer. Ich beobachte die vorbeirasenden Lichter der Autos unter mir. Ava stolpert über die Brücke auf mich zu und lehnt sich neben mich. Ihrem Blick nach zu urteilen, hängt ihr die Fahrt noch nach. Sie presst ihre Augenlider fest zusammen. »Also?«, stößt sie hervor.

»Wir mussten da weg«, sage ich knapp.

»Wieso?« Sie öffnet die Augen wieder und sieht mich irritiert an.

Ich nicke auf die Straße vor mir. »Mein Lieblingsort.«

Ava hebt eine Augenbraue. »Eine Autobahnbrücke.« Die Überheblichkeit in ihrer Stimme lässt mich in diesem Moment daran zweifeln, dass es eine gute Idee war, sie mit hierherzubringen.

»Und? Was ist deiner? Ein Ponyhof, wo du den Pferden Zöpfe flechten kannst?«

Sie dreht sich um, sodass sie sich ebenfalls auf das Geländer stützen kann und legt das Kinn auf ihren Fäusten ab. »Was gefällt dir hier so gut?«

Ich lasse den Blick nach vorne gleiten. »Ein Auto, ein Leben.« Ich folge dem Wagen mit den Augen. »Vorbei. Und ein nächstes. Es endet so gut wie nie und sie sind alle nicht wichtig genug, als dass wir uns Gedanken über sie machen müssten.«

Ava dreht den Kopf und schenkt mir ein Lächeln. »Ich

würde gerne wissen, was Claudia dazu sagen würde. Dahinter liegt sicher etwas Tieferes.«

»Nicht hinter allem steckt ein Trauma«, kontere ich.

Ava lässt die Schultern zucken. »Wieso sollten wir die Party verlassen? Ich bin nicht bekifft genug, dass ich meine Frage vergesse.«

»Nicht mehr«, sage ich. Ich strecke meine Arme durch, schiebe mich so vom Geländer weg und senke den Blick zu Boden. »Du hast doch das Tütchen in Ashs Hand gesehen.« Sie verengt fragend die Augen. Vermutlich erinnert sie sich nicht. »Koks«, sage ich erklärend.

»Und er wollte uns etwas abgeben?«

»Verkaufen«, sage ich nickend. Ich fahre mit den Fingern durch meine Haare, die von der Fahrt völlig zerzaust sind.

»Und ...« Ava kommt einen Schritt auf mich zu, sodass sie mich beinahe berührt. Zu nah, Prinzessin. Näher als dir guttut. »Du wolltest mich beschützen?«

»Ich wollte Ash daran hindern, seine Zeit mit dir zu vergeuden.«

»Das glaub ich dir nicht.« Sie grinst frech und am liebsten würde ich ihr dieses Grinsen aus dem Gesicht wischen. »Ich glaube, du bist gar kein so übler Kerl.«

»Nicht?« Innerhalb eines Sekundenbruchteils bin ich an ihrer Seite und presse sie mit dem Körper gegen das kalte Metall des Geländers. »Du denkst, ich bin ein Held?« Eine Hand lege ich an ihre Hüfte, die andere an ihre Kehle. Anders als erwartet schreckt Ava nicht zurück. Sie hält meinem Blick stand, wenn ihre Pupillen sich auch noch mehr weiten. Sie öffnet die Lippen einen Spaltbreit, als wolle sie etwas sagen, bringt jedoch kein Wort heraus. Ihre Atmung geht flach, während ich die Hand um ihren

Hals hinaufbewege, bis ich an ihrem Kiefer ankomme und ihn mit festem Druck umschließe. »Du denkst, ich rette dich vor der Welt, aber wie soll ich dich beschützen, wenn ich der Böse darin bin?«

Sie stößt den Atem aus und beugt den Rücken durch, was sie nur näher an mich herantreibt. Ich lasse meinen Daumen über ihre Unterlippe streichen und als sie ihn mit ihren Zähnen aufhält, werde ich endgültig hart. Mit einem Ruck drehe ich sie um, sodass sie mit dem Rücken zu mir steht. Ich greife in ihren Nacken und presse ihren Oberkörper so weit nach vorne, dass sie über dem Geländer hängt. Meinen harten Schwanz presse ich gegen ihren Unterleib und wünschte, es wäre kein Stoff zwischen uns, damit ich ihre Arschbacken spreizen und mich in ihr versenken könnte. Ich spüre ihren Puls hart gegen ihren Hals schlagen. Ava umfasst das Metall mit ihren Händen so fest, dass sich ihre Knöchel weiß färben.

»Gefällt dir das?« Ich ziehe sie wieder nach oben und ein Stöhnen entgleitet ihr, als ich sie eng an mich ziehe und meine Nase in ihrem Haar vergrabe. »Die Angst?« Mein Atem, der ihr Ohr streift, lässt sie erzittern. »Du hast keine Ahnung, wozu ich imstande bin und doch bist du hier mit mir.« Ich drehe sie um und betrachte ihr Gesicht. »Du bist mir völlig ausgeliefert.« Raunend senke ich meinen Mund auf ihren. Nehme mir, was ich will. Spreize ihre Lippen und küsse sie ohne jegliche Romantik. Das hier ist reine Lust. Animalisch, wild. Ava schmeckt nach Alkohol und gleichzeitig wie eine süße Frucht. Ihre Zunge passt sich meinen Bewegungen an, als hätten sie nie etwas anderes getan.

Ich greife unter ihren Arsch und hebe sie an, sodass sie auf dem kalten Metall vor mir sitzt. Ich könnte sie loslassen und sie würde fallen. Unter uns herrscht immer noch der übliche Verkehr. Die Lichter erhellen mir den Blick auf ihr gerötetes

Gesicht, das unter meinen Berührungen glüht. Ob ihr Herz meinetwegen so pocht, oder wegen der Gefahr unter ihr weiß ich nicht, aber was ich weiß, ist, dass ihre Titten verdammt geil aussehen, wenn sie sich so schnell heben und senken. Ava schlingt schweigend ihre nackten Beine um meine Hüfte. Sie bettelt nicht, dass ich sie runterlassen soll, auch wenn mir ein Betteln nicht schlecht gefallen würde. Sie entzieht sich mir nicht. Im Gegenteil, sie drängt sich noch näher an mich. Sie muss das Zucken meines Schwanzes durch ihr dünnes Höschen und den Stoff meiner Jeans spüren und beugt ihr Becken noch ein Stückchen näher, sodass sie mir ein Knurren entlockt.

Ich lasse meine Hand unter ihr Kleid wandern und hake meine Finger unter den Saum ihres Slips.

»Vielleicht bist du ja doch böse«, murmelt sie zwischen unseren stürmischen Küssen. Sie klingt atemlos und rauer, als ich ihre Stimme bisher gehört habe. Wer hätte gedacht, dass in ihr ein kleines Luder steckt. Als Antwort beiße ich ihr auf die Unterlippe, sodass sie aufstöhnt. Fuck, ich wünschte, sie würde wegen etwas anderem so stöhnen.

»Wenn ich mit dir fertig bin, wirst du nie wieder einen guten Kerl in dir haben wollen, Prinzessin.« Weil ich genug von ihrem Mund habe, greife ich ihr in das völlig wirre Haar und reiße ihren Kopf in den Nacken, um mich mit ihrem Hals zu beschäftigen. Ich beiße in die weiche Haut, woraufhin sie leicht wimmert. »Fuck, ich will in dir sein!« Ich schiebe jetzt beide Hände an ihre Hüfte, um sie wieder herunterzuheben. Doch noch bevor ich sie auf dem Boden abstellen kann, sehe ich, wie ein Streifenwagen auf uns zukommt.

Diese Arschlöcher hätten sich keinen beschisseneren Zeitpunkt aussuchen können! Abrupt lasse ich sie sinken und entscheide innerhalb eines Sekundenbruchteils darüber, was ich tun soll. Ava würde mich nur aufhalten. »Viel Spaß mit den Bullen, Prinzessin« Ich küsse sie ein letztes Mal leidenschaftlich und lasse sie dann mit perplexem Gesichtsausdruck stehen, um zu meinem Bike zu rennen.

KAPITEL 10
AVA

Ich schlinge die Arme um meine nackten Schultern, um mich nicht ganz so entblößt zu fühlen, als der Polizeiwagen vor mir stehen bleibt. Auch, wenn die letzten paar Minuten mich alles andere als kaltgelassen haben, liegt eine Gänsehaut auf meinem Körper, die ich nicht abschütteln kann. Was für ein Arschloch! Mein Gehirn kann immer noch nicht ganz verarbeiten, was gerade passiert ist. Erst will Reese mit mir schlafen und im nächsten Augenblick überlässt er mich meinem Schicksal? Ich habe nicht viel Zeit, um darüber nachzudenken, ehe der Polizeiwagen vor mir zum Stehen kommt, aber sie reicht, damit meine Wut brodelt.

Die Türen des Wagens öffnen sich und als Erstes sehe ich das Gesicht einer jungen Frau, die vom Beifahrerplatz steigt. Sie kann nicht viel älter als ich sein, strahlt im Gegensatz zu mir jedoch eine Dominanz aus, von der ich nur träumen könnte. Die Haare hat sie zu einem strengen Dutt gebunden und die Uniform verleiht ihr automatisch Selbstsicherheit. Sie und ihr Partner, der mit schweren Schritten auf mich zukommt, blicken sich vorsichtig um.

»Sind sie allein?« Seine Stimme ist dunkel und klingt, als hätte er etliche Jahre hinter sich, in denen er mehr als eine Zigarettenpackung am Tag vernichtet hat.

»Ich ...« Ich zwinge mich, meine Stimme entschlossen klingen zu lassen. Er hätte es verdient, dass ich ihn anschwärze. Die Polizei anzulügen, stand bisher noch nicht oben auf der To-do-Liste meines Lebens. Dennoch presse ich meine Zähne so fest zusammen, dass mein Kiefer schmerzt und entscheide mich dagegen. »Ja, hier ist niemand sonst.«

Die Polizistin schaltet ihre Taschenlampe an und sucht die umliegende Gegend ab, während der Ältere neben mir zum Stehen kommt und sich über die Reling beugt, auf der ich bis eben noch saß. Er lässt den Blick über die fahrenden Autos schweifen. Ich beobachte ihn dabei und frage mich, was sie gesehen haben und was sie jetzt von mir wollen.

»Wo ist er hin, Täubchen?« Er lehnt seine Arme auf die Reling und wendet den Kopf in meine Richtung. »Wir haben dich hinten auf dem Motorrad gesehen und jetzt ist es weg.«

Ich lecke mir über die Lippe und versuche die Aufregung nicht zu auffällig herunterzuschlucken. Ich habe nur eine Möglichkeit, nicht selbst in die Mangel genommen zu werden, und zwar muss ich alles leugnen. Wenn ich jetzt zugebe, dass Reese hier war, wissen sie, dass ich auf dem Motorrad mitgefahren bin. »Ich weiß nicht, was Sie meinen, Officer.« Ich bete, dass Reese recht hatte und mein Gesicht unschuldig genug wirkt, damit der Polizist mir glaubt.

Sein Blick scannt mich ab und plötzlich fühle ich mich unwohl in meinem Outfit. »Und wie kommen Sie her?« Er dreht sich um, sodass er jetzt mit dem Rücken zur Straße steht. »Es ist kein besonders sicherer Ort für eine junge Frau wie Sie.«

Ekel überkommt mich bei seinen Worten und ich bin heilfroh, als seine Partnerin uns unterbricht. Sie befestigt ihre Taschenlampe wieder an ihrem Gürtel und zuckt nur mit den Schultern. »Hier ist niemand.«

»Sagte ich doch«, murmele ich und gehe einen Schritt auf sie zu, um Abstand zu dem Mann zu gewinnen.

»Sie haben meine Frage nicht beantwortet. Wie kamen Sie her?« Sein Kiefer mahlt.

Ich hebe das Kinn an, um zumindest einen Bruchteil der Selbstsicherheit der Polizistin zu erlangen. »Ich bin von einer Party verschwunden und irgendwie hier gelandet.«

»Sind Sie high?«, fragt sie und weil ich mir sicher bin, dass eine weitere Lüge keine gute Idee wäre, nicke ich schuldbewusst. Sie seufzt schwer und wendet sich an ihren Partner. »Wir bringen sie nach Hause.«

Eine halbe Stunde später halten wir vor unserem Haus und ich wünschte, ich hätte mir eine Ausrede einfallen lassen. Wenn Lucy sieht, dass ich von der Polizei zurückgebracht werde, erleidet sie vermutlich noch einen Herzinfarkt. Aus diesem Grund bedanke ich mich so ausgiebig, dass keine Zweifel an meiner Unschuld übrig bleiben, und flüchte regelrecht aus dem Wagen.

In der Hoffnung, dass sie nicht länger als nötig warten, mache ich mich auf den Weg zur Haustür und krame in meiner Handtasche nach dem Schlüssel.

Als ich ihn gefunden habe, hebe ich ihn demonstrativ in die Höhe, winke ihnen lächelnd zu und wünsche mir nichts sehnlicher, als dass sie endlich verschwinden. Tatsächlich tun

sie es, allerdings habe ich die Rechnung ohne meine Adoptivmutter gemacht, die dem Schlüssel zuvorkommt und die Tür
aufreißt, noch bevor der Polizeiwagen endgültig aus unserer
Straße verschwunden ist.

»Ava?« Sie bindet ihren Kimono mit dem Gürtel enger um
die Hüfte und lehnt sich so weit aus der Tür, dass sie meinem
ungewollten Taxi noch hinterherstarren kann. »Wurdest du
etwa -« Weil der Abend schon viel zu nervenaufreibend war
und mich die Nachwirkungen vom Gras und dem Alkohol
immer noch beeinflussen, unterbreche ich Lucy, um an ihr
vorbei ins Haus zu marschieren. »Hey! Ich rede mit dir!« Es
kommt selten vor, dass sie mir gegenüber die Stimme erhebt
und genau jetzt kann ich das nicht gebrauchen.

»Was?«, zische ich.

Die Wohnzimmertür öffnet sich und daraus kommen nicht
nur Dan, sondern auch eine ziemlich angepisste Sydney.
Scheiße! Was hat sie ihnen erzählt? »Wie redest du mit deiner
Mutter?«, fragt Dan empört.

Kein guter Zeitpunkt.

Meine Gefühlswelt steht gerade auf dem Kopf. Reese hat
in den letzten Stunden ein heilloses Durcheinander hinterlassen und jetzt weiß ich nicht mehr, wo ich meinen Frust
verstauen kann. Es fühlt sich an, als würden alle Eindrücke
gleichzeitig auf mich einprasseln. Die angespannte Stimmung
hier drin, Sydneys Wut und die Enttäuschung meiner Adoptiveltern. Alles fegt wie ein Tornado auf mich zu und reißt
mich mit sich.

Zu viel.

Es ist zu viel.

»Sie ist nicht meine Mutter, *Dan!*«, fahre ich ihn an und
drehe mich dann in ihre Richtung. »Und wenn ihr mich nicht

wie ein Kind behandeln würdet, hättet ihr schon mitbekommen, dass ich erwachsen bin! Verdammt, ich bin dreiundzwanzig Jahre alt! Was ist schon dabei, wenn ich länger weg bin oder von einer Party verschwinde? Was interessiert es euch?« Ich habe mich so in Rage geredet, dass ich nicht mitbekommen habe, dass mich alle entrüstet anstarren. Sogar Syd scheinen die Worte zu fehlen, doch an ihrem Gesichtsausdruck erkenne ich, dass sie mir gerade gerne den Hals umdrehen würde. Sie darf gegen ihre Eltern wettern und sich über sie beklagen, aber wehe, jemand anderes tut es ihr gleich.

»Ich bin nicht ...?« In Lucys Augen bilden sich Tränen. »Ich bin jetzt deine Mutter, ob dir das passt oder nicht!«

»Ich wurde nie gefragt, ob ich in einem gläsernen Käfig eingesperrt werden will!«, schleudere ich ihr ins Gesicht. Ein Teil in mir weiß, dass mein Benehmen unfair ist. Dass sie das nicht verdient hat und ich besser meine Klappe halten soll. Doch ein anderer Teil wurde so lange zum Schweigen gebracht, dass es mir jetzt unmöglich ist, ihn aufzuhalten und zurück in sein Verlies tief in meinem Herzen zu verstauen. Der Teil in mir, der nie ein Widerwort geben durfte, nie patzig eine Tür zugeworfen oder gegen etwas rebelliert hat. Der Teil, der jeder Idee, jedem Vorschlag zugestimmt und immer gegen sein Interesse gehandelt hat, ist jetzt frei. Es ist eine Naturgewalt, die über mich hereinbricht. Nein, ich bin die Naturgewalt, welche über diese Familie hereinbricht. »Ich weiß, dass ihr gut zu mir seid, aber scheiße ...!« Ich reiße die Hände dramatisch in die Luft. »Scheiße, ich will doch einfach mal ich selbst sein dürfen!«

Ohne lange darüber nachzudenken, drehe ich mich auf dem Absatz um und stürme hinaus. Hinaus aus diesem Haus, das mich einengt. Weg von den Menschen, die mich viel zu sehr lieben und nichts über mich zu wissen scheinen. Ich renne zu meinem Wagen und entgegen meiner Vernunft fahre ich los. Mein Herz hämmert wie wild in meiner Brust, während meine Augen immer feuchter werden.

Du hast es versaut.

Jetzt hast du niemanden mehr.

Niemand liebt dich.

Die Stimme in meinem Kopf, die meiner gleicht, aber viel verachtender klingt, wird immer lauter. So laut, dass ich es nicht mehr aushalte und laut losschreie. Mit diesem Schrei geht auch die Wut und alles, was bleibt, ist Scham über mein Verhalten und Angst, dass ich jetzt jeden vergrault habe, der mir etwas bedeutet. Wenige Minuten reichen, um Jahre zunichtezumachen.

Die Tränen vernebeln meinen Blick auf die Straße vor mir. Was nicht so schlimm ist, weil ich ohnehin nicht weiß, wohin ich fahren soll. Ich habe keine Freunde, bei denen ich mich verkriechen könnte. Keine Familie, die mir Unterschlupf bieten soll. Ich folge meinen Instinkten, die ich eindeutig eine Kalibrierung gebrauchen könnten, denn sie führen mich in eine Gegend, in die ich besser keinen Fuß setzen sollte. Ich parke meinen Wagen am alten Zoo, denn hier habe ich Reese vor einer Woche abgesetzt.

Das ist keine gute Idee.

Als ich das Auto hinter mir abschließe, beschleicht mich ein ungutes Gefühl und alles in mir drängt mich, wieder einzusteigen und diesen Ort hinter mir zu lassen. Allerdings müsste ich mich dann dem Scherbenhaufen widmen, den ich zu Hause hinterlassen habe.

Ich war wie eine verfluchte Atombombe. Bin eingeschlagen und dann verschwunden, aber die Nachwehen werden noch lange zu spüren sein. Aus diesem Grund kann ich nicht zurück und zwinge meine Beine, mich tiefer in das Viertel hineinzutragen. Die Sterne über mir funkeln unschuldig, während hier unten absolut nichts Unschuldiges auf mich wartet. Jedes Kind weiß, dass man diesen Fleck der Stadt meiden sollte und ich bin so bescheuert, mitten in der Nacht herzukommen. Und das vollkommen allein und – wenn ich im Nachhinein drüber nachdenke – zu leicht bekleidet.

Ich habe keine Ahnung, wo Reese wohnt, oder wie ich ihn hier finden soll. Ich spüre, dass ich beobachtet werde. Ein unbehagliches Kribbeln wandert von meinem Hals bis hinunter in meine Beine. Unauffällig sehe ich mich um. Der Müll türmt sich an einigen Stellen so hoch, dass man darunter begraben werden könnte. Überall stehen Menschen vor Häusern, lehnen sich an die Wände oder sitzen in Grüppchen auf dem kalten Boden. Vor ihnen etliche leere Alkoholflaschen. Mein Herz schlägt so fest, dass ich das Blut in meinen Ohren pumpen höre. Mit gesenktem Blick laufe ich weiter und die Absätze meiner Schuhe hinterlassen ein Klackern, das von den engen Gassen widerhallt.

»Hey!« Ich ignoriere die weibliche Stimme, die quer über die Straße ertönt, und beschleunige meine Schritte. »Hey!« Eine zweite Stimme. Beide kommen näher, während sich ein Kloß in meinem Hals bildet, den ich nicht herunterschlucken kann. Weil ich sie immer noch nicht beachte, kommen die Frauen näher. Auch ihre Schritte hallen laut auf dem Asphalt. Erst, als sich eine Hand auf meine Schulter legt und mich zurückreißt, bleibe ich stehen. Mein Hals ist trocken und mein

Mund fühlt sich an, als hätte ich seit Wochen nichts mehr getrunken. »Hier ist unser Revier, Bitch!«

Ich hebe den Blick und erkenne sofort, dass die beiden Prostituierte sein müssen. Bis auf einen schwarzen Spitzenbody, der viel zu wenig von ihnen bedeckt, tragen sie nicht viel. Die Kleinere von ihnen hat noch eine flauschige Jacke über sich geworfen. Die andere wirft ihre roten Haare über die Schulter, legt ihre Hände in die Hüfte und richtet sich drohend vor mir auf. »Verpiss dich besser, oder unser Boss macht dir die Hölle heiß, Kleine.« Sie lässt ihren Blick über mich wandern und ein gemeines Lächeln legt sich auf ihre Lippen. »Du bist neu.«

»Nein, ich …« Wenn ich mich vorher schon nackt gefühlt habe, treibt dieses Gespräch das Gefühl auf ein neues Level. »Ich suche nur jemanden.«

Die Rothaarige schürzt die Lippen und hebt eine Braue. »Wen?«

»Hey Puppen!« Ein Kerl mit fettigen langen Haaren kommt auf uns zu und wirft uns ein löchriges Lächeln zu. »Was kostet ihr drei zusammen?«

Lüstern lässt er seine Zunge über seine Lippen wandern, was in mir schieren Ekel herberruft. Doch die beiden Mädels sehen in ihm ein Geschäft, weshalb die Kleinere ihr schönstes Lächeln auflegt und sich ihm sofort um den Hals schmeißt. »150 für uns beide, mein Süßer.«

Bevor sich auch die Rothaarige an ihn ranmachen kann, springe ich über meinen Schatten und halte sie auf. »Kennst du Reese Davis?«

»Was willst du von ihm?«, fragt sie neugierig, wirft aber immer wieder einen Blick über die Schulter und ich weiß, ich habe nicht mehr viel Zeit.

»Er hat mich zu sich bestellt«, lüge ich.

Sie verengt die Augen, schnalzt dann aber mit der Zunge und deutet mit der Hand auf ein Haus, einige Meter weiter. »Da solltest du ihn finden. Bestell ihm Grüße von Ginny.«

Etwas in mir sagt, dass es keine gute Idee wäre, ihm diese Grüße zu übermitteln, aber ich nicke und sehe ihr hinterher, wie sie und ihre Freundin mit dem ekligen Typen verschwinden.

Sobald ich mich dazu überwinden kann, laufe ich in die Richtung, die sie mir gezeigt hat. Ehrlicherweise will ich hier einfach weg, aber ich muss Reese zur Rede stellen, er ist schließlich schuld an der ganzen Scheiße. Außerdem kann ich eh noch nicht wieder nach Hause. Ich beschleunige meine Schritte, als ich erneut höre, dass jemand hinter mir ist. Dieses Mal sind es keine klackernden Schuhe, was mein ungutes Gefühl nur noch mehr verstärkt. Das Gefühl bestätigt sich, als ich plötzlich am Arm zurückgerissen werde.

»Hallo, Herzchen. Hast du dich verlaufen?« Ein Kerl in meinem Alter hat seine große Hand um mein Handgelenk gelegt und lässt seinen schäbigen Blick über mich wandern. Instinktiv presse ich die Schenkel zusammen.

»Nein.« Ich hebe das Kinn. »Ich suche einen Freund.«

Zwei andere Männer kommen näher und grinsen sich feixend an. »Wir können deine Freunde sein«, sagt einer. Er entblößt eine Reihe schwarzer Zähne und sieht auch sonst so aus, als würde er von innen heraus verfaulen.

Ich schüttele den Kopf und versuche mich aus dem Griff des ersten zu entziehen. »Kein Interesse.« Seine Hand hat sich wie ein Schraubstock um mich geschlungen und so zieht er mich näher an sich heran, bis er auch seinen anderen Arm um meine Hüfte schlingen kann. »Loslassen!«, zische ich. Alles in mir wird von einer Panik umfasst, die ich nicht beschreiben kann. Ein Fluchtinstinkt. Ich bin ein Reh und diese Kerle sind gefährliche Raubtiere.

Der dritte presst seinen Körper von hinten an mich. »Du riechst so gut. Ich frage mich, ob du auch so gut schmeckst.« Er beugt sich vor und beißt mir in den Hals, was mich aufschreien lässt. Der erste scheint seinem Kumpel den Vortritt überlassen zu wollen und überreicht mich ihm feierlich. »Viel Spaß.«

Er öffnet seine Hose, aber ehe er seine Erektion rausholen kann, ramme ich ihm das Knie in die Region. Er brüllt wütend auf, während ich versuche, zu flüchten. Leider habe ich die Rechnung ohne die anderen beiden Kerle gemacht, denn der erste greift in meine Haare und reißt mich unsanft zurück, sodass ich auf dem Boden lande. »Bleib da unten.« Ich schreie laut auf, doch im nächsten Moment stürzt er sich auf mich, sodass sein Körper mich wieder zu Boden ringt. Mein Hinterkopf knallt gegen den Boden und er legt seine große Hand über meinen Mund. Sie ist feucht und warm. Ich trete um mich, versuche mit den Beinen etwas zu treffen, doch einer der anderen hält sie plötzlich fest. »Bemüh dich nicht, Herzchen.«

Wieder höre ich, wie Gürtel geöffnet werden und ich bin mir sicher, dass ich hier nicht wieder wegkomme. Heiße Tränen rinnen über mein Gesicht, landen in meinen Haaren. Mein Schluchzen lässt meinen Körper erbeben, doch der Kerl auf mir drückt mich immer fester zu Boden, sodass ich nicht einmal mehr hierüber Kontrolle habe. Überall an meinem Körper befinden sich Hände. Von überall her höre ich lustvolles Stöhnen, was das alles nur noch schlimmer macht. Der Kerl auf mir schiebt mein Kleid hoch und zerreißt mein Höschen. Ich zucke zusammen. Gerade, als ich denke, dass jetzt alles zu spät ist, werden meine Beine losgelassen und ich fange sofort wieder an, um mich zu treten. Doch nicht nur sind meine Beine wieder frei, auch der Typ auf mir lässt von mir ab. Sofort setze ich mich auf und rutsche so weit wie möglich nach hinten, bis ich mit dem Rücken gegen eine steinerne Wand pralle. Mein ganzer Körper tut weh, aber am meisten schmerzt mein Herz.

Der Tränenschleier vernebelt mir die Sicht, aber ich höre neben stolpernden Schritten und wilden Rufen eine Stimme, die ich sofort wiedererkenne. »Wenn ich mit dir fertig bin, würdest du dir wünschen, deine widerlichen Freunde hätten dich gefickt, anstelle unschuldiger Frauen.«

Ich wische mir über das tränenüberströmte Gesicht und sehe, wie Reese über dem Kerl beugt, den er offensichtlich von mir heruntergezogen hat. Reese kniet auf seinen Armen und hindert ihn so, sich zu wehren. Lediglich seine Beine bewegen sich wie verrückt, doch das scheint Reese nicht zu interessieren. Mit einer Hand hat er ein Messer an seinem Gesicht platziert. Die andere umschließt seinen Hals.

»Nein, bitte nicht! Helft mir!« Ein Schauer läuft mir über den Rücken, als ich sehe, wie Reese bei diesem Hilferuf beginnt zu lächeln. Als die Klinge die Haut des Mannes anritzt und schließlich durchschneidet, höre ich einen gurgelnden Schrei und er tönt auch nicht ab, als Reese die Klinge weiterzieht.

»Wenn du noch einmal eine Frau anfasst, schneide ich dir nicht nur dein Gesicht ab, sondern jedes Stückchen Fleisch und veranstalte ein fröhliches Barbecue.«

Stück für Stück hinterlässt er einen blutigen Weg. Er umfährt das Gesicht des Mannes so präzise, als hätte er das nicht zum ersten Mal gemacht. *Blut. Überall Blut.* Ich höre, wie der Mann röchelt, schreit, weint und dann plötzlich damit aufhört.

»Reese«, murmele ich mit zugeschnürter Kehle. Erst jetzt scheint er sich an mich zu erinnern. Er lässt den Kerl los, sodass er blutüberströmt zu Boden fällt. »Ist er tot?«

Reese steht auf und wischt erst sein Messer, dann seine Hände an seiner Hose ab. Er sieht hinunter auf den Mann, der vor seinen Füßen liegt. »Verdient hätte er es, aber ich denke nicht.« Er klingt so gelassen, als hätte er nicht gerade versucht, einem Mann das Gesicht abzuziehen. Reese steckt das Messer weg und kommt auf mich zu. Mein erster Impuls ist, noch weiter zurückzuschrecken, aber mir wird die Wand in meinem Rücken schmerzhaft bewusst. Erst, als er vor mir in die Hocke kommt und mein Kinn umgreift, erkenne ich so etwas wie Sorge in seinen Augen. »Was machst du hier, Prinzessin?«

Ich öffne den Mund, doch kein einziger Laut kommt daraus hervor. Ich kann nicht glauben, was eben passiert ist. Nichts davon ...

KAPITEL 11
REESE

Dieses Gefühl, warmes Blut von irgendeinem Wichser von den Händen zu wischen, ist beinahe schon meditativ. Ich bin in dieser Zeit für mich, kann fühlen, dass ich einen Eindruck hinterlassen habe. Es gibt kein besseres Gefühl, als so einem Typen zu zeigen, dass er nicht mit allem davonkommt. Es gibt immer jemanden, der dich dafür richtet, was du tust. Und ich bin liebend gern dieser Mensch.

Es gibt so verdammt viele Arschlöcher auf dieser Welt und ich weiß, dass ich nicht jeden davon erwische, aber jeder, den ich erledigen kann, ist ein kleiner Sieg. Dieser Typ und seine Freunde überlegen es sich in der Zukunft ein zweites Mal, ob sie einer Frau etwas antun oder lieber ihre widerlichen Finger bei sich behalten. Ich schrubbe das Blut unter meinen Fingernägeln weg und genieße es, wie das Wasser meine Haut abkühlt. Wäre er nicht ohnmächtig geworden, hätte ich das Arschloch noch dazu gebracht, mich zu seinen Freunden zu führen, damit sie das gleiche Schicksal erleiden. Leider findet man heutzutage keine guten Opfer mehr. Nur Weicheier, die nichts vertragen und mir viel zu schnell den Spaß verderben.

Als einer meiner Leute mir erzählt hat, dass sich eine scharfe Blondine in unser Viertel verlaufen hat, hatte ich sofort den Verdacht, dass es Ava sein könnte. Auch, wenn ich nicht dachte, dass sie wirklich so dumm sei. Offensichtlich habe ich sie unterschätzt. Das erste Mal hier und schon zieht sie die Aufmerksamkeit der ganzen Gegend auf sich.

Ich drehe den Wasserhahn zu, trockne meine Finger und überprüfe noch einmal im Spiegel, ob mir nichts von dem Blut im Gesicht klebt. Es gibt nichts Schlimmeres, als am Morgen mit dem getrockneten Blut irgendeines Bastards im Bart aufzuwachen.

Dann verlasse ich das Bad und gehe zurück zu Ava, die in meinem Zimmer auf dem Bett sitzt und auf ihre im Schoß verschränkten Finger starrt.

»Und?«, frage ich und hole sie damit aus ihren Gedanken. »Was hast du hier zu suchen?« Zunächst sieht sie aus wie ein verletzliches kleines Tier, doch dann erkenne ich etwas anderes in ihren Augen. Wut. Auf mich? Scheiße, ich habe sie doch eben gerettet. Frauen kann man es auch echt nicht recht machen. Ich lehne mich lässig gegen den Türrahmen und betrachte sie amüsiert.

Ava steht auf und kommt auf mich zu. »Du!« Sie schüttelt den Kopf und läuft durch den Raum. Als sie wieder vor mir stehenbleibt, richtet sie ihren Zeigefinger in meine Richtung. »Du bist ein Arschloch!«

Ich hebe die Arme. »Schuldig.« Ich stoße mich ab und gehe auf sie zu, doch Ava rauscht schnaubend davon, sodass sie jetzt vor meinem Fenster steht und hinausstarrt. »Ich habe nie etwas anderes behauptet.« Ich stelle mich neben sie und ziehe die völlig zerschlissenen Gardinen zu. »Soll doch niemand sehen, wie süß du beim Schmollen aussiehst. Das würde mir nur noch mehr Arbeit einhandeln.« Ich weiß, dass ich sie damit ärgere, aber es macht auch echt Spaß.

»Du kannst mich mal!«, zischt sie mir gerade ins Gesicht. »Du hast mich einfach der Polizei ausgeliefert!«

Ich betrachte ihr Gesicht und wische ihr ein bisschen Dreck von der Stirn. Sie wendet den Blick ab, aber ich habe das Funkeln in ihren Augen gesehen. »Du hast es überlebt und bist nicht im Knast. Also alles okay.«

»Nichts ist okay, Reese!« Sie klingt hysterisch. Wieder beginnt sie im Raum auf- und abzugehen und sich die Haare zu raufen, die nach dieser Nacht alles andere als gut aussehen. »Absolut nichts! Ich wäre beinahe vergewaltigt worden und dann hast du diesen Mann ... keine Ahnung! Du hast ihn gehäutet! Das ist krank.«

Ich beobachte sie wie einen Tiger, der in einem viel zu kleinen Käfig sein Dasein fristet und von rechts nach links läuft. »Er hat seine gerechte Strafe bekommen«, knurre ich.

»Er ...« Sie bleibt stehen, starrt mich an und dann sehe ich, wie ihre Unterlippe beginnt zu zittern.

Nicht weinen. Damit kann ich nicht umgehen.

»Er wird dir nichts mehr tun«, sage ich leise. Ihre Augen beginnen zu glänzen. »Niemand von ihnen, dafür sorge ich. Fassen sie dich nochmal an, sind sie tot.« Ich gehe zur Tür und öffne sie ihr. »Du kannst duschen gehen, wenn du willst.«

»Ich würde dich gerne vor mir auf den Knien sehen,
Prinzessin. Aber so ist es auch nicht schlecht. Jetzt sag danke.«

KAPITEL 12
AVA

Eisiges Wasser prasselt auf mein Gesicht und spült den Dreck und die vergangenen Stunden von meinem Körper. Das Gedankenkarussell dreht sich unaufhörlich und ich bin dankbar für die Abkühlung.

Nach einigen Minuten weiß ich, dass das Prickeln meiner Haut nicht mehr von den Berührungen dieser widerlichen Kerle stammt, sondern von der Kälte. Immer wieder sehe ich Reese vor mir, wie er sich für mich gerächt hat. Ich erinnere mich, dass auch der Einbruch in das Haus eine Art Rache war und frage mich, ob er so seine Taten rechtfertigt.

Ein Schauer läuft mir über den Rücken bei der Erinnerung an seine Worte. *Fassen sie dich nochmal an, sind sie tot.* Ich glaube ihm. Und das Schlimmste daran ist, dass ich dennoch nach wie vor hier bin. Ich sollte nicht unter seiner Dusche stehen. Ich sollte rennen. Weit weg und mir schwören, mich zukünftig von Männern wie ihm fernzuhalten.

Und doch bin ich hier.

Mit festem Druck reibe ich mir übers Gesicht und befreie mich von dem Make-up, das ich für die Party aufgelegt hatte.

Dass dies erst wenige Stunden her ist, kommt mir völlig surreal vor. Eher fühlt es sich so an, als lägen Welten zwischen dem Mädchen, das einen Abend über die Stränge schlagen wollte und mir. Auch, wenn es genau das war, was ich gemacht habe. Weil mein Körper langsam zu zittern beginnt, stelle ich das Wasser ab und taste nach dem Handtuch, das Reese mir mit hereingegeben hat. Es wäre eine Übertreibung, wenn ich dieses Zimmer ein Bad nennen würde. Ein Klo mit kaputtem Sitz, ein Waschbecken, das offenbar seit Ewigkeiten nicht mehr gründlich geputzt wurde und ein zersprungener Spiegel sind neben der türlosen Dusche, aus der kein Tropfen warmes Wasser kommt, das Einzige, das noch an ein Badezimmer erinnert.

Der Gedanke, dass Reese und seine Mitbewohner jeden Tag so leben müssen, schmerzt. Das hier ist nicht menschenwürdig. Ich trockne mir die Haare und schlüpfe in die Socken, die Shorts und das Shirt, das Reese mir gegeben hat, bevor ich die Füße auf den schimmeligen Boden stelle. Unter dem Shirt zeichnen sich meine Nippel ab, aber weil ich unter meinem Kleid keinen BH tragen musste, kann ich sie jetzt nur mit den Händen bedecken. Das Kleid und den Rest meines Höschens stopfe ich in einen Eimer, der neben der Tür steht, während ich die Schuhe an den Riemchen zwischen Zeigefinger und Daumen halte. Ich werde Sydney einfach erzählen, dass es ruiniert ist. Ich denke nicht, dass sie nachfragen wird. Mit zitternden Fingern öffne ich die Tür.

Reese kann ich nicht sehen, weil er hinter der Tür seines Schrankes verschwunden ist, doch als er sie schließt, sehe ich, wie er sich ein frisches Shirt über den Kopf zieht. Ich erhasche einen kurzen Blick auf seinen Oberkörper, der von dunklen Tattoos übersät ist. Sein Körper ist nicht bullig, aber die

Muskeln sind definiert und die Tattoos bringen sie noch besser zur Geltung. Als er auf mich aufmerksam wird, zuckt sein Mundwinkel. »Mund zu, du sabberst.« Obwohl ich ganz sicher nicht gesabbert habe, presse ich meine Lippen fester zusammen, während ich immer noch meine Brüste mit den Händen abdecke. »Geht's besser?« Er streicht sich die Haare aus dem Gesicht.

Ich nicke. »Ja. Das kalte Wasser hat geholfen.« Ich räuspere mich und senke den Blick. »Danke, dass du mich vor den Typen gerettet hast.«

Reese kommt auf mich zu und wischt mir die nassen Haare aus dem Gesicht. Er streicht sie mit beiden Händen zurück, bis er meine Haare in einer Hand hält und meinen Kopf in den Nacken zieht. Bestimmt, aber seltsamerweise gleichzeitig sanft. »Ich konnte nicht mit ansehen, wie jemand anderes dich fickt.«

Mein Herz stolpert beim Klang seiner Stimme und den Worten, die viel zu viel mit mir anstellen. Das hier sollte sich nicht so anfühlen. Nicht, nach der letzten halben Stunde. »Ich bin wütend auf dich«, hauche ich. »Du hättest mich nicht retten müssen, wenn du mich nicht zuerst zurückgelassen hättest und ich mit der Polizei hätte reden müssen.«

»Ah.« Er grinst schief und lässt meine Haare los. Ich könnte jetzt weggehen und Abstand zwischen uns bringen, aber ich rühre mich nicht von der Stelle. »Du bist wütend, weil du jetzt nicht so unschuldig bist wie zuvor?«

»Ich hatte Streit mit meinen Eltern! Ich habe noch nie so mit ihnen geredet wie heute Abend. Und das ist alles deine Schuld!«, blaffe ich.

Reese stößt ein heiseres Lachen aus. »Ich kenne deine Eltern nicht einmal. Habe sie noch nie gesehen, geschweige denn ein Wort über sie verloren. Wie soll ich daran also Schuld haben?«

»Du bist echt ein arrogantes Arschloch«, zische ich.

»Und du eine undankbare Zicke«, knurrt er und drängt mich weiter nach hinten, bis ich mit dem Rücken gegen die Wand pralle.

»Soll ich auf die Knie gehen und dir die Füße küssen? Was willst du noch? Ich habe mich doch bedankt.« Ich verenge die Augen, bewege sie jedoch nicht von seinem Gesicht. Seinem verdammt heißen Gesicht, das meinem viel zu nah ist und auf dem noch immer dieses besserwisserische Grinsen liegt.

»Ich würde dich gerne vor mir auf Knien sehen, Prinzessin.« Noch bevor ich mir einen Protest einfallen lassen kann, hat er meine Handgelenke gepackt und sie nach oben über meinen Kopf befördert. Ein Stöhnen befreit sich aus meinem Hals. »Aber so ist es auch nicht schlecht. Jetzt sag danke.«

Ich sehe ihn mit verkniffenem Gesicht an. In mir herrschen die unterschiedlichsten Gefühle. Einerseits brodle ich vor Wut, andererseits bin ich erschöpft von diesem Abend. Und dann ist da noch etwas anderes. Etwas, was dazu führt, dass sich mein Unterleib bei allem zusammenzieht, was Reese sagt. »Danke«, speie ich aus.

»Geht das auch netter? Oder muss ich dir auch Manieren beibringen?« Er greift in seine Tasche und zieht das Messer hervor, mit dem er vorhin diesen Typen verunstaltet hat. Mein Atem stockt und alle Alarmglocken läuten, aber ich bringe sie zum Schweigen. Ich starre das Messer an, mit dem er jetzt über mein Schlüsselbein streicht. Langsam, vorsichtig. Darauf bedacht, meine zarte Haut nicht zu verletzen. Er will mir nichts tun, das weiß ich. Oder zumindest rede ich es mir ein. Es gibt keinen Grund, ihm zu vertrauen. Bisher hatte ich nur die Vorstellung, wozu er fähig ist, aber heute Abend hat er mir gezeigt, was in ihm steckt. Ich müsste Angst haben, davonrennen und nie wiederkommen. Aber das tue ich nicht.

Wieder handle ich gegen meine Instinkte und lege den Kopf zur Seite, sodass mein Hals frei liegt. Das kalte Metall hinterlässt eine Gänsehaut auf meinem Körper und ich muss meinen Herzschlag beruhigen, als er es über meine Halsschlagader fahren lässt. Reese stößt ein animalisches Raunen aus, was meinen ganzen Körper in Anspannung versetzt. In Erwartung ...

»Du spielst gerne mit dem Feuer, was? Das überrascht mich.«

»Du hältst mich wirklich für eine Prinzessin, oder?«, frage ich abschätzig und hebe den Blick, um ihm in die Augen sehen zu können. Sie lodern und ich kann sehen, dass ihm dieses Spiel gefällt. Er ist das Feuer. »Du kennst mich nicht gut genug.«

»Dann lass uns das ändern.« Das Messer fällt mit einem lauten Klirren zu Boden, während Reese mit beiden Händen unter meinen Po greift und mich hochhebt, bis ich die Beine um seine Hüfte legen kann.

Sofort erinnert sich mein Körper wieder an den Kuss, bei dem wir vorhin unterbrochen wurden. Ich lege meine Hände um seinen Hals und ziehe mich so dicht an ihn heran, dass ich seine Erektion an meiner Mitte spüren kann. Er trägt mich zu seinem Bett, unsere Münder so nah, dass wir uns küssen könnten, doch das tun wir nicht. Es ist dieser Moment vor einem Kuss, der erregender ist als alles andere. Der Moment, der die Spannung immer größer werden lässt und die Lust zum Bersten bringt.

Als Reese mich auf sein Bett fallen lässt und mich mit

seinem Becken in die Matratze drückt, kann ich meine Lust nicht länger verbergen. Seufzend werfe ich den Kopf in den Nacken und genieße es, wie gut sich seine Härte an meiner Pussy anfühlt. Reese hakt die Finger unter die Shorts, die er mir geliehen hat und zieht sie mir mit einem Ruck aus. Er lässt seine Finger spielerisch zwischen meine Lippen gleiten und schiebt einen davon tief in mich. Ich strecke meinen Rücken unter seiner Berührung durch. »Du bist so feucht, Prinzessin. Zieh dich aus!«

Hastig stülpe ich mir das Shirt über den Kopf und liege jetzt völlig nackt vor ihm, während er immer noch einen Finger in meiner Mitte hat und mich mit seinen Bewegungen um den Verstand bringt. Die Art, wie er mich ansieht, macht mich noch wahnsinnig.

Er rutscht weiter hinab, bis er mit dem Kopf zwischen meinen Beinen ruht und als seine Zunge meinen Kitzler berührt, stöhne ich laut auf. Ich vergrabe meine Hände in seinem wilden Haar, ziehe leicht daran. Er bewegt seinen Finger, dem ein zweiter folgt, während seine Zunge das perfekte Tempo findet. Jede Sekunde, die vergeht, bringt er mich meinem Höhepunkt näher. Ich spüre, wie sich mein Unterleib immer weiter anspannt, wie meine Muskeln sich verkrampfen. Mein Rücken ist so durchgebeugt, dass ich glaube zu zerbrechen, doch kurz bevor ich komme, lässt er von mir ab.

»Noch nicht, Prinzessin.« Frustriert lasse ich mich wieder in die Matratze fallen. Sekunden später liegt er auf mir und ich verschränke meine Beine um seine Hüfte, während er sich fest gegen mich schiebt. Jetzt spüre ich seine Härte nur noch mehr und bewege mein Becken. Reibe mich an ihm. Reese senkt sein Gesicht meinem entgegen. »Willst du wissen, wie du schmeckst?«

Alles, was ich ihm geben kann, ist ein Hauchen und im nächsten Augenblick senkt er seinen Mund auf meinen. Dieser Kuss besitzt alles, was ich in diesem Moment brauche. Er ist wild und einnehmend. Er ist leidenschaftlich und sexy. Weil ich ihn endlich in mir spüren will, versuche ich, ihn von seiner Hose zu befreien. Reese hilft mir dabei, befördert davor jedoch ein Kondom aus seiner Hosentasche hervor. Er reißt es mit den Zähnen auf und reicht es mir. Bisher habe ich noch nie einem Mann dabei geholfen, weshalb ich nur zögerlich versuche, das Kondom über seine Erektion zu stülpen.

»Sei nicht so zimperlich«, knurrt er. »Ich will dich endlich ficken.«

Er nimmt meine Hand, die gerade einmal seine Eichel umschlossen hat, und zieht sie mit einer Bewegung über seinen Schaft. Grob reißt er meine beiden Hände wieder über meinen Kopf und führt sein Glied an meine Mitte. Erst schiebt er sich langsam in mich, doch dann stößt er mit einem heiseren Stöhnen zu, sodass er mich gänzlich einnimmt.

»Fuck, bist du eng.« Ich sage nichts, bin vollkommen damit beschäftigt, ihn in mir aufzunehmen. Ich grabe meine Fingernägel in meine Handflächen und zergehe endgültig unter ihm, als er auch noch beginnt, mich wieder leidenschaftlich zu küssen. Seine Finger legen sich um meinen Hals und er drückt weiter zu, sodass nicht nur sein Schwanz in mir meine empfindlichste Stelle reizt, sondern auch seine Hand für eine noch größere Anspannung sorgt.

Mit jedem Stoß bringt er mich näher an den Abgrund, näher an die absolute Erlösung. Ich bewege mein Becken passend zu seinen Stößen und dann dauert es nicht mehr lange, bis mich ein Höhepunkt erreicht, der meinen ganzen Körper zittern lässt. »Ich komme«, hauche ich und merke, wie Reese kurz innehält.

Erst, als das Zittern abebbt und ich wieder die Kontrolle über meinen Körper habe, zieht er sich aus mir heraus. »Dreh dich um!« Ich drehe mich auf den Bauch. »Auf die Knie!« Ich gehorche. Wenn mein Körper auch so erschöpft ist, dass ich auf der Stelle einschlafen könnte. Er packt meinen Arsch fest mit beiden Händen und schiebt sich noch einmal zwischen meine Lippen. »Fuck.« Ich spüre ihn nur noch tiefer in mir, spüre, wie er meinen Muttermund mit jedem Stoß aufspießt und es dauert nicht mehr lang, bis ich das Pumpen seines Schwanzes in mir fühle.

So sollte sich Sex anfühlen?

Scheiße, er hatte wohl recht damit, dass ich nie wieder jemand anderes in mir haben will.

KAPITEL 13
REESE

Ava liegt schlafend in meinem Bett, als ich das Zimmer verlasse. Ein Anblick, der mir offenbar zu gut gefällt, denn jede andere Frau hätte ich nach dem Sex längst wieder weggeschickt. Für gewöhnlich sehe ich keinen Nutzen mehr darin, sie an meiner Seite zu behalten, wenn sie mir Erleichterung verschafft haben. Aber ein Teil in mir will sie nicht wecken.

Du wirst soft, Davis.

Genervt von meinen eigenen Gedanken zünde ich mir brummend eine Zigarette an und schließe die Tür hinter mir. Ich bin hellwach, obwohl es mitten in der Nacht sein muss. Hier ist es völlig egal, welche Zeit die Uhr anzeigt. Man schläft, wenn man müde ist. Isst, wenn man Hunger hat und fickt, wenn man Lust hat. Zeit ist unwichtig.

Cherry schläft in eine Decke eingewickelt auf dem Sofa. Ihr neues Stofftier fest an ihren Körper gepresst. Ich gehe zu Brit, die mit geschlossenen Augen auf ihrem Lieblingssessel sitzt und den Kopf in der Hand abstützt. Keine Ahnung, was sie an dem Teil findet, denn wenn dein Körper nicht völlig taub ist, spürst du jede einzelne Feder, die sich unaufhörlich in deinen Rücken und Arsch bohrt.

»Hey.« Ich lasse mich auf das Sofa neben Cherry sinken und lege die Füße auf den Couchtisch. Cherry rutscht, ohne die Augen zu öffnen, näher an mich heran und presst ihren Kopf gegen mich. »Läuft heute nicht?«, frage ich, während ich den Qualm meiner Zigarette aus meinen Lungen puste.

Brit schüttelt seufzend den Kopf. Sie zieht ein Bein an und bettet das Kinn auf ihrem Knie. Ihre Augen fixieren mein Gesicht. »Ich habe gehört, du hast für Aufruhr gesorgt. Und da wunderst du dich, dass die Männer heute keine große Lust haben, auf die Pirsch zu gehen?«

Ich zucke mit den Schultern. »Diese Typen hätten dich nicht bezahlt, Brit.«

Sie stößt verärgert die Luft aus. »Darum geht es nicht, Reese!« Sie macht eine Kopfbewegung zur Küche. »Der Kühlschrank ist beinahe leer. Die Hälfte der Leute hier fressen sich nur den Bauch voll und tun nichts dafür, ihn wieder zu füllen.«

Die Diskussion versaut mir jetzt schon meine Laune. Es ist nicht das erste Mal, dass sie sich dementsprechend bei mir auslässt. Ich weiß, dass sie es lieber hätte, wenn nur sie, Cherry, Ash und ich zusammenwohnen würden. Aber so einfach ist das nicht. »Brit. Jetzt nicht.«

»Klar.« Sie reibt sich müde übers Gesicht. »Es ist nie der richtige Zeitpunkt, um -«

Bevor sie ihren Satz beenden kann, wird die Tür aufgerissen und Ethan steht blutüberströmt im Flur. Seine Augen sind weit aufgerissen und als sie mich finden, funkeln sie. »Du!« Er winkt mir aufgeregt zu. »Komm!«

Obwohl ich keine Ahnung habe, was vor sich geht, springe

ich vom Sofa und stürme auf ihn zu. Wenn Ethan über seinen Schatten springt und meine Hilfe verlangt, muss es ernst sein. Im Vorbeilaufen kralle ich mir meine Lederjacke, die am Haken im Eingang hängt, und folge ihm hinaus in die Dunkelheit. Es dauert nicht lange, ehe ich die Gruppe entdecke, die torkelnd auf uns zukommt. Genauer gesagt torkelt nur einer von ihnen, den die anderen versuchen aufrechtzuhalten. Ich erstarre für einen Augenblick, in dem ich erkenne, dass es sich um Ash handelt.

Er ist übel zugerichtet. Das Blut, das an seiner Schläfe herunterrinnt, erkenne ich schon von weitem in der Dunkelheit leuchten. Sie bleiben unter einer schummrig leuchtenden Laterne stehen, gegen die die übrigen Jungs Ash sinken lassen und sich ein paar Schritte entfernen, als ich sie erreiche. Sofort umfasse ich sein Gesicht mit der einen Hand, während ich die andere gegen seine Schulter drücke, um ihn aufrechtzuhalten.

»Was ist passiert?«, presse ich zwischen den Zähnen hervor.

Er hustet und ein Blutrinnsal läuft seinen Mundwinkel hinab. »Die haben die Hälfte meines Stoffs, Reese. Ich bin am Arsch!« Sein Gesicht verzieht sich schmerzhaft, als er erneut zu husten beginnt und alles in mir sträubt sich dagegen, ihn anzuschreien. Ich wusste, dass er nur Ärger mit seinen Drogen hervorruft.

»Wer?«

»Keine Ahnung.«

Ich spanne die Hand fester um seinen Kiefer. »Wer?«, frage ich erneut. Dieses Mal schärfer. Wenn wir auch nur eine Chance haben wollen, seine Ware wiederzubekommen, dann jetzt.

Er presst die Augen zusammen. »Reese, ich ...«

Langsam verliere ich die Geduld. Die Ader an meiner Schläfe beginnt so fest zu pochen, dass ich jedes Pulsieren spüre. »Ash, geh mir nicht auf den Sack. Wer hat dich so zugerichtet?«

»Einer der Typen, die für mich verticken sollten.« Er wendet den Blick ab. Scham. Kein Wunder. Er weiß, in welche Scheiße er sich geritten hat und uns gleich mit.

Ich lasse von ihm ab und deute Ethan an, ihn zurück ins Haus zu bringen. »Brit soll sich um ihn kümmern.«

Meine Schritte hinterlassen tiefe Abdrücke in dem Kies, als ich in Richtung Brücke renne. Mit jedem Schritt spüre ich das Blut fester durch meinen Körper jagen. Jeder Atemzug fühlt sich an wie das Wappnen auf einen Kampf. Die Wut ... sie pocht mit meinem Blut um die Wette. Wächst jede Sekunde weiter an und verschleiert mir jede Sicht. Wie konnte er nur so dumm sein? Wie konnte er sich so in Gefahr bringen? Wenn wir den Stoff nicht zurückbekommen ... Ich schüttele den Kopf, weil ich mir nicht vorstellen will, was dann passiert.

Mein Atem rasselt, als ich endlich ankomme und eine Gestalt auf der Brücke sehe. Der Fluss trennt die Stadt auf dieser Seite so wie der alte Zoo auf der anderen. Ich müsste nur ein paar Schritte weitergehen und wäre in einer völlig anderen Welt. Einer Welt, in der man sich keine Sorgen darüber machen muss, ob man am nächsten Tag noch etwas zu Fressen hat. Oder ob der beste Freund bald von einem Mafiaboss abgemurkst wird, weil er dessen Drogen verloren hat.

»Ey!« Ich beginne wieder schneller zu werden. Die kalte Luft ist schneidend.

Die Gestalt, die eben noch über dem Geländer hing, um

dem vorbeifahrenden Zug hinterherzugaffen, dreht sich in meine Richtung.

»Ey!«, antwortet er wie ein verfickter Papagei. Er macht einige Schritte nach hinten, während ich immer näherkomme.

»Gib mir den Stoff und du kannst gehen, Arschloch!« Es verlangt mir alles ab, nicht sofort auf ihn loszugehen und ihm seine Fresse so zu verunstalten, dass sie aussieht, als käme sie aus dem Fleischwolf.

Als er zu kichern beginnt, weiß ich, dass er sich schon bedient hat und ich nicht mehr versuchen muss, mit ihm zu sprechen. Er wird mir das Zeug nicht freiwillig geben. »Das hier?« Er hält ein Paket hoch und wedelt damit von einer Seite zur anderen. Wie konnte Ash nur so dumm sein und diesem Abhängigen zwei Kilo Koks anvertrauen?

Ich antworte nicht, sondern gehe nur weiter auf ihn zu, die Hände zu Fäusten geballt. Plötzlich strafft er die Schultern, öffnet die Tüte und greift hinein, um eine große Menge des weißen Pulvers zu schnupfen. Sein Körper wird von einem Zittern durchschüttelt, ehe er laut auflacht, sich über das Geländer lehnt und die Tüte ausleert.

»Fuck!« Mein Kopf beginnt zu dröhnen. »Du hirnrissiger Idiot!«

»Wenn ich es nicht haben kann, dann keiner.« Er ist völlig hinüber. Dieser Typ ist das lebende Beispiel dafür, dass man sich sein Gehirn wegkoksen kann. Trotzdem stehe ich wie angewurzelt da und sehe dabei zu, wie das weiße Pulver in der Luft schwebt und langsam hinunter auf die Bahngleise rieselt. Kichernd lehnt er sich über das Geländer und sieht dabei zu. Erst, als auch der letzte Rest unten angekommen ist, dreht er sich in meine Richtung und hält sich lachend eine Hand vor den Mund. »Du warst zu langsam. Was willst du jetzt tun?«

Was willst du jetzt tun?

Mein Inneres brodelt. Erinnerungen kämpfen sich an die Oberfläche, die ich lange Zeit unterdrückt habe.

Was willst du jetzt tun? Du kleiner Pisser?

Galle steigt in mir auf und ich balle die Hände zu Fäusten.

Du bist ein Nichts, Reese. Ein kleiner Junge, der denkt, er könne die Welt retten.

Das Gesicht dieser armseligen Kreatur verwandelt sich in ein anderes. *In seins.* Ich sehe die blutunterlaufenen Augen, rieche die Fahne, die jeden Tag in mir Brechreiz verursacht hat. Ich höre seine Stimme, die mich verhöhnt.

Dabei kannst du nicht einmal ihn beschützen. Du bist schwach.

»Halt dein verfluchtes Maul!« Eine Wut überkommt mich, von der ich weiß, dass ich sie nicht beherrschen kann. Sie brennt sich von meinem Brustkorb bis in jede einzelne Faser meines Körpers. Er presst sich beide Hände fester auf den Mund und lacht mich immer weiter aus. »Sei still!« Ich gehe auf ihn zu. Ein Schritt. »Sei still! Sei still!« Zwei Schritte. Drei. Bis ich vor ihm stehe. »Sei still«, knurre ich und spüre, dass die blanke Wut jetzt alles von mir eingenommen hat. Als er seine Hände jetzt von seinem Mund zieht, aber nicht aufhört zu lachen, übernimmt die Dunkelheit in mir endgültig die Kontrolle. Ich überbrücke die letzte Distanz zwischen uns und lege meine Hand wie eine Schraubzwänge um seinen Hals. Ich presse zu. Mein Herz schlägt laut in meiner Brust und alles, was ich höre, ist sein Lachen. Auch jetzt noch, da es verstummt ist. Japsend ringt er nach Luft. »Still!«

Weil ich immer noch höre, wie er mich verhöhnt, reiße ich ihm mit der anderen Hand das Kinn nach unten und lasse seine Kehle los, sodass ich seine Zunge herausziehen kann.

Gurgelnd versucht er sich von mir zu befreien, doch ich halte seine Zunge so fest zwischen meiner Hand, dass er keine Chance hat. Mittlerweile hat sich Panik in seinen Augen breitgemacht. Er weiß, dass er sich mit dem Falschen angelegt hat.

»Ich habe gesagt ...« Ich ziehe mein Messer. »Du sollst still sein!« Und schneide ihm seine verfluchte Zunge ab.

Mit einem klatschenden Geräusch landet sie zwischen uns auf dem nassen Boden. Er schreit nicht, sondern gibt nur quiekende und wimmernde Geräusche von sich. Sein Gesicht wird blass, seine Augen treten aus seinen Augenhöhlen, während ich ihn weiter bis zum Geländer treibe. Ich zerquetsche seine Zunge wie einen Wurm unter meiner Schuhsohle. Warme Genugtuung fließt durch meine Adern, wie sein Blut über meinen Arm rinnt, als ich die Angst in seinem Gesicht erkenne.

Ich bin nicht schwach. Ich bin nicht schwach.

Sein Atem geht pfeifend und ich sehe die Erkenntnis in seinen Augen, dass jeder Atemzug sein letzter sein könnte. Er stößt mit dem Rücken gegen die Brüstung und jault auf. »Du hättest mir nur das Päckchen geben müssen, du Made.« Mit diesem Satz schneide ich ihm die Kehle durch und werfe ihn kopfüber über das Geländer. Der Schrei ist nur kurz und ich frage mich, ob er schon tot ist, bevor er auf den Zugschienen aufkommt und platzt wie eine Orange.

Ich balle meine blutüberströmten Hände zu Fäusten, um das Zittern zu verbergen.

Ich bin nicht schwach.

»Du siehst in mir immer noch einen Helden, aber ich werde nicht dein König sein. Ich bin der verfluchte Narr in deiner Welt.«

KAPITEL 14

AVA

Zitternd greife ich nach meiner Decke, doch als ich nur ein dünnes Laken ertaste, erinnere ich mich, dass ich nicht in meinem Bett liege, sondern bei Reese bin. Sofort beginnt mein Herz zu poltern. Ich habe mit ihm geschlafen, nachdem er mich vor diesen Typen gerettet hat und mir demonstriert hat, dass er sich nicht unter Kontrolle hat.

Mein Kopf dreht sich, genau wie meine Gedanken. *Scheiße, was stimmt nicht mit mir?*

Einige Lichtstrahlen schaffen es durch die Schlitze der Tür hindurch und lassen mich nicht in völliger Dunkelheit tappen, als ich nach etwas suche, was ich anziehen kann. Das, was von meinen Klamotten übrig geblieben ist, liegt irgendwo auf dem Boden, also taste ich nach Reese' Shirt. Nachdem ich es übergezogen habe, denke ich darüber nach, ob ich wirklich das Bett verlassen oder einfach wieder einschlafen soll. Er ist nicht hier. Ob das ein gutes oder schlechtes Zeichen ist, kann ich nicht sagen. Ob es mir gefällt oder nicht, weiß ich hingegen sehr gut. Das tut es nicht. Natürlich habe ich nicht erwartet, dass wir beide jetzt das Traumpaar jeder Highschool werden. Als Ballkönig und Königin eine Familie gründen, aber so allein wie jetzt wollte ich mich auch nicht fühlen.

Mit einem tiefen Atemzug schiebe ich die nackten Beine über die Bettkante und berühre mit den Zehenspitzen den eisig kalten Boden. Etwas in mir schreit, dass es eine dumme Idee ist, dieses Zimmer zu verlassen. Als sei es mein Safe Point, in dem mir nichts passieren kann. Wie damals beim Fangenspielen, als man nur in die sichere Zone musste, um geschützt zu sein.

Aber im wahren Leben gibt es diesen Schutz nicht. Hier ist jeder Ort ein Schlachtfeld und überall herrscht Krieg. Dementsprechend ignoriere ich meine Bedenken, öffne die Tür einen Spaltbreit und schirme meine Augen vor der Helligkeit ab. Ich sehe nichts. Höre nichts. Nur mein Herz, das mir viel zu laut gegen die Brust hämmert. Ist es ein gutes Zeichen, dass hier niemand ist?

Ich lasse den Blick durch den schmalen Flur gleiten und überquere ihn mit einigen schnellen Schritten und bereue es, als ich in etwas Spitzes trete, keine Schuhe angezogen zu haben. Lucy würde vermutlich einen halben Herzinfarkt erleiden, wenn sie wüsste, in welche Gefahr ich mich hier begebe. Morgen hätte sie einen Termin beim Arzt für mich vereinbart und die Tetanusspritze wäre nur eines der Ergebnisse.

Beim Gedanken an meine Adoptivmutter schmerzt mein Herz. Ich habe ihr mit meinen Worten wehgetan, das weiß ich jetzt und bereue es. Auch, wenn das, was ich gesagt habe, der Wahrheit entspricht, hätte ich es nicht wie eine Bombe in den Raum werfen dürfen. Das haben sie nicht verdient.

Aus dem gegenüberliegenden Raum höre ich Musik, also öffne ich die Tür und stehe in einem großen Zimmer, was eine Mischung aus Wohnzimmer und Küche sein muss.

Es versetzt mir einen Stich, zu sehen, wie Reese lebt. Das hier ist kein Zuhause. Das ist eine Müllhalde. Überall liegen leere Dosen oder Essensverpackungen. Ich passe auf, wohin ich trete, damit ich mir nicht wirklich noch etwas einfange. Gerade, als ich wieder zurück in Reese' Schlafzimmer gehen will, höre ich ein Wimmern und halte inne, um herauszufinden, woher es kommt.

Das dauert nicht lange, denn in der Mitte des Raums befindet sich ein schmuddeliges Sofa, auf dem sich gerade etwas regt. Ein kleines Mädchen in rosa Röckchen und mit einem Teddybären fest an sich gedrückt, setzt sich auf und reibt sich gähnend die Augen. Dieser Anblick bringt mich um. Sofort schießen mir Tränen in die Augen.

Dieses kleine Kind war ich. Ich kneife die Augen zusammen, um die Erinnerung an meine Kindheit verblassen zu lassen. *Vergangenheit.*

Ich gehe auf das Kind zu, hocke mich vor ihm hin und lächle es an. »Na du?« Die Kleine sieht mich aus großen Augen an. »Wie heißt du?« Sie kaut auf ihrer Unterlippe, weicht meinem Blick aus, ehe sie mich mit einem Lächeln wieder ansieht und mir den Teddybären hinhält. Mein Herz schmilzt. »Der ist ja toll, Süße!« Ich versuche den Kloß in meinem Hals hinunterzuschlucken, als ich den Bären nehme und vor ihr damit spiele. Kichernd greift sie wieder danach und presst ihn an sich. »Wo ist denn deine Mami?«

Ich stehe auf und sehe mich um, doch hier ist weit und breit niemand zu sehen. Weil ich unmöglich jetzt einfach ins

Zimmer zurückgehen und die Kleine hier sitzen lassen kann, nehme ich sie hoch. »Hui.« Ich grinse sie an und sie tut es mir gleich. »Jetzt suchen wir dir mal etwas zum Essen, ja?«

Sie nickt heftig mit dem Kopf und wieder zerbricht etwas in mir. Obwohl ich eine Fremde für sie bin, krallt sich das kleine Mädchen an mich, während ich hinüber zum Kühlschrank gehe, um zu gucken, ob ich da etwas für sie finde. »Lass deine Finger von meinem Kind, du Bitch!«, höre ich, noch bevor ich die Frau sehe, die wie eine Furie auf mich zugestürzt kommt und mir das Kind wüst vom Arm reißt. Sie starrt mich an, als überlege sie gerade, ob sie mir die Augen auskratzen oder meinen Kopf gegen den Kühlschrank ballern will. Um sicherzugehen, dass nichts von beidem passiert, mache ich einen Schritt von ihr weg.

»Ich wollte ihr nur, ähm ...«, beginne ich zu stottern und auf den Kühlschrank zu zeigen. »Ich wollte ihr etwas zu essen geben. Hier war niemand, der auf sie aufpasst.«

Die Frau, die aussieht, als habe sie seit Wochen kein Auge zugetan, starrt mich mit blutunterlaufenen Augen an. »Ah klar! Und ich bin eine Rabenmutter, weil ich mein Kind allein lasse, ja? Ich musste mich um einen Freund kümmern!« Sie lässt ihre müden Augen über mich wandern, doch die erste Wut scheint verpufft zu sein. Immerhin beginnt sie ihr Kind zu wippen. »Wer bist du überhaupt? Ich habe dich hier noch nie gesehen!«

»Ich war bei Reese, aber er ...« Bevor ich aussprechen kann, wird die Haustür mit voller Wucht aufgerissen und Reese erscheint im Zimmer. Er atmet schwer und sein Blick ist alles andere als klar. Es dauert nicht lange, bis ich die Blutspritzer sehe, die auf seiner nackten Brust kleben. Seine Miene verfinstert sich, als er auf mich zukommt und mein Handgelenk packt.

»Was hast du nicht daran verstanden, dass du dieses Zimmer nicht verlassen sollst?«

»Ich wusste nicht, wo du bist«, antworte ich schmallippig. Etwas ist anders.

Die Frau mit dem Kind kommt einen Schritt auf uns zu und ich bin dankbar, dass wir gerade nicht allein sind. »Reese, beruhige dich! Was ist passiert?«

»Ash ist verdammt nochmal am Arsch«, knurrt er. »Das ist passiert.« Mit diesen Worten zieht er mich hinter sich her in Richtung seines Zimmers.

Die Tür knallt so laut ins Schloss, dass ich zusammenzucke. Ich werfe einen flehenden Blick dorthin in der Hoffnung, dass die Frau uns folgt, aber das tut sie nicht. Reese schiebt mich zum Bett und drückt mich hinab. »Ist es so schwer?« Sein Atem geht rasselnd. »Ist es so schwer, einmal auf mich zu hören? Wieso hört nie jemand auf mich? Hm?« Er fährt sich fahrig durch die Haare und läuft vor mir auf und ab.

»Du ... du warst so lange weg. Ich hatte keine Ahnung, wann du wiederkommst.« Meine Stimme ist nur ein Hauchen. Ein Zittern.

»Und das ist schlimm?« Er leckt sich über die Lippen, dann kommt er vor mir zum Stehen, macht eine Bewegung nach vorne und umfasst meinen Hals mit seiner großen Hand. »Ist das besser?«

Krächzend schiebe ich ihn von mir und krabbele auf dem Bett nach hinten, bis ich gegen die Wand pralle. Mit weit aufgerissenen Augen starre ich ihn an und beobachte, wie er mir folgt. Er platziert die Hände rechts und links neben meinem

Kopf und schiebt sich wüst zwischen meine Beine. »Soll ich lieber bleiben? Hier? Willst du das? Meinen Körper nah an deinem?« Obwohl ich es nicht will, vibriert meine Haut unter seinen Berührungen. »Meinen Atem auf deiner Haut? Du hast Angst, allein hierzubleiben? Prinzessin, du solltest eher Angst haben, wenn ich bei dir bin. Nicht ohne Grund haben sich diese Typen verpisst, als ich kam.«

»Ich habe keine Angst vor dir.«

»Du siehst in mir immer noch einen Helden, aber ich werde nicht dein König sein. Ich bin der verfluchte Narr in deiner Welt!«

Ich versuche, ihn von mir runter zustoßen. »Du bist echt ein Arschloch, Reese!«

»Endlich erkennst du es.« Er bläht seine Nasenlöcher auf und starrt mich aus Augen an, die so anders wirken als die, die ich sonst kenne. Ohne ein weiteres Wort lässt er von mir ab, sodass ich vom Bett flüchte und die erstbeste Hose anziehe, die ich auf dem Boden finden kann.

»Bring mich zu meinem Auto!«

»Ich bin doch nicht dein Schoßhündchen!«, blafft er.

Ich stoße die Luft aus, streiche mir die Haare aus dem Gesicht und die Tränen aus den Augen und starre ihn wütend an. »Dann geh ich eben allein.« Allein der Gedanke, noch einmal allein dort draußen zu sein, lässt eine erneute Welle der Panik in mir aufwallen, doch das werde ich Reese ganz bestimmt nicht sagen.

»Tu dir keinen Zwang an.« Er dreht mir den Rücken zu und ich höre lediglich das Klicken eines Feuerzeugs, ehe ich auch den Qualm sehe, den er aus der Lunge pustet.

»Was ist passiert?« Ich sollte abhauen. Ich sollte mich nicht dafür interessieren, was in den letzten Stunden passiert ist. Ich sollte ... Fuck. Ich sollte überhaupt nicht hier sein. Und doch bin ich es und doch interessiere ich mich dafür.

Vielleicht sollte ich die nächste sein, die sich eine Therapeutin sucht.

Reese lässt den Nacken kreisen. Den Blick aus dem Fenster gerichtet. Eine Qualmwolke bildet sich über seinem Kopf und das Aufleuchten der Zigarette, als er daran zieht, ist die einzige Lichtquelle hier drin. »Wieso denkst du, dass dich das etwas angeht?« Er dreht sich zu mir um und in seinen Augen steht nichts als Abscheu. *Mir gegenüber?* »Geh nach Hause in dein schickes Haus, nimm ein Rosenbad und friss deinen ganzen Kühlschrank leer, bis du kotzt. Du hast hier nichts zu suchen, Prinzessin.« Das letzte Wort spuckt er geradezu heraus. Wo kommt plötzlich diese Wut auf mich her? Seine Worte sind wie Messerstiche und ich wünschte, die Wunden wären nur außerhalb, doch ich spüre sie tief im Innern.

»Ich habe keine Ahnung, was passiert ist, aber ich dachte, wir ...« Meine Stimme ist zu rau, zu verletzt. Genau das, womit ich jemanden wie ihn nicht von mir überzeugen kann.

»Wir?«, unterbricht er mich. »Es gibt kein *Wir*, Prinzessin. Du bist in einer Welt aufgewachsen, in der du verfickten Champagner aus Goldkelchen getrunken hast, während ich dreckiges Wasser aus Pfützen saufen musste!«

»Reese ...« Ich weiß nicht, was ich sagen will oder kann. Vor mir steht ein Mann ohne Gefühle. Kalt und schneidend wie ein Messer.

Ich schnappe mir eine Jacke, die auf dem Boden liegt, werfe sie über und suche nach den Schlüsseln meines Wagens. Er will mich hier nicht haben und mit jeder Sekunde, in der ich diesen Fakt ignoriere, mache ich mich nur lächerlicher.

Obwohl ich mich in der Dunkelheit in dieser Gegend nicht wohlfühle, nehme ich die Angst und den weiten Weg zu meinem Auto in Kauf, als noch länger bei ihm zu bleiben. Also gehe ich ohne ein weiteres Wort.

Weder von mir noch von ihm.

KAPITEL 15
AVA

Ich weiß nicht, wie lange ich vor der geschlossenen Haustür stehe und meinem dampfenden Atem dabei zusehe, wie er in der dunklen Nacht verschwindet. Was ich allerdings weiß: dass ich Angst habe. Dass ich mich schäme und diese Scham mein Innerstes zusammenzieht.

In meiner geliehenen Kleidung trotze ich den kalten Temperaturen, während ich noch überlege, wie ich meinen Eltern entgegentreten kann. Trotz der späten Stunde, immerhin ist es vier Uhr am Morgen, höre ich noch immer leise Stimmen von drinnen und weiß, dass sie noch nicht zu Bett gegangen sind. Oder wieder wach sind. Machen sie sich Sorgen? Obwohl ich die schlechteste Tochter auf diesem Planeten war. *Bin ...*

Sie haben etwas Besseres verdient. Eine ehrliche Aussprache. Ruhige Worte und vielleicht ein Gespräch auf Augenhöhe, aber nicht die Frustration von so vielen Jahren, in denen ich mich vor ihnen verstellt habe. Auf eigenen Wunsch. Nicht, weil sie mir eingeredet haben, dass ich anders sein muss. So viel ist mir klar geworden, während ich den Stoff der Jacke enger um meine Schultern ziehe und von einem Fuß auf den anderen trete.

Ein leises Klicken vor mir stört die Stille, dann schiebt sich Stück für Stück die schwere Haustür auf, bis ich Lucy gegenüberstehe, die noch immer ihren Kimono trägt, unter dem der Stoff ihrer Yogahose hervorblitzt. Mit einem weichen Ausdruck in den dunklen Augen sieht sie mich an, den Mund zu einem zaghaften Lächeln verzogen.

»Möchtest du nicht reinkommen, Ava?«

Ava.

Meinen Namen aus ihrem Mund zu hören, löst mich aus meiner Starre. Normalerweise nennt sie mich Liebling. Jetzt nicht mehr.

Langsam nicke ich, versuche mich an einem halbseitigen Lächeln, das vollkommen in die Hose geht und trete schließlich über die Türschwelle. Sofort werde ich von Wärme und dem allzu bekannten Duft meines Gefängnisses eingehüllt. Den letzten Schritt stolpere ich fast hinein, möchte ich bei den Erinnerungen, die sich sofort nach oben kämpfen, nur wieder umdrehen und gehen. Nur wohin?

Das hier ist seit Jahren mein Zuhause.

Ich habe kaum Freunde und ganz bestimmt keine, bei denen ich frühmorgens auftauchen kann. Aber bevor ich wieder zu Reese zurücklaufe, schlafe ich lieber unter einer Brücke. Im Türbogen zum Wohnzimmer taucht Dan auf. Die Haare stehen ihm in allen Richtungen ab und sein Shirt ist von Falten durchzogen. Sie sehen beide aus, als hätten sie noch kein Auge zugetan. Ob vor Sorge oder Wut, kann ich noch nicht sagen. Aber ich mache mich auf beides gefasst.

Sein Blick wandert für einen Moment über meine derangierte Erscheinung. Klamotten, die ganz bestimmt nicht mir gehören, Haare, die platt an meinem Kopf kleben und dunkle Ringe unter den Augen. Was für andere wie das Ende einer wilden Nacht aussieht, ist für mich zum puren Albtraum geworden.

»Möchtest du ein Wasser?« Seine Stimme ist leise, auch wenn sie im sonst stillen Haus widerhallt.

Ich nicke ergeben.

Mit einer Hand deutet er ins Wohnzimmer hinein und macht sich im selben Atemzug auf den Weg in die Küche. Als er an mir vorbeikommt, hält er einen Sekundenbruchteil inne. Die Hand erhoben, schwebt sie über meiner Schulter. Doch die liebevolle Berührung bleibt aus. Ich bin froh darum. Eine einzige Berührung könnte ausreichen, um alle meine Dämme zu brechen. Und für heute Nacht habe ich genug Tränen vergossen.

Anstatt ihm nachzusehen, schleppe ich mich ins Wohnzimmer, das nur durch die indirekte Beleuchtung in der Vitrine, in der Lucy und Dan das unverschämt teure Geschirr ihrer Hochzeit aufbewahren, beleuchtet. Lucy folgt mir schweigend und setzt sich mir gegenüber aufs Sofa.

Ich bevorzuge den Sessel, ziehe meine Beine an die Brust und lasse das Kinn auf die Knie sinken. Meine Arme schlinge ich um mich selbst, halte mich zusammen, während ich den Blick nicht von meiner Mutter nehme.

»Du hast da einen interessanten Kleidungsstil«, bricht sie schließlich das Schweigen zwischen uns, doch ich zucke nur mit den Schultern. Das Letzte, was ich jetzt möchte, ist ihnen erklären, wem die Sachen gehören und warum ich sie anstelle meiner eigenen trage. Allein der Gedanke an die Männer und ihre Hände auf meinem Körper lässt mich erschauern. Ich bin fast dankbar, dass ich das Kleid nie wieder zu Gesicht bekommen werde. *Fast*. Denn das, was danach passiert ist, kann ich nicht so einfach aus meinem Gedächtnis streichen und vom Bereuen bin ich meilenweit entfernt.

»Hier, Ava.« Dan stellt das gefüllte Wasserglas auf die Tischkante, die mir am nächsten ist und reicht danach seiner Frau ebenfalls eins, bevor er sich neben sie aufs Sofa sinken lässt. Sie mustern mich lange, bevor sie sich einen Blick zuwerfen und Lucy ein tiefes Seufzen ausstößt. Mit diesem lehnt sie sich zurück und gibt ihre steife Haltung auf, während Dan sich vorbeugt und sich mit den Ellenbogen auf die Knie aufstützt. »Ich weiß nicht, was heute Abend passiert ist, aber wir sollten darüber reden.«

Ich will protestieren. Mir die Haare raufen und schreiend aus dem Haus stürmen. Kindliche Vermeidungsstrategien. Doch ich bin schon lange kein Kind mehr und so setze ich an, zustimmend zu nicken.

Doch es ist Lucy, die mich trotz allem besser kennt, als ich es mir eingestehen will. Sie runzelt die Stirn und legt ihrem Mann liebevoll eine Hand aufs Knie. »Aber nicht mehr heute.« Sie sieht zwischen mir und Dan hin und her. In ihren Augen liegt Erschöpfung, Traurigkeit und Erleichterung. »Wir sind alle müde. Im Augenblick ist es nur wichtig, dass Ava wieder hier ist. Zu Hause.«

»Vielleicht sollten wir alle einfach ins Bett gehen«, stimmt ihr Dan mit ruhiger Stimme zu. Ich bin ihm dankbar. Ihnen beiden. Sie könnten auf eine Erklärung pochen. Drängen. Zwingen. Mir mit einem Rausschmiss drohen, doch nichts von all dem passiert. Stattdessen bieten sie mir Zeit und ihr Verständnis. »Wir wollen dich nicht drängen. Wenn du so weit bist, komm bitte zu uns.«

Habe ich das verdient? Nachdem, was ich ihnen an den

Kopf geworfen habe? Den Gedanken schiebe ich in den hintersten Winkel meines Hirns und nicke wieder. Steif, obwohl es gerade einmal zehn Minuten sein können, die ich hier sitze, erhebe ich mich und steuere die Tür zum Flur an. Ich möchte nichts lieber tun, als in mein Bett zu fallen und schlafen. Zwölf Stunden Schlaf klingen wie die Lösung all meiner Probleme.

»Danke«, hauche ich, als ich am Sofa vorbeikomme, doch ich kann mich nicht dazu durchringen, den Kopf zu heben. Ich will ihnen nicht ins Gesicht blicken und die Enttäuschung sehen. Nicht noch mehr Last auf meinen Schultern, die sie unbewusst dort ablegen. Nicht noch mehr Emotionen, denen ich nicht gerecht werden kann.

Fast fluchtartig erklimme ich die Treppenstufen und atme erst dann wieder frei, als sich die Tür in meinem Rücken schließt und ich allein bin.

Allein.

Zurück in einem Leben, das ich nie führen wollte. Aber mit Erinnerungen, die sich nicht, wie die geliehene Jacke, von meinen Schultern streifen lassen. Stattdessen verfolgen sie mich in der Dunkelheit und auch dann noch, als ich schon lange die Augen geschlossen habe und in einen traumreichen Schlaf abdrifte.

***

»Schwänzen passt so gar nicht zu dir.« Die Matratze sinkt neben mir ein und als ich den Kopf drehe, blicke ich direkt in Sydneys braune Augen. Sie hat die Hände unter ihrer Wange zum Kissen gefaltet und sieht mich mit flatternden Wimpern an.

»Ich schwänze nicht.«

»Ach nein?« Zweifelnd hebt sie eine perfekt gezupfte Augenbraue. »Und wie nennst du das hier?«

»Ich bin krank.« Nur, dass ich es nicht bin. Nicht wirklich. Ich weigere mich einfach nur, mich eine Stunde lang mit Reese in einen Raum zu setzen und so zu tun, als wäre zwischen uns nichts passiert. Als hätte er mir in einer Nacht nicht den Himmel offenbart, nur, um mir am Ende den Boden unter den Füßen wegzuziehen.

Reese ist ein Arsch.

Ein riesengroßer Arsch, mit Aggressionsproblemen und einem deutlich zu großen Hang, das Gesetz zu brechen. Oder zu ignorieren. Oder es zu seinen Zwecken zurechtzubiegen. Wer weiß, wie er sein Handeln auslegen würde.

Also habe ich mich krankgemeldet und verbringe den Tag lieber im Bett, als mir die Lippen wund zu beißen, um all die Wörter hinunterzuschlucken, die ich ihm gerne an den Kopf werfen würde.

»Und ich bin nicht dumm, Ava«, beharrt Sydney weiter, während sie mich mit ihrem Stahlblick durchbohrt. »Also entweder du sagst mir jetzt, was Sache ist, oder du ziehst dich an und kommst mit.«

Was würde ich dafür geben, mich einfach umzudrehen, die Decke über den Kopf zu ziehen und die Welt zu ignorieren. Doch ich kenne Sydney und weiß, wie stur sie sein kann. »Wohin?«, frage ich also lustlos.

»Das wirst du dann sehen.« Mit einem breiten Lächeln auf den Lippen schwingt sie die Beine über die Bettkante und schiebt mich noch vor sich von der Matratze. Gerade so kann ich den Sturz abfangen, da schubst sie mich in Richtung Schrank. »Und zieh dich warm an.«

Für einen kurzen Moment erwidere ich ihren Blick, gestehe dann aber doch meine Niederlage ein. »Ich hätte abschließen sollen«, murmle ich vor mich hin, während ich gleichzeitig Jeans und einen weichen Pullover aus den Schubladen fische und mich damit ins Bad verziehe. Meinen Anblick im Spiegel prüfend, steige ich in die Klamotten und kämme mir grob durch die Haare. Wie lange kann ich so tun, als würden mir die dunklen Ringe unter meinen Augen nicht auffallen? Wie lange, bis mich die Müdigkeit übermannt, weil ich nachts nicht mehr zur Ruhe komme?

»Komm schon. Wir haben nicht den ganzen Tag Zeit«, poltert Sydney draußen und ich ergebe mich endgültig meinem Schicksal. Mich ihrem Plan zu beugen, ist definitiv das kleinere Übel und mich den ganzen Tag selbst zu bemitleiden auch nicht wirklich mein Stil.

»Ist zwischen uns denn wenigstens alles okay?« Die Frage pulsiert seit meinem Ausraster ununterbrochen in meinem Kopf. Wenn ich sogar Syd verliere, stehe ich ganz allein da.

Sie zieht die Stirn zusammen und die Falte, die dazwischen entsteht, würde ich nur zu gerne wieder glätten. »Ich bin es nicht, die du das fragen solltest.« Sie ringt sich ein Grinsen ab. »Ich werde dich heute ein wenig quälen und dann sind wir quitt.«

»Ein Freizeitpark? Das ist doch nicht dein Ernst.« Ungläubig sehe ich von einer breit grinsenden Sydney zu dem Schild über unseren Köpfen. *Magic Valley Freizeitpark.* Die quietschbunten Dächer, die hinter dem hohen Tor hervorgucken, machen es auch nicht besser. Geschweige denn die vielen

Menschen, die an uns vorbei ins Innere strömen. Das einzig Gute ist der penetrante Geruch nach gebrannten Mandeln und frischem Popcorn, der mir das Wasser im Mund zusammenlaufen lässt. Was mich nur wieder daran erinnert, dass ich zu wenig esse, wenn ich gestresst bin. Die letzten Tage habe ich kaum einen Bissen runterbekommen, aber wenn Syd mich jetzt schon hierhin schleppt, sehe ich keinen Grund darin, mein Körpergewicht nicht in Süßigkeiten in mich reinzustopfen.

»Hab dich nicht so, Ava.« Entschlossen schiebt sie mich auf den Eingang zu. »Nichts hebt die Laune so sehr, wie sich auf einer Achterbahn die Seele aus dem Leib zu kreischen.«

»Das möchte ich doch stark bezweifeln«, stoße ich seufzend aus, gebe meinen Protest schließlich aber doch auf und folge Sydney in den Park. Die lachenden Menschen und die fröhliche Musik erschlagen mich fast, doch nach ein paar Minuten gewöhne ich mich an die fremde Umgebung und folge den Holzschildern, in denen die Namen der Fahrgeschäfte eingebrannt sind. Der Himmel ist mit dicken Wolken bedeckt, die zwar nicht nach Regen aussehen, die Sonne aber erfolgreich aussperren. So müssen wir nur kurz in der Schlange stehen, bevor ich in einen Sitz gedrückt werde und sich der Bügel über meinem Brustkorb schließt. »Ich glaube, das ist doch nicht so eine gute Idee.« So fest ich kann, kralle ich mich an die Haltegriffe und ziehe die Füße, die frei in der Luft baumeln, nah unter den Sitz. Fast schon panisch blicke ich neben mich, doch Sydney hat den Spaß ihres Lebens. »Hast du gar keine Angst?«

»Nö«, erwidert sie gut gelaunt und wippt mit den Beinen hin und her. Ihre Hände hat sie im Schoß gefaltet und macht keine Anstalten, sich festhalten zu wollen.

»Wie kannst du so entspannt bleiben?« Ich muss weiterreden, sonst habe ich das Gefühl, dass sich gleich alles dreht. Mit Adleraugen beobachte ich meine Umgebung, finde jedoch kein Indiz, das den Start der Achterbahn hervorsagt.

»Ist doch nur eine Achterbahn. Tausendmal überprüft.« Sie zuckt mit den Schultern und ich würde einiges dafür geben, ihren Mut zu übernehmen. Doch mein Herz rutscht mir immer tiefer in die Hose. »Aber wenn wir jetzt schon mal hier sitzen, willst du mir nicht endlich sagen, was letzte Woche passiert ist?«

Es ist das erste Mal, dass sie den Abend oder eher die Nacht anspricht, in der meine Welt vollkommen auf den Kopf gestellt wurde. Meine erste Reaktion ist Verleumdung, doch bevor nur ein Wort über meine Lippen kommt, überlege ich es mir anders.

Das hier ist Sydney. Vermutlich der einzige Mensch, dem ich anvertrauen kann, was in meinem Inneren vorgeht, ohne dafür verurteilt zu werden. Sie hat immerhin krassere Dinge abgezogen.

»Ich war so dumm, mich auf einen Typen einzulassen, der eine absolute Red Flag auf zwei Beinen ist.«

»Reese. Der Typ von der Party?«

Ergeben nicke ich und entspanne mich etwas in meinem Sitz. Was gar nicht so einfach ist, weil ich den nahenden Start nicht aus meinem Kopf verbannen kann. »Keine Ahnung, was ich mir dabei gedacht habe, ihm zu folgen, aber die Gegend, in der er wohnt, ist unheimlich.«

»Kann ich mir vorstellen.«

Sie drängt mich nicht. Stellt keine weiteren Fragen, aber mir brennt es unter den Fingernägeln, ihr die ganze Story zu erzählen. »Er hat mich vor ein paar Typen beschützt.«

Mehr oder weniger.

Die Art und Weise war zu viel für mich, doch das muss Sydney nicht wissen. »Und dann hat er mich mit auf sein Zimmer genommen.«

»Und ihr hattet Sex«, sagt sie so laut, dass die beiden Wagen vor und hinter uns sie noch hören können. Sofort schießt heiße Röte meinen Hals hinauf bis in meine Wangen, doch ich verstecke mich nicht. Wir sind erwachsen und um mich zu schämen, war es mit Reese einfach viel zu gut. Bis auf das Ende.

Die Augenbrauen eng zusammengezogen nicke ich und drehe den Kopf zu Sydney, die nicht einmal überrascht aussieht. »Ja. Da war noch alles ok, aber kurz darauf war er auf einmal nicht mehr der Reese, den ich kenne.« Ich zucke mit den Schultern, weil ich nicht weiß, wie ich ihr sein Verhalten erklären soll.

»Männer sind Idioten. Bekommen sie, was sie wollen, interessieren sie sich einen Scheiß dafür, was danach mit dir passiert.« Sie spuckt die Worte fast schon aus und ich bin gewillt zu fragen, wer ihr solch einen Schmerz zugefügt hat, doch das boshafte Funkeln in ihren Augen hindert mich daran. Sie wird mir kein Wort sagen.

»Das war nicht der Fall. Er war ziemlich davon angetan, es noch einmal mit mir ...« Bevor ich aussprechen kann, schlucke ich die verbliebenen Worte herunter, deutlich bewusst, dass hier auch Kinder herumlaufen. »Es zu wiederholen. Aber er war so kalt, dass ich ihn abgewiesen habe.«

»Ah.« Wissend bewegt sich ihr Kopf hoch und runter, während sie in ihrem Sitz hin und her rutscht, bis sie eine bequemere Position gefunden hat. »Mit Ablehnung kann nicht jeder umgehen.«

»Seine Art, damit umzugehen, ist, mich in die Flucht zu schlagen.«

»Männer.«

»Männer«, wiederhole ich schwer seufzend. »Er hat mich vertrieben, weil ich ihm helfen wollte. Weil ich nicht in seinem Zimmer geblieben bin und dachte, dass wir reden könnten.« Die Hoffnung war sinnlos und er hat keine Sekunde gewartet, um sie mit Füßen zu treten. Allein die Erinnerung an seinen Blick beschert mir einen eisigen Schauer auf der Haut.

Jeder in dieser Bahn wartet gebannt auf den eingeleiteten Countdown, doch stattdessen ertönt aus den Lautsprechern eine Durchsage, dass es einige technische Probleme gibt, die noch zu beheben sind. Die Jungs hinter uns stöhnen bereits genervt, weil sie endlich den Adrenalinkick spüren wollen, während in mir die Angst langsam zu einer Panik ansteigt.

»Sollen wir lieber wieder aussteigen?«, frage ich mit wild klopfendem Herzen und bearbeite die Bügel über meinen Schultern. Technische Probleme? Was, wenn sie sich während der Fahrt einfach öffnen?

»Sei kein Schisser. So haben wir mehr Zeit zum Quatschen«, sagt Syd grinsend. Das fröhliche Gedudel aus den Lautsprechern hallt noch immer durch den kleinen Achterbahnbahnhof und gibt unserem tiefgründigen Gespräch einen Soundtrack. Kitschig. Zu fröhlich. Absolut unpassend. Doch wer bespricht seine Männerprobleme schon auf einer Achterbahn? »Die meisten Kerle haben kein Interesse daran, ihre Probleme mit den Frauen in ihren Betten zu diskutieren«, nimmt sie das Gespräch wieder auf, während ich mich nur auf meine Bügel konzentrieren kann. »Zwei verschiedene Sachen.«

»Ich wollte ja nicht, dass er mir sein Herz ausschüttet.«

Vermutlich ist es besser, mich abzulenken, weshalb ich meine Hände sinken lasse, den Kopf mit geschlossenen Augen zurücklehne und in das Sinnieren einstimme. Das war definitiv nicht der Grund, warum ich es überhaupt versucht habe. Mein eigenes Herz war in dieser Nacht viel zu voll, um auch noch Platz für seine Dunkelheit zu haben. Aber Ehrlichkeit kann man doch erwarten. Jedenfalls ein bisschen. »Ich dachte nur ...«, beginne ich, unterbreche mich aber selbst. Genervt reibe ich mit beiden Handballen über meine Augen und versuche die Bilder an Reese aus meinem Gedächtnis zu verbannen.

Absolut unmöglich.

»Vielleicht bin ich die Falsche, um dir einen Rat zu geben.« Erwartungsvoll sieht sie mich an, bis ich ihr mit einem knappen Nicken zu verstehen gebe, dass sie weitersprechen kann. »Angst ist ein starker Gegner. Manche sind nicht bereit, ihm gegenüberzutreten und stoßen die Menschen, die ihnen ein wenig Licht in ihrer Dunkelheit schenken, eher von sich, als die Augen zu öffnen.« Für einen Moment herrscht drückende Stille zwischen uns, während ich Sydney mit offenem Mund anstarre. Die Worte aus ihrem Mund sind die letzten, die ich von ihrer Seite erwartet habe. Sydney, die alles hat, was sie will. Die macht, was sie will. Die kein Blatt vor den Mund nimmt und jedem die Leviten liest, der ihr blöd kommt. Die Sydney, die viel feinfühliger zu sein scheint, als ich all die Jahre glaubte. »Jetzt guck mich nicht so an.« Sie stößt mir mit der Faust gegen die Schulter und ich senke schnell den Kopf und kralle meine Hände wieder um die Griffe, bis sich das kühle Metall in meine Haut brennt. »Ich kenne deinen Reese nicht, aber er scheint mir, wie der Typ Mensch, der sich niemals seinen eigenen Dämonen stellt und lieber Chaos stiftet, bis er vergisst, warum er überhaupt wütend ist.«

»Er ist nicht mein Reese«, murmle ich automatisch, muss ihr aber recht geben. Genau diesen Eindruck hat er bei mir hinterlassen und ich habe ähnliche Worte in meinem Bericht für Claudia gefunden.

»Noch nicht.«

Das höhnische Auflachen bricht einfach aus mir heraus. »Er wird es auch niemaaaaaaaaaaah.« Mit einem Ruck und ohne weitere Ankündigung schießt die Achterbahn katapultartig los und mein Satz geht in einem Schrei unter, der sich aus den Tiefen meines Inneren aus meiner Kehle löst. In meiner Panik schlinge ich die Füße um Sydneys Bein und ziehe es an mich heran, während ich mich mit dem Rücken in den Sitz drücke und das Gefühl habe, meinen Magen am Bahnhof zurückgelassen zu haben.

Der Schrei will nicht enden, hallt mir in den Ohren, bis all der Sauerstoff in meiner Lunge verbraucht ist und ich gezwungen bin, Luft zu holen. Mit aller Macht zwinge ich meine Lippen zusammen. Aus dem Augenwinkel erkenne ich Sydneys Arme, die sie in die Luft geworfen hat und die Fahrt zu genießen scheint. Laute der Freude vermischen sich mit den Schreien anderer Passagiere. Wir rasen eine Anhöhe hinauf und der schneidende Wind treibt mir Tränen in die Augen, während meine Kehle plötzlich wie ausgetrocknet ist und ich keinen Ton mehr herausbekomme. Hilflos starre ich nach vorne, sehe Abgründe und Anhöhen, die Menschen unter uns, über die die Bahn hinwegrast und die Dunkelheit einer Höhle, durch die wir in einer engen Schraubenkonstellation geschossen werden.

Wer auch immer sich diese Achterbahn ausgedacht hat,

kann nur gründlich einen an der Waffel haben und hoffentlich am Ende in der Hölle schmoren.

»Jetzt lach doch mal.« Sydneys Stimme klingt seltsam verzerrt in meinen pfeifenden Ohren, oder liegt es an dem Fahrtwind, der mir ins Gesicht knallt? »Das macht so Spaaaaaaaaaaß.«

»Du bist verrückt«, zische ich zwischen zusammengebissenen Zähnen, muss aber feststellen, dass es sich ein bisschen wie die Fahrt auf Reese' Motorrad anfühlt. Nur dass ich diesmal keinen warmen Körper vor mir habe, an dem ich mich festklammern kann.

»Verrückt glücklich.« Ihr Lachen schallt durch die kalte Luft und vertreibt einige der düsteren Wolken über meinen Kopf, während wir langsamer werden. Erleichtert stoße ich die Luft aus und möchte meine Finger schon von den metallenen Griffen lösen, da ruckelt die Achterbahn und wir werden nach vorne geschossen. Ein Stück gerade aus und dann nach oben, bis ich nur noch den Himmel sehen kann.

»Gottverdammte Scheiße!« Dass ich überhaupt Worte artikulieren kann, erscheint mir wie ein Wunder, während ich in den Sitz gepresst werde und mir die Tränen die Sicht nehmen. Meine Wangen bleiben trocken, da sie bei der rasanten Fahrt einfach weggeweht werden.

»Scheiß auf Männer!«, grölt Sydney neben mir und ich verliere mich das erste Mal in dieser Woche in einem herzerwärmenden Lachen.

»Scheiß auf Männer«, stimme ich mit ein. »Und auf ihre bescheuerten Launen.«

»Und ihre Unfähigkeit, zwischen den Zeilen zu lesen.«

»Oder überhaupt zu verstehen, was wir sagen.«

»Oder denken.«

Ich weiß nicht, wer von uns beiden lauter schreit oder lacht, aber als die Bahn endlich an Geschwindigkeit verliert und wir schließlich langsam in den Bahnhof einrollen, halten wir uns beide die Bäuche und schlüpfen auf wackeligen Beinen aus den Sitzen. Die irritierten Blicke um uns herum ignoriere ich geflissentlich, während wir der Menge nach draußen folgen.

»Das war der Hammer!« Eifrig nicke ich mit dem Kopf. Trotz einiger Momente, in denen ich mich schon von meinem Leben verabschiedet habe. Mit den Fingern fahre ich durch meine windzerzausten Haare und schiebe sie mir aus dem Gesicht. Sydney strahlt übers ganze Gesicht und steckt mich damit noch mehr an. Wir laufen wie gackernde Hühner durch den Park und tingeln von einer Achterbahn zur nächsten, bis uns der Hunger an die Stände lockt und wir wirklich fast unser Körpergewicht in Süßigkeiten essen.

Die Enge um meinen Brustkorb verschwindet und das erste Mal, seit Samstag, denke ich nicht mehr an Reese, meinen Platz in dieser Welt und den Käfig, in dem ich lebe. Heute bin ich nur Ava. Ava, die Spaß mit Sydney hat und albern kichert. Ohne all die Sorgen und die Last auf den Schultern.

Nichts ist mehr übrig von der fröhlichen Art meines Freundes.
Die positive Art, die in dieser Gegend so fehl am Platz war,
wie die Prinzessin, auf meinen alten Bettlaken.

KAPITEL 16
REESE

Kalter Rauch hängt in der Luft und verzerrt meine Sicht auf die Zimmerecke, in der sich der dunkle Umriss meines Freundes nicht bewegt. Seit Stunden sitzt er, auf einem klapprigen Stuhl und starrt seine Hände an. Kein Wort habe ich heute Abend aus ihm herausbekommen und mich schließlich auf einen Barhocker fallen lassen, die Füße auf einem weiteren abgestützt.

Die Stimmung ist beklemmend, um es rational zu sagen. Tatsächlich fühlt es sich an, als hätte jemand einen verdammten Schraubstock um meine Kehle geschlungen und jetzt sadistischen Spaß daran, den Hebel immer wieder zu drehen. Brit spürt es ebenfalls. Sie lässt sich hier nicht blicken und hat Cherry in ihr Zimmer geschafft, obwohl die Kleine die Couch im Gemeinschaftsraum zu ihrem Bett erklärt hat.

Die einzigen Geräusche im Raum sind meine trommelnden Finger auf dem ramponierten Holz und das dumpfe Dröhnen, wenn draußen ein Auto vorbeirollt. Ansonsten herrscht Grabesstille. Dieses ganze verdammte Haus fühlt sich an, als wären wir lebendig begraben worden und würden nur darauf warten, endlich zu verrecken.

Was für eine Scheiße!

Mit der flachen Hand schlage ich auf die Theke und wecke damit nicht nur Garrett und Ethan, die sich in die entlegenste Ecke verkrümelt haben, wie zwei Weicheier, die ein bisschen Stress nicht aushalten, sondern auch Ash aus seiner depressiven Schockstarre.

»Mir reicht's jetzt«, spucke ich aus. Schwungvoll nehme ich die Beine vom Hocker und schnipse im selben Atemzug die Kippe in den Aschenbecher. Der Scheiß schmeckt heute eh nicht. Mit bestimmenden Schritten marschiere ich in Ashs Ecke und ziehe mir einen Stuhl unter dem klapprigen Tisch hervor, auf den ich mit rittlings setze. »Wir brauchen jetzt eine Lösung.« *Bevor du dich so weit zurückziehst, dass dich nicht einmal ein Bulldozer aus deinem Schneckenhaus bekommt.* Doch das sage ich nicht, stattdessen fixiere ich ihn mit meinem Blick und ignoriere seine blutunterlaufenen Augen.

»Was willst du von mir hören?«

Dass mir die Kinnlade nicht einfach herunterklappt, grenzt an ein Wunder. Nichts ist mehr übrig von der fröhlichen Art meines Freundes. Die positive Art, die in dieser Gegend so fehl am Platz war, wie die Prinzessin, auf meinen alten Bettlaken. »Irgendwas.« Ratlos zucke ich mit den Schultern. »Aber hier rumsitzen, bringt uns die Kohle nicht ein.« Es brennt mir unter den Nägeln, ihm reinzuwürgen, dass ich ihm gesagt hatte, dass er die Finger von der Scheiße lassen soll. Doch ich bin mir nicht sicher, ob er noch einen Tritt verträgt oder dieser ihn vollends unter die Erde bringt.

»Wir könnten 'ne Bank ausrauben.«

»Klar. Wie wäre es direkt mit einem Geldtransporter?«, spotte ich, auch wenn mir die Idee ebenfalls schon kam.

Ash schüttelt mechanisch den Kopf, bevor er wieder auf seine Hände starrt. Unter seinen kurzen Nägeln klebt Dreck, den er vor dieser ganzen Scheiße schon längst losgeworden wäre. Aber jetzt ist er nur noch ein Häufchen Elend, das sich selbst bemitleidet. »Bank ist leichter als Transporter. Die sind gepanzert.«

»Und 'ne Bank hat Sicherheitsvorkehrungen. Die rufen die Bullen, bevor wir auch nur ein paar Kröten in die Finger bekommen.«

»Also, was?« Dunkle Augen sehen mich an, ohne einen Schimmer von Hoffnung. »Ich kann den restlichen Stoff für das Doppelte verticken und hoffen, dass ich genug Kohle habe, bis ich zahlen muss.«

»Und das ist ...«

»Ash!« Brits Stimme schallt schrill durch den ansonsten stillen Raum und unterbricht mich in meinem Gedankengang. Sie klingt panisch. *Brit ist nie panisch.* Ihre Stimme nie schrill. Sie ist so abgeklärt, wie ich gerne wäre und wenn es nicht um Cherry geht, bringt sie nichts aus der Ruhe.

Alarmiert springe ich auf die Füße und laufe noch vor Ash durch den eiskalten Flur, bevor ich fast in Brit hineinstolpere, die mitten im Türrahmen hockt, einen kleinen Pappkarton vor den Füßen. Der Gestank aus dem Ding treibt mir die Tränen in die Augen, doch ich kann nicht weiter zurück, denn da ist schon mein Freund, der mir über die Schulter sieht.

»Was?«, rufe ich vorwurfsvoll und versuche nicht durch die Nase einzuatmen. Es stinkt, als ständen wir direkt neben einem Haufen toter Ratten, die schon vor Wochen den Löffel abgegeben haben. Ruckartig schießt Brit hoch und schiebt den Karton mit einem angewiderten Ausdruck auf ihren müden Zügen in meine Richtung.

»Der hier wurde grade geliefert.«

»Geliefert?« Um die Uhrzeit? In dieser Gegend? In diese Straße fahren keine Postautos und bestimmt keine Lieferdienste. Sie wissen es besser, als sich ihre Ware klauen zu lassen. Was nur noch eine Möglichkeit übrig lässt. Das hier ist eine Nachricht. Tief ausatmend, halte ich die Luft an und beuge mich so weit über den kleinen Karton, um die dunklen Flecken als rot zu identifizieren. Rot wie Blut. Abgestanden. Aber unumstößlich zu erkennen. »Was soll das?«

»Mach es auf.«

»Ganz bestimmt nicht. Das Ding stinkt.« Automatisch trete ich einen Schritt zurück und schubse Ash damit aus dem Weg, der nur nutzlos hinter mir steht. »Was auch immer das ist, ich will es gar nicht wissen.«

»Aber hier liegen lassen können wir es auch nicht.« Da muss ich Brit recht geben. Nur widerwillig, aber wenn das Teil noch länger hier ist, können wir das Haus räumen.

»Ich mach es.« Mit mehr Leben in der Stimme als eben noch schiebt Ash sich an uns vorbei und geht vor dem Paket in die Hocke. Aus seiner hinteren Hosentasche zieht er das abgenutzte Butterfly-Messer, das er immer mit sich herumschleppt. Für einen Sekundenbruchteil zögert er, dann senken sich seine Schultern und er ritzt das Klebeband der Länge nach auf, bevor er die Kartonseiten aufklappt.

Ash ist wieder auf den Beinen und sein Blick ist wie gebannt auf den Inhalt gerichtet. Genau wie meiner. *Fuck!*

Das ist nicht nur irgendeine Nachricht. Das ist die Nachricht.

»Sind das ...«, setzt Brit an, beendet ihren Satz aber nicht.

»Ratten.« Wir stecken in noch größerer Scheiße, als ich dachte. »Er weiß es.«

»Fuck.«

Ich denke an Reese und daran, dass ich bei ihm das Gefühl habe, ich passe in seine Farbpalette. Nicht ganz so düster vielleicht und doch eher grau als bunt.

KAPITEL 17
AVA

Eine ganze Woche lang habe ich mich wie eine Schurkin in meinem eigenen Haus gefühlt. Wie eine Einbrecherin, die hinter Türen lauscht, ehe sie ein Zimmer betritt. Ich wusste, dass ich mit meinen Eltern sprechen muss, dass es das Beste wäre, dass ich nur so das unbehagliche Gefühl in meiner Magengegend wieder loswerden könnte. Doch jedes Mal, wenn ich zu ihnen gehen und mich entschuldigen wollte, sprach da eine Stimme zu mir, die mich schon mein halbes Leben lang begleitet. Bisher war sie so leise, dass ich sie ignorieren konnte, doch mittlerweile klingt ihr Flüstern wie ein Schrei. *Du gehörst nicht hierher. Du hast das nicht verdient. Sie nicht verdient. Zeig ihnen, wer du wirklich bist, und sie werden dich verstoßen. Sie werden dich nicht lieben. Niemand kann das.*

Wie so oft in den letzten Tagen ziehe ich meine geballte Faust zurück. Nur Millimeter trennten sie von dem Holz der Tür, die ins Arbeitszimmer führt. Millimeter, die sich für mich wie eine unüberwindbare Entfernung anfühlen. So leise wie möglich drehe ich mich auf der Ferse um und laufe zurück in den Flur, wo ich meinen Mantel schnappe und das Haus verlasse.

Einatmen. Ausatmen.

Endlich kann der Sauerstoff wieder durch meine Lungen fließen, meinen Körper mit frischer Energie versorgen, und bleibt mir nicht in der Kehle stecken. Obwohl es längst dunkel geworden ist, mache ich mir nicht die Mühe, mein Handy herauszuholen, um den Weg vor mir zu beleuchten. Die Dunkelheit ist mein Freund. In ihr kann ich mich verstecken. Vor meiner Familie, vor der Welt und am allerbesten vor mir selbst.

Ich lausche meinen Schritten, konzentriere mich auf die leichten Nuancenunterschiede, wenn sich der Belag unter meinen Schuhsohlen ändert. Als ich von unserem frisch gemähten Vorgarten in das etwas höhere, trockenere Gras des Wegrandes übertrete, knirscht es regelrecht und doch würde es niemand bemerken, der nicht darauf achtet.

Ich bin wie dieses Gras. Auf den ersten Blick wirke ich ordentlich gestutzt, auf den zweiten allerdings sieht man, wie fahl meine Farbe im Vergleich zu den anderen in dieser Gegend ist. Ich denke an Reese und daran, dass ich bei ihm das Gefühl habe, ich passe in seine Farbpalette. Nicht ganz so düster vielleicht und doch eher grau als bunt. Ich schüttele über mich selbst den Kopf, weil meine Gedanken wieder zu diesem Arschloch gewandert sind, obwohl ich mir doch geschworen habe, ihn zu vergessen. Mit Dr. Baker werde ich nächste Woche sprechen, dass ich die Sitzungen mit ihm nicht mehr wahrnehmen kann. Zwar weiß ich nicht, wie sie reagiert und was ich für eine Erklärung abgeben soll, wenn sie nach dem Grund fragt, doch eines steht fest: Ich sollte mich von ihm fernhalten, wenn ich will, dass die Stimme in meinem Kopf wieder leiser wird. Das Brummen eines gestarteten Motors und meine Schritte sind die einzigen Geräusche weit und breit. In den meisten Häusern der Straße ist es dunkel. Hier und da sieht man durch die Fensterscheiben das flackernde Licht eines Fernsehers und ich wünschte, die Stimmung bei uns zu Hause wäre auch wieder so entspannt, dass wir uns zusammen auf die Couch fläzen und einen Film gucken können. Mit Popcorn und Dans unvergleichlicher heißen Schokolade, mit der Geheimrezeptur, die er niemandem verrät.

Als ich am Ende unserer Straße ankomme und mich entscheiden muss, ob ich weiter in den Park laufe oder zurück nach Hause gehe, bemerke ich, dass mir das Motorengeräusch gefolgt ist. Ein Van steht am Seitenrand, an dem ich nicht vorbeigekommen bin. Mein Herz klopft schneller. Langsam drehe ich den Kopf und schaue die Straße hoch und runter, doch alle anderen Autos sind dunkel und in den protzigen Auffahrten geparkt.

Alles ist wie immer. Die Straßenlaternen flimmern und sind von einem Schwarm Motten umgeben, die versuchen dem Licht näherzukommen, die Gardinen an den Fenstern sind offen und laden den Blick nach innen ein, jeder geht seiner eigenen Abendroutine nach. Nur ich bin hier draußen.

»Hier passiert nie etwas«, versuche ich mich zu beruhigen. »Nicht in einer so sicheren Gegend.« Ich schlucke, weil ich mir selbst nicht glauben kann. Mit jeder Sekunde, die vergeht, wird das Geräusch des Motors lauter. Genauso wie meine Gedanken.

Eine Gänsehaut kriecht meine Knöchel hoch, über meinen Rücken, bis sich die Härchen an meinem Nacken aufstellen.

Die Beifahrertür öffnet sich, die Innenbeleuchtung geht an und ich laufe los.

Nicht nach Hause, sondern in den Park. Was für eine dumme Idee. *Eine dumme, dumme Idee!*

Zuerst denke ich, dass ich mir alles nur eingebildet habe und paranoid werde, doch dann höre ich die Schritte, die mir schnell folgen. Zu schnell. Tränen brennen hinter meinen Augen, doch ich versuche, sie wegzublinzeln, während mir kalter Wind auf der Haut brennt. Mein Puls schießt in die Höhe und das Blut rauscht mir in den Ohren, übertönt das Geräusch der mir folgenden Schritte auf dem Kiesboden. Hektisch sehe ich mich um, suche ein Versteck, doch bis auf eine Bank und ein paar Bäume ist hier nichts zu sehen. Der Lichtkegel der nächsten Straßenlaterne ist zu weit entfernt, hier verschwinde ich in der Dunkelheit, doch mein heller Mantel strahlt wie ein Leuchtfeuer in der mondlosen Nacht und verrät meinen Aufenthaltsort. Ich kann mich nicht verstecken. Nicht in diesem menschenleeren Park und meine Beine werden immer schwerer, während mir der nächste Atemzug in der Kehle stecken bleibt und ich keuchend versuche, meine Kraftreserven zu sammeln. Verzweiflung packt mein Herz mit eiserner Kraft. Die Finger, die sich wie Schraubstöcke an den Schultergurt meiner Tasche klammern, sind mein einziger Halt.

Meine Tasche! Im Laufen öffne ich sie, krame nach meinem Handy, doch es ist unter tonnenweise Schrott verschüttet, der gar nicht in eine Handtasche gehört. Fluchend und wimmernd suche ich weiter danach, doch die Schritte kommen immer näher. Tränen, die ich nicht herunterschlucken kann, verschleiern meine Sicht und verlangsamen meinen Schritt. Wenn ich falle, ist es vorbei. Ich darf nicht stolpern. Nicht stehen bleiben. Nicht aufgeben.

Zu spät. Du bekommst, was du verdienst.

Keuchende Atemzüge dringen an meine Ohren, übertönen mein rauschendes Blut. Die Zeit ist um. Ich bin zu langsam.

Zwei Meter. »Hau ab!« Meine Stimme ist nur ein Krächzen, ein Wimmern in der Nacht. Ich sehe mich um, während ich weiter in Richtung Lichtquelle renne, und obwohl ich keine Menschenseele sehe, rufe ich um Hilfe. Ich kann nicht die einzige lebende Person an diesem Ort sein. Nicht in einer Stadt mit Tausenden von Menschen. Und doch erhalte ich keine Antwort, nur der Klang der schweren Schritte hinter mir.

Ein Meter. Ich spüre, dass ich verloren bin. Mein Verfolger ist schneller als ich und überbrückt die Distanz zwischen uns viel zu schnell. Weglaufen ist keine Option mehr, also drehe ich mich in einer schnellen Bewegung um und versuche ihn mit meiner Tasche zu treffen. Vergebens. Er greift danach und ich lasse los. Den einzigen Gegenstand, mit dem ich mich verteidigen konnte. Tränen laufen mir ungehindert über die Wangen.

Ich habe ihn gesehen. Ein großer Mann, breite Brust, dunkle Jacke und schwarze Baseballmütze, die er sich so tief ins Gesicht gezogen hat, dass ich seine Augen nicht erkennen konnte. Dafür war das Aufblitzen seiner Zähne und das breite Lächeln so markant, dass ich es vermutlich nie wieder vergessen werde.

Er genießt das hier.

Die Verfolgung, meine Verzweiflung, jede Träne, die ich aus purer Angst vergieße. Das hier ist sein Spiel, ich sein Ziel und meine Niederlage wird sein Triumph sein.

Er ist direkt hinter mir. Er packt mich. Ich trete, schreie, weine, kämpfe. Merke kaum, dass ich ihm die Fingernägel so tief ins Fleisch bohre, dass sie abbrechen. Er flucht, als ich ihn mit dem Fuß am Knie treffe, doch er ist stärker als ich. Mit einer schnellen Bewegung dreht er uns herum, bringt mich aus dem Gleichgewicht und wirft mich wie eine Puppe mit dem Rücken auf den Kiesweg. Er drückt mich zu Boden und wie in einem Film presst er mir ein getränktes Tuch über Nase und Mund. Sofort halte ich den Atem an, während ich weiter um mich trete. Statt verzweifelt an seinen Armen zu ziehen, erinnere ich mich an die Lektionen aus den Filmen, die ich gesehen habe. Niemals hätte ich gedacht, dass ich sie mal brauchen würde. Ich war immer so sicher.

Doch diese Blase ist geplatzt. Die Knie ziehe ich an den Körper, zwinge sie zwischen uns und hebe ihn so ein Stück von mir herunter, bevor ich ihm die Daumen in die Augen ramme. Wieder ist er schneller, dreht den Kopf zur Seite und rettet so sein Augenlicht, doch trotzdem hinterlasse ich blutige Kratzer auf seiner Haut, während ihm die Kappe vom Kopf fällt und dunkle Haare zum Vorschein kommen. Für einen Moment habe ich das Gefühl, dass ich ihn kenne. Schon einmal gesehen habe, doch meine Gedanken haben keine Zeit, sich auf seine Gesichtszüge zu konzentrieren. Seine andere Hand, die mich bis eben auf den Boden gedrückt hat, legt sich jetzt um meine Kehle, drückt zu, bis ich keine Luft mehr bekomme. Jede Logik verabschiedet sich und meine Instinkte übernehmen. Verzweifelt reiße ich an seiner Hand, an seinem Unterarm, doch er bewegt sich keinen Millimeter.

Du schaffst es nicht.

Den Kopf reiße ich noch immer von einer Seite zur anderen, versuche dem Tuch über meinem Mund zu entgehen und den Konsequenzen, die der süßliche Duft für mich haben wird.

»Halt still«, brummt eine dunkle Stimme über mir. Die Hand an meinem Mund löst sich und presst sich auf meinen Brustkorb. Ruckartig richtet er sich auf und drückt mich dann so fest mit dem Oberkörper gegen den Boden, dass jegliche Luft aus meinen Lungen weicht und ich unwillkürlich einatme. Genau in dem Augenblick, indem das Tuch wieder über meinem Gesicht liegt. Er drückt meine linke Wange mit seinem Ellenbogen auf den unebenen Boden, während er sich mit seinem ganzen Gewicht auf mich drauflegt.

»Bitte nicht«, krächze ich, in einem vergeblichen Versuch, sein Mitleid zu erregen, ehe mir der süßliche Geruch in die Nase steigt. Süßlich. Bittersüß. Ich versuche nach dem Tuch zu greifen, kratze über die Hand, doch ich bin nicht stark genug.

Nicht stark genug. Nicht gut genug.

Auch wenn mich der konstante Schleier der Panik in seinem Griff hält, weiß ich, dass ich noch Zeit habe. Ich kenne den Geruch von Chloroform, doch es dauert, bis sich seine ganze Wirkung entfaltet.

»Warum funktioniert das nicht?« Die Stimme, die eben noch so bestimmend und klar klang, ist jetzt gespickt mit Zweifel. Zweifel, weil er es nicht weiß. Er hat sich das hier einfacher vorgestellt, doch ich bin kein dummes Mädchen, das sich kampflos ihrem Schicksal hingibt.

Anstatt wieder zu versuchen, die Luft anzuhalten, öffne ich den Mund und beiße in die Hand, die mir das Tuch auf das Gesicht drückt. Der Geschmack lässt mich fast zurückzucken und das Bedürfnis mir den Mund auszuspülen ist beinahe so groß, dass ich nachgebe. Doch nur beinahe.

Ich presse meinen Kiefer aufeinander, doch anstatt eines Schmerzensschreies dringt Lachen an mein Ohr. Hysterisches Lachen. Verrücktes Lachen. Lachen, das mit jeder verstreichenden Sekunde verzweifelter und panischer klingt.

Der Typ, der mich angreift, ist vollkommen wahnsinnig. Ausgerechnet jetzt sehe ich Dr. Baker vor mir, wie sie mit ihrem fein säuberlich gebügelten Kostüm in ihrem Sessel sitzt und mich darüber aufklärt, wo die Unterschiede der verschiedenen Psychosen liegen. Es ist das Letzte, woran ich denken sollte, doch so langsam macht sich die Wirkung der Chemikalie bemerkbar und meine Gedanken driften davon. Verschwinden in verschiedene Richtungen, bis ich meine Finger zwingen muss, weiter zuzudrücken, mein Kiefer schwer wird, bis ich ihn nicht mehr schließen kann. Es dauert wenige Minuten, ehe die Schemen in der Dunkelheit noch weiter zu verschwimmen beginnen. Und dann ist plötzlich alles schwarz.

Meine Muskeln brennen. Meine Hände liegen tonnenschwer auf meinen Oberschenkeln. Die Wand in meinem Rücken ist kalt und ein fieser Geruch liegt in der Luft. Ich will mich bewegen, weil ein spitzer Stein sich in meine Hüfte bohrt, doch mein Körper gehorcht mir nicht.

Wieso?

Was ist los mit mir?

Ich öffne flatternd meine Lider und sofort fühlt es sich an, als hätte mir jemand mit der Faust in den Magen geboxt. Ich kann kaum atmen, als die Erinnerung zurückkehrt. Der Mann im Park. Das Entsetzen packt mich mit voller Wucht.

Ich wurde entführt.

Wimmernd versuche ich aufzustehen. Meine Knie zittern unter der Last meines Körpers, doch ich gebe nicht auf. Wo zur Hölle bin ich hier? Die wichtigere Frage ist allerdings: Warum bin ich hier? Wer war der Mann im Park? Warum hat er mich zu Boden gerungen und entführt? Was will er von mir?

Mein erster Gedanke, dass es nur um das Geld der Queens gehen kann, verursacht mir einen erneuten Schwall Übelkeit. Krampfhaft schlucke ich den bitteren Geschmack herunter und konzentriere mich auf meine Atemzüge.

Ein. Aus. Ein. Aus. Halten. Ein. Aus.

Aber Dan und Lucy haben keine Feinde. Sie sind die nettesten Menschen auf diesem Planeten und würden niemals krumme Dinger drehen. Denn nur Menschen, die in so etwas verwickelt sind, passiert doch so etwas, oder? Oder?

Panik erfasst mich mit voller Wucht, doch ich versuche sie verzweifelt zur Seite zu schieben. Dafür habe ich keine Zeit. Erst muss ich hier raus. Irgendeinen Weg muss es geben!

Ich stütze mich an der Wand ab, während ich mich in diesem kahlen Raum umsehe. In der Ecke steht ein Eimer, der nichts Gutes verheißen lässt, doch bis auf den und die vergilbte Glühbirne an der Decke, die nur schummriges Licht bietet, ist hier nichts. Ich stoße mich von der Wand ab, humpele auf eingeschlafenen Beinen zur Tür und werfe mich regelrecht dagegen. Meine Hände umfassen den Türgriff. Nichts. Natürlich nicht.

»Hallo?« *Halt die Klappe!* »Hilfe!« *Es wird dich niemand retten kommen!* »Lasst mich raus!« *Keiner wird nach dir suchen.*

Nicht nachdem, wie ich mit meiner Familie umgegangen bin, pflichte ich der Stimme bei. Noch nie war sie so real.

Noch nie kam sie mir vor wie eine zweite Person, die direkt neben mir steht und mir die Worte ins Ohr flüstert. Schluchzend lasse ich mich die Tür hinabsinken, bis meine Hände auf dem kalten Boden aufliegen. Wieso habe ich vorhin nicht einfach geklopft? Wieso habe ich mich nicht entschuldigt? *Weil du sie nicht verdient hast.* Ich kann der Stimme nur recht geben; geht mir doch, seit ich wieder denken kann, nur eine Sache durch den Kopf. Ich bin die falsche Tochter.

***

Ein Schlüssel dreht sich im Schloss. Ich hebe den Kopf von den Knien und löse die Arme, die ich um meine angewinkelten Beine geschlungen habe. Die Kälte hier im Raum lässt mich nicht nur zittern, sondern macht mich auch furchtbar müde. Doch die Müdigkeit ist wie weggeblasen, als ich registriere, dass ich bald nicht mehr allein sein werde. Ich stoße mich vom Boden ab, presse mich eng an die Wand, flüchte so schnell und so weit weg, wie nur möglich.

Meine Augen sind auf die Tür fixiert, die sich öffnet und den Blick auf einen Mann in meinem Alter freigibt. Ist er der Mann, der mich entführt hat? Ich wünschte, ich könnte mit der Wand in meinem Rücken verschmelzen.

Er kommt näher, sagt jedoch nichts. Erst, als er seinen Arm ausstreckt, sehe ich, dass er eine Tüte in der Hand hält. Er bewegt seinen Arm mit einem Brummen, sodass die Tüte knisternd hin und her wippt. Zögerlich senke ich den Blick darauf.

»Nimm!« Seine Stimme klingt nicht mehr so hysterisch. Eher resigniert. Die Kapuze hat er tief in die Stirn gezogen, sodass ich sein Gesicht in dem schummrigen Licht nicht erkennen kann.

Die Gänsehaut auf meinen Armen wird immer schneidender, doch als sein Brummen erneut ertönt und er einen weiteren Schritt auf mich zumacht, greife ich hastig nach der Tüte und husche noch weiter in die Ecke wie ein scheues Tier. Ohne ein weiteres Wort dreht er sich um und verlässt das Zimmer. Ehe die Tür ins Schloss einrastet, lasse ich die Tüte fallen und renne hinterher in der Hoffnung ... ja in welcher Hoffnung eigentlich? Mich ihm entgegenzustellen, würde nichts nützen. Dennoch will ich nichts unversucht lassen. Doch ehe ich die Tür erreiche, hat er den Schlüssel bereits wieder umgedreht.

Ich weiß nicht, wie viel Zeit vergeht. Weder kann ich einschätzen, ob ich schon Stunden oder Tage hier sitze, noch weiß ich, welche Tageszeit es ist.

Hin und wieder lenkt die flackernde Glühbirne meine Aufmerksamkeit auf sich, doch ansonsten verbringe ich meine Zeit damit, die Tür anzustarren. Meine Augen schmerzen. Ich bin müde, doch ich wage es nicht einzuschlafen.

Meine Gedanken rasen. Gehen jede Möglichkeit durch, warum ich hier bin. Warum jemand auf die Idee kommt, ausgerechnet mich zu entführen, wo ich nur die Adoptivtochter bin. Weiß ich überhaupt, wo Dans und Lucys Vermögen herkommt? Vertraue ich ihnen, dass sie nichts Illegales treiben? Natürlich glaube ich das nicht. Kann es nicht. Denn wenn es die Wahrheit ist, weiß ich nicht mehr, woran ich überhaupt noch glauben soll.

Sobald sich die Tür öffnet, bin ich wieder hellwach und stehe aufrecht im Raum. Irgendwann muss jemand kommen und mir sagen, was hier los ist. Wieso ich hier bin und was sie mit mir vorhaben.

Es ist nicht der Hüne, den ich vor mir sehe. Dieses Mal sind es zwei Männer. Einer davon berührt mit den Fingerspitzen den oberen Türrahmen und lehnt sich grinsend nach vorne. Er leckt sich über seine gelben Zähne, als er den Blick über meinen Körper wandern lässt.

Ich schlinge die Arme um mich. Fühle mich nackt, obwohl ich vollständig angezogen bin. Dennoch recke ich das Kinn. »Was wollt ihr von mir?« Es überrascht mich, wie stark meine Stimme ist. Und doch scheint es keinem der beiden zu imponieren.

Der zweite, ein blonder Kerl, schiebt sich an seinem Kollegen vorbei ins Zimmer und geht auf die Tüte zu, die ich nicht angerührt habe. Er hebt sie hoch, sieht hinein und schüttet den Inhalt auf den Boden. Riegel, eine Flasche Wasser und ein eingepacktes Sandwich liegen verteilt vor mir. Mein Magen knurrt leise, doch ich rege mich nicht. Ich würde nichts von ihnen annehmen.

Der Blonde dreht sich zu dem anderen um und sagt in amüsiertem Ton: »Sie hat ihr Essen nicht angerührt. Nichts davon!«

»Hast du etwa kein Hunger, Süße?« Der mit den gelben Zähnen stößt sich vom Rahmen ab und schließt die Tür. Augenblicklich steigt Galle meinen Hals empor. Es ist nichts anders und doch war die offene Tür wie ein Fluchtweg, ein winziger Funken Hoffnung in diesem dunklen Raum. Jetzt bin ich hier drinnen gefangen mit diesen beiden Typen. »Vielleicht braucht sie nur die richtige Motivation?«

Der Blonde lacht und dieses Lachen jagt mir einen Schauer nach dem anderen über den gesamten Körper. »Damit kann ich dienen.« Er kommt auf mich zu. Beide tun das. Einer widerlicher als der andere. Alles in mir schreit danach, die Augen zu schließen und die Wirklichkeit auszublenden. Ich will sie nicht sehen, nicht hören und erst recht nicht spüren. Sie kommen auf mich zu und ich drücke mich noch fester mit dem Rücken gegen die Wand. So fest, bis selbst meine Kniekehlen gegen die schmutzige Tapete gepresst sind. Die Männer schreckt das nicht ab, sie kommen stetig näher, bis der Dunkelhaarige die Hand nach mir ausstreckt. Verzweifelt vergrabe ich mein Gesicht in den Händen und lasse mich an der Wand herunter zu Boden gleiten. Ich mache mich so klein wie möglich, ziehe die Beine an die Brust und schütze mich mit meinen Armen. Doch selbst das rettet mich nicht vor ihnen. Nicht vor ihren Augen, und ihren Händen. Schwer schlucke ich die aufsteigende Galle in meinem Hals herunter, während der Blonde seinen Arm um meine Schultern schlingt und sich zu mir auf den Boden setzt.

»Iss, Mädchen.« Als ich mich nicht rühre, greift er selber nach dem Sandwich und wickelt es aus der Folie. »Dir wird nicht gefallen, was wir mit dir machen, wenn du dich uns widersetzt.«

Ich will schreien. Schreien und um mich schlagen, doch meine Gliedmaßen sind wie betäubt. Tränen brennen hinter meinen Augen, die ich zurückdränge, doch meine Sicht verschwimmt nichtsdestotrotz.

»Vielleicht denkt sie, dass sie zu gut für unseren Fraß ist«, ereifert sich der andere Typ und rutscht neben mir an der Wand herunter. Das Bein, das er anwinkelt, lehnt er gegen meins und schmerzhafter Schauer rieselt mir über den Rücken.

»B-bitte«, stottere ich erstickt, doch alles, was ich ernte, ist hämisches Lachen.

»Hast du das gehört?« Blondie stößt seinen Kumpel mit der Hand, die auf meiner Schulter lag, an und wedelt mit dem Essen vor meinem Gesicht. »Heiß, wenn die Kleine fleht.«

»Meinst du, sie fleht uns auf Knien an, sie gehen zu lassen?«

»Bestimmt. Reiche Gören sind es nicht gewohnt, auf dem Boden zu liegen.«

Ich will ihnen entgegenschreien, dass sie mich nicht kennen. Ich bin keine reiche Göre. Ich habe Dinge erlebt und überlebt, deren Grauen sie sich nicht einmal vorstellen können, doch bevor auch nur ein Laut über meine Lippen dringt, beiße ich darauf und konzentriere mich auf tiefe Atemzüge. Wenn ich sie ignoriere, müssen sie irgendwann von mir ablassen.

»Was? Willst du etwa nicht mehr mit uns sprechen?« Sein Ton ist spottend, doch gleichzeitig verschwindet sein Arm von meinem Körper. »Sind wir dir nicht mehr gut genug?«

»Das lässt sich ändern.« Ein metallisches Klicken hallt durch den leeren Raum, das mich den Kopf hochreißen lässt. Mit panisch aufgerissenen Augen sehe ich, wie einer der beiden ein Messer in der Hand hält, das er immer wieder in seine Hülle zurückspringen lässt, bevor die Klinge erneut hervorschnellt und im Licht der einzelnen Glühbirne glänzt.

»W-was?«, stammle ich, ohne wirklich zu wissen, was ich sagen möchte. Die gleiche Angst, die meinen Körper gefangen hielt, als ich vor dem Mann flüchtete, der mich schlussendlich doch in mein Verderben schleppte, durchflutet mich so stark, dass ich zurückschrecke und mein Kopf mit einem lauten Knall gegen die Wand schlägt. Den Schmerz ignorierend, lasse ich den Mann mit der Waffe nicht aus den Augen.

Seine gelben Zähne blitzen hinter seinen aufgerissenen Lippen hervor, als er sich in meine Richtung dreht und mir die Klinge entgegenstreckt. »Also, Mädchen, sprichst du jetzt mit uns?«

Mechanisch nicke ich mit dem Kopf, auch wenn ich es nicht will. Ich fühle mich wie das Reh im plötzlichen Scheinwerferlicht. Unfähig mich auch nur einen Millimeter zu bewegen.

»Ich höre dich nicht«, flötet er mit einem Grinsen, das an Verrücktheit grenzt.

»Ja.«

»Ich glaube, du verstehst den Ernst der Lage nicht«, meldet sich Blondie zu Wort und legt seinen Arm wieder über meine Schulter. Wenn ich könnte, würde ich bei seiner Berührung erstarren, doch jeder Muskel in meinem Körper ist schon zum Zerreißen gespannt. »Vielleicht sollten wir dir sagen, was jetzt passiert.«

»Wo wäre denn da der Spaß, Garrett?«

Garrett? Automatisch speichere ich diese Information in meinem Gedächtnis ab. Wenn ich entkomme, und das werde ich, wird es noch wichtig sein, die Namen meiner Entführer zu kennen.

»Die Angst in diesen unschuldigen Augen ist doch Spaß genug.«

»Tränen wären besser.« Er wedelt mit dem Messer vor meinem Gesicht. »Sie hat noch nicht genug Angst.«

»Weißt du, warum du hier bist?«, wendet er sich an mich, doch ich kann das Messer nicht aus den Augen lassen.

Der Typ wirkt vollkommen verrückt und ich kann nicht vorausahnen, was er mir antun wird. Also schüttle ich nur knapp den Kopf, in der Hoffnung sie nicht weiter zu verärgern.

Lachend fährt sich der Mann, der nicht Garrett heißt, mit den Fingern durch die schmutzigen dunklen Haare und rückt mir noch mehr auf die Pelle. Ich bin zwischen ihnen eingekesselt, vor mir die glänzende Klinge und in meinem Rücken die undurchdringliche Betonwand. Wie soll ich ihnen entkommen? »Hör zu, Mädchen, du bleibst ein bisschen hier und bist eine brave Gefangene. Vielleicht wird das dann alles schnell für dich vorbei sein.«

»Mach ihr keine Hoffnungen, Ethan.«

Ethan. Ethan und Garrett.

»Aber ich liebe es, wenn ich zusehen kann, wie die Hoffnung in ihren Augen stirbt.« Er grinst ein schiefes Lächeln und mir dreht sich der Magen um. Psychopathen. Ich bin in den Händen von Psychopathen, die unbekümmert ihren Namen vor mir benutzen, was nur eines bedeuten kann. Sie werden mich töten.

»Bitte«, flehe ich mit brüchiger Stimme und hebe die Hände in einer hilflosen Geste. »Was wollt ihr von mir?«

Garrett überbrückt die letzte Distanz zwischen uns und streicht mit seiner Nase über meine Wange.

Mit brennenden Augen wende ich den Kopf an, doch das bringt mich nur näher zu Ethan, der mich ansieht, als wäre ich sein neues Spielzeug. Panik umschlingt mein Herz mit eisernem Griff und der Atem bleibt mir im Hals stecken.

Ich will das nicht. Ich will nicht hier sein. Ich möchte nur wieder nach Hause, zu meiner Familie. In Sicherheit, anstatt an diesem Ort zu sein und sie vielleicht nie wiederzusehen.

Ich muss ihnen noch so viel sagen. Sie haben etwas Besseres verdient als mich.

»Wenn wir mit dir fertig sind, statten wir deinen Eltern einen Besuch ab«, gurrt mir einer von ihnen ins Ohr. Ich kann die Stimmen nicht mehr auseinanderhalten. Sie sind mir so nah, zu nah.

»Nein! Nein!«, schluchze ich. »Lasst sie in Ruhe.« Mein schwacher Protest führt nur dazu, dass sie in schallendes Gelächter ausbrechen.

»So einfach ist das nicht. Wenn du uns nicht gibst, was wir wollen, werden wir es uns von deiner Familie holen. Bevor sie merken, was passiert, werden wir sie schon in der Hand haben.«

»Was wollt ihr?«

»Wo bleibt der Spaß, wenn wir es dir einfach sagen würden?« Ethan schnaubt und zeigt mir seine gelben Zähne, bevor er seine Hand auf mein Knie legt und ich schwer schlucke. »Keine Angst, Mädchen, dein Körper interessiert uns nicht.«

»Nicht so, wie du denkst«, mischt sich Garrett ein und legt die Klinge seines Messers auf meinem anderen Knie ab. Die Kälte des Metalls dringt durch meine Hose und lässt mich erzittern. Wenn sie mich nicht wollen, was ist es dann? »Während du dir deinen hübschen kleinen Kopf darüber zerbrichst, gebe ich dir einen Tipp.« Blitzschnell dreht er die Hand herum, sodass sich die scharfe Seite der Klinge gegen mein Bein drückt. Ich halte den Atem ein, zwinge mich dazu, stillzuhalten. Jeder Muskel ist angespannt, doch mein eiserner Willen ist stärker. Ohne zu blinzeln, beobachte ich, wie sich seine Hand bewegt. Vor und zurück. Vor und zurück, bis er den Stoff meiner Hose aufgetrennt hat und ich das kalte Messer direkt auf meiner Haut spüre.

»Warum?«, frage ich atemlos. Meine Unterlippe zittert unkontrolliert, doch das ist das einzige Anzeichen für meine Angst.

»Weil wir es können«, mit diesen Worten drückt er zu und die Klinge durchbricht meine Haut. Der Schmerz hält nur für einen kurzen Moment an, doch es reicht aus, um mir das Blut in den Adern gefrieren zu lassen.

Sie werden mich umbringen! Das hier ist mein Ende.

Gib auf.

Wieder diese Stimme. Ich will ihr zustimmen. Ich will in die Dunkelheit zurück. Die Kälte auf meinem Körper spüren, anstatt kühles Metall und bitteren Schmerz. Tränen fließen über meine Wangen, geben mir das Gefühl, dass ich in ihnen ertrinken könnte. So viele sind es, dass sie den Kragen meines Pullovers durchnässen. Verschwommen sehe ich zur Decke hinauf, beobachte die Glühbirne, wie sie hin und her schwingt, als würde sie den Tumult im Raum bemerken, während meine Gliedmaßen taub werden und ich mich nicht mehr zusammenkrümmen kann.

Das war es.

Die Tür fliegt auf, knallt lautstark gegen die Wand und ein Schatten stürzt auf uns zu. Garrett wird von mir weggezerrt und das Messer verschwindet, während Ethan von allein von mir abrückt. Ruckartig hebe ich den Kopf.

Es ist Reese, der langsam auf ihn zugeht und obwohl er kleiner ist, jagt er Garrett einen Heiden Respekt ein. Mit dem Arm an der Kehle presst er ihn gegen die Wand und entlockt ihm ein Röcheln. Mein Herz macht einen Satz.

»Ich hab euch gesagt, ihr lasst eure dreckigen Finger von

ihr. Aber ihr konntet eure kranke Scheiße nicht eine Sekunde für euch behalten? Ihre dämlichen Schwachköpfe! Sucht euch ein anderes Opfer!« Reese schleudert ihn von sich. Torkelnd suchen die beiden Wichser das Weite.

Erleichterung durchflutete mich, gefolgt von Hoffnung, dass ich endlich hier rauskomme, doch die Stille im Raum belehrt mich eines Besseren. Es dauert einige Sekunden, ehe ich verstehe, dass Reese nicht hier ist, um mich zu retten.

Nein, er ist es, der mich entführt hat.

Fuck. Unsere Zukunft liegt in den Händen eines verzweifelten Psychopathen, der zufällig mein bester Freund ist.

KAPITEL 18
REESE

11 STUNDEN ZUVOR

» Fuck!« Ashs Stimme versagt, während er den Kopf hängen lässt und ich das zwingende Bedürfnis habe, auf etwas einzuschlagen. Oder jemanden. Irgendwem so lange die Faust ins Gesicht zu donnern, bis von der Visage nichts mehr zu erkennen ist. Nur Blut und derangierte Knochen.

Die Wut auf meinen besten Freund rast schlagartig durch meine Adern und verätzt jedes andere Gefühl auf seinem Weg. Anstatt ihm zu zeigen, was ich von seiner hirnlosen Aktion halte, drehe ich mich zur Seite und donnere meine geballte Faust gegen die Wand. Es knallt so laut, dass der Widerhall in meinen Ohren schallt, doch der Putz, der auf uns herabregnet, ist nicht genug. Immer wieder schlage ich zu. Fester und immer fester. Stelle mir dabei vor, dass es nicht die Wand ist, die ich treffe, sondern den Wichser auf der Brücke. Ich hätte ihn zu Kleinholz verarbeiten sollen, anstatt ihm den gnädigen Tod zu überlassen.

»Fuck. Fuck. Fuck«, echoe ich.

Ein schnalzender Laut neben mir lässt mich innehalten. »Ich wusste gar nicht, dass du deine Probleme neuerdings löst, indem du die Wand verprügelst. Hast du gerne aufgeschürfte Knöchel?« Brit sieht mich an, als wäre ich ein ungezogenes Kind. Und verdammt, bei ihrem Blick will ich mich im ersten Moment entschuldigen.

»Hast du ne bessere Idee?«, frage ich stattdessen mit zusammengebissenen Zähnen.

»Kann uns deine Kleine nicht das Geld geben?«

Ashs Kopf schießt nach oben und sieht mich mit so viel Hoffnung in den dunklen Augen an, dass ich gleich noch einmal meine Hand in die verdammte Betonwand schlage. »Und wie stellst du dir das vor? Soll ich sie einfach danach fragen?« Sie würde mir einen Vogel zeigen. Ganz davon abgesehen, dass ich sie nicht fragen würde. Nicht, nachdem ich sie quasi aus dem Haus geschmissen habe. Oder generell. Ich frage nicht nett nach. Ich nehme mir, was ich will. Verdammt!

»Ein Versuch wäre es wert.« Nachdenklich kaut sie an einem Fingernagel, der länger ist als die anderen. Dann zuckt sie mit den Schultern, als wäre es so einfach.

»Bullshit.«

»Also doch die Bank?«

»Willst du wirklich so dringend eingebuchtet werden?« An seine hirnrissige Idee verschwende ich keinen Gedanken, sondern überdenke noch einmal Brits Worte.

Ava hat das Geld. Vermutlich liegt es einfach so bei ihnen herum, als wären es Peanuts. Ein verdammtes Vermögen, das für ihre Familie nur Kleingeld ist. Spielgeld. Es würde nicht einmal auffallen, wenn es fehlt. Aber um daranzukommen, muss ich mit ihr reden.

Schnaubend schüttle ich den Kopf und wische mir an meinem Shirt den Putz von den aufgeplatzten Knöcheln. Der schwach pochende Schmerz ist nichts im Vergleich zu den Qualen, die ich leiden würde, wenn ich zurück zu ihr kriechen müsste. Nicht in diesem Leben!

»Sie kann uns das Geld nicht geben«, sage ich schließlich mit fester Stimme. Dabei sehe ich Ash direkt an, der viel zu viel Hoffnung in diese Möglichkeit legt.

»Warum nicht?«, will er wissen, doch ich drehe mich von den beiden weg und gehe zurück zur Bar. Sollen sie doch mit der Box machen, was sie wollen. Hauptsache, sie ist mir aus den Augen und der Gestank verpestet nicht das ganze Haus.

»Reese.« Brit ist mir auf den Fersen, lässt mich wohlwissend aber zu meinem Platz zurückkehren, bevor sie weiterspricht. Eine Zigarette zwischen den Lippen hebe ich auffordernd eine Augenbraue. »Willst du Ash so im Stich lassen?«

Mit einem Satz bin ich auf den Beinen und stehe dicht vor Brits Gesicht. »Vorsicht, Brittany, ich mag dich, aber meine Sympathie hat Grenzen.«

Sie zuckt zurück. Nur ein Stück, dann fängt sie sich wieder und die Falte auf ihrer Stirn erscheint, die mir sagt, dass dieses Gespräch noch nicht vorbei ist. Ihr viel zu dünner Körper spannt sich an, während ich über ihr stehe und keinen Raum lasse. »Ich wollte nur sagen«, beginnt sie, doch mein Geduldsfaden ist zu ausgefranst, um nur noch ein Wort von ihr zu hören.

»Ist mir verdammt egal, was du zu sagen hast.«

»Reese, sie weiß, dass du es so nicht meintest.« Ash der Streitschlichter. Ash, der selbst dann noch lächelnd, so tut, als würde er die blutenden Menschen um uns herum nicht sehen, und alles wäre idyllischer Frieden, legt mir jetzt die Hand auf die Schulter und schiebt mich bestimmend zurück. Doch dafür habe ich heute keinen Kopf mehr.

»Wem hab ich eigentlich so vor den Karren gepisst, dass ich jetzt deine Probleme ausbaden muss?« Mit einem Schnipsen befördere ich die Zigarette in den Aschenbecher auf dem Tresen und lehne mich mit verschränkten Armen dagegen. Beide sehen betroffen aus, doch keiner scheut den Blickkontakt zu mir. Stattdessen sehen sie mich an, als hätte ich die Lösung für den Scheiterhaufen parat, den Ash lachend für uns alle gebaut hat.

Fuck. Ich habe die Lösung.

Der einfachste Weg. Sauber. Nicht nachzuverfolgen. Aber dafür muss ich meinen Stolz runterschlucken. Fuck. Hart lache ich auf. Stolz. Das Einzige, was mir bei der beschissenen Kindheit in der Gosse geblieben ist. Stolz und den Glauben, dass ich niemals vor jemandem zu Kreuze kriechen werde.

»Ich werde nicht mit ihr reden.«

»Aber«, beginnt Brit, doch nach einem drohenden Blick von mir, schließt sie den Mund wieder.

»Wir besorgen das Geld von ihr. Mich wird sie aber nicht sehen.«

»Und wie soll das funktionieren?«, fragt Brit pessimistisch wie immer. Die Arme vor der Brust verschränkt, lehnt sie sich gegen die Theke, hält aber noch immer Sicherheitsabstand zu mir.

Ich zucke mit den Schultern. »Es muss ja nicht ich sein, der sie einsammelt.«

Das entlockt ihr ein spöttisches Schnauben. »Das letzte Mal, als sie jemand anderes als du angefasst hat, hast du ihm ein neues Gesicht verpasst.« Im wahrsten Sinne des Wortes.

Allein die Erinnerung an seine dreckigen Hände auf ihr, bringt die kalte Wut zurück, doch ich schiebe sie zur Seite. Für später, wenn ich diese Drecksbude verlasse und meinen Frust an jemand anderem auslasse.

»Ich weiß, wie wir es machen.« Ash nickt mir zu, doch der dunkle Ausdruck in seinen blutunterlaufenen Augen beruhigt mich kein bisschen. Ich kann nur hoffen, dass dieser Plan nicht so viele Löcher aufweist, wie sein letzter, als er dachte, Drogen zu verticken, wäre sein Weg zum Topverdiener.

Fuck. Unsere Zukunft liegt in den Händen eines verzweifelten Psychopathen, der zufällig mein bester Freund ist.

Denk nicht du hättest irgendeine Macht über mich.
Ich mach mit dir, was ich will.
Nicht andersherum.

KAPITEL 19
AVA

JETZT

»Fuck!« Reese sieht auf mich herab. Ich bewege mich nicht, starre ihn lediglich völlig verunsichert an. Kurz denke ich, dass er zu mir kommt, doch dann dreht er sich um. Zitternd und mit tränenüberströmtem Gesicht beobachte ich, wie Reese haareraufend und fluchend den Raum verlässt.

Ich ziehe die Knie an den Körper und vergrabe wimmernd das Gesicht darin. Einige Augenblicke später öffnet sich die Tür erneut und mein Innerstes zieht sich schmerzhaft zusammen. Reese kommt auf mich zu, hockt sich vor mich auf den Boden. Er starrt mich an. In seinen Augen spiegeln sich unterschiedliche Gefühle wider. Allerdings kann ich keines davon greifen. »Haben sie dir wehgetan?« Mein erster Instinkt ist es, mich in seine Arme zu werfen. Zum Glück hält mich mein Verstand von diesem Drang ab. Schluchzend rutsche ich von ihm weg, doch er kommt hinterher, umfasst mit seiner Hand meinen Kiefer und dreht ihn in seine Richtung. »Haben sie dir wehgetan?«, fragt er sanfter als eben.

»Wieso tust du das?« Die Tränen laufen mir nun ungehemmt über die Wangen. Sie haben doch die Richtige. Ich war das Ziel.

»Ava.« Er wischt mit dem Daumen die Tränen von meinem Gesicht, doch ich winde mich unter seiner Berührung. Mein Herz pocht so wild in meiner Brust, dass es sich anfühlt, als würde es jeden Augenblick zerspringen.

»Du hast mich entführt, Reese!« Die Worte stolpern kaum verständlich über meine Lippen. Ich sammle meine ganze Kraft, um ihn von mir zu schubsen, doch alles, was ich damit erreiche, ist, dass sich sein Griff um meinen Kiefer verfestigt und sich der Ausdruck auf seinem Gesicht verändert. Härter wird.

»So bedankst du dich bei mir, dass ich dir geholfen habe?« Seine Stimme ist rau und eiskalt. Die Sanftheit ist so schnell vergangen, wie sie gekommen ist. Vielleicht ist das gut so. Vielleicht wäre sie ein Zeichen dafür, dass ich noch tiefer in der Scheiße stecke als gedacht. Reese ist nicht sanft. Er ist jähzornig, impulsiv und leidenschaftlich. Aber nicht sanft. Grob lässt er von mir ab und wendet sich zum Gehen. »Du bist und bleibst eine verwöhnte Prinzessin.«

Innerhalb eines Herzschlags bin ich auf den Beinen. Meine Bewegung lässt ihn innehalten, bevor er den Kopf dreht und eine Augenbraue in die Höhe zieht.

»Du willst, dass ich mich bei dir bedanke?« Ich möchte stark klingen. Selbstbewusst. Doch ich verschlucke mich an meinen eigenen Worten, bis sie wie ein Flehen klingen. Als würde ich Reese anbetteln, mir zu sagen, was ich tun soll. Kochende Wut auf mich selbst verätzt jede Zelle meines

200

Körpers und ich würde nichts lieber tun, als ihm die Augen auszukratzen. Ich will es tun. Ihm zeigen, was ich fühle. Welche dämonischen Ängste in mir toben, doch alles, was ich zustande bringe, ist ein tonloses Flüstern. »Wofür soll ich mich denn bedanken, Reese?« Ich senke den Kopf und starre auf seine dunklen Turnschuhe. So viel geht mir durch den Kopf. So viele Worte, die herauswollen, doch ich halte sie hinter Mauern gefangen und wiederhole nur immer wieder dieses eine Wort, bis mir die Stimme versagt und ich schweige. Und warte. Es ist still im Raum. Ich höre meinen eigenen Herzschlag, der mir zu schnell gegen die Rippen schlägt, doch ansonsten ist da nichts. Die Gedanken in meinem Kopf schießen durcheinander, verheddern sich und bauen ein Horrorszenario nach dem anderen. Mit jeder Sekunde, die verstreicht, wird es schlimmer. Blutiger. Brutaler. Bis ich nur noch den Tod sehe. Mein Schicksal, welches Reese in den Händen hält. »Wofür soll ich mich bedanken, Reese?«, wiederhole ich schließlich meine Frage von eben und hebe endlich den Kopf.

Für einen langen Moment sieht er mich einfach nur an. Unbewegt. Unbeeindruckt. Ich trete von einem Bein auf das andere und würde am liebsten noch mehr sagen. Doch die Angst, dass statt Worten nur Tränen kommen würden, ist zu groß. Daher schweige ich. Schweige und nehme in Kauf, dass er mich für schwach hält.

»Bist du fertig mit der Mitleidstour?«, fragt er tonlos, noch immer mit dieser hochgezogenen Augenbraue, die in mir den Wunsch weckt, ihm jedes einzelne Haar einzeln auszuzupfen.

Tief ziehe ich die Luft durch die Nase ein und straffe die Schultern. Mitleid? Ich brauche sein Mitleid nicht und will ganz bestimmt keins von ihm. »Nein.« Dieses Mal ist meine Stimme fest und macht deutlich, dass es keine Frage war.

»Was hast du mir zu sagen, Prinzessin?« Da ist er wieder. Der Spitzname, der mich auf der einen Seite rasend macht und auf der anderen, den Wunsch in mir auslöst, seine Nähe zu suchen. Seine Wärme, die besser ist als die Kälte in diesem gottlosen Zimmer.

»Ich wünschte, ich hätte dich niemals kennengelernt!« Es kostet mich all meinen Mut, doch erst als ich an Sydney denke, traue ich mich, die Worte auszusprechen. Selbst, wenn ein Teil in mir mich Lügen straft.

»Wenn du meinst.«

»Das ist alles?«, frage ich tonlos. Schwer atme ich aus. Zähle die Sekunden, die Herzschläge, bis ich ruhiger werde. Schwerelos und doch fühlt sich mein Körper an, als würde er unter der Last von tonnenschwerem Schutt begraben werden. Fassungslos sehe ich in seine Augen. Sie sind ruhig. Zu ruhig. Ich weiß einfach, dass ein Sturm dahinter tobt. Es muss einfach so sein, sonst habe ich keinerlei Menschenkenntnis und kann gleich mein Grab schaufeln, denn dann werde ich diesen Raum wohl nie wieder verlassen. »Was willst du von mir?«

Er erwidert nichts, sondern lächelt mich bloß mit einem derart überheblichen Grinsen an, dass eine Sicherung in meinem Kopf durchbrennt. Der Part in mir, der, seit mein Vater die Waffe in die Hand nahm, unermüdlich gegen jedes Gefühl kämpft, gegen jede Regel, jeden Gitterstab, jede Wärme, die mir jemand entgegenbringt.

Es reicht!

Zwei lange Schritte kostet es mich, dann stehe ich direkt vor Reese. Langsam lege ich den Kopf in den Nacken und zeige ihm den Sturm in meinem Inneren. Beide Hände erhoben, erwäge ich einen Moment, ob ich ihn zur Seite schubsen soll und diese Tür dem Erdboden gleich mache oder ihn schlage. Solange, bis er mich gehen lässt. Doch am Ende wird es keins von beiden. Stattdessen lege ich meine Handflächen flach auf seine Brust. Stockend hole ich Luft. Sein Duft füllt mein Innerstes, doch dieses Mal empfinde ich es nicht als angenehm. Nicht anziehend oder betörend. Dieses Mal fühlt es sich an, als würde sein Geruch den letzten Riegel schließen und mich für immer einsperren. In mich selbst.

»Fick dich, Reese!« Ein Außenstehender würde denken, dass Reese nicht reagiert, doch ich kann die kleinen Nuancen der Veränderung sehen. Die dunkler werdenden Augen. Den angespannten Kiefer. Die gestrafften Schultern. »Fick. Dich!«, wiederhole ich in einem immerwährenden Stakkato und schlage mit den geballten Fäusten gegen seine Brust. Immer wieder und wieder.

»Fick.« Tipp.

»Dich.« Tipp.

»Fick.« Tipp.

»Dich.« Tipp.

Noch bevor meine Fäuste seine Brust erneut treffen, umklammern seine Hände meine Arme. Langsam hebe ich den Kopf und treffe auf seine dunklen Augen, die sich in meine bohren. Darin finde ich einen ganzen Wortschwall, der nicht seine zusammengepressten Lippen verlässt. Er sieht mich einfach nur an, als müsse er sich beherrschen, mich nicht umzubringen.

Wortwörtlich.

»Denk nicht, dass mich auch nur eines deiner Worte interessiert.« Der Druck um meine Handgelenke wird fester und gleichzeitig verstärkt sich der um mein Herz. Reese schiebt mich rückwärts. Ich versuche nicht über meine eigenen Füße zu stolpern, während ich auch ihn nicht aus den Augen lassen will. Er ist das Raubtier und ich war die dumme Beute, die dachte, sie könnte es mit ihm aufnehmen. »Denk nicht –« Seine Stimme kommt nur noch gepresst über seine Lippen. So wütend habe ich ihn noch nie gesehen. Nicht einmal, als er dem Typen das Gesicht aufgeschlitzt hat. »Du hättest irgendeine Macht über mich. Ich mache mit dir, was ich will. Nicht andersherum.« Panik überschwemmt mich und ich versuche einen großen Schritt zurückzumachen, doch mitten in der Bewegung hält Reese mich auf. Er zieht mich zurück an seine Brust, doch seine Berührung ist nicht liebevoll. Nicht so, als wolle er mich noch länger spüren, sondern, als müsse er mich bestrafen. »Hast du mich verstanden?« Sein Ton ist nicht zu deuten. Zu ruhig für das Inferno in seinen Augen und ich nicke zaghaft.

Ich habe gesagt, was mir auf der Seele brannte und ihn damit anscheinend zu sehr gereizt. Ich bin über eine Grenze gegangen, von der ich nicht wusste, dass sie besteht. Die Wut ist erschöpft, genauso wie meine Kraft. Seine Augen verengen sich zu Schlitzen. Tief zieht er die Luft durch die Nase ein, dann schubst er mich von sich.

Überrascht taumle ich zurück, versuche Halt zu finden, doch stolpere über meine eigenen Füße und schlage hart mit dem Hintern auf dem kalten Boden auf. Der Fall ist der letzte Tropfen, der das Fass zum Überlaufen bringt, doch ich gehe nicht wieder in die Luft, stattdessen spüre ich die Tränen, die sich gnadenlos durch alle Barrieren kämpfen und über meine Wangen fließen.

Heiß und schnell und ich schäme mich. Schäme mich, vor

Reese so schwach zu sein. Er steht über mir, während ich auf dem Boden liege, die Arme um die angewinkelten Beine schlinge und einfach nur nach Hause will.

Aber wo ist mein Zuhause? Und wer wartet dort schon auf mich?

Ohrenbetäubende Stille breitet sich aus. Das einzige Geräusch ist mein leiser Schluckauf, den ich versuche, niederzukämpfen. Verzweifelt blinzle ich die Tränen weg, doch sie kommen immer wieder, verraten mich, bis ich es aufgebe und durch den Tränenschleier zu Reese sehe, der keine Miene verzieht.

»Ich hätte mehr von dir erwartet, Ava.« Mein Name aus seinem Mund verursacht mir eine Gänsehaut. Ganz langsam schüttelt er den Kopf von einer zur anderen Seite. »Ich wusste, dass du verwöhnt bist. Verzogen und alles in den Hintern geschoben bekommst, was du willst, aber ich hätte wirklich gedacht, dass du härter bist. Enttäuschend.« Sein Zungenschnalzen fühlt sich an, wie ein Messerstich ins Herz. Ein Axthieb durch meinen Stolz, meinen schwächelnden Selbstwert und ich sinke noch weiter in mich zusammen. Ich will doch nur hier raus. Zurück nach Hause und mich entschuldigen. Zurück zu meiner Maske und der Bequemlichkeit, anstatt in dieser trostlosen Kälte und Reese bitteren Worten gefangen zu sein. »Undankbar, verweichlicht und rückgratlos.« Reese zählt meine Fehler an einer Hand ab und ich will nur noch im Boden versinken oder ihn anflehen, mich gehen zu lassen. »Meinetwegen kannst du hier verrecken. Es ist mir scheißegal, was mit dir passiert, Prinzessin.« Als er die Worte verächtlich ausspuckt, verstehe ich, dass ich einen Fehler begangen habe. Ich will nicht wieder allein hier sein und auf keinen Fall soll einer der anderen Kerle wieder herkommen. Reese kenne ich.

Ich vertraue ihm nicht, aber ich glaube nicht, dass er mir wehtut. Nicht auf dieser Weise. Aus ihm spricht gerade sein angeknackstes Ego. Ich war so dumm. Ich hätte es besser wissen müssen.

Schnell schlucke ich den Kloß in meinem Hals hinunter und krabbele auf Knien auf ihn zu. Ich fühle mich wie ein Welpe, der zu seinem Herrschen angekrochen kommt. »Es tut mir leid«, sage ich mit hängendem Kopf. »Da- Danke.« Reese steht still. Er sieht von oben zu mir herab und als er nichts sagt, hebe ich den Kopf, um ihn anzusehen. »Ich habe Angst.« *Bullshit*. Reese hockt sich erneut vor mich hin und sieht mich mit schief gelegtem Kopf an. Er versucht, mich zu lesen, zu entschlüsseln. »Ich ...« Ich schlucke. »Ich bin froh, dass du hier bist.« Ich setze mich aufrecht hin und greife nach seiner Hand.

Und obwohl ich im Augenblick nichts als Hass für ihn empfinde, beschleunigt sich mein Herzschlag, als er mit der freien Hand abrupt in mein Haar greift und mein Gesicht näher zu seinem zieht. Sein Atem auf meinen Lippen lässt sie kribbeln. *Verfluchter Körper!*

»Bist du das?«, fragt er raunend. Seine Augen verdunkeln sich erneut.

Ich nicke atemlos. Mein Blick wandert von seinen Augen zu seinem Mund. »Ja.«

Vorsichtig lasse ich meinen Daumen über die raue Haut seiner Hand streichen. »Ich hab dich vermisst.«

»Hast du das?« Sein Griff verfestigt sich an meinem Haaransatz. Er zieht mich noch näher an sich heran, sodass ich die Anziehung seiner Lippen bereits spüren kann.

»Ja.« Meine Stimme ist nur ein Hauchen und ich verfluche mich dafür, dass das Zittern darin nicht gespielt ist.

»Willst du dich angemessen bedanken?« Seine Stimme geht mir durch Mark und Bein.

Wieder nicke ich. Und lasse es zu, dass er die letzte Distanz zwischen uns überbrückt. Er teilt meine Lippen mit seiner Zunge und instinktiv folge ich seinem Tempo. Reese schiebt ein Knie zwischen meine Beine, zieht mich an sich, sodass ich kaum noch Halt finde. Außer an ihm. In seinen Armen, an seinem Hals, um den ich mich klammere.

Er beißt mir auf die Unterlippe, was mir ein leises Seufzen entlockt und ein Kribbeln zwischen meinen Beinen entfacht. Immer heftiger küssen wir uns, bis ich seinen festen Herzschlag gegen meine Brust spüre.

Er wird dich nicht freilassen!

Er löst seine Lippen von mir, um seinen Mund auf meinem Hals zu versenken. Schwer atmend werfe ich den Kopf in den Nacken und beuge mich ihm näher entgegen. Ich spüre seine Erektion an meiner Hüfte und erinnere mich an unser letztes Mal. »Reese«, keuche ich, doch schon löst er sich so abrupt von mir, dass ich mit stockendem Atem nach vorne falle, bis ich mit den Händen aufpralle. »Wieso hörst du auf?«

»Genug für heute«, sagt er. Sein linker Mundwinkel hebt sich amüsiert, während er den Blick über mich wandern lässt. »Aber schöne Show, die du hingelegt hast.«

»Was ...?« Meine Kehle fühlt sich wie zugeschnürt.

»Hältst du mich für naiv, Prinzessin?« Ein Grinsen entsteht auf Reese' Lippen, ehe er aufsteht und in Richtung Tür geht. »Vielleicht komme ich noch mal vorbei.«

»Du verfluchtes Arschloch!« Ich werfe mit einem Schokoriegel nach ihm, der auf dem Boden liegt, doch alles, was ich höre, ist sein heiseres Lachen, als er durch die Tür tritt.

»Meine Familie wird nach mir suchen«, rufe ich ihm hinterher und das bringt ihn tatsächlich zum Stocken.

Mit einem triumphierenden Grinsen auf den Lippen dreht er sich noch einmal zu mir herum und zieht ein Handy aus der Hosentasche, das ich nur zu gut kenne. Er hat mein Handy. »Glaubst du wirklich, dass ich so wenig mitdenke, Prinzessin? Ich habe ihnen natürlich eine Nachricht geschickt. Sie denken, du bist bei einer Freundin.«

Langsam schüttle ich den Kopf, bevor ich mein Telefon anstarre, als wäre es der Grund für diesen Verrat. »Das kannst du nicht, ohne es zu entsperren.«

»Ach bitte«, er winkt ab, als würde ich mich lächerlich machen. »Sydneys Geburtstag. Das war nun wirklich nicht schwer herauszufinden. Du bist eben doch die perfekte große Schwester.« Mein Mund öffnet sich, doch kein Wort kommt heraus. Ich kann ihn nur anstarren, während ich nicht glauben kann, dass es so einfach für ihn war. So einfach, mich einfach zu hintergehen. Lachend winkt er mir mit dem Handy in der Hand und wirft die Tür hinter sich ins Schloss.

Ich bin allein. Und meine Familie glaubt, dass alles in Ordnung ist.

KAPITEL 20
AVA

Dreizehn Risse in der Decke, siebenundzwanzig in den Wänden. Irgendwann war die Tapete bestimmt einmal weiß, doch davon ist schon lange nichts mehr übrig. Heute zeigt sie sich in einem schmuddeligen Gelb. Zu viel Nikotin, zu viel Zeit, zu viele dreckige Hände, die sich an ihr abgestützt haben. Rechts von der Tür ist ein viereckiger Abdruck an der Wand, heller als der Rest des Raums. Bestimmt stand dort eine sehr lange Zeit ein Schrank, jetzt ist der Platz leer. Genauso wie der Rest dieses Zimmers. Mein einziger Begleiter ist noch immer die nackte Glühbirne an der Decke und die braune Papiertüte, deren Inhalt ich wieder eingesammelt habe.

Obwohl ich mich erst geweigert habe, auch nur einen der Müsliriegel anzurühren, siegte doch der Hunger und die Logik. Wenn ich hier raus will, muss entweder ein Wunder geschehen, wie zum Beispiel, dass Reese zu Verstand kommt und mich gehen lässt, was ich sehr bezweifle, oder ich kämpfe mir meinen Weg zurück in mein Leben. Ich setze auf Kampf und dafür muss ich bei Kräften bleiben.

Würde Reese mir schaden wollen, hätte er die beiden Typen nicht davon abgehalten, mir Schlimmeres anzutun. Oder genau das ist sein Plan. Er will mich in Sicherheit wiegen, während er sich still und heimlich ins Fäustchen lacht, weil ich auf das Gute in ihm setze.

In beiden Fällen kann ich mich nur auf mich selbst verlassen. Durchhalten und auf den richtigen Zeitpunkt warten.

Der niemals kommen wird.

Seit sich die Tür hinter Reese geschlossen hat, sind bestimmt einige Stunden vergangen, auch wenn es sich für mich wie eine ganze Ewigkeit anfühlt. Ich habe hier drin nichts weiter zu tun, als meine Gedanken von einer Seite auf die andere zu wälzen und die Wände anzustarren, die Risse in der dreckigen Tapete zu zählen und zu warten.

Warten, warten, warten. Darauf, dass etwas passiert.

Wie lange ist es her, seit ich mein Zuhause verlassen habe? Wie lange, dass mich ein Fremder in sein Auto geschleppt hat? Haben Lucy und Dan bemerkt, dass ich verschwunden bin? Machen sie sich Sorgen? Fällt Sydney auf, dass ich nicht in meinem Bett geschlafen habe? Wenigstens sie sollte doch erkennen, dass irgendwas nicht stimmen kann. Egal was Reese ihnen geschrieben hat, Sydney weiß, dass ich nicht einfach bei einer Freundin bleiben würde. Immerhin habe ich nicht einmal eine Freundin, bei der ich die Nacht verbringen würde.

Aber Sydney ist an dem Abend meiner Entführung auf ein Date gegangen und so wie ich sie kenne, wird sie nicht Zuhause schlagen und nicht infrage stellen, dass ich nicht da bin. Nicht nach unserem Streit. Wie lange wird es also dauern, bis jemandem auffällt, dass ich verschwunden bleibe?

Zu lange!

Was passiert bis dahin mit mir?

Laute Schritte dringen an mein Ohr. Sie klingen selbstbewusst und energisch. Vor der Tür halten sie inne. Ganz automatisch halte ich die Luft an und warte. Für mehrere Sekunden passiert gar nichts und dann höre ich, wie sich der Schlüssel im Schloss dreht.

Innerhalb eines Herzschlags bin ich auf den Beinen und drücke mich mit dem Rücken gegen die Wand, die noch immer volle Wasserflasche in der Hand. Meine einzige Waffe in diesem kahlen Raum, doch besser als nichts. Strahlend helles Licht scheint durch den schmalen Spalt und blendet mich, als sich die Tür öffnet, bis ich es nicht mehr aushalte und den Kopf senke. Nach der schummrigen Dunkelheit fühlt sich das Sonnenlicht an, als würde es mir die Netzhaut wegätzen, aber es verrät mir, dass genug Zeit vergangen ist, dass die Sonne schon hoch am Himmel steht.

Sydney ist sicherlich wieder zurück und wird nach mir suchen. Ich habe ihr von Reese erzählt und sie wird vielleicht eins und eins zusammenzählen. Ich kann nur hoffen, dass sie zur Polizei geht und nicht auf eigene Faust nach mir sucht. Wenn Reese schon so weit geht und mich entführt, will ich nicht wissen, was passiert, wenn er Syd herumspionieren sieht.

»Was willst du damit?« Reese' Stimme klingt überheblich, als er die Tür hinter sich schließt und ich wieder etwas erkennen kann, ohne mein Augenlicht hergeben zu müssen. Ein schwarzes Shirt spannt über seiner Brust. Eine Hand vergräbt er mit dem Schlüssel in der Hosentasche, während er in der anderen eine weitere Papiertüte hält, aus der ein Duft dringt, der mir den Mund wässrig macht. Als ich keine Anstalten mache, ihm zu antworten, deutet er mit dem Kopf auf meine Waffe und kommt dann entspannten Schrittes zu mir herüber. »Anstatt mich damit anzugreifen, solltest du das Wasser trinken. Ich hab dir was zu essen mitgebracht.«

»Warum?«, stelle ich die erste Frage, die mir durch den Kopf schießt.

»Damit du isst.« Seine rechte Augenbraue hebt sich, als wäre es vollkommen offensichtlich und ich einfach nur nicht schlau genug, es zu erkennen. Ich hasse es. Ihn und seine Selbstsicherheit, während ich mich fühle, als würden mir tausend Ameisen über die Haut krabbeln. Ich möchte nur hier raus.

Langsam lasse ich mich an der Wand in meinem Rücken herunterrutschen und ziehe die Beine an den Körper. Die Flasche stelle ich neben mich und wende den Blick von Reese ab. Ich frage mich, mit welcher seiner Persönlichkeiten ich es heute zu tun habe. Wird er mich gleich wieder wie Scheiße behandeln? Wird er tun, als wäre nichts passiert oder wird er mich verführen wollen? Mit wem habe ich es zu tun? Wie weit kann ich gehen?

»Komm schon, Ava.« Eine Pappschachtel sowie ein silbernes Schälchen, aus dem ein Duft aufsteigt, der meinen Magen zum Knurren bringt, erscheint in meinem Sichtfeld. Die letzten Tage habe ich kaum einen Bissen herunterbekommen, was mir hier zum Verhängnis wird. Trotzdem mache ich keine Anstalten, nach dem Essen zu greifen. »Iss.«

Reflexartig spannt sich mein Kiefer an. Ich will ihn fragen, ob das eine Bitte oder ein Befehl ist, doch gewohnheitsmäßig schlucke ich die Worte herunter und frage stattdessen: »Warum?«

»Weil ich nicht umsonst Geld für dich ausgegeben haben will«, erwidert er schlicht und lässt sich neben mir nieder. Reese öffnet die Schachtel und bringt einen Burger zutage, den er sich unverzüglich in den Mund schiebt. Ich möchte wegsehen. Ihn weiterhin ignorieren, doch mein Magen knurrt und die Art, wie er große Stücke herausbeißt, rhythmisch kaut und dann herunterschluckt, ist hypnotisierend. Sein Adamsapfel hüpft und ich schlucke schwer. Mein Hals ist staubtrocken und ich ergebe mich meinem Schicksal. »Hier.« Er reicht mir eine Gabel. Aus Plastik. Natürlich kein Metall, immerhin könnte ich damit ja Schaden anrichten. Was erwartet er von mir? Dass ich mich damit durch die Mauern buddeln oder ihm die Gabel in den Arm ramme. Die Idee ist verlockend, aber so absurd, dass ich mich lieber dem Essen zuwende.

Unter dem Deckel der Schachtel entdecke ich Nudeln in heller Soße, die meinem Magen ein erneutes Knurren entlocken und ohne weiter nachzudenken, schiebe ich mir den ersten Bissen in den Mund.

»Scheiße!«, jaule ich auf und lasse die Gabel, samt der heißen Nudel, fallen und trinke in großen Schlucken das kühle Wasser. Mein Mund brennt, meine Zunge pocht, doch ich ignoriere gekonnt das dunkle Lachen von Reese, den ich nicht einmal ansehe, sondern nehme wieder meine Gabel. Dieses Mal nehme ich mir die Zeit, wenigstens kurz auf die neue Portion zu pusten, bevor ich sie mir in den Mund schiebe.

Während ich esse, schweigt Reese, auch wenn ich seinen Blick die ganze Zeit auf mir spüre. Die Hälfte des Schälchens leere ich, bevor er sich hörbar räuspert und meine Ruhe unterbricht.

Kann er nicht einfach gehen? Weit weg und seine seltsamen Mitbewohner gleich mitnehmen? Doch auch dieses Mal spreche ich meine Gedanken nicht laut aus. Das bin nicht ich.

Ich wünsche mir, mehr wie Sydney zu sein. Sie weiß

immer, wie man jemanden in seine Schranken weist. Wenn sie an meiner Stelle wäre, hätte sie Reese vermutlich innerhalb weniger Stunden dazu gebracht, sie gehen zu lassen. Aber ich bin nur Ava. Und ich weiß nicht, was ich sagen kann, um ihn davon zu überzeugen, also schweige ich.

»Dir wird hier nichts geschehen, solange ich hier bin.« Seine Augen bohren sich in meine, als müsse er seinen Worten mehr Kraft verleihen.

Doch ich glaube ihm nicht. Ich sollte es nicht tun, aber ich kann das lautlose Lachen nicht aufhalten. »Als du das letzte Mal hier warst, sagtest du, ich würde hier verrecken.« In meinen Augen tobt ein Sturm aus Emotionen, doch ich gebe ihnen keine Stimme, stattdessen halte ich seinen Blick bewegungslos.

»Du solltest mich nicht so reizen.« Seinen Burger hat er hingelegt und von sich weggeschoben. Ich habe ihm den Appetit verdorben. Auch mir schmeckt kein Bissen mehr. »Du solltest einfach tun, was ich sage.«

»Was wird mit mir passieren?«, frage ich, ohne auf seine Worte einzugehen. Meine Stimme ist dünn und ich verfluche mich dafür. Ich brauche Sydneys Courage. Allein der Gedanke an sie und ihre Stärke, lässt mich den Rücken durchstrecken und die Schultern straffen. Reese blinzelt, nur einmal, doch es reicht, um mir zu zeigen, dass er selbst nicht vollkommen sicher ist. Das hier ist auch für ihn unbekanntes Terrain. »Bitte, Reese. Ich will nach Hause.« Diesmal ist er es, der meine Bedenken ignoriert.

»Dir passiert nichts«, wiederholt er schließlich mit einem Schulterzucken und ich verliere die Beherrschung. Mein rechtes Augenlid zuckt und meine Finger krampfen sich um die Gabel, bis sie mit einem leisen Knacken nachgibt.

Das Gefühl, wie sich das zerbrochene Plastik in meine Haut bohrt ist beruhigend, fast schon meditativ, während es in meinem Inneren tobt. Ich springe auf die Füße, laufe von einer Seite des Zimmers zur anderen, während ich meine Gedanken sortiere.

»Weißt du, was Chloroform mit dem Körper macht?«, frage ich schnaubend.

»Ihn betäuben?«

Über so viel Dummheit kann ich nur die Augen verdrehen, doch ich bin noch nicht fertig. »Hast du dich nicht informiert, bevor du mir einen Verrückten auf den Hals gehetzt hast?«

Woher der Mut kommt, ihm genau über dieses Thema meine Meinung zu sagen, weiß ich nicht. Erst recht nicht, nachdem er mir soeben klargemacht hat, ihn nicht zu reizen. Wieso kann ich nicht die Klappe halten? All die Jahre hat das wunderbar funktioniert und jetzt? Jetzt, wo es darauf ankommt, spiele ich die Heldin. Na wunderbar! Vielleicht ist es Sydneys Einfluss, der endlich in mich durchgedrungen ist oder Reese'. Auch wenn das das Letzte ist, was ich brauche.

»Wer sagt, dass ich das entschieden habe?«

»Wer denn sonst?« Die Frage ist ernst gemeint und ich hoffe inständig auch nur den Hauch einer ehrlichen Antwort aus ihm herauszubekommen, doch die eiserne Maske, die sich über seine Züge legt, macht mir deutlich, dass ich so etwas wie Ehrlichkeit nicht von ihm erwarten kann. »Was willst du von mir, Reese?«

»Dass du aufisst.«

»Und dann?«

»Du könntest schlafen, anstatt Furchen in den Boden zu laufen.« Seine Ruhe zerrt an meinem Nervenkostüm und lässt mich erschaudern. Ich kenne den Mann vor mir nicht. Nicht sein wahres Gesicht. Nicht die Abgründe in seinem Inneren und die Opfer, die er bereit ist einzugehen, um zu bekommen, was er will. Auch, wenn ich noch immer nicht weiß, was sein eigentliches Ziel ist.

Langsam bekomme ich Angst, dass ich am Ende das Opfer sein werde, das für ihn geradestehen muss.

»Danke, aber nein.« Mutlos lasse ich die Schultern hängen und begutachte meine Schuhspitzen. Ich habe Angst, zu schlafen. Wer weiß, was mich erwartet, wenn ich die Augen wieder aufmache, oder ob es überhaupt passieren wird. Vielleicht tötet er mich auch im Schlaf. Er oder seine Freunde. Wer weiß das schon.

»Deine Entscheidung, Prinzessin.« Ich sehe ihn nicht an, höre jedoch, wie er die Reste unseres Mittagessens einsammelt und dann aufsteht. War das hier meine Henkersmahlzeit? Ich weiß noch immer nicht, was er eigentlich mit mir vorhat. Warum ich hier bin. Alles, was ich weiß, ist nur, dass ich hier raus muss. Sofort! Für einen langen Moment herrscht Stille, dann entfernen sich Reese Schritte und er schließt die Tür auf. »Warte einfach, okay?«

Ich gebe ihm keine Antwort. Stattdessen verschränke ich die Arme vor der Brust und wippe mit den Füßen zur Seite. Hin und her und hin und her, bis sich die Tür schließt und der Schlüssel im Schloss ein unheimliches Klicken von sich gibt.

Wieder bin ich allein. Immer noch ratlos, doch ich kann nicht mehr herumsitzen und nichts tun. Auf Reese' Mitleid zu hoffen ist so sinnlos, wie an den Weihnachtsmann zu glauben. Beides existiert nicht in dieser Welt.

KAPITEL 21
REESE

Diese ganze Sache mit der Entführung war von Anfang an eine Schnapsidee. Nicht genug durchdacht und jetzt fliegt sie uns um die Ohren. Genervt lehne ich mich auf der Couch zurück und fahre mir durch die Haare. Wir brauchen eine Lösung. Schnell und sauber, doch solange Ava bei uns ist, sehe ich nur all die möglichen Probleme.

Sie könnte fliehen und auf direktem Weg zur Polizei laufen. Sie könnte anfangen, sich zu wehren und ich müsste sie zum Gehorsam zwingen. Der Gedanke, ihr meinen Willen aufzuzwingen und ihren Körper unter meinem zu begraben, während ich ihr deutlich mache, was sie hier zu tun hat, klingt nicht wirklich abstoßend. Eigentlich spielt sich diese Fantasie bereits in Endlosschleife in meinem Kopf ab, seit sie mir das erste Mal Widerworte gegeben hat. Ihr Mund ist zu so viel Besserem da, als all die Lügen auszuspucken, die sie sich in ihrem Köpfchen zurechtlegt.

Langsam schüttle ich den Kopf. Falscher Ort und falscher Zeitpunkt, um darüber nachzudenken, wie sich ihre Lippen um meinen Schwanz legen. Brit ist hier und bereitet Essen für ihre Tochter vor.

Ich werfe einen Blick über die Schulter und sehe die Kleine, wie sie lispelnd dem Plüschtier Geschichten erzählt. Sie lächelt und wippt dabei auf dem Boden hin und her, die Stirn leicht krausgezogen, als müsste sie sich anstrengen, den Faden nicht zu verlieren. Bei ihrem Anblick verziehen sich meine Lippen automatisch zu einem halbseitigen Grinsen. Cherry ist sorglos, ahnungslos und so wundervoll naiv, dass ich glatt neidisch bin. Nicht weil ich es nicht sein kann, sondern weil mir die Chance auf eine sorglose Kindheit so früh genommen wurde. Ich konnte nicht spielen, während ich von Menschen umgeben war, die mich lieben. Ich musste immer auf meine Umgebung achten und mich auf plötzliche Gefühlsausbrüche gefasst machen.

Cherry braucht das alles nicht. Sie kann einfach nur Kind sein. Je länger ich sie beim Spielen beobachte, desto ruhiger werde ich. Brit setzt sich zu mir, auf dem Schoß balanciert sie einen Teller, auf dem sich mehrere Käsebrote stapeln, während sie in der Hand einen Becher Saft hält. Wo sie das Zeug herhat, ist mir ein Rätsel, weil der Kühlschrank wie immer leer ist, doch ich kommentiere es nicht. Stattdessen sehe ich zu, wie Cherry mit leuchtenden Augen eins der Brote nimmt und erst ihrem Teddy einen Bissen anbietet, bevor sie selbst isst.

»Was machen wir je-«

Die Tür fliegt mit solchem Schwung auf, dass Brit mitten im Satz innehält, obwohl sie ein Mensch ist, der sich kaum von ihrer Umwelt beeinflussen lässt. Doch jetzt hebt sie den Kopf und sieht mit gerunzelter Stirn zu, wie zwei Frauen durch die Tür stolpern. In billigen High Heels und noch billigerer

Aufmachung stöckeln sie durch unseren Wohnbereich, als würde er ihnen gehören.

»Was machst du hier, Brittany?« Blondie, mit den hochtoupierten Haaren, nuschelt die Frage in eine Flasche Bier, die sie mit beiden Händen vor sich hält.

»Hier drin geht dir die Kohle flöten«, lallt Flittchen Nummer zwei, bevor sie sich in den freien Sessel uns gegenüber fallen lässt. Ihre schlecht gefärbten roten Haare erinnern mich eher an die Feuerwehr als etwas, was ein Mensch auf dem Kopf tragen sollte.

»Keeeeerry.« Nummer eins zieht den Namen ihrer Leidensgenossin unangenehm schrill in die Länge, bis sogar Cherry von ihrem Teddy aufsieht und ich kurz davorstehe, die beiden hochkant wieder rauszuschmeißen. Fuck. Genau das sollte ich tun. Unnötige Zeugen loswerden und zurück zu Ava gehen.

»Geht das auch etwas leiser«, schnauzt Brit beide Frauen an und sie schließen tatsächlich ihre rot geschminkten Münder. »Heute ist keine gute Nacht.«

Zustimmend nicken beide, auch wenn ich bezweifle, dass sie auch nur ein Wort gehört haben. Aus dem Augenwinkel sehe ich, wie Ash den Kopf in die Richtung unserer neuen Besucher dreht. Die Falte über seiner Nasenwurzel ist genug Aussage, um zu wissen, dass er verschwinden wird. So war es schon immer.

Brits Freundinnen oder eher die Frauen, mit denen sie sich einen Job teilt, sind für Ash ein Dorn im Auge und er ergreift die Flucht, bevor eine von ihnen ihn auch nur näher begutachten kann. Heute ist es allerdings anders.

Sein Blick schweift von mir zu den Frauen und wieder zurück, bevor er den Kopf wieder zur Decke dreht und uns ignoriert. Der Glückspilz. Das Gegacker der Weiber ist so schrill, dass ich sie noch in meinem Zimmer hören würde.

»Dann trinken wir.« Kerry hebt eine Sektflasche an die Lippen und prustet im nächsten Moment den Alkohol über unseren Teppich, in Cherrys Richtung. Hustend schlägt sie sich auf die Brust.

»Pack die Flasche weg, wenn du nicht trinken kannst.« Brits Schultern sind angespannt, als sie sich zu ihrer Tochter setzt, die den Tumult um sich ignoriert. Die Kleine ist Schlimmeres gewohnt.

»Dann feiern.« Blondie, deren Namen ich jedes Mal vergesse, obwohl ich sie schon tausendmal gesehen habe, schlendert durch den Raum zum Sofa, auf dem ich mit Ash sitze. Sie ist unwichtig, genauso wie die Rothaarige. Ersetzbar. Unscheinbar. Es ist mir ein Rätsel, wie Brittany sich mit ihnen abgeben kann. Vielleicht ist es besser, auf der Straße Freunde zu haben, als ganz allein zu stehen. Die Männer, die sie aufsuchen, sind schmierig und würden selbst um den letzten Dollar feilschen und betrügen.

»Wen haben wir denn hier?« Knallpinke Nägel fahren über meinen Unterarm, doch ich schüttle sie wie eine lästige Fliege ab.

»Versuch es erst gar nicht«, grummle ich schlecht gelaunt und tatsächlich lässt sie von mir ab. Sie hat schon ihr nächstes Opfer in Ash gefunden, der dieses Mal nicht schnell genug war.

Flinker, als ich ihr in ihrem betrunkenen Zustand zugetraut hätte, wirft sie sich auf seinen Schoß und schlingt ihm die Arme um den Hals. Ihre Nägel krallen sich dabei in seinen Nacken, bis rote Male erscheinen. »Warum hab ich dich hier noch nie gesehen?«, gurrt sie in sein Ohr, ohne zu merken, dass

Ash stocksteif ist. Und nicht der Bereich, auf den sie es abgesehen hat.

Seine Nasenflügel beben, bevor die Ader an seinem Hals zu pulsieren beginnt. Den Kiefer fest aufeinandergepresst beginnt er sie von seinen Beinen zu schieben, doch die Kleine klammert sich an ihm fest, als wäre sie eine Ertrinkende und er der verdammte Rettungsring. Wenn sie nicht langsam die Pfoten von ihm nimmt, wird er sie noch höchstpersönlich ertränken und in der Gosse zurücklassen.

»Runter!« Seine Stimme ist dunkel und bar jeder Emotion.

»Komm schon, Hübscher.« Anstatt ihrem frühzeitigen Tod zu entkommen, reckt sie ihm ihre Titten ins Gesicht, als würde ihn das von ihren nicht vorhandenen Qualitäten überzeugen. »Mich willst du dir nicht entgehen lassen.« Brit schnaubt von ihrem Platz auf dem Boden, doch sie schaut sich das Schauspiel weiter an.

»Letzte Chance.« Zitternd zieht er Luft zwischen den Zähnen ein. »Runter. Von. Mir.« Doch sie ignoriert seinen Befehl und schmiegt sich nur enger an ihn. Auch der letzte Funken Wärme erlischt aus Ashs Augen, bis nur noch bodenlose Dunkelheit zurückbleibt. Mit seinem blendenden Lächeln mag er vielleicht auf die Titelseiten der Klatschzeitungen passen, die nur die hohlen Reichen kaufen, doch diese Version von Ash zeigt mehr von seinem wahren Ich. So wird ihn niemand ablichten wollen. Viel mehr erinnert er mich jetzt an die dunklen Gestalten in den schlecht beleuchteten Gassen, denen nicht mal ich begegnen will.

Mit kalter Präzision löst er ihre Krallen von seinem Hals und steht auf. Mit einem lauten *Rums* und einem überraschten Quieken landet Blondie auf ihrem Hintern. Zischend richtet sie sich auf ihre Knie auf, doch da ist Ash schon auf ihrer Höhe. Seine Augen bohren sich in ihre, während er in die Tasche greift und sein abgewetztes Messer herauszieht. »Was ...«, setzt sie an, doch als die kalte Klinge ihren Hals berührt, beißt sie sich auf die Zunge.

Schlaues Flittchen. Wenigstens einmal in ihrem Leben.

»Fass. Mich. Nie. Wieder. An.« Jedes Wort aus seinem Mund ist wie ein Schlag in ihr Gesicht. Für einen Sekundenbruchteil dreht Ash die Klinge in seiner Hand und drückt die stumpfe Seite gegen ihre knallrote Haut. »Hast du mich verstanden?«

»Aber -«, setzt sie an, doch dann endlich versteht sie den Ernst der Lage. Heftig nickt sie, bevor ihre Haare in allen Richtungen fliegen und den Geruch von kalten Zigaretten und abgestandenem Bier mit sich bringen.

Ash erhebt sich mit angespannten Schultern, noch immer das Messer in der Hand. Er sieht verloren aus. Verloren in seinem Kopf und der Realisation, was gerade passiert ist.

»Schaust du nach Ava?«, unterbreche ich die angespannte Stille und biete ihm eine Möglichkeit, endlich gehen zu können. Zustimmend nickt er, bevor er aus dem Raum stürmt, als könnte die Frau ihn jeden Moment wieder anspringen. Erst, als hinter ihm die Tür ins Schloss fällt, löst sich die Anspannung in meinen Gliedmaßen.

»Was war denn sein Problem?«, pikiert sich Kerry und ich muss mich zusammenreißen, sie nicht am Kragen zu packen und vor die Tür zu setzen.

»Nehmt euren Scheiß und verpisst euch.«

»Aber ... Aber ... Aber ...« Blondie hat noch immer nicht ihre Courage zurück.

»Jetzt, oder ich hol Ash zurück.«

Das macht den beiden Flittchen Beine und sie stürmen

geradezu aus dem Haus. Mit ihnen verschwindet auch das Gefühl, jemandem die Fresse polieren zu wollen und ich werfe mich gegen die Lehne in meinem Rücken. »Sieh zu, dass die nie wieder hier auftauchen.«

»Hab ich schon wie oft versucht. Die sind wie Kakerlaken. Keine Ahnung wie – «

»Reese!« Ashs panische Stimme hallt vom Flur aus ins Wohnzimmer und unterbricht Brits Satz. Synchron heben wir den Kopf, als er in den Raum stürzt und fast über Cherry stolpert, die noch immer vor uns auf dem Boden sitzt. Im letzten Moment weicht er aus und kracht mit einem lauten *Umpf* neben mir auf die Couch.

»Was ist es jetzt?« Nur einen Moment möchte ich in diesem Haus mal zur Ruhe kommen, aber immer ist irgendwas. Irgendwer will immer was von mir. Doch als ich in Ashs weit aufgerissene Augen, die wieder ihre normale Wärme zeigen, sehe, vergesse ich meine aufkommende schlechte Laune. Stattdessen packe ich ihn an der Schulter. »Was?«

»Ava«, stößt er atemlos aus.

Sofort bin ich auf den Füßen. »Was ist mit ihr?« Mein Herz schlägt viel zu schnell, während in meinem Kopf die Szenarien vorbeirasen.

Flucht. Kampf. Polizei.

Ich verliere meinen besten Freund.

»Sie -«, tief zieht er die Luft in seine Lungen, bevor er sie stotternd wieder entlässt. »Sie wird nicht wach.«

Alle Alarmglocken schrillen in meinem Kopf und ich mache den ersten Schritt in Richtung Ava, doch Ash hält mich am Arm zurück. »Was ist, wenn ich sie gekillt habe?« Jegliche Farbe ist aus seinem Gesicht gewichen, doch ich schiebe bloß seine Hände von mir.

»Wie denn das?«

»Was ist, wenn sie das verdammte Chloroform nicht vertragen hat? Was, wenn sie jetzt stirbt?« Ich will nicht daran denken, diese Idee nicht einmal in meinen Kopf lassen, doch Ashs Sorge ist fast greifbar und bringt meinen Körper in Aufruhr.

»Komm mit.« Im Gehen greife ich nach seinem Handgelenk und ziehe ihn hinter mir her in den Flur, der zu dem Zimmer führt, in den wir Ava eingesperrt haben. Ein neuer Gedanke macht sich unweigerlich in meinem Hirn breit, nimmt all den Platz ein, bis es das Einzige ist, an das ich noch denken kann.

»Du hast doch die Tür wieder zugeschlossen?« Ashs Schritte stolpern für einen Moment und ich beschleunige meinen Gang. »Ash, sag mir, dass du zugeschlossen hast!«

»Ich weiß es nicht.«

Ich lasse alle Vorsicht fahren und renne los. Ash bleibt hinter mir zurück, während ich innerhalb von Sekunden am Zimmer ankomme. Die Tür steht sperrangelweit offen und das Fenster am Ende des Flurs ist geöffnet.

Fuck.

»Fuck! Fuck! Fuck!« Obwohl ich weiß, dass Ava nicht mehr da ist, werfe ich einen Blick ins Zimmer. Gähnende Leere grüßt mich, was mich die Faust gegen den Türrahmen schlagen lässt. Schmerz explodiert in meiner Hand, in meinen Knöcheln und ich gewinne ein wenig Klarheit zurück. Der rote Nebel lichtet sich, bevor ich mich zu Ash umdrehe, der mit offenem Mund hinter mir steht.

»Sie ist nicht hier.«

»Ach was«, schnaube ich angespannt. »Du hast sie entkommen lassen.«

»Ich ... Aber ... Sie lag auf dem Boden und hat sich nicht bewegt.« Wie gerne würde ich meinem besten Freund gerade die Faust ins Gesicht rammen. Für seine Blödheit und die gottverdammte Naivität, die mich immer wieder in die Scheiße reitet. Nicht genug, dass ich mich nicht an den Plan gehalten habe, jetzt verbockt er es auch noch.

»Such im Haus, ich geh nach draußen.« Ohne einen Blick zurück eile ich ins Wohnzimmer, schnappe mir auf dem Weg meine Jacke und die Motorradschlüssel, bevor ich in die dunkle Nacht schlüpfe. Es ist kalt. Sofort bilden sich Atemwolken vor meinem Gesicht, doch ich achte nicht darauf. Stattdessen schwinge ich mich auf mein Bike, starte den Motor und fahre Richtung Zoo.

Ava ist vielleicht gutgläubig, aber nicht dumm. Sie ist einmal durch diese Straßen geirrt, ein zweites Mal werde ich sie so nicht finden. Wenn ich sie wäre, würde ich es dort versuchen, wo ich keine Menschen erwarte. Und das ist der stockdunkle Zoo. Hierhin traut sich kaum jemand. Selbst die Junkies und die Nutten meiden die kleinen Gassen und die verlassenen Gehege. Nicht einmal der Abschaum der Stadt versteckt sich hier.

Es wird ein Leichtes sein, Ava aufzustöbern. Ein kleines Lächeln zupft an meinem Mundwinkel. Doch ich schlucke den Drang zu lachen herunter und drehe stattdessen den Gashebel herum, bis das Motorgebrüll noch mehrere Blocks weiter zu hören ist. Soll sie ruhig wissen, dass ich ihr auf den Fersen bin.

Sie will eine Jagd, sie bekommt eine.

Am Kassenhäuschen werde ich langsamer, schiebe mich an dem schiefen Drehkreuz vorbei, das aus dem Boden gerissen wurde und jetzt nur noch halb den Weg versperrt.

Hinter dem überdachten Eingang sehe ich mich für einen Moment um. Links oder rechts. Rechts oder links.

Ich ziehe nach links, vorbei an einem einstmals großen Teich, der jetzt nur noch ein Tümpel voller Schutt und Unrat ist. Der Hauptweg ist breiter, offener und wäre meine erste Wahl, wenn ich auf der Flucht wäre. Die grenznahen Bäume haben genug Abstand zwischen einander, dass der Himmel, der mit seinen Sternen die einzige Lichtquelle ist, zu erkennen bleibt.

Für mehrere Minuten folge ich dem Weg, schaue in jedes Gehege, doch finde keine Spur von Ava. Sie ist auf dem gepflasterten Weg geblieben.

Schlau, Prinzessin, doch vor mir kannst du nicht fliehen.

Je tiefer ich in das Labyrinth aus Wegen, Bäumen und Gehegen fahre, desto stiller wird es. Das stete Brummen des Stadtverkehrs verschwindet, genauso wie das Stimmengewirr in meiner Nachbarschaft, die vereinzelten Schreie der armen Seelen, die an diesem Tag kein Glück hatten. Manche werden heute ihr Leben lassen, andere nur ihren Gehaltsscheck oder ein Körperteil, doch ihr Kampf und Schmerz ist bis hierhin nicht mehr zu hören. Alles, was noch an mein Ohr dringt, ist das Brummen meines Motorrads, das Rauschen des Winds und hin und wieder raschelndes Laub.

Immer wieder bleibe ich stehen. Lausche, versuche etwas zu hören, was mir Avas Aufenthaltsort verraten würde, doch ich bleibe allein zurück. Keine leisen Schritte, kein gehetzter Atem. Nichts. Habe ich falsch entschieden und sie hat sich doch für die Straßen entschieden? War sie so mutig? Oder doch so dumm, das schlimmere Übel zu wählen?

Ein Rascheln aus der Ferne lässt mich innehalten. Meine Füße berühren den Boden, bevor ich den Kopf in die Richtung drehe, aus der ich etwas gehört habe. In der Dunkelheit ist kaum etwas zu erkennen, doch ich kenne mich hier aus. Jede Ecke, jeder Weg, jeder verdammte Busch ist in mein Gedächtnis gebrannt und ich lokalisiere das ehemalige Reptilienhaus vor mir.

Die doppelflügelige Tür fehlt schon seit Jahren und das riesige schwarze Loch sieht eher wie das Tor in die Hölle aus, als nach einem Eingang. Ein riesiger Baum steht nah am Gebäude und wirft seine langen Schatten über das Dach, das an einer Stelle eingestürzt ist und den zweiten Eingang versperrt.

Falsche Wahl, Prinzessin. Jetzt habe ich dich.

Langsam rolle ich zum Reptilienhaus und stelle dann erst mein Bike ab. Ich lasse Ava Zeit. Soll sie selbst erkennen, dass sie von mir nicht fliehen kann. Vorfreude und Aufregung lassen meine Haut prickeln, als ich ins Dunkle schlüpfe und mich im Inneren umsehe. Die eingestürzte Decke gibt den Blick auf den Himmel frei. Glasscherben bedecken einen großen Teil des Bodens, die einmal als Scheiben der Gehege dienten. Jetzt ist auf ihnen Dreck verteilt. Verschiedene Pflanzen haben sich aus dem Erdreich durch die aufgerissene Betondecke gekämpft und lassen nur noch einen kleinen Pfad durchs Gebäude zu. Je weniger Platz, desto besser. Ava wird hier keine Versteckmöglichkeiten haben und an mir vorbeimüssen, wenn sie hier raus will.

Noch einmal lasse ich meinen Blick durch das ehemalige Reptilienhaus schweifen. Wo würde ich hingehen, wenn ich mich hier nicht auskennen würde? Ganz automatisch führen mich meine Beine in den hinteren Bereich, der für große Echsen reserviert war. Die Gänge hier sind breiter und weniger Scherben liegen herum.

»Ava«, rufe ich in einem Singsang, der selbst in meinen Ohren unheimlich klingt. »Ich weiß, dass du hier bist.« Stille. »Dieses Spiel willst du nicht mit mir spielen.« Nur das Rauschen des Windes ist zu hören. Langsam gehe ich weiter den Gang herunter. Glas knirscht unter meinen Schuhen. Das Geräusch hallt an den Wänden zurück. »Komm raus, Ava«, hauche ich in die Stille. Doch ich weiß, dass sie mich hören kann. Jedes Wort. Jeden Atemzug. In ihrem Versteck zuckt sie zusammen und lauscht auf jeden Schritt, auf jeden Hinweis meines Aufenthaltsorts.

Ich umrunde das ehemalige Waran-Gehege, aus dem einige tote Baumstämme ragen. Aus dem Augenwinkel sehe ich einen Schatten. Ganz langsam drehe ich mich um die eigene Achse, ohne einen Ton von mir zu geben. Das riesige Areal, das einmal mehrere Krokodile beherbergte, ist jetzt, bis auf einige Baumstämme und Felsbrocken, leer. Das Wasserbecken ausgetrocknet, doch das ist es nicht, was mich fesselt. In der hintersten Ecke, hinter einer Steinformation, bewegt sich ein Schatten. Hier herein dringt der Wind nicht, was nur eines bedeuten kann.

Ava.

»Letzte Chance, Prinzessin. Komm freiwillig raus. Wenn ich dich finde, wird dir nicht gefallen, was mit dir passiert.« Wieder bewegt sich der Schatten. Hin und her und hin und her und diesmal lasse ich das Lächeln zu, das an meinem Mundwinkel zupft.

Hab ich dich!

Die ersten Schritte bemühe ich mich leise zu sein, doch dann ändere ich meine Taktik. Soll sie wissen, dass ich sie gefunden habe. Dass sie nicht entkommen kann und in der Falle sitzt. Ich bin mir sicher, dass ihr Puls rast und ihre Augen weit aufgerissen sind. »Ava, Ava, Ava.« Ich schnalze mit der Zunge und tippe auf die Steine, hinter denen sie sich versteckt. Sie gehen mir bis zur Hüfte, doch verdecken nicht meine Sicht auf die Person, die sich in die letzte Ecke drängt und so klein macht, wie sie nur kann. Ihr heller Mantel ist wie ein Leuchtfeuer in der dunklen Nacht. Wieder einmal. »Dachtest du wirklich, du kannst mir entkommen?«

Sie zuckt zusammen und kauert sich dann noch enger gegen den Felsen. Trotz allem, will sie noch immer nicht wahrhaben, in welche Situation sie sich selbst gebracht hat. Doch meine Geduld hat ihr Ende erreicht. Kurzerhand greife ich über die Barriere zwischen uns und vergrabe meine Hand in ihren Haaren.

Ein Ruck geht durch ihren Körper, bevor sie sich mit einem Schrei versucht meine Hand abzuschütteln, doch meine Finger lassen die seidigen Strähnen nicht los. Sie stolpert zur Seite, bis sie auf dem Hintern landet und zu mir aufsieht. Alles, was ich sehe, sind ihre Augen. Dunkle Tiefen. Tränen schimmern in ihnen, bis sie überlaufen und ihre bleichen Wangen benetzten. Der Anblick zieht mich in seinen Bann. Ihre Hilflosigkeit und die Angst in ihren wunderschönen Augen. Angst vor mir.

Oh, Ava. Hättest du von Anfang an erkannt, welches Monster in mir wohnt, wärst du gerannt. Doch jetzt ist es zu spät.

»Hab dich«, flüstere ich, bevor ich mich mit meiner freien Hand auf dem Felsen abstütze und darüber springe.

Ich lasse Ava keinen Moment Zeit, um sich an die neue Situation zu gewöhnen, sondern ziehe an ihren Strähnen, bis sie sich nach hinten lehnen muss. Ich folge ihr, bis sie nur noch mich sehen kann. Nicht mehr den Himmel über uns, der ihr keine Hoffnung gibt. Das Licht der Sterne und des Mondes war ihr Untergang. »Was mache ich jetzt mit dir?«

»Reese«, stottert sie mit bebenden Lippen.

»Hm.« Tief beuge ich mich über sie, streiche mit meiner Nase über ihre Wange, bis mein Mund ihre Ohrmuschel berührt. Dort verharre ich, atme ihren warmen Duft ein. »Ich liebe es, wie du meinen Namen sagst.«

»Reese, ich«, beginnt sie, doch ich unterbreche sie mit einem Ruck an ihrem Haar. Wieder zuckt sie zusammen, bevor sie versucht, sich von mir zu lösen.

Doch ihr Widerstand entlockt mir lediglich ein dunkles Lachen und das ich ihren Körper mit meinen zu Boden drücke.

»Dachtest du wirklich, dass du fliehen kannst?« Sie nickt, schüttelt dann wieder den Kopf und stöhnt dann frustriert auf. Der Ton ist Musik in meinen Ohren und am liebsten würde ich ihn ihr von den Lippen küssen, doch so leicht hat sie es nicht mit mir. Diesmal nicht. »Was ist es, Prinzessin?«

»Geh runter von mir.« Mit beiden Handflächen drückt sie gegen meine Brust, doch ich rühre mich nicht von der Stelle, stattdessen streiche ich mit meinem Mund ihr Ohr auf und ab, bis ich spüre, wie sie eine Gänsehaut bekommt und leicht zittert. »Ich hasse dich!«

»Aww.« Meine Stimme trieft vor Sarkasmus. »Als ob mich das interessiert.«

»Hör damit auf.« Wieder drückt sie sich gegen mich, diesmal nutzt sie auch ihre Beine, die sie zwischen meine schiebt und beginnt hin und her zu wackeln. »Geh runter und lass mich aufstehen.«

»Wenn du damit nicht aufhörst, mache ich ganz andere Dinge mit dir hier«, grummle ich so tief, dass ich meine eigenen Worte kaum verstehe, doch Ava spürt sie. Jede einzelne Silbe an ihrem Ohr, gefolgt von meinem heißen Atem, der sie zum Erschaudern bringt. Ganz langsam neigt sie den Kopf zur Seite, bis ich besseren Zugang habe. Die Bewegung muss unbewusst passieren. Nie im Leben würde Ava diese Berührung zulassen. Nicht, wenn ihr Kopf ihr ständig von den Dingen abrät, die sie tief in ihrem Inneren doch will.

Wie mich.

»Reese.«

»Ava«, äffe ich ihren Ton nach und drücke sie dann mit meinem Becken zu Boden. Sie erstarrt. Der Druck auf meiner Brust verschwindet, ihre Beine kommen unter mir zum Liegen und ihr Atem setzt aus. Nur für einen Moment. Der Moment, in dem sie realisiert, dass ich meine Erektion an ihr reibe und sie der Grund dafür ist. »Du hättest nicht weglaufen sollen.«

»Du kannst nicht von mir erwarten, dass ich auf euer Mitleid warte, während ich in diesem Loch sitze.« Ihre Stimme ist leise. Gebrochen. Ihre wahren Emotionen scheinen hindurch und endlich sagt sie, was ihr auf dem Herzen liegt. »Denn das wäre sinnlos. Ihr habt kein Mitleid. Du hast kein Mitleid. Nicht mit mir und ich will es auch gar nicht. Aber ich bin keine brave Gefangene und halte still.«

»Du sollst auch nicht stillhalten.« Langsam hebe ich den Kopf und sehe ihr in die Augen, die immer noch weit aufgerissen sind. Zum ersten Mal habe ich das Gefühl, dass sie mich wirklich ansieht. Alle Mauern sind gefallen und die echte Ava scheint durch. Nur für einen Moment, dann füllen sich ihre Augen abermals mit Tränen und ihre Maske ist zurück an Ort und Stelle. »Nein!«

Meine Stimme ist laut in der sonst ohrenbetäubenden Stille. Machtlos muss ich zusehen, wie sie sich zurückzieht und ihre Tränen, ihre echten, seitlich über ihr Gesicht laufen und in ihren Haaren versickern. Kurzerhand hebe ich ihren Kopf an, bis sie über ihren unteren Wimpernkranz rinnen und auf ihre Wange tropfen.

Kleine glitzernde Tropfen, die mir gehören. Nur mir.

Ich denke nicht lange darüber nach, bevor ich sie mit meiner Zunge auffange. Jede einzelne Träne lecke ich ihr von der Haut, bis sie versiegen und eine bestürzt wirkende Ava zurückbleibt, die mich ansieht, als hätte ich den Verstand verloren.

»Was-«, setzt sie an, doch ich unterbreche sie mit meinem Mund auf ihrem. Ich will ihre Stimme nicht hören, ihren Protest. Alles, was ich möchte, ist den Ausdruck in ihrem Gesicht wiederzubringen und wenn es nur für einen Moment ist.

Rastlos schiebe ich ihre Lippen mit meiner Zunge auseinander, erkunde ihren Mund, bis sie alles ist, was ich einatme. Ich verschlinge sie, koste ihren Geschmack und lasse sie dabei nicht aus den Augen. Ihre Hände zittern auf meiner Brust, bevor sie diese in meinen Nacken schiebt und in meinen kurzen Haaren vergräbt. Hart kratzen ihre Fingernägel über die empfindliche Haut, doch ich gebe sie nicht frei.

»Komm zurück«, raune ich gegen ihre Lippen, bevor ich sie für eine weitere Kostprobe an mich ziehe. Doch das ist nicht genug. Nicht genug, um die Maske loszuwerden. Ohne von ihr zu lassen, richte ich mich auf die Knie auf und ziehe sie mit, bis sie ihre Beine um meine Hüften schlingt und ihr Oberkörper flach gegen meine Brust gepresst ist. Ich spüre sie am ganzen Körper. Jeder Atemzug, jeder Herzschlag, doch wir sind noch immer von zu viel Kleidung getrennt. Meine freie Hand, die nicht hoffnungslos in ihren Haarsträhnen verfangen ist, schiebe ich in ihren Mantel und unter den Stoff des Pull-overs. Erst als ich auf ihre heiße Haut treffe, beende ich meine Suche. »Öffne die Augen, Ava.« Auch wenn es mehr wie eine Bitte klingt, hört sie auf mich und belohnt mich mit einem echten Blick.

Ein weiterer Moment, in dem ich hinter ihre Mauern blicke. Nur für einen Moment, doch es reicht, um ihn wieder-zusehen. Sie versteckt so viel Schmerz. So viel Feuer, dass sie nicht rauslässt und stattdessen unter Regeln und von der Gesellschaft anerkanntem Verhalten begräbt. Doch das ist sie nicht.

Ich starre sie zu lange an. Das merke ich in dem Moment, in dem sie den Blick abwendet und ihre Maske ihre Züge versteckt. Und wieder ist sie weg. Unerreichbar, doch ich bekomme sie schon herausgekitzelt.

»Reese?«, fragt sie mit vor Unsicherheit bebender Stimme, während sie sich an mich klammert. Ganz langsam leckt sie sich über die Unterlippe, als würde sie meinen Geschmack suchen. Mein Schwanz drückt unangenehm gegen meine Jeans bei diesem Anblick. Ich bin hart, seit ich mir sicher war, dass sie sich im ehemaligen Echsenhaus versteckt. Ihre Tränen und die Angst haben es nur schlimmer gemacht.

»Du entkommst mir nicht, Ava. Fuck, wenn du es noch einmal versuchst, willst du nicht wissen, was ich mit dir mache.« Bevor sie auch nur zu einer Antwort ansetzen kann, versiegle ich ihren Mund erneut mit meinem, verschlinge sie mit einem Kuss, der mir einen Schauer über die Wirbelsäule rieseln lässt.

Ava erneut zu jagen, ihren lauten Atem zu lauschen, während sie die Verzweiflung packt, weil sie mir nicht entkommen kann, begeistert mich mehr, als es sollte.

Scheiß auf das, was andere denken.

Sanft dirigiere ich ihren Körper mit meinem zurück, bis sie mit dem Rücken auf dem Boden aufliegt und ich mich gegen sie drücken kann. Steine und Stöckchen bohren sich in meine Haut, doch ich ignoriere sie. Alles, woran ich denken kann, ist die Lust in Avas Augen, die meine spiegelt. Ungeduldig schiebe ich ihren Mantel auf und in selben Atemzug ziehe ich ihr die Hose samt Unterwäsche herunter.

Sie schreit auf, bevor ich meinen eigenen Reißverschluss löse und meinen Schwanz an ihr reibe. Der Laut ist Musik in meinen Ohren. Sie ist nass und heiß und ich will nichts mehr, als mich in ihr zu versenken.

Noch einmal bedecke ich ihren Mund mit meinem, befreie mich von meiner Hose und Boxershorts und fahre einmal mit der Spitze über ihre Pussy. Ava erschaudert, bevor sie ihre Beine um meine Hüften schlingt und sich mir entgegen drängt, bis ich mich mit einem einzigen Ruck in ihr versenke.

»Fuck!«, knurre ich zwischen zusammengebissenen Zähnen. Sie ist eng und heißt mich in ihrem Körper willkommen, als würde ich hier hingehören. Leise Laute verlassen ihren Mund, die ich nicht verstehen kann, doch das ist jetzt egal. Alles, was zählt, ist die Begierde, die durch meinen Körper jagt und ihren in Flammen steckt.

Zuerst bewege ich mich langsam, fast schon liebevoll, um sie nicht zu verletzen, doch sie bohrt ihre Fersen in meinen Rücken, treibt mich an, bis ich ihrem Wunsch nachkomme.

»Schneller«, stöhnt sie in mein Ohr, während sie die Arme um meinen Nacken schlingt und sich daran nach oben zieht. Seidenweich fährt sie mit der Zunge über den äußeren Rand meines Ohres, bevor sie das Ohrläppchen zwischen ihren

Zähnen gefangen hält und zubeißt. Der leichte Schmerz ist, als würde sie Benzin auf das Feuer gießen, das zwischen uns brennt. Heiß. Lodernd. Unberechenbar. Absolut tödlich, während es alles auf seinem Weg vernichtet.

»Halt dich fest, Prinzessin«, warne ich sie mit rauer Stimme, dann schiebe ich meine freie Hand, mit der ich mich nicht auf dem unebenen Boden abstütze, unter ihren Rücken und ziehe sie flach an meine Brust. Unter dem Stoff ihres Pullovers spüre ich ihren pochenden Herzschlag, der meinem gleicht. »Du hast mich vermisst?«

Ava schüttelt, stoisch wie sie ist, den Kopf, während sie doch jeder meiner Bewegungen entgegenkommt. »In deinen Träumen«, stößt sie außer Atem aus.

»Oh, ganz besonders darin.« Ich lache dunkel auf, beschleunige meine Stöße, bis sich jedes Zusammenzucken ihrer inneren Wände zu viel anfühlt. Zu intensiv. Zu eng. Zu gut. So gut, dass ich niemals wieder zurückmöchte. »Lüg dich ruhig weiter selbst an, Prinzessin, irgendwann wirst du merken, dass du mir nicht entkommen kannst.«

»Fahr zur Hölle!«

»Nur mit dir zusammen.«

»Ich-« Ein Keuchen verlässt ihre Lippen und sie wirft den Kopf zurück. Mondlicht spiegelt sich in den Tiefen ihrer blauen Augen, die mich immer an einen stürmischen Tag am Meer erinnern. Der Moment, wenn der erste Sonnenstrahl durch die dicke Wolkendecke bricht und sein Glitzern auf die Meeresoberfläche wirft. Das sind Avas Augen, während ich Sterne in ihren Tiefen erkenne. Wieder stöhnt sie auf, bevor mich ein Schauer packt, der meinen gesamten Körper im Griff hält. »Ich hasse dich.«

»Nein, du liebst mich.«

»Ich ... Ich ...«

»Reese?« Ein Lichtstrahl durchbricht die Dunkelheit und bringt Ashs Stimme mit sich. Scherben knirschen unter seinen Schritten, als er sich uns nähert. Es dauert einen Moment, bevor ich registriere, dass wir nicht mehr allein sind. Fassungslos hebe ich den Kopf, doch meine Sicht ist durch die Steine verdeckt.

Noch immer baut sich Spannung in mir auf, während ich ohne Unterbrechung in sie stoße. Hart. Unnachgiebig.

Scharfe Nägel bohren sich in meinen Rücken, halten mich an Ort und Stelle, während Ava sich mit der anderen Hand von mir wegdrückt. Die Beine noch immer um meine Hüften geschlungen, kann sie mir nicht entkommen. Ihr Mund öffnet sich, doch ich verschließe ihn mit meinen Lippen, überfalle sie mit einem hungrigen Kuss, bevor sie ihre Bedenken äußern kann. Währenddessen schaue ich ihr in die Augen. Schock ist darin zu lesen, Angst entdeckt zu werden, aber gleichzeitig auch Lust und Ekstase. Die Gefühle toben in Avas Augen so klar und deutlich, dass ich die Kontrolle verliere.

Meine Bewegungen werden hektisch, fast schon schmerzhaft hart und ich bin mir sicher, dass die Spitzen meiner Finger auf ihrer nackten Haut blaue Flecken hinterlassen, doch ich stoppe nicht. Nicht als Ashs Schritte lauter werden. Nicht als uns erneut Lichtstrahlen treffen und unsere Umgebung für einen Moment aus der Dunkelheit herausholen. Nicht, als Ash erneut meinen Namen ruft.

Alles, was ich wahrnehme, ist Ava, wie sie sich an mich klammert. Ihr Körper unter meinem und die Gefühle, die sich in unseren Augen spiegeln. Ich kann sie jetzt nicht gehen lassen, nicht wenn ich spüre, wie sich der Orgasmus in mir aufbaut.

Schnaubend reiße ich meinen Mund von ihr los. »Komm jetzt!«, befehle ich mit rauer Stimme und wie auf Kommando spüre ich, wie sie zusammenzuckt. Erst nur kurz, doch als sich ihr Mund in einem stummen O öffnet und ihre inneren Wände um meinen Schwanz herum pulsieren, bin ich verloren.

Wie im Rausch stoße ich in sie, bevor ich meine Erlösung in ihrem Nacken herausstöhne. Der Laut wird von ihrem Mantel geschluckt, was sie mir später noch danken wird. Für mich wäre es nicht das erste Mal, dass Ash mich beim Sex unterbricht, aber Ava macht mir nicht den Eindruck, als könnte sie mit der Situation umgehen.

»Reese?«, wieder ruft er meinen Namen und diesmal klingt es so nah, als wäre er nur wenige Meter von uns entfernt.

»Ich bin hier«, grummle ich zurück und erkenne meine eigene Stimme nicht wieder, so rau ist sie. Das löst den Bann zwischen mir und Ava und sie wird sich zum ersten Mal wieder ihrer Umgebung bewusst und der Tatsache, dass wir nicht allein sind.

Leuchtende Röte breitet sich auf ihren Wangen bis zu ihren Ohrenspitzen aus und hektisch macht sie sich von mir los.

»Hast du den Verstand verloren?« Nicht nur meine Stimme ist rau, auch sie klingt, als hätte sie einen dicken Kloß im Hals. Mit Panik in den Augen reißt sie die Beine von mir los und sucht im Halbdunklen nach ihrer, nicht ganz sanft, abgelegten Kleidung.

»Nicht mehr, als sowieso schon«, halte ich dagegen, mache mir aber nicht die Mühe meine Hose hochzuziehen, bevor ich aufstehe und mich meinem besten Freund zuwende, der mitten im Reptilienhaus steht und mich mit der Taschenlampe blendet. »Nimm das Ding runter.« Die Hand vor die Augen gehalten, packe ich Avas Hand und ziehe sie an meine Seite.

»Lass mich los«, zischt sie mit angehaltenem Atem und sieht sich hektisch um. Wie gerne würde ich jetzt in ihren Kopf blicken können, erst recht, wenn ihr bewusstwird, dass sie keinen Fluchtweg finden wird. Die Lage ist aussichtslos. Anstatt ihr zu antworten, ziehe ich meine Hose zurecht und trete dann um die Steinformation herum.

»Du hast echt beschissenes Timing.«

»Hab ich etwa gestört?« Das Lachen in seiner Stimme hört sich an wie das Kratzen von Nägeln auf der Tafel. Natürlich weiß er, was wir getrieben haben. Meine schief hängende Kleidung und Avas derangierten Haare sowie die Röte in ihrem Gesicht, sind Antwort genug.

»Halt die Klappe, Ash.«

»Ach komm schon, Reese.« Wieder lacht er auf und blendet mich erneut mit der verdammten Taschenlampe, die ich ihm kurzerhand aus der Hand reiße. »Du solltest sie aufstöbern und nicht ficken.«

»Und du solltest sie nicht laufen lassen«, schieße ich zurück, bevor ich an ihm vorbei stürme, Ava im Schlepptau, die sich halb hinter mir versteckt, um Ashs prüfenden Blick zu entgehen.

Oh, Prinzessin. Ash wäre das kleinere Übel von uns beiden.

»Das war nicht meine Schuld. Kann ja keiner ahnen, dass das Mädchen so gut ne Leiche spielt. Ich schreib Brit, dass wir sie haben.« Er grummelt vor sich hin, während er uns nach draußen folgt. Der Himmel ist noch immer voller Sterne, auch wenn sich am Horizont bereits ein heller Streifen zeigt, der den Sonnenaufgang ankündigt.

»Du bist zu naiv, Ash.«

»Und du herzlos. Ich will nicht, dass sie stirbt.«

Ich auch nicht.

Doch das sage ich nicht, stattdessen packe ich Ava am Kragen ihres Mantels und schiebe sie vor mir her auf den gepflasterten Weg, auf dem auch mein Motorrad geparkt ist. Energisch versucht sie meine Hände von sich zu schieben und in die entgegengesetzte Richtung zu laufen, doch ich ignoriere ihren Protest und ziehe sie weiter, bis sie keine Chance mehr hat, als mitzugehen oder auf dem Hintern zu landen.

»Hey!« Noch einmal zieht sie an ihrem Mantel und versucht ihn aus meinem Griff zu befreien, doch ich zucke nicht einmal mit der Wimper. »Ich komme nicht mit euch.«

Ash lacht auf, bevor er sein Handy in der Hosentasche verschwinden lässt. »Sorry, Kleine, aber du hast da nicht wirklich ein Mitspracherecht.« Von ihm blickt sie zu mir, doch ich lasse mir nichts anmerken. Was dachte sie denn? Dass ich sie ficke und dann laufen lasse? So läuft das in meiner Welt nicht. Sie bleibt, bis ich sie nicht mehr gebrauchen kann. »Ach und tu mir das nie wieder an, Ava. Ich hab fast einen Herzinfarkt bekommen, als du da auf dem Boden lagst.« Theatralisch wie immer wirft Ash die Hände über den Kopf, während er durch den Eingang nach draußen geht und vor meinem Bike zum Stehen kommt. »Das übersteht mein Herz nicht nochmal.«

»Schade, dass du nicht einfach tot umgefallen bist«, nuschelt sie in ihren Kragen. Das bringt ihr eine hochgezogene Augenbraue von mir ein, doch sie hebt lediglich eine Schulter.

So lieb und nett sie auch immer tut, Ava hat Feuer und würde uns alle zum Teufel schicken, wenn es ihr in den Kram passt. Ich bin versucht, diese Seite an ihr herauszukitzeln, doch nicht hier, wo die geringste Chance besteht, dass sie mir entkommt.

»Fahr zurück, ich komme nach.« Klirrend landen meine Schlüssel in Ashs ausgestreckter Hand, bevor ich mich umwende und Ava über den gepflasterten Weg schiebe. Sie geht langsam, schleift ihre Füße und tut alles, um den Rückweg so lang und so unangenehm wie möglich zu gestalten. Doch ich lasse mich nicht beirren.

Erst als wir an dem Drehkreuz vorbei sind, ändere ich unsere Haltung und ziehe sie an meine Seite. »Was soll das?«, zischt sie, bevor sie mir den Ellenbogen in die Rippen stößt.

Uff.

Das Mädchen hat Kraft, das muss ich ihr lassen. Und spitze Ellenbogen.

»Willst du, dass alle sehen, wie ich dich ins Haus schleife? Vielleicht kommt der ein oder andere auf die Idee, dir noch einmal einen Besuch abzustatten. Ist es das, was du willst?« Sie erschauert und gibt ihren Kampf auf. »Dachte ich mir.« Ganz leicht lächle ich, doch bevor sie es sehen kann, habe ich meine Mimik wieder unter Kontrolle.

»Ich will nicht in dieses Zimmer zurück.« Ihr Ton ist ernst und jeder Protest fehlt, doch ich ziehe sie weiter, bis wir zurück im Haus sind.

Alles in mir sträubt sich gegen diesen Raum. Den Eimer in der Ecke würdige ich noch immer keines Blickes, stattdessen starre ich auf die schmutzige Tapete.

»Schlaf einfach, Ava, dann geht die Zeit schneller rum.« Es ist, als wäre im Zoo nichts zwischen uns passiert. Als wäre ich ein Dorn unter seinem Nagel, den er nicht loswerden kann, dabei ist er es, der mich hier einsperrt.

»Der Boden ist kalt.« Das lässt ihn aufhorchen. Für einen Moment sieht er sich im Zimmer um, als wäre es das erste Mal, das er es wirklich sieht.

»Das lässt sich ändern.«

Ich sollte es nicht zulassen. Ich sollte einen Ausweg suchen. Alles, nur ihm nicht gestatten, meine Hand in seine zu legen und mich aus dem Zimmer zu führen. Überrumpelt stolpere ich einen langen Gang hinter ihm her. Es sind nur wenige Schritte, dann schiebt er mich schon mit seiner freien Hand in ein weiteres Zimmer und ich weiß nicht, ob ich glücklich oder am Boden zerstört sein soll, als ich erkenne, wo ich mich befinde.

Reese' Zimmer.

Ich stehe direkt vor dem Bett an der Wand und höre, wie sich hinter mir die Tür schließt und sich erneut ein Schlüssel im Schloss dreht. Wieder bin ich eingesperrt, doch dieses Mal habe ich wenigstens ein Bett, ein Bad und einen Schrank, in dem sich bestimmt etwas finden wird, mit dem ich von diesem gottlosen Ort verschwinden kann. Immerhin weiß ich jetzt wenigstens, wo genau ich bin. Rollladen verschließen das einzige Fenster im Zimmer, doch irgendwie wird man die schon aufbekommen. Vermutlich nicht ganz lautlos, doch Reese kann nicht die ganze Zeit bei mir bleiben. Irgendwann wird er dieses Zimmer verlassen.

»Besser?« Mit dem Rücken lehnt er sich gegen die Wand an der Tür und verschränkt die Arme vor der Brust, während er mich beobachtet. Unentschlossen zucke ich mit den Schultern und schlüpfe dann aus meinem Mantel, den ich bisher nicht ausziehen wollte. »Schlaf etwas.«

»Nein, danke.«

»Ich werde dich nicht im Schlaf ermorden.«

Es sollte ein Scherz sein, doch ich kann nicht lachen. Nicht, wenn ich ihm das nicht zu einhundert Prozent abkaufe. Trotzdem setze ich mich aufs Bett und will mich im nächsten Moment nur noch auf die Matratze schmeißen und alle viere von mir strecken. Der harte kalte Boden war nicht gerade bequem und die dünne Unterlage unter meinem Hintern fühlt sich jetzt an, als wäre ich im Himmel.

Doch ich unterdrücke den Wunsch und fixiere stattdessen Reese an der Tür. »Was soll das alles?«, frage ich herausfordernd. Er reagiert genauso, wie ich es erwartet habe.

Ablehnend. Für einen Moment senkt sich sein Blick auf meine ineinander verschränkten Hände, bevor er seine eigenen in den Hosentaschen vergräbt. Wenn ich es nicht besser wüsste, würde ich sagen, dass er unsicher ist. Der großartige Reese Davis ist sprachlos und verlagert sein Gewicht von einem Fuß auf den anderen. Wenn ich nicht in dieser ausweglosen Situation mit drinstecken würde, könnte ich jetzt lachen. Aber ich halte den Mund geschlossen und warte auf seine Antwort.

»Du bist hier sicher«, würgt er schließlich mit rauer Stimme heraus, die mir einen warmen Schauer über den Rücken jagt. Verräterischer Körper.

»Sicher?« Nachdrücklich schüttle ich den Kopf. »Die beiden Typen, die versucht haben, mich ...« Das letzte Wort will mir nicht über die Lippen, allein die Erinnerung an ihre Berührungen löst Übelkeit in mir aus und der Wunsch, mir die Haut vom Körper zu kratzen. Alle Erinnerungen an diesen Moment will ich nur noch vernichten. »Ich bin hier nicht sicher«, teile ich ihm meine Gedanken mit. Ehrlich. Offen. Ungefiltert. »Warum machst du das also?«

»Es wird nicht mehr lange dauern. Mach dir keinen Kopf.« Sein Blick bohrt sich in meinen, nagelt mich auf dem Bett fest. Tausend ungesagte Worte in seinen Augen und doch kommt nicht eines über seine Lippen. Stattdessen schenkt er mir ein halbherziges Lächeln und verschwindet dann schnellstmöglich aus dem Zimmer.

Das Geräusch, als sich der Schlüssel im Schloss dreht, klingt wie der letzte Nagel in meinem Sargdeckel. Die Möglichkeit, hier lebend wieder rauszukommen, ist mager.

Das Fenster ist eine Sackgasse. Die Scheibe lässt sich zwar kippen, aber irgendwer hat das verdammte Rollladenband abgeschnitten und das Ding einzuschlagen wird mich eine Ewigkeit kosten, von dem Lärm, den ich damit machen würde, mal ganz abgesehen. Reese' Schrank ist leider auch keine Goldgrube. Außer ein paar Shirts, Jeans und Boxershorts ist er leer. Nicht mal ein zusätzliches Paar Schuhe finde ich unter seinem Bett. Hier drin ist nichts Nützliches.

Eine Weile lang stehe ich reglos im Raum. Wie die Schaufensterpuppe, mit der ich mich so lange identifizieren konnte. Mit hängenden Schultern sehe ich mich weiter um, ehe ich beschließe, dass eine schnelle Dusche und der Versuch zu schlafen, das Beste ist, was ich jetzt tun kann.

Ich stoße den Atem aus, als ich erneut in dem Badezimmer ankomme, das ich schon vom letzten Mal nicht unbedingt mit guten Erinnerungen verknüpfe. Leise vor mich hin fluchend, schlüpfe ich aus meinen Klamotten, lasse sie achtlos auf den Boden fallen und steige unter die Dusche. Eine Wohlfühloase ist dieser Ort zwar nicht gerade, dennoch genieße ich die Wassertropfen, die meine gesamte Haut binnen Sekunden bedecken. Dieses Mal sind sie sogar warm. Das Plätschern schwemmt die lauten Gedanken mit sich davon, während das Nass meine Tränen verschleiert. Ich hebe die Hände zu meinem Gesicht und vergrabe es darin. Die Wärme tut gut. Sie umhüllt mich wie ein schützender Mantel.

»Brauchst du Hilfe beim Einseifen?«

Beinahe wäre ich ausgerutscht vor Schreck, als ich Reese' Stimme höre. »Himmel!« Mein Herz hämmert mir bis zum Hals. Hastig versuche ich mich mit den Händen vor ihm zu bedecken, obwohl ich im selben Augenblick weiß, dass es sinnlos ist. Nicht nur, weil er mich schon nackt gesehen hat, sondern weil sein Blick so durchdringend ist, dass nichts etwas dagegen tun könnte. Lässig lehnt er in dem offenen Türrahmen und begutachtet mich von oben bis unten. »Ich füge deiner Liste jetzt auch Spannen hinzu«, gifte ich ihn an.

»Du führst eine Liste über mich?« Heiser lachend stößt er sich vom Türrahmen ab. Nicht der Hauch eines schlechten Gewissens ist ihm anzusehen. »Die würde ich nur zu gerne sehen.«

Ich recke das Kinn und trete einen Schritt zur Seite, damit das Wasser nicht mehr ununterbrochen auf meinen Kopf prasselt. Ich will mich nicht wie ein Hund im Regen vor ihm fühlen. Nackt reicht aus, um mir die Würde zu nehmen. »Du würdest das meiste davon ohnehin nicht verstehen.« Innerlich möchte ich mir auf die Schulter klopfen. Dieses Mal schlucke ich die Worte nicht einfach herunter.

Wieder lacht er, doch dieses Mal klingt es weniger echt. Er kommt näher und ich hoffe, er sieht nicht, wie schwer ich schlucke. »Du willst mir beweisen, dass du besser bist als ich, Prinzessin?« Ich sage nichts, sondern zucke bloß mit den Schultern. Vielleicht gehe ich zu weit. Aber zurück kann ich nicht mehr. »Dass du mir am Ende überlegen bist?« Er steht vor der Dusche und ich wünschte, ich könnte die nicht vorhandene Tür schließen oder mich hinter einem Vorhang verstecken. »Hast du nichts mehr zu sagen?« Seine Augen verdunkeln sich, als er ohne Zögern vollbekleidet den letzten Abstand überbrückt. Ich mache einen Schritt zurück und jetzt stehen wir beide unter dem Wasserstrahl. Obwohl es immer noch warm ist, läuft mir ein Schauder über den Rücken.

»Was willst du hören, Reese?«

»Deine Stimme zittert.« Sein Mundwinkel zuckt. »Mache ich dich nervös?« Er lässt die Zunge hungrig über seine Lippen wandern, während er mich weiter nach hinten treibt und die Arme links und rechts neben meinem Kopf an der kalten Wand platziert. »Macht dich das hier nervös?«, flüstert er nah an mein Ohr. »Und doch bittest du mich nicht, dass ich aufhöre, stimmt 's?«

Scheiße. Meine Arme beginnen zu zittern. »Bitte. Hör auf.« Mein Widerspruch ist kaum mehr als ein Flüstern, sodass ich mich nicht einmal selbst davon überzeugen könnte.

»Oh, meine wunderschöne Prinzessin.« Er lehnt sich vor, schiebt sein Knie zwischen meine Beine. Ich spüre seine harte Männlichkeit an meiner Hand, die nur noch locker über meiner Scham liegt. Ich lasse es geschehen, lasse zu, dass ich für einen Moment vergesse, dass ich hier gefangen bin. Dass ich nicht freiwillig mit ihm hier stehe.

Sein warmer Atem streichelt meine nackte Haut, während sich seine rechte Hand von der Wand löst und sanft über mein Haar streichelt, über meinen Hals, weiter hinunter. Ich strecke den Rücken durch, beuge mich ihm entgegen. Mein eigener Atem wird immer flacher, als seine Finger meine Hand mit Leichtigkeit zur Seite schieben und in mich eindringen. Er knurrt zufrieden, als er merkt, wie feucht ich für ihn bin und ich lehne meinen Kopf mit geschlossenen Augen gegen die Wand.

Ich will schreien!

Ich will vergessen.

Nur für einen Augenblick. Die Sehnsucht überkommt mich so plötzlich, dass sie mir den Atem raubt.

»Dein Körper lügt nicht, Prinzessin. Du willst mich.«

»Reese!«

»Du kannst nicht dagegen ankämpfen, nicht wahr?« Er lacht. Kalt und berechnend, während er sein Tempo erhöht und meine Beine weich werden. »Dass du mich willst.« Ungewollt lasse ich mich zurückfallen. Sein Körper folgt den Bewegungen seiner Hand und ich verliere den Kampf gegen die Lust, die Ekstase, die er mir mit seinen geübten Fingern entlockt. Ja, ich will ihn. Will dieses Gefühl, das er mir schenkt, wenn er wie jetzt genau den richtigen Druck auf meiner empfindlichsten Stelle ausübt. »Sag mir, wie sehr du mich willst.« Mit der freien Hand umgreift er meinen Hals und drückt mit einer Sanftheit und Härte gleichermaßen zu, die meine Lust nur noch mehr beflügelt.

»Niemals«, raune ich, während mein Körper eine ganz andere Sprache spricht. Immer näher treibt er mich in Richtung eines Höhepunktes, den auch mein Widerspruch nicht aufhalten kann.

Mit flatternden Lidern öffne ich meine Augen und sehe ihm ins Gesicht. Die dunkelblonden Haare kleben ihm in der Stirn und in seinen Augen tobt ein Sturm. Etwas in mir will diesen Sturm jagen, ein anderer will ihn zähmen. Kein Teil in mir jedoch fürchtet sich vor ihm.

Nicht wirklich.

Seine Finger bewegen sich langsam, aber gekonnt. Er weiß, wie man eine Frau an die Grenzen ihrer Willenskraft bringt. »Sag es.«

»Ich hasse dich«, stöhne ich mehr, als dass ich es sage. Die Worte bleiben mir beinahe im Hals stecken, als sich die Spannung in mir löst und er mich in ungeahnte Höhen schießt. Meine Glieder zucken. Ich schreie. Seinen Namen, was ich von ihm halte, doch es ändert nichts daran, dass ich mich mit meinem Gewicht gegen ihn lehne und die letzten Wellen genieße, während ich der Reibung seiner Hand hinterherjage.

Sein heiseres Lachen in meinen Ohren ist erschreckend.

Das Lachen eines Teufels, der sich meinen Körper zu eigen gemacht hat. Auch wenn er mich gehen lässt, weiß ich nicht, ob ich mich jemals von der Naturgewalt befreien kann, die Reese in meinem Leben ist.

Schwer atmend und mit zittrigen Beinen starre ich ihm ins Gesicht. Wer ist dieser Mann und wieso zur Hölle hat er solche Macht über mich? Er hält mich so lange, bis ich wieder von allein stehen kann.

»Am Ende habe doch immer ich die Oberhand über dich. Vergiss das nicht.« Er lehnt sich vor, um mich wild zu küssen. Nur eine Sekunde lang. Zu kurz, als dass ich seine Worte und die Taten miteinander verknüpfen kann. Mein Körper reagiert nur. Ganz ohne mein Zutun.

Dann ist er weg. So plötzlich, wie er gekommen ist.

Wieso zur Hölle habe ich zugelassen, dass er mir unter die Dusche folgt? Wieso habe ich ihn nicht einfach rausgeschmissen oder mich mit dem Handtuch bedeckt? Wieso hat es mir gefallen, was er mit mir angestellt hat?

Ohne einen einzigen klaren Gedanken fassen zu können, greife ich nach dem Tuch, trockne mich ab und schlüpfe wieder in meine Kleidung. Ich bewege mich wie in Trance zum Bett und lege mich darauf.

Ich bin müde. So müde und verwirrt. Obwohl sich alles in mir dagegen sträubt, greife ich nach der Decke, die unordentlich am Fuße des Bettes liegt, und ziehe sie über meinen müden Körper. Sofort strömt mir sein Duft in die Nase und die aufkommende Wut wird begleitet von etwas anderem. Einem Sehnen nach dem Gefühl, das Reese schon einige Male in mir ausgelöst hat. Freiheit. Damals bei dem Einbruch oder auf dem Motorrad. Sogar eben in der Dusche. Es war Freiheit von dem, was ich allen und mir selbst immer vorstelle.

Ich lache kurz auf über das Paradoxon. Derjenige, der mich hat frei fühlen lassen, sperrt mich jetzt skrupellos ein. Eine Träne läuft mir über das kalte Gesicht, während ich mich auf der Matratze ausstrecke und auf den Schlaf warte. Was auch immer auf mich zukommen wird, ich muss dabei ausgeruht sein.

***

Ein lautes Klicken reißt mich aus unruhigen Träumen, in denen ich renne, aber niemals mein Ziel erreiche. Egal wie sehr ich mich anstrenge. Blinzelnd kommen einzelne Konturen in mein Sichtfeld und ein großer Schatten fällt auf mein Gesicht. Ein Schatten mit aufblitzenden Zähnen. Innerhalb eines Herzschlags bin ich auf den Beinen und stehe Brust an Brust mit einem breit grinsenden Reese.

Raubtierlächeln. Anders kann man seinen Gesichtsausdruck nicht nennen. Ich darf nicht vergessen, dass ich mich in der Höhle des Löwen befinde. Des Löwen, der viel zu gut riecht und dessen Körper sich unglaublich gut an meinem anfühlt. Nur zu gut erinnere ich mich daran, was unter dem dünnen Stoff seines Shirts verborgen liegt. Harte Muskeln unter samtweicher Haut, die ich gerne berühren würde.

Du bist so schwach. Lächerlich. Du willst das hier. Weil du weißt, dass du es verdienst.

Meine Finger zucken, doch ich bewege mich nicht. Sehe nur zu ihm auf und versuche etwas anderes als Gefahr in seinen Zügen zu lesen. Vergebens.

»Gut geschlafen, Prinzessin?« Wieder klingt seine Stimme spöttisch.

Ich lass mich nicht zum Narren halten und bin bestimmt

nicht dafür da, dass er sich über mich lustig machen kann. Vielleicht bin ich seine Gefangene, aber ich entscheide selbst, wie ich meinem Gefängniswärter gegenübertreten will und stichelnde Nervensäge passt mir gerade gut in den Kram. In der Dusche hat er mich eiskalt erwischt und egal, wie gut es mir insgeheim gefallen hat, so einfach lasse ich mich von ihm nicht mehr kontrollieren. Er denkt vielleicht, ich wäre eine schwache Prinzessin, die sich nach einem Retter sehnt. Dabei steckt in mir eigentlich ein Drache, der nur freigelassen werden will. Mutig schlucke ich jeden Zweifel herunter, der mir normalerweise die Stimmbänder versagen lässt. »Fahr zur Hölle, Davis.«

Go, Ava! Höre ich Sydney mich in meinen Gedanken anfeuern.

»Da bin ich doch schon längst.« Todernst senkt er den Kopf, bis er mit seiner Nase gegen meine stößt und mir der Atem stockt. Schwer schlucke ich, versuche meine plötzliche Unsicherheit und die verräterische Hitze in meinem Körper nicht zu zeigen. Mein Herz schlägt zu schnell gegen meinen Brustkorb.

Reese ist ein Arschloch. Eine wandelnde Red Flag, aber dabei so verdammt heiß, dass ich in meinen schwachen Momenten farbenblind werde. »Was willst du hier?«

»Das ist mein Zimmer. Vorhin hat es dich nicht gestört, dass ich dich unter der Dusche überrascht habe.«

»Das muss die Müdigkeit gewesen sein«, presse ich aus zusammengebissenen Zähnen hervor. »Ich war nicht bei klarem Verstand.«

Auf seinen Zügen entsteht ein Grinsen, das nicht selbstgefälliger sein könnte. Er nimmt mir meine Lüge nicht ab. »Red' dir das ruhig weiter ein.«

Erwartungsvoll sehe ich zu ihm auf, atme seinen Duft ein, ignoriere die Wirkung seines klopfenden Herzens, das ich durch den Stoff meines Pullovers spüren kann und hoffe, dass er mich endlich gehen lässt. Doch selten bekomme ich das, was ich wirklich möchte, und auch diesmal zerspringt meine Hoffnung in unzählige Scherben. »Was. Willst. Du?«

»Ich hab Essen dabei.« Er geht an mir vorbei und setzt sich aufs ungemachte Bett, gleichzeitig streckt er mir ein eingewickeltes flaches Päckchen zu. Für einen Moment sehe ich auf seine langen Finger und schüttle dann bestimmend den Kopf.

»Nein, danke.«

»Du solltest essen.« Er wickelt sein eigenes Päckchen aus, unter dessen Papier ein dick belegtes Sandwich zum Vorschein kommt. Es könnte verlockend sein, doch die fettigen Nudeln liegen mir noch immer schwer im Magen. Die ganze Situation ist absurd.

»Warum machst du das hier?« Mit beiden Händen deute ich die Gesamtheit seines Zimmers an, bevor ich mich von ihm entferne und aus dem Fenster auf die Rückseite des Rollladens starre. Etwas anderes bleibt mir ja nicht übrig.

»Dir ein Sandwich bringen?« Er spricht mit vollem Mund und hört sich so zufrieden an, als würde alles nach Plan laufen. Die Frage bleibt nur, was der Plan eigentlich ist.

»Warum entführst du mich und bringst mir dann das ganze Zeug? Willst du mich mästen und schlachten? Willst du, dass ich deine Kochkünste lobe? Was. Willst. Du?«

»Dass du isst.«

»Nein.«

»Ava.« Mein Name aus seinem Mund hört sich verboten gut an, selbst wenn sein Unterton drohend ist. Meine Weigerung kratzt an seiner Maske.

»Reese«, äffe ich ihn nach und drehe mich wieder zu ihm herum. Mit dem Hintern lehne ich mich gegen die Fensterbank und verschränke die Arme vor der Brust. Lieber würde ich mich gerade zu ihm aufs Bett werfen und vergessen, warum ich hier bin. Nicht einmal zwei Wochen ist es her, dass wir genau auf diesem Bett zusammen waren. Er hat meinen Körper zum Singen gebracht und allein die Erinnerung wärmt mich von innen.

»Iss jetzt. Einmal am Tag reicht nicht.« Seine Sorge entlockt mir nur ein spöttisches Lachen.

»Was interessiert es dich.«

»Willst du lieber wieder allein in den leeren Raum?«

Meine Backenzähne mahlen bei dieser Drohung aufeinander, während ich meinen Blick über ihn wandern lasse. Er liegt auf dem Bett, auf einen Ellenbogen gestützt und vernichtet sein Sandwich, während er ein Bein anwinkelt und das andere locker vom Rand herunterhängen lässt. Alles in allem sieht er lässig aus, wie er mich von oben bis unten mustert und ich hasse es. Hasse ihn. Für seine Unnahbarkeit. Und dass er die Oberhand hat. Ich schüttle den Kopf und entlocke ihm ein einseitiges Lächeln. Bevor ich zurück in diesen fürchterlichen Raum gehe, esse ich lieber zehn Sandwiches auf einmal.

Unsere Blicke treffen sich, verhaken sich ineinander, bis ich das Gefühl habe, dass mein Herz in der Brust stolpert, so intensiv brennen seine Augen. Augen, die hinter meine Fassade gesehen haben, die echte Ava erkannten. Ich öffne den Mund, doch kein Wort kommt mir über die plötzlich trockenen Lippen. Mit der Zunge befeuchte ich sie und suche verzweifelt nach etwas, das ich sagen könnte, das die Anspannung zwischen uns löst. Je länger er mich ansieht, desto wärmer wird mir. Fast schon heiß. Der Stoff meines Pullovers fühlt sich zu eng an und ich beginne an den Ärmeln zu zupfen. Die Bewegung löst Reese aus seiner Starre und er springt auf die Füße. Innerhalb eines Herzschlags ist er bei mir. Wieder kommt er mir so nah, dass ich ihn auf meiner Haut spüren kann. Sein Atem leicht wie eine Feder auf meinen Lippen, die ich ihm entgegenstrecke, als ich den Kopf hebe. Prickelnde Vorfreude strömt durch meine Adern, verbrennt Nervenenden auf ihrem Weg.

Ich will ihn küssen. Meine Finger über seinen Hals fahren lassen, spüren, wie sich die harten Muskeln unter meiner Berührung anspannen, bis sich seine Hände in meine Haare schieben und er mich nimmt. Hart. Schnell. Hier am Fenster, bis ich vergesse, warum ich hier bin.

RUMS.

Klirrende Laute folgen dem lauten Knall und schrecken mich aus meinem lustgetränkten Reese-Nebel. Das Gesicht, das eben nur wenige Zentimeter über meinem schwebte, verzieht sich jetzt wütend. Die Augenbrauen eng zusammengezogen, stürmt er auf die Tür zu und reißt sie fast aus den Angeln, als er nicht schnell genug den Schlüssel im Schloss dreht. Dann ist er verschwunden.

Blinzelnd sehe ich ihm nach und höre ein lautes Stimmengewirr, das mit jeder Sekunde lauter wird. Ich brauche nicht lange, da nehme ich die Beine in die Hand und folge Reese aus dem Zimmer, doch komme nicht weit. Im Flur vor mir stoße ich fast mit Brit zusammen, die Cherry auf dem Arm hält und kopfschüttelnd den drei Männern zusieht, die sich lautstark streiten. »Garretts Freunde machen immer nur Ärger«, murrt sie, bevor sie ihrer Tochter über die Haare streicht und in die entgegengesetzte Richtung verschwindet.

»Fick dich, Jake!«

»Lass mich durch, du kleines Stück Scheiße.«

Sie schubsen sich, werfen mit Worten um sich, die nicht für die Ohren eines Kindes gedacht sind, doch was eigentlich los ist, kann ich nicht heraushören. Reese nimmt sich nicht die Zeit, überhaupt etwas zu erfahren. Er entscheidet sich für die Hau-drauf-Methode. Mit der linken Hand reißt er an der Schulter des Kerls, der ihm am nächsten ist, und verpasst ihm einen so heftigen Schlag ins Gesicht, dass dieser rückwärts taumelt. Erschrocken reiße ich mir die Hände vor den Mund, doch bringe keinen Ton heraus. Fassungslos beobachte ich, wie Reese erneut ausholt und den zweiten Typen, dessen viel zu lange Haare ihm bereits ins Gesicht hängen, auf seinen Hintern befördert. Diesen erkenne ich sofort. Er war es, der mir gestern zu nahe kam.

»Verdammt, Reese«, stöhnt Nummer eins und reibt sich mit der Hand über die aufgeplatzte Lippe. Der letzte Kerl tritt einen großen Schritt zurück, als wolle er aus Reese' Reichweite verschwinden. Abwehrend hebt er die Hände, auch wenn er dem Kerl auf dem Boden einen Tritt verprasst, bis er seinen Versuch aufzustehen unterbricht.

»Kann man in dieser Drecksbude nicht einen Abend seine Ruhe genießen? Ich wollte mit meinem Mädchen essen!« Grollend rollt Reese Stimme durch den plötzlich stillen Flur. Die Fäuste geballt, dreht er sich zu mir herum und ich mache das Letzte, was ich erwartet hätte. Ich lache.

Laut und schrill blubbert ein hysterisches Lachen aus mir heraus, das den Schrecken an Reese' Brutalität von mir wäscht. »Dein Mädchen? Reese, du hast mich entführen lassen. Ich bin ganz bestimmt nicht dein Mädchen, sondern deine Gefangene.« Neben mir schnaubt Brit ungläubig, doch ich ignoriere sie und schüttle nur an Reese gewandt den Kopf.

Seine Lippen sind zu einem dünnen Strich verzogen, als er noch einen letzten Blick in die Runde wirft und dann mit drohenden Schritten auf mich zukommt. Ich sollte eingeschüchtert sein. Zurückschrecken und einen Fluchtweg suchen, doch seine unverschämten Worte haben jede Angst aus mir heraus geschwemmt. Mit wütenden Augen sehe ich ihm entgegen und recke das Kinn in die Höhe.

Kehliges Lachen kommt von Nummer eins auf dem Boden und er reckt die Hand in die Luft. »Gib ihm Feuer, Kleine!«

»Halts Maul, Jake!« Nummer zwei fühlt sich offensichtlich in seiner Ehre verletzt.

»Du bist nur angepisst, weil du sie nicht flachlegen konntest. Sei froh, dass Reese dich nicht umgebracht hat für den Versu-« Seine Worte gehen in einem Gurgeln unter. Reese hat beide Hände um seinen Hals gelegt und retten mich vor der Erinnerung an diese Situation. Niemand sagt etwas, niemand hält ihn auf. Alle wissen, dass es zwecklos ist.

»Ein weiteres Wort.« Seine Stimme klingt so dunkel, wie ich sie noch nie erlebt habe. »Und ich breche dir dein Genick.« Nur ein Röcheln kommt als Antwort und eine Sekunde später liegt dieses Stück Dreck auf dem Boden, wo es hingehört. Hustend rutscht er von Reese weg, um sich in Sicherheit zu bringen. Fest legen sich Reese' Finger um mein Handgelenk, bis sie so sehr schmerzen, dass ich mir sicher bin, dass ich morgen blaue Flecken davon haben werde, doch ich zucke nicht zurück. »Wir sind hier fertig.« Sein dunkles Grollen ist dem eines wilden Tieres ähnlicher als dem seiner normalen Stimme, sein Blick voller Feuer und Wut. Auf mich oder die Kerle hinter ihm? Ich weiß es nicht und es kümmert mich auch nicht. Ich will nur hier raus. Doch sein Griff ist eisern.

Mit hocherhobenem Kopf lasse ich mich von ihm zurück

in sein Zimmer ziehen. Ich will schon wieder den Mund öffnen und ihn an meinen Gedanken teilhaben lassen, da wirft er die Tür ins Schloss und presst seine Lippen auf meine. Hart. Unnachgiebig. Und ich erstarre zur Salzsäule.

Raue Hände streichen über meinen Bauch, meine Brüste, bis sie sich um meinen Hals legen und leicht zudrücken. Mein ganzer Körper ist wie elektrisiert. Entflammt von seinem Kuss, der mich zum Mitmachen animiert, doch ich bleibe starr.

»Ava«, knurrt er an meinen Lippen. Mein Name vibriert zwischen uns, lässt mich ein Stöhnen unterdrücken, doch er nutzt den Moment und stößt seine Zunge in meinen Mund, nimmt sich, was er will, während seine freie Hand auf meinen Rücken wandert und mich zurückbiegt, bis ich mit den Schulterblättern gegen die Wand stoße.

Er kommt mir noch näher, nimmt mir die Luft zum Atmen und schiebt dann meine Beine mit seinem Knie auseinander. Ich will protestieren, ihm die Hölle heißmachen, doch er trifft genau den richtigen Punkt. Diesmal kann ich das Stöhnen nicht unterdrücken, das aus den Tiefen meines Inneren zu kommen scheint, während sein Bein gegen meine Mitte drückt. Hitze sammelt sich an dieser Stelle. Lodernd. Heiß.

Wieder raunt er meinen Namen. Drängender. Seine dunkle Stimme streicht über meine Haut und erinnert mich, was ich mir geschworen habe. *Ich. Habe. Die. Kontrolle.*

Ich spüre ihn. Überall. Heiß und hart, doch ich stoppe den Laut, der mir über die Lippen schlüpfen will. Stattdessen schlucke ich schwer und zwinge Worte heraus. »Nimm deine dreckigen Finger von mir!« Wieder stöhnt er, bevor er seine Erektion, die deutlich gegen meinen Lustpunkt drückt, an mir reibt. Seinen Mund legt er an mein Ohr, bevor er seine Zunge über meine Ohrmuschel gleiten lässt.

Ich erzittere. Mein Körper vibriert, reagiert auf die intime Berührung und seinen heißen Atem, doch ich zwinge mich zum Stillstehen.

»Das letzte Mal, als ich diese dreckigen Finger in dir hatte, hast du meinen Namen geschrien, Prinzessin.« Wie, um seinen Standpunkt deutlich zu machen, schiebt er seine freie Hand über meine Hüfte und öffnet den Knopf meiner Hose. Protestierend will ich nach ihm greifen, doch da packt er meine Handgelenke. Er macht mich bewegungslos. »Das letzte Mal, als du in meinem Bett warst, warst du schon feucht, bevor ich auch nur einen Finger an dich gelegt habe. Und jetzt«, heißer Atem trifft auf mein Ohr und ich erzittere unter ihm. »Wird es nicht anders sein.« Er schiebt seine Hand vorne in meine Hose und braucht nicht lange zu suchen, da treffen seine Finger auf meine heiße Mitte, die seine Berührung kaum erwarten können. »Ahhhh, hab ich es mir doch gedacht.«

Bitte, lass mich im Erdboden versinken.

Ich schüttle ihn ab und schiebe ihn von mir. Nicht zu weit. Nur einen Schritt in Richtung Bett. Das hier ist falsch. Ich sollte es nicht tun. Ich sollte ihn nicht wollen. Doch mein Körper kennt kein Falsch und Richtig. Nur Verlangen. Und er verlangt nach Reese.

Dieser wehrt sich nicht, als ich ihn immer weiter vor mir her schubse, bis er sich aufs Bett niederlassen kann, ich aus meiner Hose steige und mich auf seinen Schoß setze. Ich kann sein gewinnendes Lächeln erahnen, bevor es gänzlich auf seinen Lippen erscheint. »Schau an, was diese dreckigen Finger mit dir angestellt haben.«

»Halt die Klappe«, knurre ich und greife zwischen uns, um seine Hose zu öffnen. Reese schiebt mir seinen Unterleib entgegen, sagt aber nichts. Der Ausdruck auf seinem Gesicht spricht dennoch Bände. Er genießt das hier. Er sieht mich, wie ich bin und es scheint ihm zu gefallen.

Schnell, bevor er seine Meinung ändert und die Kontrolle wieder übernehmen will, lehne ich mich zum Nachttisch hinüber und ziehe eine Packung Kondome heraus. Der Groß-teil davon landet auf dem Boden, doch eines reiße ich mit den Zähnen auf. Reese begutachtet mich mit schief gelegtem Kopf. Gebannt. Fasziniert. Lustvoll.

Er will mich.

Ich habe ihn in der Hand.

Jetzt muss ich nur dafür sorgen, dass es so bleibt und er mich wieder gehen lässt.

Hastig ziehe ich ihm das Gummi über. Reese stöhnt unter meiner Berührung und schiebt mir seinen Schwanz weiter entgegen. Als ich meine Hand wegziehe, stößt er einen rauen Laut aus. Doch bevor er selbst die Initiative ergreifen kann, setze ich mich auf seine Erektion. Wir sehen uns an, öffnen die Lippen zu einer stummen Übereinkunft. Ich gleite keuchend auf und ab, während ich mich auf seiner Männlichkeit bewege.

Es fühlt sich an, als würde ich in Flammen stehen. Die Lust in mir benebelt meine Pläne, hält mich davon ab, mich zu wehren, als er unter meinen Hintern greift und uns mit einer einzigen geschmeidigen Bewegung umdreht. Die Sprungfe-dern der Matratze bohren sich in meinen Rücken, doch ich spüre sie kaum. Es ist Reese, den ich spüre. Immer härter, immer tiefer. Wie in meiner Vorstellung. Wie in meiner Erinnerung.

Unnachgiebig.

Er schiebt sich in mich, nimmt von mir Besitz und es macht mir nichts aus, weil ich auf seiner Welle reite. Mich immer weiter auf ihr bewege und mich komplett darauf einlasse. Seine Härte füllt mich komplett aus, stößt immer tiefer in mich, raubt mir den Atem.

»Fuck, Prinzessin.« Auch er klingt atemlos. Seine rechte Hand liegt an meiner Hüfte, hält sie, um die Stöße zu kontrollieren. Während die andere Hand in mein Haar greift und meinen Kopf nach hinten zieht.

»Nenn mich nicht so«, keuche ich. Er versenkt seine Lippen an meinem Hals, gräbt die Zähne in meine erhitzte Haut, was mir ein lautes Stöhnen entlockt. Vermutlich weiß das ganze Haus jetzt, dass ich ihm gehöre.

»Wie willst du, dass ich dich nenne?« Seine Stimme ist nur ein einziges dunkles Raunen. Er lässt die Hüften kreisen, stößt immer wieder gegen meinen Lustpunkt. »Königin?«

»Fuck! Reese! Ich komme!«

Es ist wie eine Explosion in meinem Inneren, die sich über meinen gesamten Körper erstreckt. Ich kralle meine Fingernägel in seinen Rücken, hinterlasse meine Marker, wie er sie bei mir hinterlassen hat.

Seit wir uns kennengelernt haben, hat er es getan. Erst nach wenigen Sekunden, als mich die Zuckungen verlassen haben, öffne ich die Augen und sehe, wie er mich beobachtet. Er ist immer noch in mir. Immer noch erregt, doch ich beschließe, die Oberhand zurückzugewinnen und schiebe ihn von mir hinunter, ehe er kommen durfte.

Reese lässt es wunderlicherweise geschehen. Immer weiter beobachtet er mich. Auch dann noch, als ich aufstehe und im Badezimmer verschwinde. Ich raufe mir die Haare, weil mein Körper agiert hat, ehe ich mir im Klaren drüber war, was ich überhaupt tue. Es ist nicht das erste Mal, dass das passiert. In seiner Gegenwart scheint dies ein Dauerzustand zu sein. Nach Luft schnappend, stütze ich mich am Waschbecken ab.

Dieses Gefühl von Macht hat mir gefallen. Es ist wie ein Rausch. Eine Droge. Nur bin ich nicht dumm. Ich weiß, dass man nur tief fallen kann, wenn man ganz oben ist.

Mein Herz klopft wie wild, während ich mein Spiegelbild begutachte. Was wird passieren, wenn ich gleich wieder rausgehe? Wird er sich an mir rächen? Wird er mir wehtun? Schließlich habe ich ihn einfach zurückgelassen, ausgenutzt, benutzt. Das Gesicht in dem zersprungenen Glas grinst mich an. Was auch passiert, ich halte es aus.

Er wird mir nicht wehtun, denn er empfindet etwas für mich. So wie ich für ihn. Auch, wenn das mein Verderben sein wird. Vielleicht sogar unser beider.

KAPITEL 23
AVA

Ich lasse mir Zeit, ehe ich zurück ins Zimmer gehe. Reese soll denken, dass ich mir nicht den Kopf darüber zerbreche, was jetzt passieren wird. Auch, wenn ich über nichts anderes nachdenken kann.

Ich starre das ausgeblichene Holz vor meiner Nase an und sammle mich einen Augenblick, ehe ich den Rücken durchstrecke und die Tür öffne. Ich habe mit allem gerechnet. Dass er verschwunden ist und längst eine andere gefunden hat, bei der er seine Spannung ablassen kann. Dass er wütend durchs Zimmer streift oder mir auf der anderen Seite der Tür auflauert. Doch dass er seelenruhig auf dem Bett sitzt, den Rücken gegen die Wand gelehnt und die Augen geschlossen hat, kam nicht in meiner Vorstellung vor.

Mittlerweile ist es dunkel geworden. Ich erkenne nur die Umrisse seines markanten Kiefers. Er streicht sich die Haare aus dem Gesicht, die ihm in die Stirn fallen, legt den Kopf gegen die Wand und verharrt in der Position. Als ich auf ihn zugehe, dreht er mir das Gesicht zu und zieht an der Zigarette in seiner Hand. Plötzlich fühle ich mich unter seinen Blicken in dem engen Shirt und meinem Höschen nackt. Er regt sich nicht, sagt nichts. Ich verschränke die Arme vor der Brust, gehe auf das Bett zu und setze mich auf mein angewinkeltes Bein ihm gegenüber. Reese rutscht ein Stück zur Seite, damit ich mehr Platz habe. Es ist nur eine kleine Geste, doch sie trifft mich direkt ins Herz.

Was ist nur los mit mir?

Ich sehe mich um, weil mir die Situation zu unbehaglich ist, und entdecke das leere Kondom auf dem Boden liegen »Das ist ganz schön eklig.«

»Stört es dich?«, fragt er so ruhig, wie ich ihn noch nie zuvor gehört habe. Immer noch lässt er mich nicht aus den Augen. Ich zucke die Achseln. »Soll ich es wegwerfen, meine Königin?« Der Spott in seiner Stimme ist wieder da, doch er ist nicht in seinen Blick zurückgekehrt.

»Bitte nenn mich nicht so.« Ich greife nach der Bettdecke und lege sie mir über die nackten Beine.

Reese beugt sich vor und hält mir die Zigarette hin, ehe er den Qualm in die entgegengesetzte Richtung pustet. »Was hast du dagegen? Ist das nicht dein Name?«

Obwohl ich nur sehr selten bisher geraucht habe, nehme ich sein Angebot an und führe die Zigarette an meinen Mund. »Offiziell ja«, antworte ich und muss ein Husten unterdrücken.

»Und inoffiziell?«

Abermals zucke ich mit den Schultern, ziehe nochmal an dem Glimmstängel. Dieses Mal macht mir das Kratzen nicht mehr so viel aus. »Inoffiziell habe ich mich nie so gefühlt.« Reese legt den Kopf schief, sagt aber nichts. Er sieht müde aus. Doch trotz der dunklen Ringe unter seinen Augen ist er absolut schön. Wäre er nicht so abgefuckt, hätte er sicher bereits vielen Frauen den Kopf verdreht. Mir scheint diese Abgefucktheit nichts auszumachen. »Ich kam erst mit zehn Jahren zu den Queens.« Ich raufe mir kopfschüttelnd die Haare. »Keine Ahnung, wieso ich dir das erzähle.«

Mein Herz schlägt unregelmäßig in meiner Brust und mit jedem Schlag vergrößert sich der Kloß in meinem Hals. Man denkt, dreizehn Jahre sollten ausreichen, um über sowas hinwegzukommen.

»Weil du weißt, dass ich dich nicht verurteile.« Immer noch lehnt er ganz entspannt an der Wand. Ein Teil von mir würde sich gerne neben ihn setzen und meinen Kopf gegen seine Schulter fallen lassen. Oder noch besser, mich in seinen Armen verkriechen.

»Verurteilen? Wofür denn?« Ich schlucke. Obwohl meine Stimme höhnisch klingt, interessiert mich seine Antwort viel zu brennend.

Er leckt sich über die Lippen, beugt sich vor, um mir die beinahe abgebrannte Zigarette wieder abzunehmen und sich selbst an die Lippen zu führen. Er lässt sich Zeit. Lässt mich zappeln, weil er genau weiß, wie gespannt ich bin. Ob er das Ziehen in der Magengegend kennt, wenn man das Gefühl hat, jemand anderes durchschaut dich?

»Hast du Hunger?« Ich nicke, weil es die Wahrheit ist und ich zu müde bin, etwas vorzuspielen. Reese greift unter sich und zieht ein völlig zerquetschtes Päckchen hervor. »Du hättest dein Sandwich essen sollen.« Er hebt einen Mundwinkel, dann steht er auf. »Komm mit.« Für den Bruchteil einer Sekunde denke ich, dass er mich jetzt frei lässt, doch dann belehrt er mich eines Besseren. »Zieh dir eine Hose an und denk nicht einmal daran, abzuhauen. Ist das klar?«

Wieder nicke ich, klaube mir meine Hose vom Boden und

folge ihm hinaus. Zwar lässt er mich nicht gehen, aber auch ein kurzer Ausflug aus den abgeschlossenen Zimmern ist wie ein kleiner Sieg. Bis auf uns ist niemand hier. Zumindest kann ich niemanden sehen. Auch Cherry liegt nicht auf irgendeinem ranzigen Polster.

Reese öffnet den Kühlschrank, während ich mich auf einen der knarzenden Hocker an der Theke setze. Alles hier hat schon bessere Tage gesehen. Wie es wohl wäre, an so einem Ort zu leben? Hier aufzuwachsen? Mir wird schwer ums Herz. Reese wirft mir einen Blick über die Schulter zu. »Worauf hast du Lust? Alte Pizza oder noch ältere Lasagne?«

Meine Mundwinkel zucken. »Ich nehme die alte Pizza.«

»Gute Wahl. Ich kann mich nicht erinnern, wann wir zuletzt Lasagne hatten.« Ich beobachte Reese, wie er den Deckel der Pizzaschachtel abreißt und den Boden mitsamt Inhalt zwischen uns auf der Theke platziert. Er nimmt sich ein Stück, genau wie ich.

Der Käse ist zäh und die Zwiebeln schmecken wie alte Schuhsohlen. Doch selbst eine noch heiße Pizza würde im Augenblick fade schmecken. »Was meintest du mit verurteilen?« Ich pfriemele an meinem Pizzastück, um die Zwiebeln abzuziehen und damit meine Finger etwas zu tun haben.

Kauend lehnt er sich mit den Ellenbogen auf der Platte ab und mustert mich. »Dass du sie dafür hasst, was sie dir genommen haben.«

»Was?« Seine Worte bringen mich aus dem Konzept. »Ich hasse sie nicht! Sie haben mir das Leben gerettet! Du hast überhaupt keine Ahnung, was meine Eltern ... was meine leiblichen ...« Tränen verschleiern mir die Sicht.

Schwach. Schwach, wie immer.

»Ava.« Reese stößt sich von der Platte ab. Sein Pizzastück

fällt achtlos auf den Schachtelboden zurück. Er kommt um die Theke herum auf mich zu, aber ich brauche Abstand.

Ich springe vom Hocker und will einige Schritte zurücktreten, doch er packt mein Handgelenk. »Sie haben dir einen Teil von dir selbst genommen. So gut sie es auch gemeint haben.« Er hält mich fest, zwingt mich, ihn anzusehen. Sein Daumen streicht über meine Haut. Zu sanft. Zu sanft für dieses Gespräch. »Sowas tun Erwachsene. Sie brechen Kinder, wenn sie sie nicht wirklich sehen.« In seiner Stimme klingt ein alter Schmerz mit, den ich nur allzu gut kenne. Schluchzend hebe ich die Hände an mein Gesicht. Ich darf nicht schwach sein. Nicht jetzt. Nicht vor ihm.

Doch Reese lacht mich nicht aus. Er verurteilt mich nicht. Genau, wie er gesagt hat. Stattdessen schlingt er seine Arme um mich und zieht mich an seine Brust. Nichts an dieser Situation ist sexuell und doch fühlt es sich intimer an als alles, was zuvor zwischen uns war. Ich lausche den Schlägen in seiner Brust. Sie klingen wie das Echo meines eigenen, viel zu kaputten Herzschlags.

Schniefend löse ich mich von ihm und sehe hoch in sein Gesicht. »Lässt du mich gehen?«

Seine Lippen spannen sich an. »Nein. Nicht bevor ich eine andere Lösung habe.«

Ein Schluchzen schleicht sich über meine Lippen, während ich den Blick senke und versuche, Abstand zwischen uns zu bringen. »Eine Lösung wofür? Wieso hast du das getan? Was habe ich getan? Wieso ich?«

Die Fragen, die mich die letzten Stunden – oder Tage? – beschäftigen, überschlagen sich regelrecht bei dem Versuch, ihm eine Erklärung hervorzulocken. Sein Kiefer mahlt und der sanfte Ausdruck auf seinem schönen Gesicht ist völlig verschwunden. Geblieben ist nur Frustration. »Es geht nicht anders.«

»Reese!«, flehend gehe ich wieder auf ihn zu und jetzt bin ich es, die ihn zwingt, mich anzusehen. »Wieso ich? Was willst du von mir?«

»Fuck.« Die Züge um seinen Mund werden hart. »Ich brauche die verdammte Kohle. Mein Freund steckt in Schwierigkeiten.«

Meine Augen werden groß. Verschwunden ist die Wärme in meiner Brust, die er in den letzten Minuten darin hinterlassen hat. »Darum geht es dir? Nur um ein beschissenes Lösegeld, oder was? Verdammt, Reese! Du hättest mich fragen sollen!«, sage ich zynisch.

»Du hättest mir das Geld einfach so gegeben?« Er lacht höhnisch. »Das glaubst du doch selbst nicht!«

»Weißt du was? Wir werden es nie herausfinden!« Wütend stürme ich aus der Küche zurück ins Zimmer. Fliehen wäre zwecklos, das weiß ich, aber ich muss mich bewegen. Brauche Abstand und das Gefühl, als würde ich selbst entscheiden, wohin ich gehen kann. Ich bemerke, dass er mir folgt. »Ich habe es satt, dass alle denken, sie wissen, wie ich entscheide. Alle denken, sie kennen mich! Aber wie wäre es, wenn ihr einmal mich fragt?« Mit einem hysterischen Lachen werfe ich die Hände in die Luft. »Du bist auch nicht besser als alle anderen, weißt du das? Du tust so, als würdest du mich hinter all dem erkennen!« Ich deute an mir herab. »Aber in Wahrheit siehst du auch nur das, was du sehen willst!«

»Das stimmt nicht.«

»Wie alle!«, schreie ich ihn an. »Ihr seid alle solche Heuchler! Ich hab's satt!«

»Ava.«

»Hau ab!« Ich stürme auf ihn zu, schubse ihn grob von mir in Richtung Tür. »HAU ENDLICH AB!« Ich habe keine Ahnung, wo diese Wut in mir so plötzlich herkommt. Wieso ich derart verletzt darüber bin. Wieso ausgerechnet er mir so wehtun kann, obwohl ich doch nichts anderes von jemandem wie ihm erwarten sollte. Ich empfinde etwas für ihn, was ich nicht empfinden sollte, und in diesem Augenblick weiß ich auch wieder, wieso es nicht sein sollte.

Erst, als er sich umdreht und die Tür hinter sich schließt, erlaube ich es mir, erneut in Tränen auszubrechen.

Nur, dass er mich jetzt nicht halten wird.

»Du bist auch nicht besser als alle anderen, weißt du das? Du tust so, als würdest du mich hinter all dem erkennen! Aber in Wahrheit siehst du auch nur das, was du sehen willst!«

KAPITEL 24
REESE

Ein stumpfer Tritt gegen meinen Fuß weckt mich auf. Knurrend öffne ich die Augen und will mich aufrecht hinsetzen, doch ein Schmerz zieht durch meinen gesamten Körper. Ich fühle mich wie gerädert. Vielleicht war es nicht die beste Idee, sitzend vor Avas Tür zu schlafen.

Um ehrlich zu sein, war es die beschissenste Idee, die ich seit Langem hatte. Schließlich war die Tür abgeschlossen und nach der Ansage, die ich gestern an alle Anwesenden im Haus gemacht habe, würde sich niemand mehr in ihre Nähe trauen. »Was?«, fauche ich.

»Seit wann schläfst du vor statt in deinem Zimmer?«

Müde reibe ich mir übers Gesicht. Ashs glucksendes Lachen ist mir eindeutig zu fröhlich. »Halt einfach deine Schnauze, Ash.«

»Es freut mich auch, dich zu sehen, mein allerbester Freund auf der Welt.« Mit klimpernden Wimpern sieht er auf mich hinab und reicht mir die Hand, die ich nur widerwillig ergreife. Scheiße, mein Rücken dankt es ihm mehr, als ich zugeben will. »Kaffee?«

Ich nicke und gehe an ihm vorbei in die Küche. Die Pizza hat Ratten angelockt. Ash verscheucht sie fluchend. Als sie in dem Loch verschwinden, aus dem sie gekommen sind und er sich wieder umdreht, erkenne ich, dass er wie ich an die Drohung denkt. »Ist sie in deinem Zimmer?« Seine gute Laune hat sich verabschiedet. Ich kenne niemanden, der so wankelmütig ist wie dieser Kerl. Ich gebe nur ein Knurren von mir und schütte die Plörre, die nur annähernd etwas mit Kaffee zu tun hat, in meine Tasse. »Vielleicht sollten wir sie gehen lassen und uns etwas Neues überlegen. Sie weiß doch jetzt, dass wir es sind.« Er schüttelt den Kopf. »Ich will nicht in den Knast, Reese.«

»Kommst du nicht«, brumme ich. »Lass uns das Gespräch verschieben. Mein Kopf dröhnt.«

»Hast du gestern zu viel mit 'deinem Mädchen' gezofft?« Er versucht nicht einmal zu verbergen, dass er sich über mich lustig macht. Dieser Scheißkerl kann von Glück sprechen, dass er mein bester Freund ist. Jedem anderen hätte ich längst den Löffel aus meiner Tasse ins Auge gerammt. Mit beiden Händen beginne ich meine Schläfen zu massieren, doch als jetzt auch noch Brittany mit Cherry auf dem Arm in die Küche kommt, weiß ich, dass nicht einmal die stärksten Tabletten wirken würden.

Brit setzt Cherry auf dem Tresen ab, während sie im Kühlschrank nach etwas Essbarem für die Kleine sucht. Ich könnte ihr gleich sagen, dass sie in dem Teil nichts findet. »Du hast uns noch immer nicht erklärt, wieso du sie aus der Kammer geholt hast. Wieso du überhaupt zu ihr gegangen bist. Wir hatten einen Plan, Reese.« Ein Knurren macht sich in mir bereit, doch ich unterdrücke es. Tief durchatmend, balle ich meine Hände zu Fäusten. Sie weiß, dass sie nur jetzt mit mir so reden kann. Cherry ist sowas wie ihre Absicherung. Vor ihr würde ich Brit niemals so anfahren, wie ich es gerne würde. Cherrys Mutter weiß, wie sie mich reizen und herausfordern kann. Kaum jemand weiß es besser als sie. Ich würde niemals Hand an sie legen, auch wenn ich mir mehr als einmal ausgemalt habe, wie ich ihr den Hals umdrehe.

Ich schlage keine Frauen. Keine Frauen, keine Kinder. So ist die Regel. Die Einzige, die ich habe.

»Halt dich da raus, Brit.«

Mein Körper verspannt sich, als sie sich mit einem höhnischen Grinsen umdreht und Cherry eine Scheibe trockenes Brot reicht, an dem sie sofort zu knabbern beginnt. »Du bist weich geworden, Davis.«

»Hätte ich ihr nicht helfen sollen?«, stoße ich hervor.

Sie zuckt mit den Schultern. »Ich musste schon Schlimmeres miterleben. Wie wir alle. Und doch stehen wir hier.« Sie reckt herausfordernd das Kinn. »Wir sind alle daran gewachsen.«

»Wir sind kaputt«, korrigiere ich sie. Ash, der zuhört und die Spannung zwischen uns spürt, schnappt sich Cherry und verlässt mit ihr den Raum.

Brit verdreht lachend die Augen. Mit verschränkten Armen lehnt sie sich nach hinten gegen den Kühlschrank. »Na und? Dafür sind wir stark! Sie ist schwach.«

Meine Kehle verengt sich, genauso wie mein Sichtfeld. Vorsichtig gehe ich auf sie zu. Drohend. Bis ich so dicht vor ihr stehe, dass sogar in Brits Augen sowas wie Furcht liegt. »Noch ein Wort über Ava.« Meine Stimme ist ruhig.

»Was dann?« Ihre zittert.

»Dann vergesse ich vielleicht meine Regel.«

Obwohl sie meinem Blick nicht ausweicht und auch nicht

zurückrudert, erkenne ich, wie sich ihr Kiefer fest aufeinanderpresst.

»Leute!« Es ist Ash, der wieder neben uns auftaucht und uns beschwichtigend auseinanderzieht. »Das bringt so doch nichts. Die Frage ist, was wir jetzt mit ihr anstellen?«

»Was stellst du dir vor?«, frage ich ihn. Noch immer halte ich Brits Blick gefangen. »Sollen wir sie laufen lassen und darauf warten, dass du bald selbst zum Rattenfutter wirst?«

Er stößt die angehaltene Luft aus. »Ich weiß es nicht, aber wir finden eine Lösung. Wie immer. Und zwar eine, in der ihr beiden euch nicht gegenseitig an die Gurgel geht. Wir sind doch eine Familie.«

Bei dem Wort Familie sehen sowohl Brit als auch ich Ash an. Für uns alle ist dieses Wort vorbelastet und doch hat er in gewisser Hinsicht recht.

»Wo ist Cherry?«

»Mutter des Jahres«, feixe ich.

»Halt den Mund!« Ein wunder Punkt. Und ich wusste es, als ich es ausgesprochen habe. Brit schiebt sich an mir vorbei und marschiert geradewegs in mein Schlafzimmer. Dort sitzt Cherry auf meinem Bett, Ava gegenüber. Diese zieht lustige Grimassen, um das kleine Mädchen wieder und wieder zum Lachen zu bringen. Doch als Brit sich vor ihr aufbaut und Cherry von ihr wegzerrt wie vor einem bissigen Hund, verharrt sie in der Bewegung. Verletzt. Und in mir ist wieder dieser Drang, sie zu beschützen. Ich für meinen Teil könnte auf dieses beschissene Gefühl gerne wieder verzichten. Ohne lebt es sich eindeutig leichter.

Geräusche an der Haustür lassen erahnen, dass Ethan und Garrett wieder da sind. Mit einem Schritt bin ich bei der Tür und schließe sie. Ob ich es tue, um sie nicht zu sehen oder um

Ava den Anblick zu ersparen, weiß ich nicht. Nachdem ich sie von ihr wegzerren musste, habe ich sie aus dem Haus gejagt. Ich hätte nicht gedacht, dass sie sich so schnell wieder herwagen. Feige Ratten, die sich in ihrem Nest viel zu sicher fühlen. Bei ihnen werde ich meine Frustration über die allgemeine Situation abbauen können. Vielleicht ist es gar nicht so schlecht, dass sie wieder da sind.

»Ich habe dir schon einmal gesagt, dass du deine Finger von meiner Tochter lassen sollst!«, giftet Brit Ava an, die aus großen Augen zu uns hochsieht. Fuck, sie sieht viel zu scharf aus in dem Shirt, unter dem sich ihre Nippel deutlich abzeichnen. Ich lasse meinen Blick über sie gleiten. Ich steh darauf, wenn sie so eingeschüchtert vor mir kniet. Auch, wenn ihre angriffslustige Art sogar noch heißer ist. Sie sieht mich mit geöffneten Lippen an. Dass ich gestern nicht abspritzen durfte, trägt nicht gerade dazu bei, dass ich bei diesem Anblick keinen Ständer bekomme.

»Ich ... Ich -«

»Ich habe Cherry hergebracht. Brit, es ist meine Schuld. Ich wollte sie nur aus der Schusslinie bringen.« Ash senkt den Kopf und fährt sich mit der Hand durch die kohlschwarzen Haare, die in alle Richtungen abstehen. Er könnte geradewegs einem K-Pop-Albumcover entsprungen sein. Weiter entfernt von der Realität ist dieses Leben kaum möglich.

Aus dem Augenwinkel sehe ich, wie Ava sich die Decke weiter über den Körper zieht. Zu schade aber auch.

»Schusslinie? Denkst du etwa auch, ich sei eine schlechte Mutter? Fuck, ihr Idioten!« Brit sieht zwischen Ash und mir hin und her. »Ihr solltet mich besser kennen.« Sie richtet Cherry auf ihrer Hüfte und verlässt rasend und zeternd das Zimmer. »Ihr wisst, dass ich verdammt nochmal alles für meine -« Sie erstarrt mitten im Satz und sofort stellen sich mir die Nackenhaare auf. Auch Ash wirkt auf der Stelle alarmiert.

»Du bleibst hier«, knurre ich Ava zu und folge Ash aus dem Zimmer in den Gemeinschaftsraum.

Ethan und Garrett sind tatsächlich wieder da, doch sie sind nicht allein gekommen.

»Ach wie schön, ihr seid Zuhause«, begrüßt uns einer der beiden Asiaten, die auf unserem Sofa sitzen. Einen Arm hat er über die Rückenlehne gelegt und lächelt uns freundlich über die Schulter hinweg an, während sein anderer Arm lässig an seiner Seite hinabhängt. Mein Blick huscht zu der Knarre, die er in der Hand hält und damit auf Ethan zielt. Dieser sitzt zusammengekauert in der Ecke des Zimmers und sieht Hilfe suchend zu uns hoch.

Fuck!

»Ash, mein Lieber!«, erkennt der andere Fremde meinen Freund, springt grazil von seinem Platz und tänzelt regelrecht auf uns zu. Den Baseballschläger, der wie ein modisches Accessoire auf seiner Schulter liegt, übersehe ich nicht.

»Bao.« Ashs Stimme klingt genauso fahl wie die Farbe, die sein Gesicht in dieser Sekunde annimmt.

Die Ratten waren nur der Anfang.

Mit einem Schritt stelle ich mich vor meine Familie. Brit, die immer noch Cherry auf dem Arm hat und so fest an sich zieht, dass die Kleine anfängt zu quengeln, schiebe ich weiter hinter mich. Doch Ash geht wieder an mir vorbei. *Jetzt spiel nicht den Tapferen, Schwachkopf!*

Bao, der offenbar einer von Li Tians Männern ist, richtet sich vor Ash auf. »Wo ist unser Geld?«

»Wir haben es noch nicht, aber arbeiten dran.« Ash reckt

das Kinn und von der Unsicherheit in seiner Stimme ist nichts mehr zu hören.

»Wir?« Bao lässt den Blick mit einem überheblichen Grinsen über uns wandern, ehe er sich seinem Freund zuwendet. »Das klingt wie ein Witz, oder? Es braucht einen Vollidioten, um Koks im Wert von 60.000 Dollar zu verlieren. Wie viele Vollidioten benötigt es, um es wiederzubeschaffen?« Beide lachen und mit jedem Ton, der ihre Lippen verlässt, wird die Dunkelheit in mir größer. Ich muss mich beherrschen. Cherry zuliebe. Tief durchatmend, schiebe ich meine geballten Fäuste in meine Hosentaschen.

Bao scheint sichtlich Spaß an dieser Situation zu haben, denn er hüpft förmlich von einem Bein aufs andere, während er von Ash zu mir und weiter zu Brit geht.

»Halt Abstand«, brumme ich. *Halt. Dich. Zurück!*

»Oh hallo.« Wieder hat Bao sich vor mir aufgestellt. Es wäre leicht, ihn zu entwaffnen und seinen Schädel mit wenigen Schlägen gegen die Wand zu Brei zu schlagen. Ich sehe es vor mir, wie ich in seine schmalzigen Haare greife. Ich halte fester als unbedingt nötig, ziehe ihn mit einer geschmeidigen Bewegung zur Seite und ramme ihm am Türrahmen zuerst das falsche Grinsen von den Lippen, ehe sein Gesicht Bekanntschaft mit der rohen Wand macht. Ich rieche das Blut, spüre es an meinen Händen hinabrinnen.

»Wen haben wir denn hier? Du bist einer von Ashs Handlangern? Machst jetzt die Drecksarbeit?« Sein Gesicht kommt meinem näher. Zu nah. Ich müsste nur kurz ausholen und würde ihm mit meiner Stirn die verfluchte Nase brechen. Die Zähne ausschlagen.

Er grinst immer breiter. Vermutlich weiß er genau, was ich mir ausmale, und weiß auch, dass ich es nicht tun werde.

Wenn ich einen oder zwei von ihnen kille, kommen tausend dieser Kakerlaken nach. Mit einem Augenzwinkern wendet er sich von uns ab. Meine Schultern entspannen sich kaum merklich. Ich darf ihn nicht töten. Nicht die Haut vom Gesicht schneiden. Nicht einmal ein Haar krümmen.

Wie ein beschissener Baseballspieler lässt er den Schläger von der Schulter gleiten und zertrümmert die Glastür der Mikrowelle. Cherrys Weinen lässt mich zusammenfahren. Es setzt mir mehr zu als seine Vorstellung. Angst. Sie hat Angst.

»Hoppala.« Bao wirft uns einen entschuldigenden Blick zu. »Das könnt ihr von den Schulden abziehen. Was war die noch wert? Ein Dollar?«

Jetzt steht auch der andere vom Sofa auf, geht auf Bao zu und nimmt ihm den Schläger aus der Hand. »Das Inventar hat uns nichts getan«, tadelt er ihn mit einem Zungenschnalzen.

»Ich besorge das Geld.« Ash geht auf sie zu. Vielleicht, um zu deeskalieren oder um sie zum Gehen zu bewegen. In demselben Moment dreht sich der Fremde um die eigene Achse und schlägt mit solch einer Wucht gegen Ashs rechtes Bein, dass man Knochen brechen hört. Ein markerschütternder Schrei dringt durch die Luft. Ich weiß nicht, von wem er kommt. Ash, Brit oder mir. Vielleicht von uns allen. Brit weiß, dass sie Cherry schützen muss und stürmt hinaus ins Freie, während ich auf meinen Freund zueile, dessen Schmerzensschreie mich beinahe um den Verstand bringen.

Ich denke an Ava und daran, dass sie hoffentlich zum ersten Mal auf mich hört und das Zimmer nicht verlässt.

»Ash!« Ich knie neben ihm, doch alles in mir schreit danach, den Baseballschläger selbst zu benutzen. Ich will diesen Drecksack seine eigene Medizin schmecken lassen.

»Tu. Es. Nicht.« Ash presst die Worte zwischen schweren

Atemzügen hervor. Ich versuche nicht auf das Blut zu achten, das auf den Boden tropft oder auf die unnatürliche Stellung seines Beines.

»Ich ...« Meine Stimme klingt dunkel. Schwarz. Doch Ash schüttelt nur den Kopf. Sein Gesicht ist so blass wie noch nie.

Jemand tippt mir mit dem Schläger auf die Schulter. »Wir wollen nicht noch mal kommen müssen. Der Ort gefällt uns nicht sonderlich gut.« Ich sehe nicht auf. Ich darf nicht. Ich weiß, dass ich mich nicht beherrschen könnte.

Verschwindet!

Verschwindet! Verschwindet! Verschwindet! Verschwindet! Verschwindet! Verschwindet! Verschwindet! Verschwindet! Verschwindet! Verschwindet! Verschwindet! Verschwindet! Verschwindet! Verschwindet! Verschwindet!

Ich wünschte, sie wäre ein Niemand. Oder ein Jemand. Irgendwer außer dieser kaputten Frau, die ihre Risse hasst und sich die Schuld daran gibt, statt denen, die sie hinterlassen haben.

KAPITEL 25
REESE

Ashs Bein ist gebrochen. *Und ich habe nichts dagegen getan.* Ich habe diese Wichser nicht aufgehalten, als sie meinem besten Freund, meinem Bruder, das angetan haben. Weil ich nicht besser bin als damals. Weil ich nach wie vor ein verfluchter Feigling bin.

Doc verlässt das Haus und Brit steckt ihm ein paar Scheine zu, für die sie so manche Dinge tun musste, die sie ihrer Tochter niemals erzählen wird. Doc ist kein richtiger Arzt, aber das Beste, was wir uns leisten können. Er war mal Tierarzt, bevor er auch das nicht mehr war.

»Schläft er?«, frage ich. Brit sieht müde aus. Abgebrannter als sonst, was kaum möglich scheint. Aber in diesem Leben wird man immer wieder davon überrascht, wie beschissen es noch werden kann. Wenn man denkt, man ist unten angekommen, tut sich der Boden ein weiteres Mal auf und man fällt.

Sie reibt sich übers Gesicht und vergräbt die Hände in ihren dünnen Haaren. »Ich hoffe, dass das Zeug ihn ein paar Stunden ausknockt.« Ich beobachte, wie sie schwer schluckt.

Vermutlich ist ihr Hals genauso eng wie meiner. Sie liebt Ash genauso sehr wie ich.

»Alles wird gut«, sage ich, obwohl ich selbst nicht wirklich daran glaube.

»Wird es das?« Sie sieht aus ihren traurigen Augen, die heute noch viel trauriger wirken, zu mir hoch. Sie erwartet eine ehrliche Antwort, doch stattdessen ziehe ich sie an mich heran und halte sie. Nur kurz. Ein paar Augenblicke, in denen wir unsere Masken fallen lassen. Wir sind stark, tough, skrupellos. Weil wir es sein müssen. Doch für einige Sekunden sind wir einfach nur zwei Menschen, die sich um ihren besten Freund sorgen und die Welt für dieses beschissene Leben verfluchen. Brit löst sich von mir und schnalzt mit der Zunge, ehe sie sich zum Gehen umwendet. »Bleibst du wach, falls er etwas braucht?«

Ich nicke knapp. Die Masken sind wieder mit unseren Gesichtern verschmolzen.

Nachdem ich mich versichert habe, dass Ash schläft, mache ich mich auf den Weg in mein Zimmer. Die Sonne ist schon vor Stunden aufgegangen. Vermutlich hat Ava das Zimmer bereits verwüstet oder sich einen Tunnel gegraben. So oder so habe ich jetzt nicht die Geduld, mich mit ihrem Kram zu beschäftigen. Doch als ich die Tür öffne, ist da kein Loch in meiner Wand und auch meine Möbel stehen an Ort und Stelle. Ava sitzt mit angezogenen Knien auf dem Bett und wirft mir giftige Blicke zu. Offenbar hat die Nacht sie nicht besänftigt.

Sobald sie mich sieht, öffnet sie den Mund, um etwas zu

sagen, doch ich hebe die Hand. »Jetzt nicht.« Trotz der Erschöpfung klingt meine Stimme klar. Diese lässt keine Widerrede zu.

Ich schließe die Tür wieder ab, ehe ich auf sie zugehe und mich auf das Bett lege.

Ava sucht nicht das Weite. Im Gegenteil: Sie dreht sich weiter in meine Richtung und starrt mich an. »Guten Morgen, Sonnenschein. Was war das vorhin?«

Ich reagiere nicht. Schwer atmend lege ich mir einen Arm über die Augen.

»Wie sieht dein Plan aus, Reese? Soll ich weiter hier warten, bis du dich entscheidest, was du mit mir machst? Du könntest mich ein -«

»Ava«, unterbreche ich sie mit einem Knurren. »Lass es.«

»Ich soll es lassen?« Jetzt bewegt sie sich. Sie geht um das Bett herum. Stampft regelrecht mit den Füßen, was meinen Geduldsfaden immer weiter anspannt. Als wolle sie den Faden eigenhändig zerreißen, zieht sie meinen Arm von meinem Gesicht. »Was erwartest du von mir?«

Ein unkontrollierbares Gefühl breitet sich in meinem Körper aus. Lässt meinen Kiefer mahlen und das Pochen hinter meinem Kopf ansteigen. »Ich sagte, lass es!« Wieso zum Teufel hört diese Frau nie auf mich? Wieso hat sie keine Angst davor, was ich mit ihr anstellen werde? Sie hat gesehen, wozu ich fähig bin.

»Und ich will, dass du mit mir redest!«

»Was?!«, fauche ich. Im nächsten Augenblick stehe ich vor ihr und zwinge sie gegen die Wand. Sie stößt den Atem aus, während mein eigener nur noch flach über meine Lippen kommt. »Was willst du hören? Dass ich dich gehen lasse? Dass ich mich unsterblich in dich verliebt habe und du mich auf den rechten Pfad geführt hast? Tja, Prinzessin, das Leben läuft nicht wie im Film. Das Leben gibt nicht, es nimmt nur.« Ihre Pupillen vergrößern sich. »Aber woher soll jemand wie du sowas wissen.«

Ava reckt das Kinn. »Du weißt nichts von meinem Leben.«

»Nein?« Lachend lasse ich meine Augen zu ihrem Mund wandern, der auch vor Wut zitternd verdammt sexy ist. Ich erwische mich bei der Vorstellung, was ich alles mit ihm anstellen könnte. »Du bist adoptiert, ja? Dadurch weißt du nicht, wer du bist. Armes Ding.« Spöttisch ziehe ich eine Augenbraue hoch. »Du denkst, niemand versteht dich, weil du dich selbst nicht kennst. Weißt du, was, Ava?« Ich spucke ihr ihren Namen ins Gesicht. »Du hattest Glück, dass deine leiblichen Eltern dich abgegeben haben. Hätten es meine getan ...« Fuck. Wieso sage ich das? Das geht sie einen Scheiß an. Doch noch ehe ich das Thema wieder auf sie lenken kann, spüre ich zwei Hände, die sich auf meine Brust legen und mich von sich schieben.

»Abgegeben? Reese, du weißt rein gar nichts!« In ihren Augen bilden sich Tränen und ich hasse mich dafür, dass ich wegsehen muss. Es ist nur ein Mädchen! Nichts Besonderes. Ich habe viele Mädchen weinen sehen und es ist mir immer am Arsch vorbeigegangen. »Sie haben mich nicht abgegeben. Sie haben sich umgebracht und wollten mich mit sich nehmen!«

Ihre Worte sind wie eine Ohrfeige, die mich dazu bringt, wieder aufzusehen. Die Tränen laufen ihr jetzt ungehindert über die Wangen und endlich sehe ich es. Ich sehe, wieso sie von Anfang an anders war.

Ava ist genauso kaputt wie ich.

Ich gehe wieder auf sie zu und obwohl ich eben noch

wollte, dass sie mich fürchtet, das Monster in mir sieht, hindere ich sie jetzt daran, den Blick zu senken oder vor mir zu flüchten.

Schniefend schließt sie die Augen, weil ich ihr Kinn festhalte und sie den Kopf nicht wegdrehen kann. »Du hattest recht, dass ich mich nicht kenne. Aber nur, weil meine Eltern mein wahres Ich nicht lieben konnten. Es ist besser, seine Unzulänglichkeiten aufzugeben.«

»Hör auf.« Sanft streiche ich ihr mit dem Daumen über die Lippen. Bis sie die Lider wieder öffnet und mich doch noch ansieht. »Hör auf, deine Besonderheiten als Fehler anzusehen. Vielleicht bist du verkorkst, aber das ist ein Teil von dir. Nimm sie an.«

»Und dann lebe ich so wie du? Wie ihr?« Obwohl mich ihre Worte wütend machen sollten, tun sie es nicht. Sie hat Angst. Nicht vor mir, sondern vor sich selbst. Und das kenne ich nur zu gut. Vor langer Zeit habe ich damit aufgehört, mich vor anderen zu fürchten. Nur so konnte ich das, was zurückliegt, vergessen.

»Ist das so schlimm?« Es ist schlimm, das weiß ich. Und doch haben wir es uns selbst aufgebaut.

Ava antwortet nicht. Sie legt ihre Hand auf meine. »Lass mich gehen, Reese.«

Ich wünschte, sie wäre ein Niemand. Oder ein Jemand. Irgendwer außer dieser kaputten Frau, die ihre Risse hasst und sich die Schuld daran gibt, statt denen, die sie hinterlassen haben. Ich denke an Ash, der sediert und mit kaputtem Bein in seinem Bett liegt. An Brit, die Tag und Nacht für ihre Tochter arbeitet und sich selbst mit jedem Job weiter verliert. Und daran, was hätte passieren können, wenn Bao sie hier gefunden hätte. »Okay.«

»Okay?« Ihre Stimme klingt blechern.

Ich nicke. Der Plan war ohnehin gescheitert, sobald sie wusste, wer sie entführt hat. Brit hatte recht. Wir können nicht darauf hoffen, dass Ava der Polizei nichts erzählt.

Ich hatte es verbockt. Jetzt liegt es an mir, die Alternative selbst in die Hand zu nehmen.

KAPITEL 26
AVA

ZWEI TAGE SPÄTER

E in beklemmendes Gefühl in der Brust begleitet mich
von meinem Auto bis zur Tür. Alles in mir schreit
danach, wieder umzudrehen und mich zu Hause
unter der Bettdecke zu verkriechen. Doch ich kann mich nicht
noch länger verstecken, also straffe ich die Schulter, schiebe
die Tür auf und trete endlich über die Schwelle. Dahinter
werde ich schon von Claudias bohrendem Blick erwartet.

Ihr Gesichtsausdruck ist kalt. Unnahbar. Nicht einmal
Reese sah sie an, als würde sie versuchen, ihn wie unter einem
Mikroskop zu sezieren, bis sie jede einzelne Emotion herausge-
zogen hat. Notfalls mit einem Skalpell.

Eiskalt läuft mir ein Schauer über den Rücken. »Guten
Morgen«, nuschle ich in meinen Schal hinein und verstecke
mein Gesicht in dem kuscheligen Stoff.

»Ava.« Ihr Ton ist noch unterkühlter als ihr Blick. Wenn
ich es nicht besser wüsste, könnte ich denken, dass sich
Eiszapfen an ihrem Mund bilden, während sie mit mir spricht.

Verzweifelt suche ich in meinem Inneren nach meiner Stimme, die sich unter den tausend Schuldgefühlen verkrochen hat. Dabei ist es nicht einmal meine Schuld, dass ich die letzten drei Tage verschwunden war und mich auch nicht von meinem Praktikum abmelden konnte. Reese ist daran schuld. Allein er und seine verrückte Aktion. Doch das kann ich Claudia nicht sagen. Nicht nur, weil sie seine Therapeutin ist, sondern auch, weil ich nicht will, dass die Polizei davon Wind bekommt. Auch wenn er es verdient hätte, bringe ich es nicht über mich.

»Es tut mir leid, dass ich die letzten Tage gefehlt habe. Ich hatte leider keine Möglichkeit, mich zu melden, aber meine Freunde«, ich stolpere über dieses Wort. Bekomme es kaum über die Lippen. »Sie hatten einen Notfall.« Mühsam begegne ich ihrem Blick, doch finde nichts als Enttäuschung und ... verunsichert ziehe ich die Augenbrauen zusammen. Ist es Misstrauen? Tatsächlich. Ich habe ihr Vertrauen verloren und das soll bei einer Therapeutin schon was heißen. Wie ein getretener Welpe ziehe ich die Schultern hoch. »Es war wirklich nicht meine Absicht so lange weg zu sein und wenn ich gekonnt hätte, hätte ich mich natürlich auch gemeldet, aber es ging nicht und deswegen habe ich nicht angerufen, aber ich konnte auch keine Nachricht schreiben und meine Freunde, also, da wo ich die letzten Tage war, die haben ihre ganz eigenen Probleme und sie dachten, dass ich ihnen helfen kann, aber-« Frustriert, weil ich nicht die richtigen Worte finde, vergrabe ich meine Hände in den Haaren und ziehe an den Strähnen, bis ich den Schmerz spüre. Schmerz, der hoffentlich mein endloses Geplapper stoppt. »Aber der Punkt ist, dass ich nicht helfen konnte.«

»Okay.«

»Okay?«

»Ich habe es verstanden, Ava.«

»Verstanden?« Ich klinge wie eine zerbrochene Schallplatte. Hohl und ohne Leben. Ist das meine Stimme?

Claudia nickt und deutet auf ihr Arbeitszimmer. Als ich keine Anstalten mache, meinen Platz an der Tür zu verlassen, geht sie an mir vorbei und tritt zuerst in den Raum, der mir die Nackenhaare hochstehen lässt.

Dort habe ich Reese das erste Mal getroffen. Das erste Mal in seine Augen gesehen und erkannt, dass ich ihm ähnlicher bin als meiner Familie. Zum ersten Mal geriet meine so mühsam aufrechterhaltene Fassade ins Bröckeln und jetzt bin ich wieder an diesem Ort.

Meine Füße tragen mich automatisch zu der Nische am Fenster, doch ich setze mich nicht. Stattdessen starre ich auf das leicht ausgeblichene Kissen. Hier habe ich mich während der Sitzungen immer am wohlsten gefühlt. Ich konnte die Welt draußen sehen, während ich das Geschehen im Inneren im Auge behielt.

Wie ein Vogel im Käfig.

Die Freiheit vor Augen und doch nicht mutig genug, den Schritt nach draußen zu wagen. Es mögen Gitterstäbe sein, die mich festhalten, doch versprechen sie mir auch Sicherheit. Einen immerwährenden Rhythmus, der mich nicht vor Entscheidungen stellt. Langweilig, aber beständig. Ist das mein Leben?

»Setzt dich, Ava.« Claudias eiskalte Stimme schreckt mich aus meinen Grübeleien heraus und ich lasse mich reflexartig auf meinen Platz fallen. Meine Tasche, in der ich neuerdings Pfefferspray und das schwerste Buch, das ich im Haus finden konnte, mit mir herumtrage, hebe ich auf meinen Schoß und ziehe an dem Schultergurt, um meine Hände zu beschäftigen. »Wir haben schon einmal über das Profil gesprochen. Erinnerst du dich?«

Meine Gedanken rasen und wirbeln wild durcheinander, doch ich nicke und versuche wenigstens nach Außen einen gesammelten Eindruck zu vermitteln. Doch ich hasse es, mich so klein zu fühlen. Gescholten und beobachtet zu werden, als hätte ich eine Schlägerei auf dem Schulhof angefangen und würde jetzt im Büro des Rektors sitzen. Claudia spielt dieser Vision noch in die Karten, als sie einen Stapel Papiere auf dem Schreibtisch zusammenlegt und die Hände unter dem Kinn faltet.

»Das Profil über Mr. Davis?« Den Stich in meiner Magengegend ignoriere ich. Warum fühlt es sich wie ein Vertrauensbruch an? Als würde ich Reese verraten, wenn ich meiner Arbeit nachgehe?

»Genau. Ich möchte, dass du damit startest.«

»Jetzt?«

»Jetzt«, wiederholt sie und deutet mit dem Kinn auf die Tür, durch die ich eben erst gekommen bin. »Ich habe gleich eine Patientin, deren Sitzung ich allein führe. Du kannst dich so lange in meinem Büro ausbreiten. Auf dem Schreibtisch findest du alles, was du für die Erarbeitung eines psychologischen Profils benötigst.« Sie wirft mir noch einen letzten zweifelnden Blick zu, bevor sie sich in den Unterlagen ihres Orderns vertieft und mich von ihrem Arbeitsplatz verweist.

Wieder fühle ich mich wie ein getretener Welpe, der dazu noch in einem Karton am Straßenrand ausgesetzt wurde. Inmitten eines Unwetters. Mit eingezogenem Schwanz eile ich so schnell, dass es noch als schicklich gilt, aus dem Raum und sprinte schon fast in ihr Büro. Als die Tür hinter mir ins

Schloss fällt, fühlt es sich an, als würde mir ein riesiger Stein vom Herzen fallen. Ein Stein, der mir das Atmen schwer macht. Doch sobald ich allein bin, fühle ich mich leichter. Leichter und doch verloren.

Ich möchte Claudia nicht enttäuschen und meinen Praktikumsplatz in Gefahr bringen. Nicht noch mehr als eh schon, also mache ich mich gleich ans Werk. Doch was schreibe ich über Reese, ohne zu verraten, dass ich ihn auch außerhalb seiner Sitzungen getroffen habe? Und nicht nur getroffen, sondern auch mit ihm geschlafen habe. Ich kenne zu viele Seiten von ihm, die ich unmöglich alle unter Schloss und Riegel halten kann, während ich sein Profil schreibe. Ich kann mir nur mein eigenes Grab schaufeln. Auf dem einen oder den anderen Weg.

Also mache ich das Einzige, was mir übrig bleibt. Ich beginne zu schreiben. Alles, was mir über Reese durch den Kopf geht. Jedes noch so kleine Detail. Jedes Gespräch, das wir geführt haben. Alles, was er mit mir teilte, ohne zu wissen, dass ich es am Ende seiner Therapeutin stecken könnte.

Als mein Kopf leer ist und meine Hand schmerzt, nehme ich mir einen schwarzen Marker und streiche jedes einzelne Wort, das nicht zu dem Reese passt, den ich in dieser Praxis kennengelernt habe. Zeile um Zeile schwärze ich, bis nur wenige Worte übrig bleiben, die so leer und oberflächlich sind, dass ich damit nicht einmal einen Amateur überzeugen könnte. Geschweige denn Claudia, die in ihrem Fach ein Profi ist.

Spricht nicht über sich.
Provoziert mit Worten und Verhalten.

~~Erwartet Ehrlichkeit. Genießt Gespräche, auch wenn er es kaum zeigt.~~

Keine Erwähnung von Freunden und Familie.

Zeigt keine Reue oder Schuldbewusstsein.

~~Sorgt sich um seine Freunde. Versorgt Cherry.~~

~~Ash und Brit. Enge Verbundenheit, beschützen sich gegenseitig.~~

Keine emotionale Weiterentwicklung.

~~Verletzt in der Vergangenheit.~~

Kein Einblick in den Charakter.

Neigt zu Gewalt. Schnell gereizt.

~~Übersprungshandlung. Gewalt gegen Menschen.~~

Wenig emphatisch. Zeigt eine gelernte Maske.

~~Zu Hause mehr er selbst. Scherzt mit seinen Freunden.~~

Übersteigertes Selbstwertgefühl.

~~Durchschaut die Masken anderer.~~

~~Besitzergreifend. Nimmt sich, was er will. Geld. Schmuck. Sex.~~

~~Keine Rücksicht auf das Gesetz. Spürt Reiz, wenn er gegen das Gesetz handelt.~~

Impulsiv. Keine Regulation der eigenen Emotionen.

Die Worte vor meinen Augen verschwimmen, bis ich nichts mehr erkennen kann. Langsam lehne ich mich in dem Stuhl zurück. Die Schultern lasse ich kreisen, bevor ich die Arme zum Himmel strecke und noch einmal lese, was übrigbleibt.

Es sind harte Worte. Fakten, runtergebrochen auf Reese' Charakter, oder eben das, was er Claudia zeigt. Was er sie sehen lassen möchte und ich schreibe schließlich das Wort darunter, auf das all seine Merkmale hindeuten.

Soziopath.

Doch als ich es schwarz auf weiß sehe, streiche ich es schnell wieder durch. Das klingt nicht richtig. Nicht nach dem Reese, der Freunde hat. Seltsame Freunde, die mir Angst machen. Die mich angreifen, bedrohen und entführen. Er kam, um mich zu retten. Er ließ mich gehen, obwohl ich hätte helfen können.

Reese kann kein Soziopath sein. Kein Mensch, der handelt, ohne seine Umwelt wahrzunehmen. Der die Konsequenzen für seine Mitmenschen ignoriert und nur das macht, was er will. Impulsiv und ohne Mitgefühl.

Ja, er ist impulsiv. Schnell an dem Punkt, an dem er seine Fäuste sprechen lässt, doch nicht mit dieser kalten und harten Maske. Nicht ohne etwas zu fühlen. Das ist nicht der Mann, der mich gehalten hat, mir sein Bett anbot und mir Leidenschaft schenkte. Wäre er so gefühlskalt, würde ich in seinem Leben keine Rolle spielen. Und vielleicht tue ich es jetzt nicht mehr, aber vorgestern war da noch Wärme zwischen uns. Ein Funken, der ihn schließlich dazu trieb, mich laufen zu lassen.

Er kann es nicht sein.

Nicht Reese.

Nicht der Mann, mit dem ich geschlafen habe.

Und doch nehme ich wieder den Stift in die Hand und schreibe:

Soziopathische Tendenzen?

Wieder stehe ich vor einer Tür. Wieder kann ich mich nicht dazu durchringen, die Klinke zu drücken und einfach durchzugehen. Wieder ziehe ich die Schultern hoch und lasse den Kopf hängen. Mein ganzes Leben dreht sich nur noch darum, dass mir der Mut in den wichtigen Momenten fehlt.

Zu schwach.

Ich hasse diese Stimme in meinem Kopf. Sie ist laut und ständig präsent. Dabei will ich nur Ruhe. Ruhe vor den Emotionen, die mich bei lebendigem Leibe zerfressen.

Schuld. Wut. Verzweiflung. Trauer.

Wie ein riesiges Knäuel winden sie sich durch meinen Körper. Verstopfen meine Kehle, bis ich weder Luft bekomme noch einen Ton sagen kann. Sie lähmen mich. Und ich bin ihnen hilflos ausgeliefert.

»Oh.« Die Tür, die wie das Höllentor vor mir aufragt, wird so heftig aufgestoßen, dass sie mir fast ins Gesicht schlägt. Im letzten Moment springe ich einen Schritt zurück und stehe einer verdutzt wirkenden Sydney gegenüber. Doch ihre Überraschung wandelt sich innerhalb eines Herzschlags in Unmut. Verschwunden ist der weiche Ausdruck in ihren Augen und macht einer Härte Platz, die mir das Blut in den Adern gefrieren lässt. »Da hab ich dich wohl nicht gesehen.«

Sie rauscht an mir vorbei, als wäre ich eine Fremde, die ihr zu allem Überfluss den letzten Kaffee gestohlen hätte.

Ich schlucke. Der dicke Kloß in meinem Hals will nicht rutschen, doch ich bin es langsam leid, mich wie eine Fremde in meinem eigenen Zuhause zu fühlen.

»Was ist dein Problem?« Die Worte sind schneller aus mir raus, als ich wirklich darüber nachdenken kann. Im Nachhinein betrachtet hätte ich einfach den Mund halten sollen. Hätte, aber dafür ist es jetzt zu spät.

Sydney stoppt auf der untersten Stufe der Treppe und dreht sich langsam zu mir herum. Wie in Zeitlupe trifft ihr Blick auf mich, von oben herab, als wäre sie die Königin und ich einfaches Fußvolk. Und so ist es ja auch ein bisschen. Sie ist eine echte Queen und ich nur geliehener Maßen.

»Interessiert dich doch eh nicht.« Sie zuckt mit den Schultern, doch ihr Ton ist bissig und die Gleichgültigkeit schlecht gespielt.

Meinen eigentlichen Plan, mit Lucy und Dan zu sprechen, ignorierend, gehe ich zwei Schritte auf meine Adoptivschwester zu. Alles in mir schreit danach, es einfach ruhen zu lassen, doch Reese unwirsche Art muss auf mich abgefärbt haben, denn anstatt zu schweigen, öffne ich den Mund. »Woher willst du das wissen?«

»Ist nicht schwer zu erraten.« Mit dem Ellenbogen lehnt sie sich gegen das Treppengeländer, während sie die andere in ihre Hüfte stützt. »Wenn wir dir wichtig wären, wärst du nicht einfach verschwunden.«

»Das-« Setze ich an, doch Syd hebt eine Hand und bringt mich damit zum Schweigen.

»Drei Tage. Ava, du warst drei Tage verschwunden. Deine bescheuerte Nachricht hat es da auch nicht besser gemacht! Du hättest wenigstens anrufen können, damit wir sicher sind, dass du nicht entführt wurdest! Wir hatten Todesangst um dich und dann stehst du wieder hier vor der Tür, als wäre nichts passiert und kannst uns nicht mal sagen, wo du warst?« Ihre Augenbrauen schießen in die Nähe ihres Haaransatzes, als sie sich zu mir herunterbeugt. »Schön zu wissen, was wir dir wert sind.«

»So ist das nicht, Syd.«

»Nenn mich nicht so«, schießt sie dazwischen und richtet sich wieder auf.

Es schmerzt. Ihre Ablehnung. Das Misstrauen und das Gefühl, als würde ich nicht mehr dazu gehören. Aber habe ich das jemals? Zumindest mit Sydney habe ich mich verbunden gefühlt. Sie war meine beste Freundin. Meine einzige. Und jetzt hat sie nur noch Kälte und Missbilligung für mich übrig.

»Ich wollte nicht, dass ihr euch Sorgen macht, aber ich konnte mich nicht melden.« Meine Stimme ist dünn. Wie die eines Kindes.

»Warum nicht?«

Ich zucke mit den Schultern. Nicht aus Ahnungslosigkeit, sondern aus Hilflosigkeit. Ich fühle mich hilflos. Wenn ich die Wahrheit sage, steckt Reese richtig in der Klemme, aber ich finde auch keine glaubwürdige Ausrede. »Das ist schwer zu erklären.«

Sydney schnaubt. Hinter mir höre ich ein leises Schluchzen. Panisch drehe ich mich herum und stehe Lucy und Dan gegenüber. In Lucys Augen schimmern Tränen, während sie sich an ihren Mann lehnt, der einen Arm um sie geschlungen hat. Tiefe Falten zeigen sich auf seiner Stirn, als er mich mustert. Lange und schweigend. Ein Schauer nach dem anderen rollt mir über den Rücken, doch es ist keiner der guten Sorte. Ich hasse es. Ich hasse die Aufmerksamkeit und den Schmerz in ihren Augen. Die Enttäuschung, die so klar in ihren Gesichtern zu lesen ist.

Sie haben mir ein Zuhause gegeben, Liebe geschenkt, doch gleichzeitig Gitterstäbe um mich herum gebaut. Hoch und endlos. Egal wo ich hinsehe, überall sehe ich sie und fühle mich immer mehr eingeengt. In die Ecke gedrängt, bis ich nicht mehr atmen kann. Jede Träne von Lucy zementiert eine weitere Gitterstange, jeder missbilligende Blick von Sydney zieht den Kreis enger und Dans Enttäuschung dreht den Schlüssel endgültig im Schloss.

Ich bin gefangen.

»Es tut mir leid«, stoße ich zitternd aus und schiebe meine verkrampften Hände in meine Hosentaschen. Sie sollen sie nicht sehen. Nicht meine Schwäche. Nicht mein schlechtes Gewissen. Solange ich ihnen keine Antworten liefere, bin ich nur eine Bürde. Ein Stolperstein in ihrem perfekten Leben, in dem ich keinen Platz finde.

Die Tränen spüre ich erst, als sie von meinen Wimpern auf die Wangen tropfen und meine Lippen zittern. Der Druck hinter meinen Lidern ist zu stark und ich gebe schließlich nach. Auf wackeligen Knien eile ich, so schnell mich meine Beine tragen, die Treppe herauf, an meinen Adoptiveltern vorbei und in mein Zimmer. Mit letzter Kraft werfe ich mich gegen die Tür in meinem Rücken und sperre alle Emotionen mit dem Klicken des Schlosses aus.

Es geht vorbei. Das geht es immer. Ich habe schon Schlimmeres überstanden. Ich werde auch das hier überleben.

Die Frage ist nur, wann und ob danach noch etwas von meinem Herzen übrig ist, das in tausend Teile zerspringt und jedes Mal etwas mehr von sich verliert.

Meine Prinzessin, die mir nicht nur den letzten Nerv raubt, sondern auch ein Gefühl von Freiheit gibt. Freiheit, die sie für sich selbst will, aber sich nicht traut, es einzufordern. Ich werde sie ihr geben.

KAPITEL 27
REESE

»D as ist eine bescheuerte Idee«, flüstert Brit, während sie sich so eng gegen die niedrige Mauer in ihrem Rücken drückt, dass ihr jeder Knochen wehtun müsste. Sie wiederholt die Worte, seit wir losgefahren sind. Wie ein verdammtes Mantra, das uns ins Verderben stürzt.

»Kannst du endlich den Mund halten?« Meine Stimme ist rau und klingt so abgekämpft, wie ich mich fühle.

Sie schüttelt den Kopf. »Wieso mache ich hier mit? Was ist, wenn das hier schiefläuft? Was ist mit Cherry? Sie wird ganz allein sein.« Sie plappert vor sich hin und reibt sich ununterbrochen über die schwarze Wollmütze auf ihrem Kopf. Hin und her und hin und her. Der Rhythmus ist hypnotisierend, macht mich aber auch nervös.

»Ash ist bei ihr, also bleib ruhig.«

»Ruhig?« Sie lacht auf. Hysterisch. Schrill. Und ich will mir die Ohren zuhalten oder ihr den Mund stopfen. Wahlweise letzteres, doch ich brauche sie.

Brit ist die Einzige, der ich vertraue. Ash ausgenommen, der mit seinem gebrochenen Bein keine Hilfe ist.

»Sie schläft, Brit.« Ashs Stimme kommt leise aus dem Kopfhörer in meinem Ohr. Brit hat den anderen, der unter ihren Haaren nicht zu sehen ist. »Bist du dir sicher, Reese?«, fragt er zum bestimmt tausendsten Mal, was mich nur den Kopf schütteln lässt.

»Ist wohl jetzt zu spät, um den ganzen Scheiß abzublasen.«

»Ihr solltet das nicht machen. Es ist meine Schuld und ich-«

»Halt die Klappe, Ash«, unterbreche ich ihn grob und werfe einen Blick über meine Schulter. Im Gegensatz zu Brit, die auf dem Boden kauert, lehne ich mit dem Rücken gegen die Wand, während ich langsam an der Kippe zwischen meinen Fingern ziehe. Der Qualm verschwindet in der Dunkelheit der Nacht. »Wir haben darüber gesprochen.«

»Ja, aber …«

»Du bist grade ziemlich nutzlos, also mach deinen Job und hör mit den Zweifeln auf. Ihr seid echt schlimmer als Kinder.« Das bringt mir einen bösen Blick von Brit und ein missmutiges Brummen von meinem besten Freund ein. »Ist alles bereit?«

Leises Klicken kommt von der anderen Seite der Leitung, was nur bedeuten kann, dass Ash mit seinem heiß geliebten Laptop beschäftigt ist. Tief in seinem Inneren, auch wenn er es niemals laut zugeben würde, ist der Typ ein kleiner Nerd. Hacken, Programmieren und Ausspionieren sind seine kleinen Freuden im Leben, aber für ihn auf Dauer zu langweilig. Und dann kommt seine endlose Naivität, Dummheit und der verdammte Adrenalinkick ins Spiel und wir landen auf einer schlecht beleuchteten Straße, um sieben Uhr abends und warten auf den Geldtransporter.

»Alles wie immer. 18:51 ist er bei *Morgan Stanley* losgefahren. Ihr habt noch vier Minuten.«

So viel zu: *wir überfallen keinen Geldtransporter.* Aber etwas Besseres ist uns auf die Schnelle nicht eingefallen und auf noch einen Besuch von den Bastarden, die unsere Einrichtung demoliert und Ashs Bein zertrümmert haben, können wir wirklich verzichten. Bank oder Transporter. Die Entscheidung fiel schlussendlich auf die weniger riskante Variante. Ich hoffe zumindest, dass es das ist.

Fuck.

Wenn wir für den Scheiß in den Knast wandern, kann ich nur hoffen, dass Ava noch so viel für mich übrighat, dass sie mir einen Anwalt besorgt. Einen guten, dem ich nicht scheißegal bin und der unser Schicksal als Statistik abharkt, wenn wir eingebuchtet werden. Typen von der Straße, die eh irgendwann im Knast landen.

Ich zwinge mich dazu, die Schultern zu lockern und lasse den Blick über die Straße wandern. Mauern säumen die Wege und die zwei einzigen Straßenlaternen flackern, als wüssten sie, dass wir ihr Licht nicht gebrauchen können. Wir befinden uns genau zwischen ihnen, an der Stelle, an der die Straße dunkel ist. Ich brauche einen Moment, um die dünne Kette mit den Haken auf der Fahrbahn zu erkennen. Wenn ich sie schon nicht direkt finde, obwohl ich derjenige war, der sie platziert hat, wird der Fahrer des Transporters es erst recht nicht.

Das rede ich mir zumindest ein.

»Zwei Minuten«, gibt Ash durch und ich greife nach der Waffe in meinem Gürtel. Sie fühlt sich schwer in meinen Fingern an, doch ich zucke nicht zurück. Alles oder nichts. Entweder wir bekommen die Kohle und holen Ash aus seinem selbstgebuddelten Loch oder ich geh für die Scheiße drauf.

»Ihr habt fünf Minuten, so lange kann ich die Kameras und das GPS manipulieren, danach geht die Meldung raus.« Unser einziger Vorteil ist es, dass Ash sich in das System der Sicherheitsfirma gehakt hat, die für den Transport zuständig sind. Doch auch seine Fähigkeiten sind begrenzt und die scheiß Branche so gut ausgestattet und bewacht, dass unser Zeitfenster mickrig ist.

Die letzten Tage mit Ava drängen sich in mein Bewusstsein. Das halbseitige Lächeln folgt unweigerlich, doch ich drehe den Kopf zur Seite, um es Brit nicht zu zeigen. Es würde sie noch nervöser machen und ich brauche keine zitternde Komplizin, sondern eine mit klarem Blick. Was würde ich jetzt dafür geben, noch einmal zurückzugehen und Ava wieder unter mir zu spüren. Ihren heißen Atem auf meinen Lippen und den feurigen Blick in ihren Augen. Ich liebe die Herausforderung und den Kampf, den sie mir aufzwingt, dass sie nicht nachgibt, egal, wie sehr ich sie in die Ecke dränge. Auch wenn sie selten zu dem steht, was ihr durch den hübschen Kopf geht, sieht man ihr an, was sie gerne sagen will. Aber Prinzessin Ava ist zu gut erzogen, um all die Verwünschungen und Beleidigungen loszulassen.

»Eine Minute.«

Brit richtet sich mit zittrigen Beinen auf und sieht Hilfe suchend zu mir auf. »Wir schaffen das, Brit. Ich hab dich.« Ich drücke ihre Hand aufmunternd und ziehe die Mütze tief in mein Gesicht. Ihre folgt und wir halten den Atem an, als am Ende der Straße Scheinwerfer durch die Dunkelheit schneiden.

Showtime.

Wie in Zeitlupe beobachten wir, wie der Transporter um die Ecke biegt und auf uns zufährt. Das Licht blendet, sodass wir nicht in die Fahrerkabine sehen können, doch durch Ashs vorherige Beobachtungen, wissen wir, was uns erwartet.

Wir haben nur diese eine Chance. Schnell rein, schnell raus. Kein Blut, keine Toten. Wir wollen nur das Geld.

Ein letzter Blick zu Brit zeigt, dass sie sich auf die Mission konzentriert. Vergessen ist ihre Angst. Ihre Hand in meiner ist ruhig.

»Jetzt!« Ashs Stimme schallt durch den Kopfhörer im selben Moment, in dem wir den Transporter sehen und wir die Kette auswerfen. Die Haken bohren sich in die Reifen und der Wagen schwankt zuerst nach links, dann nach rechts, bevor er auf der Straße zum Stehen kommt. Ich warte nicht darauf, dass die Fahrer den Wagen verlassen. Die halbe Straße habe ich bereits überquert, als sich die Beifahrertür öffnet.

Idioten!

Unser Glück, ihr Pech. Nicht ohne Grund haben wir uns die Schicht rausgesucht, die erst am kürzesten zusammenfährt. Kaum Erfahrung und naiv genug, um zu denken, dass sie nicht angreifbar sind. Tja, zu blöd, dass er die Tür geöffnet hat.

Innerhalb eines Herzschlags bin ich um den Wagen herum. Im Schutz der Dunkelheit nähere ich mich der offenen Tür. Der blonde Mann begutachtet den platten Reifen und achtet nicht auf mich.

»Was ist es, Bruce? Können wir weiter?« Der Fahrer ist schlauer. Er bleibt in seinem geschützten Wagen sitzen, doch sein Kollege hat ihren Untergang schon unterschrieben.

Im Augenwinkel sehe ich Brit, wie sie sich von der anderen Seite nähert. Ich hebe die Hand, suche ihren Blickkontakt und zähle dann an den Finger herunter. Mein kleiner Finger berührt meine Handfläche und das Chaos beginnt.

Ich ducke mich, trete Bruce, wie ihn sein Kollege genannt

hat, die Beine weg und er landet mit einem dumpfen *Uff* auf dem Boden. Brit hechtet auf ihn zu und schlägt ihm den Griff ihrer Pistole gegen die Stirn. Für einen kurzen Moment sieht er noch verwirrt zu ihr auf, dann senken sich seine Lider und er kippt nach hinten.

Ohne auf ihn zu achten, springe ich in den Wagen herein und schaue direkt in den Lauf einer Pistole. Sie zittert, schwankt hin und her. Ich hebe lediglich eine Augenbraue und sehe den Mann über die Waffe hinweg an.

»Das würde ich an deiner Stelle nicht tun.« Meine Stimme trieft vor Arroganz und Selbstsicherheit. Nicht ein Muskel in meinem Körper zuckt. Alles, was er tun muss, ist den Abzug zu drücken und mein Leben ist vorbei. Doch ich zucke nicht zurück. Keine Ahnung, wann sich die Angst zu sterben verabschiedet hat, aber in diesem Moment spüre ich nichts anderes als Entschlossenheit. Das hier wird funktionieren. Ende.

»Raus hier«, nicht nur seine Hand zittert, auch seine Stimme ertrinkt in Unsicherheit. Schweißtropfen rinnen über seine Stirn und er presst ein Auge zu. Sie sind dunkel, doch anders als bei mir erkenne ich Angst darin. Bodenlose Angst, dass das hier sein letzter Tag sein könnte.

»Ich gebe dir zwei Möglichkeiten. Nummer eins, du verschwindest und alle sind glücklich. Ich nehme das Geld und du behältst dein Leben.« Ich lächle. Boshaft, bis meine Zähne aufblitzen. »Nummer zwei, du spielst den Helden.« Ich hebe meine eigene Waffe und beobachte mit Genugtuung, wie er zusammenzuckt. *Jackpot.* »Unnötig, wenn du mich fragst. Ist dein Job dir mehr wert als dein Leben?«

Sein Blick hüpft von meinen Augen zu meiner 43 *Glock* und wieder zurück. Die Sekunden ticken dahin. »Wie du willst.« Ich zucke mit den Schultern. Meine Fassade ist perfekt, undurchsichtig. »Dann eben Nummer zwei.«

Ich hebe die Waffe, ziele auf den Mann vor mir, der sich in seinem Sitz zusammenkauert. Beide Hände schlingt er um die Pistole in seinen zitternden Händen, die noch immer auf mich gerichtet ist und dann macht er den größten Fehler. Flatternd schließen sich seine Lider. Dumm, in so einer Situation die Außenwelt auszusperren. Aber besser für uns.

»Fuck!« Ashs Stimme hallt durch den Kopfhörer und reißt mich aus meiner Konzentration. »Die haben den Alarm betätigt. Die Cops sind auf dem Weg.« Er klingt hektisch. Gestresst tippt er auf der Tastatur und seine Atmung beschleunigt sich. »Ihr habt zwei Minuten.«

Ruhig bleiben. Mein Herzschlag hämmert hinter meinen Rippen. Aufregung schießt durch meine Venen, doch ich lasse mir nichts anmerken. Wer hektisch handelt, macht Fehler, aber wir können uns keinen leisten.

Ich sehe mich in der Fahrerkabine um und entdecke den Schlüssel, der eigentlich an seinem Schlüsselbund hängen sollte. Die Bank sollte uns danken, dass wir für sie diese beiden Idioten loswerden, bevor sie richtig Mist bauen und noch mehr Kohle verlieren.

Meine Finger schließen sich um das kalte Metall und ich hebe die Hand, um auch den Angsthasen auszuschalten. Sein Glück, dass ich vielleicht bereit bin, Blut zu vergießen, aber nicht wahllos Leichen auf meinem Weg zu hinterlassen. Nicht, wenn die Polizei um die Ecke ist. Doch bevor ich mich bewegen kann, reißt Brit die Tür mit dem Schlüsselbund des anderen Wachmanns in der Hand auf. Ihr Blick trifft mich im selben Moment, indem ein lauter Knall durch die Fahrerkabine hallt.

Die Zeit bleibt stehen.

Bam.

Bam-bam.

Bam.

Mein Herzschlag stockt. Für einen Moment. Für einen Atemzug, dann bleibt mir auch dieser in der Kehle stecken.

Von Brits aufgerissenen Augen sehe ich zu der Waffe vor mir. Sein Finger auf dem Abzug rutscht zur Seite und das unmissverständliche Klicken einer Patrone, die aus dem Magazin nach oben gedrückt wird, erreicht meine Ohren. Eine weitere Patrone. Eine leere Patronenhülse liegt auf dem Sitz des Fahrers.

Klein. Messingfarben. Unbedeutend.

Brits schriller Aufschrei reißt mich aus meinem Blickduell mit der leeren Hülse und bringt mich zurück ins Hier und Jetzt. Zurück in den Transporter. Sirenengeheul dringt an meine Ohren. Noch ist es leise, doch sie kommen näher. Wir müssen uns beeilen.

Ich drehe mich zur Seite, noch immer den Schlüssel in der Hand, doch bevor ich den Arm heben kann, reißt mich ein stechender Schmerz in meiner Schulter zurück. Meine Sicht verschwimmt für einen Moment, Brits dunkle Augen schwanken von links nach rechts, doch sie bewegt sich nicht.

Nein, ich schwanke. Mein Körper rutscht zur Seite und dann sehe ich es.

Blut.

So viel Blut, das meinen Arm hinunterläuft, über meine Hand und sich auf dem Sitz sammelt.

Rot. Rot in der Dunkelheit. Mein Blut.

Ich schüttle den Kopf, versuche dem Schwindel zu entkommen, doch mein Körper fühlt sich nicht mehr an, wie noch vor wenigen Sekunden. Er entgleitet mir, die Kontrolle über meine Gliedmaßen verschwindet und ich sinke gegen die Rückenlehne.

»Scheiße. Scheiße. Scheiße!« Brits Mantra erinnert mich an unseren Plan.

Geldtransporter. Wir brauchen die Kohle für Ash.

»Bist du okay?« Sie ist an meiner Seite, doch dann keucht sie auf und fällt fast aus dem Wagen. Ich greife nach ihrem Arm, mit der Hand, die mir noch gehorcht. Schmerz schießt durch meinen Körper, doch ich schüttle ihn ab. Dafür habe ich jetzt keine Zeit.

Geld. Geld für Ash.

Für meinen besten Freund, den ich nicht verlieren kann.

»Hol die Kohle«, stoße ich durch zusammengebissene Zähne aus und schiebe Brit den Schlüssel über den Sitz zu. Ich kann mich nicht bewegen, aber ich kann ihr sagen, was sie machen soll. Einer muss es schaffen.

»Vergiss das Geld. Wir müssen dich hier wegbringen.« Sie greift nach meinem freien Arm, doch ich wehre sie ab.

»Hol es! Sofort!« Wo ich die Kraft hernehme, ist mir ein Rätsel, aber ich bin nicht bereit, alles zu verlieren. Sie sieht mich an, von oben bis unten, und nickt dann. Brit verschwindet aus meinem Blickfeld und ich kämpfe mich aus dem Wagen.

Der Angsthase sitzt noch immer in Schockstarre auf seinem Platz. Die Augen zusammengepresst, die Waffe gehoben. Seine Hand zittert und er schluckt immer wieder, als hätte er Schmerzen.

Ein humorloses Lachen schlüpft über meine Lippen. Ich weiß, was Schmerzen sind. Früher wie heute spüre ich, wie sie durch meinen Körper toben und versuchen meinen

Verstand unter sich zu begraben, bis ich ihnen erliege und vergesse.

Vergesse und hilflos bin.

Doch ich bin kein Kind mehr und das hier wird mich nicht umbringen.

Ich bin nicht allein.

Ich habe Ash und Brit.

Cherry.

Und Ava.

Meine Prinzessin, die mir nicht nur den letzten Nerv raubt, sondern auch ein Gefühl von Freiheit gibt. Freiheit, die sie für sich selbst will, aber sich nicht traut, es einzufordern. Ich werde sie ihr geben.

Später.

Wenn ich zu Hause bin.

Wenn all das hier vorbei ist, kommt sie zu mir und pflegt mich wieder gesund. Sie wird ihre Lippen auf meine Haut drücken. Ihre samtweichen Lippen, bis ich nur noch sie fühle und der Schmerz vergeht.

Dunkelheit legt sich über meine Züge. Die Straßenlaternen müssen ausgegangen sein, oder habe ich die Augen geschlossen? Ich weiß es nicht. Alles, was ich weiß, ist, dass der Schmerz von meiner Schulter in meinen ganzen Körper ausstrahlt, doch ich sehe nur Ava vor mir. Ihren zierlichen Körper und ihre Augen. Sture Augen, die mich vom ersten Moment an nicht mehr losließen.

Ich werde sie mir holen. Komme, was wolle.

»Reese? Hörst du mich?«

»Komm schon, ich kann dich nicht verlieren.«

»Reese, Reese?«

Kalte Hände legen sich auf meine Wangen und holen

mich zurück. Ich sehe auf Brit herunter, die hektisch die Straße hinabblickt. Sie sieht gehetzt aus, abgekämpft. Die Mütze ist verrutscht und gibt ihre dunklen Strähnen frei.

»Wir müssen gehen.«

Die Sirenen sind jetzt näher und ich nicke. Schwer schlucke ich den Kloß in meinem Hals herunter und mache den ersten Schritt. Für den zweiten Schritt beiße ich die Zähne zusammen. Beim dritten kippe ich zur Seite, doch Brit springt an meine Seite und stützt mich. Sie schiebt und zieht mich in die kleine Gasse, in der wir vorher gewartet haben.

Immer weiter geradeaus, während ich auf die Stimme in meinem Ohr höre. Ash redet ununterbrochen. Er flucht und fleht. Wenn ich es nicht besser wüsste, würde ich sagen, dass er betet. Ash betet nicht zu einem Gott. Das hat er schon vor langer Zeit aufgegeben.

»Wir haben es bald geschafft.« Brit klingt angestrengt und ich versuche mich nicht komplett auf sie zu stützen, doch mein Körper will mir nicht gehorchen. Kein Muskel bewegt sich und die Welt neigt sich zur Seite. »Fuck. Reese!« Schrille Worte, gefolgt von weiteren Flüchen und lauten Schritten auf Asphalt.

Ich sehe sie auf mich zukommen, doch meine Wange berührt den kalten Boden. Ich sollte stehen. Laufen. Noch immer kann ich die Sirenen hören und Stimmen. So viele Stimmen, die meine Konzentration stören.

Wir müssen zu Ash.

Brit muss ihm das Geld bringen. Er ist frei.

Frei.

Und ich muss zu Ava.

»Du gehorchst mir. Egal, was ich dir sage.«
Ich presse die Lippen aufeinander, nicke jedoch. Vielleicht
vergisst er das Versprechen durch das Fieber ja wieder.

KAPITEL 28
AVA

Was bedeutet Freiheit? Und wie wichtig ist sie wirklich?

Die Frage habe ich mir oft gestellt, seit Reese mich hat gehen lassen. Ich war eine Gefangene. Nicht nur im übertragenen Sinne. Er und seine Freunde haben mich eingesperrt und als ich wieder nach Hause durfte, hätte ich glücklich sein müssen.

Ich durfte mich wieder frei bewegen. Durfte gehen, wohin ich wollte. Ich durfte zu meiner Familie, zur Arbeit und ganz banale Dinge erledigen, wie einkaufen. Auto fahren. Ich war frei.

Ich hätte glücklich sein müssen.

Wieso also denke ich die ganze Zeit nur an ihn? Und wie gern ich jetzt bei ihm in diesem heruntergekommenen Haus wäre. Wieso frage ich mich, wie es ihm geht und ob er an mich denkt? Wieso kann ich nicht mit meiner Familie über alles sprechen, was passiert ist? Wieso ... wieso fühle ich mich immer noch gefangen?

Reese weckt eine Seite in mir, die ich selbst nicht kannte

und die ich noch nicht bereit bin, wieder loszulassen. Aber Syd oder meinen Eltern kann ich diese Seite nicht zeigen. Sie würden sie nicht verstehen. Könnten sie nicht lieben. Ich wäre wieder allein. Aber er sieht sie, erkennt, wer ich wirklich unter meiner Maske bin, und sie macht ihm nichts aus.

Ich hasse mich für diese Gedanken, denn mein rationaler Verstand weiß, dass ich Reese aus meinem Leben verbannen sollte. Dass es mir irgendwann besser gehen würde ohne ihn, weil er mir nicht guttut.

Ich kann jemanden finden, dem ich etwas bedeute und der mich nicht entführen lässt. Scheiße, meine Erwartungen sollten weit darüber hinausgehen.

Und doch denke ich an ihn und an das Gefühl seiner Lippen. Seiner Haut an meiner. Seiner flüsternden Stimme in meinem Ohr.

Sollte, würde, könnte, müsste. Die Worte wiederholen sich in Endlosschleife in meinem Kopf und ich finde die Pausentaste nicht. Sie werden lauter, mit jeder neuen Schleife schriller, bis ich mir schreiend die Haare raufen will. Doch ich rühre mich nicht vom Fleck, egal welche Dämonen in meinem Kopf toben.

Seit Minuten zeichne ich krakelige Sterne in mein Notizbuch, während eine ältere Frau Dr. Baker ihr Herz ausschüttet. Ich weiß, dass ich zuhören und mir Notizen machen sollte. Dass ich noch nicht meinen Praktikumsplatz verloren habe, gleicht einem Wunder. Stattdessen füllt sich das Blatt vor mir mehr und mehr mit der schwarzen Tinte meines Kullis. Erst, als die Patientin sich verabschiedet, hebe ich den Kopf und schenke ihr ein aufmunterndes Lächeln. Mittlerweile weiß ich, dass das immer passt.

Verabschiede die Menschen mit einem positiven Eindruck.

Auch Claudia tätschelt der Frau ein letztes Mal den Arm, bevor sie sie zur Tür begleitet.

Schnell klappe ich das Notizbuch zu, damit sie nicht auf die Idee kommt, mir über die Schulter zu spicken. Und tatsächlich stellt sie sich neben mich und sieht nachdenklich aus dem Fenster. Zwar gibt sie mir mittlerweile nicht mehr das Gefühl, als wäre ich den Dreck unter ihren Schuhen nicht wert, aber sonderlich warmherzig ist die Stimmung zwischen uns nicht. »Ich würde mich gerne mit dir unterhalten.«

Schwer schluckend sehe ich zu ihr hoch. Die Sonnenstrahlen, die durch die Scheibe fallen, brennen sich in meinen Rücken und doch wird mir plötzlich ganz kalt. »Unterhalten?«

Sie senkt die Wimpern. »Deine Eltern machen sich Sorgen. Und ich zugegebenermaßen auch.« Sie macht einige Schritte um mich herum, um sich neben mich auf die Fensterbank zu setzen. *Baue Nähe zu deinen Patienten auf, sodass sie dir vertrauen.* »Gibt es etwas, das du mir erzählen willst? Es bleibt auch zwischen uns.«

Mein Mund wird trocken, während ich sie nur mit leicht geöffneten Lippen anstarre. Ich bezweifle, dass ich ihr von den letzten Wochen erzählen kann, ohne Konsequenzen zu erwarten. Ich habe mit einem Patienten geschlafen. Mehrmals. Ich habe nicht gemeldet, dass er mich entführt hat. Zumindest meinen Platz hier würde ich verlieren und ob sie sich dann noch an die Schweigepflicht hält, ist fraglich. Claudia steht hinter dem Gesetz, das Reese ganz eindeutig gebrochen hat.

»Ich ...« Meine Gedanken werden immer lauter und es fällt mir zunehmend schwerer, einen vernünftigen Satz zu bilden. »Mir geht es gut. Danke für das Angebot.« Obwohl ich mir recht sicher bin, dass es mehr als nur ein Angebot war, stehe ich auf und laufe zum Schreibtisch, um alles für den nächsten Termin vorzubereiten. Ich suche die Patientenakte raus, die sich im Gegensatz zu denen der anderen falsch in meinen Händen anfühlt. Ich sollte sie nicht öffnen, aber meine Aufgabe ist es, den Therapieraum und Claudia auf den nächsten Patienten vorzubereiten. Dazu gehört eben auch, die Informationen aus der vorherigen Sitzung wieder zusammenzufassen.

Reese' letzte Sitzung ist schon zwei Wochen her. In meiner Zeit bei ihm ist er nicht gekommen. Es kommt mir vor wie eine Ewigkeit, dass ich ihn hier zum ersten Mal gesehen habe. Schnell lege ich die Akte auf den Schreibtisch, als wäre sie eine Bombe, die jeden Augenblick hochgehen kann. Das hier ist nicht richtig.

»Ist alles in Ordnung?« Claudia beobachtet mich. Das tut sie erschreckend oft in den letzten Tagen.

Lächeln, nicken und mir nicht anmerken lassen, wie schnell mein Herz schlägt.

Die Akte liegt auf Claudias Schoß. Verschlossen. Genauso wie ihr Notizbuch, während ich an den Seiten von meinem nervös pfriemele. Das Reißen des Papiers reißt uns aus der Stille, woraufhin Claudia seufzend aufsteht und zum Telefon geht.

»Was ist los?«, frage ich mit einer viel zu schrillen Stimme. Ich räuspere mich.

Ihre Stirn liegt in Falten, als sie mich wieder ansieht. »Die Voraussetzung, dass er nicht angeklagt wurde, war diese Therapie.«

»Er kommt bestimmt«, werfe ich ein und versuche dabei nicht zu flehend zu wirken. Er ist nur ein Patient für mich.

Nicht mehr. Ich kenne ihn gar nicht. Nicht den wahren Reese, den er trotz all der Zeit immer vor mir versteckt hat.

Sie schüttelt den Kopf. »Letzte Woche habe ich es schon nicht gemeldet. Heute muss ich es tun.«

»Vielleicht ...« Ich springe auf und gehe zwei Schritte auf sie zu. »Vielleicht ist etwas passiert. Ich ...« Ich schlucke. *Tu es nicht, du dummes Ding! Er würde für dich auch nichts riskieren!* »Ich könnte nach ihm sehen? Und wenn alles in Ordnung ist und er nur geschwänzt hat, meldest du es? Wenn wir ihn jetzt verpfeifen, verlieren wir jedes Vertrauen, das er in uns hat. Er wird im Gefängnis landen und du weißt genau, wie es dann mit ihm weitergeht. Geben wir ihm noch eine Chance?«

In Claudias Augen flackert etwas. Nur eine Sekunde lang, aber das reicht, damit ich mich wieder einen Schritt zurückziehe. Doch sie legt das Telefon wieder hin. »Das ist inakzeptabel. Du kannst da nicht hin.« Sie zieht nachdenklich die Lippe zwischen die Zähne. »Aber ich gebe ihm noch eine Chance.« Sie nimmt ihr Handy aus der Tasche ihrer schwarzen Stoffhose und schüttelt langsam den Kopf, während sie mit schnellen Fingern eine Nachricht tippt. »Danach kann ich nichts mehr tun.«

Bei ihrem Ton rutscht mir das Herz in die Hose. Was ist mit Reese los, dass er seine Therapiesitzung schwänzt? Er muss doch wissen, dass er am Ende dafür seine Zukunft verliert.

Vielleicht bin ich es, die dringend einen Therapeuten benötigt. Anders kann ich mir nicht erklären, dass ich schon wieder auf dem Weg zu Reese' Haus bin. Dumm, naiv, absolut hirnrissig, sind nur ein paar der Begriffe, die auf diese Aktion zutreffen würden. Immer wieder finde ich mich an diesem Ort wieder, den ich vor wenigen Wochen nicht einmal in einem gepanzerten Fahrzeug durchquert hätte. Am Tag wirkt es zumindest nicht ganz so erschreckend auf mich. Obwohl ich das Gefühl habe, beobachtet zu werden, sitzt mir die Angst nicht andauernd im Nacken, während ich zum Haus laufe. Vielleicht bin ich langsam ein Teil dieses Ökosystems geworden und die Raubtiere wittern meine Spur nicht mehr auf einen Kilometer gegen den Wind.

Nichtsdestotrotz bleibe ich wachsam, bis ich endlich ankomme und erst zaghaft, dann etwas selbstbewusster an die Tür klopfe. Ich recke das Kinn. *Stark.* Ich bin stark, furchtlos und bereit, Reese an den Ohren in die Praxis zu schleifen, wenn es sein muss. Ich lüge meine Familie nicht schon seit Tagen an, damit er am Ende doch im Knast landet.

Als niemand öffnet, betätige ich den Türgriff. Es ist nicht sonderlich verwunderlich, dass nicht abgeschlossen ist. »Hallo?« Erst stecke ich nur den Kopf durch den Türschlitz, um sicherzugehen, dass ich nicht irgendjemand anderem als Reese in die Arme laufe. Doch als kein Mucks in den Flur dringt, schiebe ich mich hinein und schließe sofort wieder die Tür.

Sicherheit. Das Wort erscheint vor meinem geistigen Auge und ich frage mich nicht zum ersten Mal, wie verkorkst meine Wahrnehmung inzwischen geworden ist.

Auf dem Weg durchs Haus treffe ich auf keine Menschenseele. Nicht einmal Cherry spielt im gespenstisch leeren Wohnzimmer. Ich befeuchte meine Lippen, als ich vor Reese' Schlafzimmertür stehenbleibe. Was, wenn er nicht allein ist? Ein unerwartetes Stechen entsteht in meiner Brust bei der Vorstellung, ihn in flagranti mit einer anderen Frau zu sehen.

Es ist ein leises Stöhnen, das mich aus meiner Starre löst. Verschwunden ist die Angst, ihn zu erwischen. Stattdessen spüre ich meine neue beste Freundin: die Wut. *Was für ein Arsch!*

Ich setze eine zuckersüße Stimme auf, als ich zusammen mit der Tür ins Zimmer platze. »Liebling, ich bin zu Hause!« Ich höre Syds stolzen Jubelrufe in meinen Ohren, die ich jedoch sofort wieder zum Verstummen bringe, als ich Reese in seinem Bett entdecke. Ohne Frau. Dafür aber mit blassem Gesicht und vor Schweiß glänzender Stirn. »Reese«, flüstere ich mit zitternder Stimme seinen Namen. Dass er schlecht aussieht, wäre die Untertreibung des Jahrhunderts. Ohne zu registrieren, dass ich losgelaufen bin, stehe ich plötzlich neben seinem Bett und versuche zu erkennen, was los ist. Flatternd öffnet er seine Augen.

Flüchtig lasse ich den Blick über ihn wandern und lande auf seinem verbundenen Arm. »Hey.« Ich lege meine Hand auf seine glühende Stirn. »Was ist passiert?«

»Prinzessin.« Seine Stimme ist genauso schwach wie sein Körper.

»Was ist passiert?«, frage ich erneut und lasse die Finger über sein erhitztes Gesicht wandern. Der Bart ist schon einige Tage nicht mehr gestutzt worden und kratzt unter meiner Haut.

»Ist halb so schlimm.« Ich weiß nicht, ob ich es mir nur einbilde, oder ob er sein Gesicht wirklich meiner Hand entgegen neigt. Mein Herz macht einen verräterischen Hüpfer.

»Du hast Fieber.« Kopfschüttelnd sehe ich an ihm hinab. »Das wirkt nicht, als wäre es halb so schlimm. Du musst in ein Krankenhaus.«

»Kein Krankenhaus.« Unter einem schmerzlich verzerrten Gesicht setzt er sich auf. »Mir geht's gut. Aber es gefällt mir, dass du dir Sorgen um mich machst.« Mit halb geschlossenen Lidern lehnt er sich gegen das Kopfende des Bettes und hebt das dünne Laken an, unter dem er mit nackter Brust liegt. »Leg dich zu mir und ich beweise dir, dass es dazu keinen Grund gibt.«

»Halt die Klappe, zieh dir etwas an und dann komm mit.« Keine Ahnung, wo diese bestimmende Seite herkommt, aber ich werde sie beibehalten, bis ich ihn aus diesem Bett gescheucht habe. Anders, als ich noch vor wenigen Minuten gedacht habe.

»Kein K-«

»Klappe halten, habe ich gesagt!«, unterbreche ich seinen Versuch, mir erneut zu widersprechen. »Ich bin es leid, dass du mich nicht ernst nimmst. Du hörst gefälligst auf mich und wenn es dir wieder besser geht, werde ich es beim nächsten Mal auch.«

Reese legt den Kopf schief und lächelt mich müde an. »Versprochen?«

Ich verdrehe die Augen und halte ihm den kleinen Finger hin. »Pinky Schwur.«

Er lacht auf, was ihn erneut das Gesicht verzerren lässt, doch schlussendlich hakt er seinen kleinen Finger bei mir ein. »Du gehorchst mir. Egal, was ich dir sage.«

Ich presse die Lippen aufeinander, nicke jedoch. Vielleicht vergisst er das Versprechen durch das Fieber ja wieder.

Weder Brit noch Ash haben den blassesten Schimmer, wie beschissen es mir geht. Hätten sie gewusst, dass die kurze Behandlung von Doc weder mir noch meinem Arm geholfen hat, wären sie mir mit ihren Schuldgefühlen mächtig auf den Sack gegangen. Alles, was ich wollte, war meine Ruhe. So eine kleine Schusswunde ist nichts, was mich ausknockt. Zumindest dachte ich das.

Dass ich jetzt auf Avas Beifahrersitz hänge, wie ein nasser Sack, und nur schwer die Augen aufhalten kann, straft mich Lügen.

»Bist du noch bei mir?« Die Besorgnis in Avas Stimme ist nicht zu überhören. Genauso wenig wie das Aufheulen des Motors, als sie das Gaspedal durchdrückt.

»Ich gehe nirgendwo hin.« Ich schließe die Augen und hoffe, dass sich die Bilder meiner Umgebung aufhören zu drehen.

Der Regen peitscht gegen das Auto, als Ava den Wagen

vor der Notaufnahme des *St. Mary's Hospital* parkt. Ein Ort, den ich bisher noch kein einziges Mal von innen gesehen habe.

Niemand von meiner Familie hat das, weil wir uns diese verfluchten Behandlungen ohnehin nicht leisten können. Die Neonlichter des Krankenhauses flackern in der Dunkelheit und tauchen die Szenerie in ein düsteres Licht.

Ich stöhne leise und halte mir den blutverschmierten Arm, mein Gesicht verzerrt vor Schmerz. Doc hat die Wunde genäht, doch offenbar nicht besonders gut. Bei der ersten schnelleren Bewegung habe ich mir alles wieder aufgerissen. Den unangenehmen Geruch, der dauerhaft von meiner Schulter ausgeht, versuche ich weiterhin zu ignorieren. Sowas ist nie ein gutes Zeichen.

»Verdammt, Reese! Warum hast du das nicht früher behandeln lassen?«, fragt Ava mit einem Hauch von Verzweiflung in ihrer Stimme, während sie aus dem Auto springt und um die andere Seite eilt, um mir zu helfen.

Ich versuche mich zusammenzureißen und hänge am Ende dennoch schwer in ihrem Arm. Mein Atem kommt stoßweise. Doch ich versuche ebenso zu lächeln, aber es ist mehr eine Grimasse der Qual. »Es war nichts. Nur 'ne kleine Schramme.«

Ungläubig schüttelt sie den Kopf, sie kennt mich mittlerweile jedoch so gut, dass sie weiß, dass sie die Diskussion ohnehin sinnlos ist und führt mich ins Krankenhaus.

Der Regen peitscht uns ins Gesicht. Die Automatiktüren öffnen sich mit einem leisen Zischen, als wir die Notaufnahme betreten. Der sterile Geruch des Krankenhauses dringt in meine Nase, während ich mich auf Ava stütze.

Seit wann neigen sich Wände eigentlich zur Seite oder bin ich das?

»Hallo?!« Avas Stimme klingt besorgter, als sie sein müsste. Ich habe schon Schlimmeres überstanden.

Eine Krankenschwester, auf deren Namensschild in roten Lettern »Martha« abgebildet ist, eilt auf uns zu. Als sie mich erblickt, packt sie mich an der Hüfte, ohne meinen Arm zu berühren, Ava aber genug Last abzunehmen, dass die Wände in meinem Sichtfeld nicht mehr seitlich geneigt sind.

»Was ist passiert?«, fragt Martha mit besorgtem Blick, als sie die Blutspuren auf meiner Kleidung sieht.

Ich atme schwer. »Ne kleine Schusswunde«, erkläre ich knapp.

»Du wurdest angeschossen?« Avas Gesicht wird blass. Was macht es für einen Unterschied, ob ich aufgeschlitzt wurde oder eine Kugel abbekommen habe? Ich stehe hier, mache mich zum Idioten und verliere, wenn wir noch länger blöd rumstehen, noch das Bewusstsein.

»Nicht das erste Mal«, versuche ich sie zu beruhigen, doch ihrem verstörten Blick nach zu urteilen, bewirke ich das genaue Gegenteil. »Hey.« Ich versuche, meine Augen geradeaus auf ihr Gesicht zu richten und meine Atmung so weit zu kontrollieren, dass ich einen gefestigten Anschein mache. Avas Blick jedoch huscht von meinem Gesicht zu meinem Arm, zu Martha und quer durch den Raum. »Ava.« Sie hört nicht, sodass ich den unversehrten Arm hebe und ihr Kinn mit meiner Hand umschließe. »Prinzessin«, sage ich sanfter und streiche mit dem Daumen über ihre Haut, bis ich das Kinn loslasse und meine Handfläche an ihre Wange lege. »Alles ist gut. Mir geht es gut.« Sie nickt vorsichtig. »Okay?«

Wieder nickt sie, befeuchtet ihre Lippen und lehnt sich meiner Hand entgegen. »Tut ... tut mir leid.« Sie wendet sich an die Krankenschwester, die sich das Schauspiel geduldig angesehen hat. Jetzt nickt Martha ernst und führt uns zu einem freien Behandlungsraum.

Ich lasse mich auf die Liege sinken, mein Gesicht vor Schmerz verzerrt.

»Wir müssen die Wunde reinigen und nähen. Es wird ein wenig unangenehm sein, aber wir werden dafür sorgen, dass Sie sich sowohl wie möglich fühlen«, erklärt die Krankenschwester, während sie Handschuhe anzieht und das nötige Equipment vorbereitet. Wenn sie wüsste, was ich mit einem Skalpell bereits angestellt habe, würde sie es vermutlich nicht so seelenruhig vor mir liegen lassen.

Martha reinigt die Wunde mit einem Desinfektionsmittel, das wie Feuer auf meiner Haut brennt. Jeder Wisch fühlt sich an, als würde meine Haut aufreißen, doch das ist nichts im Vergleich zu anderen Schmerzen, die ich schon in meinem Leben empfunden habe. Während der gesamten Prozedur weicht Ava mir nicht von der Seite, hält meine Hand in ihrer und beobachtet mich mit Argusaugen.

Nachdem die Wunde gesäubert wurde, eilt Martha davon. Avas Gesichtsausdruck wird panisch, doch ich wünschte, sie würde nicht so ein riesen Ding daraus machen. Wäre sie nicht gekommen, hätte ich es auch ohne ihre Hilfe überstanden. Irgendwann wäre Doc zurückgekommen und hätte sich die Wunde noch einmal angesehen und festgestellt, dass sie sich entzündet hat. Nichts, was ein bisschen Antibiotika nicht regeln würde. Stattdessen sitze ich jetzt hier in diesem Bonzen-Krankenhaus und werde meiner Männlichkeit beraubt.

Es dauert nicht lange, bis die Tür aufschwingt und ein Arzt mit langem weißem Kittel sie begleitet. Sein Gesichtsausdruck ist ernst, als er sich meine Verletzung ansieht.

»Wir müssen einen Teil des entzündeten Gewebes so schnell wie möglich entfernen, bevor die Infektion sich weiter ausbreitet«, erklärt er mit ruhiger Stimme, während er sich auf die Vorbereitung zur Operation konzentriert. Die Krankenschwester hält mir ein Klemmbrett vor die Nase, das ich unterschreiben soll, während sie mich über Risiken und mögliche Folgen aufklärt, doch ich höre ihr nicht wirklich zu. Stattdessen konzentriere ich mich auf Avas Daumen, der immer wieder über meinen Handrücken streicht.

»Haben Sie alles verstanden?«, wendet der Arzt sich noch einmal an mich, als die Stimme der Krankenschwester verstummt.

Ich nicke knapp. Die Vorstellung, dass sich mein Körper gerade selbst zerstört, ist nicht gerade beruhigend, weshalb ich mich auf die Tortur einlasse.

In Avas Augen schimmern Tränen, während sie zusieht, wie ich meine Kleidung ablege, mit mehr Hilfe, als ich jemals zugestehen werde, und in ein OP-Hemd schlüpfe. Danach lasse ich mich zurück auf die Liege fallen. Meine Beine zittern, doch ich lasse mir nichts anmerken.

»Mach dir keinen Kopf, Prinzessin.«

»Das sagst du so einfach.« Mit fahrigen Händen wischt sie unter ihren Augen, bevor sie näher zu mir rutscht. Ihr frischer, warmer Duft steigt mir in die Nase und vertreibt den brennenden Geruch des Desinfektionsmittels. »Es wird alles gut?«

Ich nicke. Allein um sie an ihr Versprechen zu erinnern, werde ich diese OP überstehen. Zaghaft zupft ein Lächeln an ihrem Mundwinkel und lässt ihr Gesicht strahlen.

»Wieso wurdest du angeschossen?« Die Frage ist so leise, dass nur ich sie höre. Kurz blicke ich zur Krankenschwester hinüber, doch die ist mit dem Computer im Raum beschäftigt und dreht uns den Rücken zu.

Kann ich Ava die Wahrheit sagen? Wird sie mich danach verlassen? Sehe ich sie hier zum letzten Mal? All die Zweifel schnüren mir die Kehle zu und versetzen mich in einen Zustand, den ich seit meiner frühen Jugend nicht mehr durchleben musste.

Panik.

Panik, den Menschen an meiner Seite zu verlieren, ohne es verhindern zu können. Doch ich kenne Ava und weiß, dass sie nicht ruhen wird, bis ich ihr wenigstens einen Teil erzähle.

»Ich habe einen Geldtransporter überfallen«, sage ich so leise, dass sie sich näher zu mir beugt, um jedes Wort zu verstehen. Ihre blauen Augen bohren sich in meine und trotz der Schmerzen ist es alles, worauf ich mich konzentriere. Sie. Ihre Hand auf meiner. Ihr Atem, der gegen meine Lippen prallt.

Die Zeit steht still, während sie mich ansieht und die Rädchen in ihrem Kopf arbeiten. Dann nickt sie. Einfach so. Fürs Erste ist alles zwischen uns gesagt.

Martha verlässt das Behandlungszimmer, um die letzten Vorbereitungen zu treffen, und Ava und ich verbringen die Zeit schweigend, mit ihrem Kopf auf meiner Schulter. Wenig später werde ich in den Operationssaal geschoben, wo das grelle Licht meine Augen blendet. Die Anästhesistin legt mir eine Maske über das Gesicht, und bevor ich mich versehe, überkommt mich die Dunkelheit der Narkose.

»Ich finde es nicht gut, dass du dich selbst entlassen hast, Reese.« Mit verkniffenem Gesichtsausdruck sieht sie mich an.

Dass sie meinen Namen so betont, gefällt mir. Es hat etwas Dominantes.

»Du wolltest mich wohl länger in einem sexy Patientenkittel sehen, was?«

Die Medikamente nehmen den Schmerz, woran ich mich gewöhnen könnte. Eine Nacht habe ich im Krankenhaus ausgehalten, dann konnten mich keine zehn Pferde mehr dort halten. Auch meine Prinzessin nicht.

Ava verdreht die Augen, doch die Grübchen, die in ihren Wangen entstehen, verraten sie. Scheiße, ist diese Frau attraktiv. »Eine gute Sache hat das Ganze ja.« Ich neige neugierig den Kopf. Nachdem Ava mich wieder zu Hause abgesetzt hat, war ich der Meinung, dass sie wieder abhaut, doch sie ist geblieben. Jetzt steht sie neben meinem Bett und mein einziger Gedanke ist, dass ich sie viel lieber in diesem hätte statt daneben. »Immerhin wirkst du jetzt richtig handzahm. Ich sollte dich öfter mit Schmerztabletten vollpumpen.«

»Sag bloß, du stehst auf sowas?«

»Auf nette Gespräche, meinst du? So ganz ohne Streit?« Sie verschränkt die Beine und lässt den Blick über mein Gesicht wandern. Wie abgefuckt schön sie ist. »Nee, kann mir nichts Schlimmeres vorstellen.« Ava stellt ihre Handtasche zu Boden und mein Blick fällt auf die Rechnung, die aus ihr herausragt, was Ava nicht entgeht. Sofort schiebt sie das Stück Papier tiefer hinein. »Ich übernehme die Kosten.«

»Ich hätte mich also von Anfang an nur anschießen lassen müssen, um dein Geld zu bekommen?« Dass ich mir einen Besuch im Krankenhaus nicht leisten kann, musste ich Ava nicht erzählen.

Zumindest nicht, ohne nochmal einen Geldtransporter auszurauben.

»Du hättest einfach fragen können«, antwortet sie zähneknirschend. »Ich hätte es dir gegeben. Auch ohne Entführung oder ... diese saudumme Idee.«

»Ich merke es mir.«

Wie eine tadelnde Lehrerin steht sie vor meinem Bett und verschränkt die Arme vor der Brust. *Heiß. Viel zu heiß.* »Wenn du mir gesagt hättest, warum du es so dringend benötigst. Mehr nicht.«

»Ehrlichkeit? Das verlangst du also?« Ich necke sie.

Fuck. Reese Davis neckt nicht. Reese Davis macht Ansagen oder schlägt Zähne ein, wenn man ihn immer wieder mit denselben Fragen nervt. Wieso also habe ich nicht das Bedürfnis, sie aus dem Zimmer zu werfen?

»Ist das nicht das Mindeste? Ich hab dich in der Hand.« Zwinkernd lässt sie die Antibiotika in ihrer Handtasche verschwinden.

»Und da sagt man mir nach, ich habe soziopathische Züge.«

Sie stößt ein Lachen aus, das ihre Augen nicht erreicht. Wirkt sie nervös? »Ich passe mich nur an. Anders tust du ja nicht, was ich dir sage.«

Ich schenke ihr ein süffisantes Grinsen. »Böses Mädchen.«

Ava setzt sich neben mich. Das Ziehen in meinem Arm ignoriere ich, während ich zur Seite rutsche. Nie hätte ich gedacht, dass ich in meinem Zustand jemanden bei mir, geschweige denn in meinem Bett, haben will.

»Also nochmal, Reese. Wieso ein Überfall? Wieso habt ihr das Geld so dringend benötigt?«

Vielleicht sind es die Medikamente, doch ein Teil in mir will sich ihr anvertrauen. Will ihr alles erzählen. Von Ashs

Problemen und davon, wie beschissen wichtig es ist, dass ich ihn nicht auch verliere.

»Ich hatte einen Bruder.« Ich habe keine Ahnung, wieso ich das gesagt habe. Mein Magen krampft. Mein Hals wird trocken und nichts in mir fühlt sich mehr stark an. Fuck! Ich hasse diese Hilflosigkeit, die von mir Besitz ergreift, sobald ich über meine Vergangenheit spreche. Schwer stoße ich die angestaute Luft aus. »Er war der netteste Typ, den ich je kannte. Er war gut zu jedem ... Zu gut.«

Mein Kiefer spannt sich an, will mich davon abhalten. Alles in mir will das. So bin ich nicht. Mein Scheiß bleibt bei mir. Es geht niemanden etwas an, wieso ich so kaputt bin, wie ich bin. Es ist verdammt nochmal mein eigenes Gepäck.

Zärtlich sieht sie mich an, während ich mit mir ringe, ob ich weiterreden oder sie doch aus dem Zimmer und meinem Leben jagen soll. Sie kam mir schon jetzt viel zu nah.

Sie ist gefährlich.

Ava hebt vorsichtig den Arm und lässt die Finger durch die zerzausten Strähnen gleiten. Sie wartet, ob ich weiterspreche. Sie hat keine Ahnung, welcher Sturm gerade in mir wütet. Und ich weiß nicht, was passiert, wenn er sich irgendwann legt. Wer ich dann bin. »Manchmal muss man die Vergangenheit mit jemandem teilen, damit sie nicht mehr so dunkel wirkt«, flüstert sie plötzlich und ihr Gesicht verzieht sich so schmerzlich, dass ich ihn ihr gerne nehmen würde.

»Er sagte immer, dass man sich nur genug anstrengen muss, um alles erreichen zu können, was man sich wünscht.« Ich setze mich vorsichtig auf und greife nach der Hand, die mich eben noch gestreichelt hat. Ich darf mich nicht länger so schwach fühlen. Nicht, wenn ich ihr von der schwächsten Zeit meines Lebens erzähle. Mit festem Griff ziehe ich sie an mich, sodass unsere Oberkörper sich berühren. »Mit einer Sache hatte er recht: man muss sich anstrengen. Allerdings anders, als er dachte.« Meine Augen bewegen sich. Sie mustern Ava, fliegen über dieses verdammt schöne Gesicht, bis sie auf ihren Lippen landen. Diese Lippen, an die mein verkorkstes Hirn viel zu oft denken muss, weil ich weiß, wozu sie fähig sind. Ich werde hart bei dem Gedanken an all die schönen Dinge, die sie damit anstellen kann. »Man hat uns bei unserer Geburt Scheiße in die Wiege gelegt und daraus kann man kein Gold zaubern, wenn man nur nett fragt. Man muss die Scheiße hinter sich lassen und sich das verfickte Gold von anderen holen.« Mit diesem Satz greife ich mit dem gesunden Arm um ihre Hüfte und ziehe sie über mich. »Setz dich, Prinzessin!«

»Bist du sicher? Du hast Schmerzen.« Mit leicht geöffneten Lippen lässt sie den Blick über mich wandern. Das Lodern des Feuers in den Augen kann allerdings selbst ihre Sorge nicht verbergen.

Knurrend ziehe ich sie als Antwort auf diese bescheuerte Frage näher, bis sie sich mit ihrem Prachtarsch auf meinen Schwanz setzt. Für diese Frage hätte ich ihr den Hintern versohlen sollen. Ein heißes Stöhnen entfährt ihrem Mund. »Reiß mir mein schwarzes Herz raus und ich werde bereit für dich sein.«

Sie beugt sich vor, bis ihre Haare meine nackte Schulter kitzeln. »Bis du etwa auf den Geschmack gekommen, dass ich die Kontrolle habe?« Ihr warmer Atem gleitet über mein Ohr und der Ton ihrer Worte lässt meinen Schwanz zucken.

Ohne darauf einzugehen, platziere ich meine Hände an ihrem Hintern, der sich ihnen willig entgegenstreckt. Ich führe sie, bewege sie auf mir wie eine Marionette. Und sie folgt meinen stummen Anweisungen. »Prinzessin, wir können sie uns teilen.«

»Teilen klingt fair.« Ihre Stimme klingt schon jetzt heiser, dabei befinden sich für meinen Geschmack noch zu viele Lagen Stoff zwischen uns.

»Ausziehen!«

Sie beginnt die weiße Bluse aufzuknöpfen, die ich ihr schon in der ersten Sekunde vom Leib reißen wollte. Mit einem lasziven Lächeln beißt sie sich auf die Unterlippe. Knopf für Knopf lässt sie ihre Hüften kreisen. Fuck, diese Frau ist mein Untergang. Als sie ihre Brüste in dem Spitzen-BH freigelegt hat, stoppt sie, um mich mit schräg gelegtem Kopf anzusehen. »Und was, wenn nicht?«

Meine Hände gleiten von Avas Arsch über ihren Körper, bis sie auf die weiche Stoffoberfläche ihrer Bluse treffen, die nur noch von ein paar losen Knöpfen gehalten wird. Mit einem einzigen Ruck reiße ich sie auf und entlocke Ava damit ein sehnsuchtsvolles Seufzen. Die Schmerzen in meinem Arm sind nichts im Vergleich zu meinem Verlangen. »Ausziehen, habe ich gesagt!«

Ava schenkt mir ein süffisantes Grinsen, als sie meine Hände umgreift und an ihre nackte Hüfte legt. »Vorsicht, Mr. Davis. Nicht, dass Ihre Nähte noch reißen.«

»Nichts könnte mir egaler sein.« Ihr Atem geht schwer und verführerisch, als ich mich mit einem leidenschaftlichen Verlangen vorbeuge und ihre Lippen finde. Ein heißer, gieriger Kuss, der jede Faser meines Seins durchdringt. Avas Lippen sind süchtig machend, eine Droge, der ich mich willenlos hingebe. Es gab viele Frauen in meinem Bett, doch keine war wie sie.

Keine hatte solch eine Macht über mich. Keine wollte ich besitzen.

Ava soll mein sein. Nur mein.

Und vielleicht gehöre ich dann auch ihr.

Ich spüre ihre Hand auf meinem Bauch, die langsam kreisende Bewegungen macht und ein Feuer lodert in mir auf. Unsere Berührungen sind raubtierhaft, hungrig nach dem nächsten Moment der Ekstase. Sie denkt nicht mehr an diese verdammten Nähte und bald wird sie an nichts mehr denken können, außer an mich in ihr.

Meine Hände wandern weiter über ihren Körper, erkunden jede Kurve, während ihr Stöhnen meine Sinne betäubt. Die Hitze zwischen uns ist elektrisierend, und ich will mehr, immer mehr von dieser wilden, ungezügelten Lust.

»Warte«, sagt sie mit rasselndem Atem und löst sich von mir.

Ein unbefriedigtes Knurren verlässt meine Kehle. Warten ist nicht gerade das, was mir im Sinn steht.

Ava bewegt sich, rutscht weiter hinab, bis sie zwischen meinen Beinen kniet. Ihre Hände streichen über meinen Oberkörper. Meinen Blick fixiert sie mit ihrem. Die Farbe ihrer Iriden wird dunkler, verwegener. Das ist die Seite an ihr, die kaum jemand kennt. Allein dieser Fakt macht mich noch geiler. Ich will sie. Jetzt. Quälend langsam streicht sie mit den Fingerspitzen den Bund meiner Hose entlang. »Ava«, brumme ich.

»Reese?«, flötet sie zuckersüß und schenkt mir ein Lächeln, das meine gesamte Beherrschung zugrunde richten könnte. Sie beugt sich so weit vor, bis ihre Lippen federweich meinen nackten Bauch berühren. Sosehr ich ihre Küsse auch genieße, die sich immer weiter hinab bewegen, so gerne würde ich sie auch auf der Stelle in die Matratze pressen und besinnungslos vögeln.

»Treib es nicht zu weit.«

Zum ersten Mal, seit ich sie kenne, tut sie, was ich ihr sage, und stoppt. Sobald ich mich der lästigen Kleidung entledigt habe, ist sie wieder über mir und liebkost Sekunden später mit der Zunge meine Länge. Ihre Nässe empfängt mich, sorgt für ein unbeschreibliches Gefühl. Immer wieder fährt ihre Zunge über meinen Schaft, umkreist meine Spitze. Obwohl sie genau den richtigen Druck ausübt und ihr Mund mehr als ausreichen würde, um sofort abzuspritzen, versuche ich die Kontrolle zurückzugewinnen. Die Finger grabe ich in ihren Haaransatz, schiebe sie tiefer, bis sie meinen Schwanz bis in ihrem Rachen aufnimmt. »Fuck, wenn du dich sehen könntest.« Ava umfasst mit einer Hand den Ansatz meiner Länge, während meine ihren Kopf immer weiter vor und zurückleiten. Als sie mit funkelnden Augen zu mir hochsieht, erkenne ich, dass es nicht nur mir gefällt, wenn ich die Oberhand habe. Dieses kleine, versaute Stück. Es gefällt ihr, von mir benutzt zu werden. Bevor sie mich mit ihrem Mund abspritzen lässt, ziehe ich sie sanft, aber bestimmt an den Haaren zurück. »Ich will dich endlich ficken.«

Man würde denken, dass sie nichts mehr zum Erröten bringen könnte, doch offensichtlich tun es meine Worte, denn das Lächeln auf ihren Lippen wird plötzlich ganz schüchtern.

Fuck, Prinzessin. Ebendiese Lippen haben meinen Schwanz geblasen wie eine Königin. Wieso bist du jetzt so unsicher?

»Setz dich auf mich!« Sie schlüpft aus ihrer Hose und platziert ihre Beine wieder links und rechts neben meiner Hüfte. Ihre feuchte Mitte schwebt über meiner harten Männlichkeit.

»Ava.« Ich vergrabe die Finger in ihren weichen Oberschenkeln. »Setz. Dich!«

Mit leicht geöffnetem Mund sieht sie mich an. Wieso kann sie nicht einmal gehorchen? »Das mit uns ist gefährlich«, sagt sie atemlos. Als wäre mir das nicht längst bewusst. Ava ist mein Untergang und ich habe es viel zu spät erkannt.

»Gefahr lässt dich lebendig fühlen, Prinzessin.« *Du lässt mich lebendig fühlen.* »Und jetzt setz dich verdammt nochmal.«

Ohne den Blick von mir zu lösen, lässt sie sich vorsichtig auf meine Länge sinken. »Fuck«, stöhne ich heiser, während Ava den Kopf in den Nacken wirft. »Du fühlst dich so perfekt an.« *Du siehst so perfekt aus.* Bevor ich zu viel in diese Gedanken hineininterpretieren kann, bewegt Ava sich schneller in einem Rhythmus, der mich pulsieren lässt. Keuchend gleitet sie auf meiner Erektion auf und ab, ehe meine Hände ihre Geschwindigkeit drosseln. »Langsam.«

Doch Ava sieht mich an, schüttelt den Kopf und schiebt meine Hände von sich. Sie bewegt sich wieder wie eine verdammte Göttin. »Nein!«

Ihre Stimme, ihre Hüften, die mich um den Verstand bringen, ihr Blick. Alles treibt mich dem Abgrund entgegen, bis ich endgültig verloren bin und Avas Stöhnen das Einzige ist, was noch Bedeutung hat.

KAPITEL 30
AVA

»Wo ist dein Bruder?« Ich liege auf Reese' Brust, das Gesicht ihm zugewandt. Hätte ich ihn nicht angeschaut, wäre mir die Trauer nicht aufgefallen, die für eine Sekunde über seine Züge gehuscht ist.

»Er ist tot«, antwortet er so tonlos, dass jeder andere das Thema ruhen lassen würde.

Ein eiskalter Schauer läuft mir über den Rücken. »Wie ist er gestorben?«, frage ich stattdessen so leise, dass ich nicht weiß, ob er es wirklich hören kann.

Es dauert eine Ewigkeit, bis er sich über die Lippe leckt und den Blick senkt, sodass er mich ansehen kann. Ich erkenne, wie schwer ihm das hier fällt. Reese ist niemand, der sich leicht öffnet. Ich bezweifle, dass er bis auf Ash und möglicherweise Brit jemals jemanden so nah an sich herangelassen hat wie mich in diesem Augenblick.

Vielleicht wird auch ihm das gerade klar, denn hinter seinen Augen sehe ich einen Kampf. Wird er sich mir anvertrauen und sich angreifbar machen oder wird er sich wieder hinter seiner Maske verstecken?

Ich bewege mich, stütze mich neben seinem Oberkörper ab – darauf bedacht, seinen Arm nicht zu berühren – und setze mich auf. Immer noch nackt, aber in diesem Augenblick spielt das keine Rolle. »Ich verstehe, dass es schwer ist, über sowas zu reden. Glaub mir.« Ich greife nach seiner Hand und führe sie in Richtung meines Bauches. Über die Narbe, die mich mein Leben lang an diese Nacht erinnert. Als seine Finger sie berühren, zucke ich innerlich zusammen. »Wenn man darüber redet, macht man es real.« Ein Kloß bildet sich in meinem Hals, den ich nicht herunterschlucken kann. »Aber weißt du was? Es ist auch real, wenn wir nicht darüber sprechen. Nur, dass wir uns dann ganz allein damit quälen.« Tränen sammeln sich in meinen Augen. Verräterische Tränen, die ich nie jemandem zeigen wollte, doch in diesem Moment lasse ich zu, dass sie über meine Wange laufen und Reese die freie Hand hebt, um sie wegzuwischen. »Mein Vater hat versucht, mich zu erschießen. Er hat meine gesamte Familie auslöschen wollen. Es wird immer diesen Teil in mir geben, der sich nicht geliebt fühlt. Unwichtig und entbehrlich. Aber wenn ich nie darüber rede, kann mich auch niemand vom Gegenteil überzeugen.«

Dieser Seelenstriptease ist das Schwerste, was ich je tun musste. Obwohl Reese jeden Millimeter meines Körpers kennt, fühle ich mich zum ersten Mal wirklich nackt. Ich habe Angst vor seiner Reaktion, denn die entscheidet, wie das mit uns weitergeht. Ob es überhaupt ein *Uns* geben wird. Bisher hat er es nicht zugelassen. Ich habe es nicht zugelassen. Unsere Dämonen haben es nicht zugelassen. Aber wenn wir die des anderen kennen, können wir sie gemeinsam bändigen.

Sein Daumen streichelt über mein Gesicht, bis hinunter

zu meinen Lippen, über denen er verharrt. »Deshalb deine Panik wegen der Schusswunde?«

Ich senke den Blick, weil es mir schwerer fällt, als es sollte. Das alles ist so lange her und an die körperlichen Schmerzen erinnere ich mich nur noch vage. Nur die seelischen bleiben. Die, die niemand sieht. Die, die man wunderbar verbergen kann, bis man sie selbst vergisst. »Es ist schwer zu akzeptieren, dass man eigentlich tot sein sollte.«

Reese umschließt sanft mein Kinn und zieht mich zu sich, um mich zu küssen. Es ist kein leidenschaftlicher, wilder Kuss. Keiner von der Art, die uns sofort wieder die Klamotten vom Körper reißen lassen würde. Und doch mag ich diesen noch mehr als alle anderen. Als sein Blick meinen findet, sehe ich denselben Schmerz darin wie den, den ich eben gespürt habe. »Unser Stiefvater hat uns unsere ganze Kindheit lang übel zugerichtet. Es war egal, ob wir etwas angestellt haben oder einfach nur zur falschen Zeit am falschen Ort waren.« Er lacht freudlos. »Es war immer der falsche Ort, wenn er in der Nähe war.« Reese leckt sich über die Lippe. Ich sehe den Kampf, den er mit sich austrägt. »Mein Bruder – Noah – er war ein Jahr jünger als ich. Ich habe versucht, ihn zu beschützen. Vor ihm und der Welt. Er war ...« Reese zieht die Hände wieder zu sich und reibt sich übers Gesicht. Als er sie wieder wegnimmt, wirkt er um Jahre gealtert. »Ich hätte ihn nicht so weich werden lassen dürfen. Noah war davon überzeugt, dass wir da irgendwann rauskommen. Dass das nicht alles sein kann.« Er stößt ein freudloses Lachen aus. »Für ihn war es alles. Für ihn gab es nichts mehr. Nicht einmal diese Bruchbude war ihm vergönnt.«

»Was ist passiert?« Ich weiß nicht, ob ich es wissen will,

aber er muss es erzählen. Wir alle müssen jemanden finden, mit dem wir unser Päckchen tragen können.

»Ich war mit Freunden unterwegs. Ich war fünfzehn. Ein Freund von mir hat das Auto seines Vaters geklaut und wir waren damit unterwegs.« Er schluckt schwer. Ich merke, wie schwer es ihm fällt, mich anzusehen. »Ich habe die Zeit vergessen. Als ich nach Hause kam, war es zu spät. Er war besoffen. Er hat seine Wut rausgelassen und ich war nicht da, um sie einzustecken. Ich konnte Noah nicht beschützen. Er ... er war nicht stark genug.«

»Du bist nicht schuld.« Eine Floskel. Es ist unwichtig, ob sie wahr ist oder nicht. Am Ende bleibt die Schuld bei einem, ob sie einem gehört oder nicht.

»Ich hätte da sein müssen.«

Als ich sehe, wie sich sein Kiefer anspannt, lehne ich mich vor. Es gibt keine Worte, die ich sagen kann, um ihn davon zu überzeugen, dass er nichts hätte tun können. Es gibt einen rationalen Teil, der es weiß. Doch dieser Teil in ihm wird es nicht verstehen. Ich kann nur da sein, damit er nicht so allein damit ist. Dieser Kuss schmeckt salzig und ich mache mir nichts mehr vor. Vielleicht bin ich absolut verkorkst. Vielleicht bin ich verrückt. Oder aber ich sehe Reese, wie er wirklich ist. Unter dieser dicken Schicht aus Misstrauen und Wut. Ich habe mich in ihn verliebt. Trotz seiner Aggressionsprobleme und der sprunghaften Art. Obwohl er mich hat entführen lassen und immer wieder von sich stößt. Er und ich, das ist absolut toxisch und obwohl ich das sehe, will ich es. Ich habe mich verliebt in die Seite von ihm, die bereit ist, mich zu beschützen, egal was kommt. Egal vor wem. Aber vor allem habe ich mich verliebt in die Art, wie er mich ansieht. Dass er mich wirklich sieht. Er kennt meine Vergangenheit, ich seine.

Wir verurteilen uns nicht für unsere Dämonen, denn wir wissen, dass sie ein Teil von uns sind. Ein Bruchstück unserer Persönlichkeit, aber wir sind nicht sie.

Trotz dieses Hauses und obwohl ich nur hier bei Reese bin, weil er einen Geldtransporter überfallen hat, fühlt sich dieser Tag beinahe normal an. Gleich nachdem wir aus dem Krankenhaus kamen, habe ich Syd geschrieben, dass ich nicht nach Hause komme. Zwar hat sie nicht geantwortet, aber so habe ich meine Pflicht erfüllt. Genauso wie ich mich bei Claudia krankgeschrieben und Reese ebenfalls zu einer Nachricht an sie gezwungen habe.

Nachdem Reese mir von seinem Bruder erzählt hat, haben wir noch darüber geredet, wie er hier gelandet ist – normal. Und dann bin ich in seinen Armen eingeschlafen – verdammt, hat sich das normal angefühlt.

Als ich die Augen öffne, sind seine das Erste, was ich sehe und ein viel zu dominanter Teil in mir wünschte sich, dass das jeden Tag so sein könnte. »Guten Morgen.«

»Das ist neu für mich.« Sein Geständnis lässt mein Herz hüpfen wie das eines frisch verliebten Teenagers. Reese reibt sich übers Gesicht und die Haare aus der Stirn. Wie kann jemand direkt nach dem Aufwachen schon so heiß aussehen?

»Für mich auch«, sage ich ehrlich. »Wie geht es dir? Hast du Hunger?«

»Ich hätte lieber ne Kippe.«

Ich werfe ihm einen drohenden Blick zu. »Vergiss es. Nicht, solange ich deine Krankenschwester bin.«

»Krankenschwester, hm?« Der Ausdruck auf seinem

Gesicht lässt meine Mitte zucken und als er mich dann noch mit dem gesunden Arm an sich zieht, verliere ich beinahe meine Beherrschung. Aber nur beinahe. Bevor er mich vollends in seinem Reese-Sumpf verschlungen hat, schiebe ich ihn sanft von mir und hüpfe aus dem Bett.

Der kalte Boden lässt mich erzittern, doch ich widerstehe dem Drang, mich wieder in sein Bett und seine Arme zu flüchten. »Ich mach dir jetzt essen. Suppe?«

Er verzieht das Gesicht. »Ich habe eine Schussverletzung und liege nicht im Sterben.«

»Okay«, sage ich lachend. »Nudeln?«

»Wenn du welche findest.« Das Schmunzeln, das sich langsam auf seinen Lippen ausbreitet, ist zu viel für mich. Reese so zu sehen, widerspricht allem, was in seiner Akte steht. Dem, was ich über ihn aufgeschrieben habe. Mit einem letzten Lächeln, das mein schlechtes Gewissen verbergen soll, steige ich in meine Klamotten und laufe zur Küche. Dieser Raum ist sogar noch kälter als Reese' Zimmer. Der abgestandene Zigarettenrauch hängt in der Luft und zu meinem Leid sitzt Brit auf einem der Barhocker.

Das hier ist ihr Reich. Ich bin nur Besucher.

»Guten Morgen«, begrüße ich sie so freundlich wie möglich. Wir müssen uns nicht mögen, aber wenn das mit Reese und mir nicht nur eine kurze Nummer sein soll, muss ich zumindest mit ihr klarkommen.

»Du schon wieder«, knurrt sie ohne aufzusehen. Erst, als ich zum Kühlschrank gehen und mir einen Überblick verschaffen will, springt sie auf wie dessen persönlicher Bodyguard. »Was denkst du, hier zu tun?« Ihr Blick ist schneidend. Wäre es das erste Mal gewesen, dass ich sie sehe, wäre ich vermutlich schreiend weggelaufen. Doch das ist es nicht, also recke ich herausfordernd das Kinn.

»Ich bin hier, um mich um Reese zu kümmern. Entweder du akzeptierst es oder du tust es nicht. So oder so geh mir bitte aus dem Weg, damit ich ihm etwas zu essen kochen kann.« Kurz sieht sie mich aus ihren müden Augen an, als wolle sie die Krallen ausfahren und mir damit das Gesicht zerkratzen, doch dann entscheidet sie sich um und rauscht davon. Nichts bleibt außer ihr billiges Parfüm.

Kopfschüttelnd suche ich in den Schränken nach irgendwas Essbarem und mache mich an die Arbeit. Womöglich werde ich ja doch noch zur perfekten Hausfrau, die ihrem Ehemann und den fünf Kindern täglich ein warmes Essen auf den Tisch zaubert. Bei dem Gedanken grinse ich. Nein, das ist nicht, was ich will. Im Augenblick bin ich mit dem Chaos in meinem Leben zufriedener als ich es sein sollte. Es gibt mir das Gefühl von Freiheit, das ich so lange haben wollte.

———

»Du hast dich mit Brit angelegt?«, fragt Reese neugierig, als ich das Schlafzimmer betrete. Er sitzt im Bett, den nackten Oberkörper viel zu verführerisch präsentiert. Nachdem er mir von seiner Vergangenheit erzählt hat, habe ich die vielen Narben darauf mit anderen Augen gesehen. Bisher waren sie Ergebnisse seiner jetzigen Lebensweise. Dass sie jedoch noch von dem kleinen Jungen von damals stammen, bricht mir das Herz.

»Das hast du gehört?«, frage ich und werfe die Tür mit dem Fuß zurück ins Schloss.

»Eure Diskussion nicht, aber ihr Gezeter, als sie an meinem Zimmer vorbei gestürmt ist wie eine Furie.«

Ich verdrehe die Augen und gehe auf das Bett zu. Mittlerweile fühle ich mich hier sicher. Verkorkstes Hirn. »Wieso bist du mit ihr befreundet? Sie ist so ...«

»Unfreundlich?«

»Böse«, korrigiere ich ihn matt.

Reese rutscht lachend zur Seite, damit ich mich mit den Tellern neben ihn setzen kann. »Sie ist wie wir alle. Oder findest du mich etwa nett?«

Nachdenklich verziehe ich den Mund. »Das würde ich lieber nicht beantworten. Ich hänge an meinem Gesicht.«

Grinsend umfasst er mit einer Hand mein Kinn und dreht mich zu sich. »Prinzessin, ich würde dir dieses zauberhafte Gesicht nicht abziehen. Allerdings kenne ich andere Wege, um dich zu erziehen.«

Wieso gibt es einen Teil in mir, der diese Wege nur zu gerne mit ihm gehen würde? Ich bin verloren. Endgültig.

In all den Tagen, die ich in diesem Haus war, ist mir eines ganz deutlich geworden. Es ist niemals ruhig. Irgendein Geräusch dringt immer durch die Wände und zeigt mir, dass wir hier nicht allein sind, auch wenn die kleine Blase, in der ich mich mit Reese befinde, zu gemütlich ist, als dass ich sie verlassen will. Das Scheppern und Knallen von Geschirr und Türen lässt sie allerdings zerplatzen. Mit einem Wutschrei.

Innerhalb eines Herzschlags bin ich auf den Beinen und an der Tür. Reese gibt einen undefinierbaren Schmerzenslaut von sich, doch er folgt mir. Langsam und auf unsteten Beinen, doch bestimmend. Wie immer. Lange kann ein Reese Davis nicht in seinem Bett bleiben, auch wenn ich die beste Krankenschwester der Welt bin.

»Was war das?«, flüstere ich in die plötzliche Stille. Unsicher, ob ich wissen möchte, was uns jetzt schon wieder hinter dieser Tür erwartet, verharre ich mit der Hand auf halbem Weg zur Klinke.

»Ash.«

Ich runzle die Stirn, bevor ich die Tür doch öffne und sie Reese aufhalte, der hinter mir in den Flur schlurft. »Geht es ihm gut?«

»Guck nicht so besorgt. Er ist kein verdammter Welpe.« Irre ich mich, oder klingt Reese ein wenig eifersüchtig?

»Aber sein Bein ist gebrochen. Sollte er da nicht liegen bleiben, anstatt so einen Lärm zu machen?«

Das bringt mir nur ein undeutliches Grummeln ein, bevor er mich am Handgelenk packt und durch den Flur zieht. Die ganze Haltung erinnert mich an meine früheren Aufenthalte in diesem Haus. Als Gefangene. Allein die Erinnerung lässt mich erzittern und eine Gänsehaut über meinen Rücken rieseln. Trotzdem folge ich Reese, ohne Murren, ins Wohnzimmer oder das, was sie als Wohnzimmer bezeichnen. Die Sessel und Couchgarnitur sind zusammengewürfelt und haben alle schon bessere Tage gesehen und die Bar passt nicht wirklich ins Bild, doch alles in allem ist es ihr Gemeinschaftsraum, in dem jetzt verschiedene Dosen und Töpfe verstreut liegen. Dazwischen Ash, der den Kopf hängen lässt.

»Was zur Hölle?«

»Was ist passiert?«, rufen Reese und ich im gleichen Moment. Eilig hocke ich mich neben Ash auf den Boden, darauf bedacht, seinem geschienten Bein nicht zu nahe zu kommen. Erst Ashs Bein und jetzt Reese' Schulter. Was wird als Nächstes passieren? Wird einer von ihnen sein Leben lassen, weil sie sich selbst in Gefahr bringen? Oder wird es Brit treffen. Sie ist noch unverletzt, soweit ich das sagen kann.

»Was machst du denn auf dem Boden?« Ash zuckt mit der Schulter, bevor er mir eine gefüllte Gabel entgegenhält, sie aber sofort in seinem Mund verschwinden lässt. Blinzelnd beobachte ich ihn beim Kauen und sehe aus dem Augenwinkel, wie Reese sich auf einen Sessel fallen lässt, das Gesicht noch immer zu blass für meinen Geschmack. »Du isst?«

»Hatte Hunger«, erwidert er mit vollem Mund und zieht den Topf mit Nudeln und einer undefinierbaren Soße näher an sich heran.

»Auf dem Boden?«

»Jup.«

»Warum?« Er wirkt so unbekümmert, fast, als hätte er keine Sorgen in dieser Welt. Doch ich weiß es besser. Reese hat genug durchscheinen lassen, als dass ich seinem Lächeln und der unschuldigen Miene Glauben schenken könnte.

»Bin hingefallen, als ich versucht habe, den Topf zum Tisch zu tragen.« Die nächste volle Gabel verschwindet in seinem Mund, bevor er mich angrinst. »Machst du dir etwa Sorgen um mich?«

»Nein.« Es ist Reese der für mich antwortet. Der finstere Ausdruck auf seinem Gesicht passt zu seiner angepissten Stimmung, die nicht besser wird, als Ash sich näher zu mir beugt.

»Lass ihn reden. Ich weiß, dass du dich insgeheim um mich kümmern möchtest.« Er zwinkert mir zu, was ein bisschen seine Wirkung verliert, weil er sich direkt wieder daran macht, sein Essen zu verschlingen. In Rekordgeschwindigkeit.

»Strapaziere es nicht, Ash.«

»Ach komm schon. Du kannst nicht die ganze Pflege abgreifen.«

»Ich teile nicht«, grummelt er vor sich hin, bevor er mich kurzerhand am Arm packt und auf seinen Schoß zieht. Mit einem leisen *Umpf* lande ich auf seinen Beinen, doch mir entgeht nicht, wie er das Gesicht zur Seite dreht.

Er hat Schmerzen, ob er es zugeben will oder nicht. »Lass

mich los«, sage ich so sanft wie möglich und versuche neben ihn zu rutschen, doch er schlingt seinen unverletzten Arm um meine Taille und zieht mich näher zu sich heran. Mein Bauch kribbelt von den Berührungen, doch ich gebe meinen Kampf noch nicht auf. »Du hast Schmerzen, Reese.«

»Scheiß drauf.«

»Hör auf Schwester Ava.« Die Stimme kommt vom Flur und bringt den Geruch von Kälte und abgestandenen Zigaretten mit sich. Der Ton ist beißend. Brit.

»Lass sie in Ruhe.«

»Ich hab doch nichts gesagt.« Beschwichtigend hebt sie die Hände, doch die Unschuldsmiene passt nicht zu ihr. Erst recht nicht, nach der letzten Begegnung von uns beiden.

»Lass mich runter, Reese«, versuche ich es nochmal sanft und tatsächlich lässt er mich dieses Mal neben ihn rutschen, ohne seine Hand von meiner Taille zu nehmen. »Danke.«

»Was sagt der Doc zu deiner Schulter?« Ash sieht von mir zu Reese und wieder zurück. Weder er noch Brit haben bemerkt, dass ich ihn ins Krankenhaus verschleppt habe. Was die Entzündung in seiner Schulter verursacht hätte, wenn ich nicht aufgetaucht wäre, daran möchte ich gar nicht denken. Allein der Gedanke an sein vor Schweiß glänzendes Gesicht und der matte Ausdruck seiner Augen jagt mir einen Schauer über den Rücken. Keinen der guten Sorte, wie die, wenn Reese mir über die Seite streicht, wie er es gerade macht.

»Passt schon«, erwidert er halbherzig und ich möchte ihm den Ellenbogen in den Bauch stoßen. Kann er nicht die Wahrheit sagen? Sollten nicht wenigstens seine Freunde darüber Bescheid wissen, wie schlecht es um ihn stand? Gerade als ich den Mund aufmache, um genau das zu tun, drücken sich seine langen Finger in mein Fleisch.

»Aua!« Der Schmerzenslaut wird von Brit mit einem Stirnrunzeln aufgenommen, doch Ash nickt nur.

»Das ist gut.«

»Warum sagst du nichts?«, wende ich mich flüsternd an Reese, doch er schüttelt nur den Kopf. Für ihn ist es abgehakt. Einfach so. Ich soll gehorchen und meinen Mund halten.

Na warte! Komm du mir ins Zimmer zurück.

»Und dein Bein?« Unbemerkt von seinen Freunden beginnt er wieder seine präzise Reise über meine Seite. Von meinem Hüftknochen bis zum Ansatz meines BHs und wieder zurück. Hin und her und hin und her, bis ich mich seiner Berührung entgegenstrecke.

»War schon mal besser«, erwidert Ash mit einer Grimasse. Seinen Topf hat er mittlerweile geleert, bleibt aber weiterhin auf dem Boden sitzen. Das kann nur bedeuten, dass er ebenfalls niemanden seinen Schmerz sehen lassen will.

Mir ist es ein Rätsel, wie dieses Grüppchen schweigender Menschen Freunde werden konnte. Etwas scheint sie zu verbinden. Hoffentlich ist es nicht die Gemeinsamkeit fürchterlicher Menschen in ihrem Leben, die sie beschützen sollten, sie aber im Stich ließen.

»Das wird schon, Ash.« Die Wärme in Reese' Ton lässt mich schmunzeln. Diese Seite an ihm kommt so selten zum Vorschein, dass ich mich darin wälzen möchte, bis ich sie nie wieder vergesse. »Hast du bezahlt?«

»Reese.« Mit wenigen Schritten ist Brit bei ihm und baut sich mit verschränkten Armen vor ihm auf. »Das sollten wir nicht hier besprechen«, sagt sie eisig und ihre stechenden Augen landen auf mir.

Die Spitze geht gegen mich. Ich bin die Außenseiterin. Die, die nicht dazugehört. Es kostet mich mehr Mühe, als ich zugeben will, mir das nicht zu Herzen zu nehmen. Weder hier noch zu Hause gehöre ich dazu. Überall bin ich immer die Außenseiterin.

Mein ganzer Körper versteift sich und ich warte nur darauf, dass Reese mich wegschickt. In sein Zimmer, nach Hause, weil er mich nicht mehr braucht. Er hat doch bekommen, was er wollte. Meinen Körper, meinen Willen und meine Seele. Wozu sollte ich noch hier sein, auch wenn er sich mir öffnete? Was macht das schon? Er hatte zu viele Medikamente genommen und war nicht bei klarem Verstand.

»Das entscheide ich und Ava bleibt.«

Stille legt sich über den Raum. Keiner bewegt sich und ich halte den Atem an. Habe ich mich verhört? Bin ich in einem Paralleluniversum gelandet? Oder hat Reese gerade das gesagt, was ich denke, was er gesagt hat?

»Das ist doch nicht dein Ernst«, zetert Brit los und deutet mit dem Finger auf mich. »Sie ist nichts. Du fickst sie und wenn du keinen Bock mehr hast, wirfst du sie weg, wie jede andere. Sie-«

Reese ist schneller auf den Beinen, als er sollte. Sein Kiefer presst aufeinander, als er eine Hand auf die Lehne des Sessels neben ihm legt, um sich abzustützen. »Du sprichst nicht so über sie.« Sein Ton ist ruhig, dennoch bestimmend genug, dass selbst ich nicht widersprechen würde. Die unterschwellige Wut geht in Wellen von ihm aus, bevor er sich wieder zu mir setzt. »Ava bleibt, Punkt.«

»Das ist ein Fehler«, zischt Brit zwischen zusammengebissenen Zähnen, doch sie beugt sich seinem Willen, auch wenn sie sich von uns entfernt und auf einen der Barhocker setzt, bevor sie eine Zigarette aus einer zerknautschten Schachtel in ihrer Jeans kramt und sie ansteckt. Einen Moment beobachte ich die kleinen Ringe, die sie auspustet, doch dann konzentriere ich mich wieder auf Reese, der meine Hand nimmt und seine Finger mit meinen verflicht. Sein angedeutetes Lächeln ist allenfalls zittrig, doch ich bin dankbar. Noch immer sprachlos, weil er für mich einsteht, obwohl er es nicht müsste.

Heißt das, dass ich ihm wichtig bin? Dass er mich wählt?

Schuldgefühle, die ich die letzten vierundzwanzig Stunden von mir geschoben habe, kämpfen sich mit aller Macht zurück, schnüren mir die Kehle zu, doch ich lasse sie nicht raus. Er weiß es nicht und er wird auch niemals erfahren, dass ich ein psychologisches Profil über ihn geschrieben habe.

»Außerdem weiß sie sowieso schon was abgeht.«

»Ich wusste es.« Ashs dunkles Lachen durchbricht die angespannte Stimmung. Auf seinem Hintern rutscht er zurück, bis er mit dem Rücken gegen die Bar stößt, erst dann winkelt er sein gesundes Bein und stützt sein Kinn darauf ab.

»Behalts für dich, Ash, und wisch dir das Grinsen aus dem Gesicht.«

»Keine Chance! Erlebt man ja nicht alle Tage, dass du ne Freundin hast.«

Freundin?

Wie beim Tennis schießt mein Blick von einem zum anderen, doch Reese lässt sich nichts anmerken. Nicht einmal, nachdem Ash dieses Wort in den Mund nimmt, was viel zu ernst klingt. Ich bin nicht Reese' Freundin. Die Frage ist, was ich für ihn bin und er für mich.

Brit schnaubt nur und widmet sich ihrer Zigarette, während sie ihre Fingernägel begutachtet und uns einfach ignoriert.

»Hast du bezahlt?«

»Wie denn?«

»Komm schon, Ash. Willst du uns alle umbringen? Du hast die Kohle, also regle deinen Scheiß.« Federleicht streicht Reese' Daumen über meinen Handrücken und straft seinen harten Ton lügen. Auch wenn er stark tut, erkenne ich das leichte Zittern in seinen Beinen. Es ist noch zu viel für ihn.

»Ich kann nicht einfach aus dem Haus, sonst hätte ich das schon längst erledigt.«

»Ruf den Boss an und lass sie es holen.«

»Nein!« Energisch schüttelt Brit den Kopf. »Die kommen hier nicht noch mal rein.« Ihre Sorge gilt ihrer Tochter und es ist das erste Mal, dass ich sie verstehen kann. An ihrer Stelle würde ich alles dafür geben, den Schlägertrupp nicht mehr in Cherrys Nähe zu bringen.

»Was schlägst du also vor?«, fragt Reese mit ruhigem Ton. Der Zorn von ihrer Auseinandersetzung scheint vergessen zu sein.

»Ich bringe es und dann ist dieser ganze Scheiß durch«, erwidert sie bestimmt. Ihre Miene ist nicht zu lesen.

»Brit, das musst du nicht.« Ashs Gesichtsausdruck ist dafür deutlich zu erkennen. Er ist besorgt. Und hilflos. Dass er seine Freunde in Gefahr bringt und nichts beitragen kann, macht ihm eindeutig zu schaffen, auch wenn er immer ein Lächeln aufsetzt. Dieses ist jetzt aber vergessen. »Ich habe es verbockt. Fuck, ich war dumm genug euch auf diese Selbstmordmission zu schicken und Reese musste dafür zahlen. Das kann ich nicht noch mal zulassen.«

»Fang nicht an zu heulen, Alter.« Reese schüttelt den Kopf, doch auch ihm merke ich an, dass ihn die Schuldgefühle seines Freundes nicht kaltlassen. »Es ist vorbei. Brit bringt ihnen die Kohle und wir haben unsere Ruhe.«

»Und du bringst den Scheiß nie wieder in unser Haus.«

Eifrig nickt er. »Danke.«

»Passt schon.« Trotz ihrer harschen Worte klopft sie ihm auf die Schulter. Unter der harten Schale muss irgendwo ein warmherziger Mensch wohnen. Sonst hätte sie nicht so eine bezaubernde Tochter und würde sich weder darum kümmern, Ash zu helfen noch Reese' Launen mitmachen, mit denen selbst ich hadere.

Es ist sein Zimmer.

Es ist sein Duft, der in der Luft liegt.

Es ist sein Leben, in dem ich mich befinde.

Wieso fühlt es sich denn so an, als wäre es unser gemeinsames?

KAPITEL 32
AVA

Vogelgezwitscher und das Kitzeln der Sonnenstrahlen, die durch Löcher in der Jalousie fallen, wecken mich. Moment mal. *Vogelgezwitscher?* Flatternd öffne ich meine Lider. Dass sich Vögel an diesen Ort verirren könnten, irritiert mich so sehr, dass ich einen Moment brauche, um mich zu orientieren. Ein schwerer Arm liegt um meine Hüfte, während ich das stete Atmen in meinem Nacken spüre. *Reese.* Es ist sein Zimmer. Es ist sein Duft, der in der Luft liegt. Es ist sein Leben, in dem ich mich befinde. Wieso fühlt es sich denn so an, als wäre es unser gemeinsames?

Noch müde von der Nacht, in der ich wie in den vergangenen nicht sonderlich viel Schlaf bekommen habe, drehe ich mich um, sodass sich unsere Nasen beinahe berühren. Wie unschuldig er aussieht im Schlaf.

Als würde er meine Gedanken hören, öffnet er mit einem dunklen Brummen die Augen. »Daran könnte ich mich gewöhnen.«

Mein Herz flattert in meiner Brust wie ein Kolibri, der immer höher fliegen will. »Wie geht es dir?« Meine Stimme ist rau und doch hat sie sich selten stärker in meinen Ohren angehört.

»In diesem Augenblick?« Er zieht mich näher an sich, sodass er die Nase in meinem Hals vergraben kann. »Kann mich nicht beklagen.«

Ich schlinge die Arme um seinen Oberkörper und rolle mich auf ihn, bis ich mich auf seiner Hüfte aufsetze und meine Haarspitzen sein Gesicht kitzeln. »Wie wäre es heute mit etwas frischer Luft?«

Er streicht mir die Haare hinters Ohr, streichelt meinen Hals entlang, den rechten Arm hinunter, bis seine Fingerspitzen den Bund der Boxershorts erreichen, die ich mir von ihm geliehen habe. »Was schwebt dir vor, Prinzessin? Willst du dein neues Reich erkunden?«

Mein Bauch zieht sich vor Verlangen zusammen. Verlangen nach ihm und dem Abenteuer, mit dem er mich reizt. *Mein Königreich.* Düster und voller schlummerndem Übel. »Du bist also doch ein König«, necke ich ihn.

Reese schlingt seinen gesunden Arm um mich und dreht mich so schnell auf den Rücken, dass ich Halt suchend und kichernd die Beine um seine Hüfte schlinge. Sein Gesicht schwebt über meinem. Jeden Moment bereit, mich wieder den ganzen Tag ans Bett zu fesseln. Ich wäre damit einverstanden, wenn er den nächsten Schritt geht. »Wäre das hier ein Märchen, würden wir gemeinsam darin herrschen. Als alles verschlingende Dunkelheit.« Als er sich zu mir herunterbeugt und mich küsst, bin ich bereit in ihm zu ertrinken. Es gibt nichts, an das ich noch denken kann, außer an Reese' Lippen, die so perfekt zu meinen passen.

»Bist du bereit?«

»Ja«, hauche ich atemlos, doch anstatt mir die Kleidung

vom Leib zu reißen, schenkt er mir ein Grinsen, das mir jedes Mal weiche Knie verursacht.

»Dann zeige ich dir, wie ich meine Zeit verbringe, wenn ich nicht gerade wie ein angeschossenes Reh vor mich hinvegetiere und auf den Gnadenstoß warte.«

»Hey!«, protestiere ich und schiebe ihn sachte, aber mit bösem Blick von mir. »Tu nicht so, als hätte ich mich nicht hervorragend um dich gekümmert!« Mir entfährt ein geringschätziges »Pff«. »Von wegen dahinvegetieren.«

Mit einem rauen Lachen steigt er aus dem Bett und reicht mir meine Kleidung, die ich ohne Widerrede anziehe. Auch, wenn es aus ästhetischen Gründen jammerschade ist, dass auch er seine Klamotten vom Boden fischt.

Der Asphalt dehnt sich endlos vor uns aus, glänzend in der Mittagssonne, während der Geruch von Benzin und Öl die Luft erfüllt. Ich stehe unsicher neben dem Motorrad, das vor mir wie ein wildes Tier wirkt, bereit, jeden Moment auszubrechen. »Sagst du mir nochmal, wie wir auf die Idee kamen?« Die Euphorie, die ich empfunden habe, als Reese mir vorgeschlagen hat, Motorradfahren zu lernen, ist verpufft.

»Du wolltest mutig sein, schon vergessen?«

»Ja«, gestehe ich murmelnd und beiße mir auf die Unterlippe.

Reese schnappt sich mein Kinn und dreht es zu sich. Sein Blick ist stechend. »Ich glaube an dich.« Sekunden vergehen, in denen wir uns einfach nur ansehen und dabei doch stumme Worte miteinander teilen. Er glaubt an mich. Kann ich es auch? Schaffe ich es, über meinen Schatten, über meine selbst gebaute Mauer zu springen? Mit ihm? Solange er meine Hand hält?

Schlussendlich nicke ich vorsichtig und werde erneut mit diesem Lächeln belohnt, das alle Ängste verschwinden lässt.

Er steht geduldig neben mir und erklärt mir die Grundlagen. Niemals hätte ich gedacht, dass er als Lehrer eine derart gute Figur machen würde. »Also, das ist der Gasgriff«, beginnt er und deutet auf den rechten Griff des Motorrads. »Du drehst ihn, um Gas zu geben, aber sei vorsichtig, nicht zu viel auf einmal.« Ich nicke nervös und betrachte den Griff, als ob ich versuche, seine Funktion durch reines Anschauen zu verstehen. Reese fährt fort: »Und hier ist die Bremse. Das ist wichtig. Du drückst hier, aber mach es sanft, sonst könntest du ins Schleudern geraten.«

»Sanft kann ich.«

»Oh, Prinzessin. Das weiß ich nur zu gut.« Er lässt die Hand meinen Rücken empor wandern. Eine Gänsehaut folgt ihr auf der Stelle.

Ich schlucke schwer, während ich mir vorstelle, wie ich die Kontrolle verliere. Reese bemerkt meine Nervosität und legt die Hand beruhigend auf meine Schulter. »Keine Sorge, Ava, ich werde dir dabei helfen. Es ist wie Fahrradfahren, nur besser.«

»Nicht hilfreich! Ich erinnere mich, wie oft ich beim Fahrradfahren lernen hingefallen bin.« Mein Puls jagt bis in meinen Kopf und alles in mir sträubt sich davor, diesen letzten Schritt zu machen.

»Solltest du stürzen, bin ich da und werde dich dann pflegen.«

Mit einem zögerlichen Lächeln steige ich auf das Motorrad, fühle mich allerdings immer noch unsicher. Reese gibt mir

Anweisungen, wie ich den Motor starten und die Kupplung betätigen soll, während er sein Bestes gibt, mich nicht auszulachen. Vermutlich mache ich eine ganz miserable Figur auf diesem Ding. Ich sehe mich vor meinem inneren Auge dasitzen wie ein Kind auf seinem ersten Laufrad.

Das Motorrad ruckelt und zögert, als ich versuche, es in Bewegung zu setzen. Ich spüre mein Herz rasen, genau wie das Gefährt unter mir. Doch langsam gewinne ich an Selbstvertrauen, als ich mich langsam an die Kontrolle und das Aufheulen gewöhne und vorsichtig über den Asphalt gleite.

Reese lächelt stolz, als er mir zusieht, wie ich mich an mein neues Abenteuer gewöhne, und ich denke, dass dies der Beginn einer unvergesslichen Reise sein könnte - nicht nur auf dem Motorrad, sondern auch in unserer Verbindung, die sich seit einigen Tagen ernster anfühlt. Obwohl ich nicht weiß, ob das gut oder beängstigend ist, bin ich bereit, es herauszufinden.

Es dauert eine Zeit, bis die Anspannung in meinem Körper verschwindet und ich dem Adrenalinkick nachgeben kann. Immer wieder fahre ich eher langsam an Reese vorbei, die verlassene Straße entlang. Hier und da passiere ich ein paar Gestalten, die gegen Hauswände hocken und schon so früh am Tag kaum noch etwas von der Außenwelt mitbekommen. Zum ersten Mal jedoch fühle ich mich nicht eingeschüchtert in ihrer Gegenwart.

»Gib Gas!«, höre ich Reese rufen, als ich das nächste Mal an ihm vorbeifahre. Und dann gehorche ich. So, wie ich es ihm versprochen habe. Erst kreische ich auf, doch dann verwandelt sich mein Jauchzen in einen Jubelruf, in ein Lachen, in die pure Energie. Ich spüre das Benzin durch meine Venen fließen, werde eins mit dem Asphalt unter mir und bilde mir ein, auch Reese jubeln zu hören. Der Wind weht mir die Haare um den Kopf und die Gedanken daraus heraus. All die Zweifel und Sorgen. Was bleibt, bin nur noch ich. Mit all dem Mut und dem Chaos, das ich so lange versteckt habe.

Eine weitere Runde später spüre ich das Zittern in meinen Armen, als wäre es über den Boden durch die Maschine direkt in meine Adern geflossen. Ich halte ein wenig ungeschickt vor Reese, der mir dabei hilft, das Motorrad aufzustellen. Noch ehe ich abgestiegen bin, ist er an meiner Seite und hält mich mit beiden Händen an der Hüfte. Er dreht mich in seine Richtung, sodass ich die Beine um ihn schlingen kann. »Wenn du wüsstest, wie gerne ich dich jetzt auf dieser Maschine ficken würde.«

Ich spüre die Röte in mein Gesicht steigen. Das Adrenalin und die Lust sind eine Kombi, nach der ich süchtig werden könnte. Nie zuvor habe ich mich so gut gefühlt wie in diesem Augenblick. »Versprich nichts, was du nicht vorhast, zu halten.«

»Vordere mich nur heraus!« Er lässt die Hände über meine Hüfte bis zu meinem Hintern wandern. Das Blut in meinen Ohren rauscht so laut wie eben noch das Heulen des Motors. Reese wird vielleicht mein Untergang sein, aber bis dahin bringt er meine Welt zum Beben. Er vergräbt sein Gesicht an meinem Hals. Als ich die leichten Bisse spüre, zieht sich meine Mitte abwartend zusammen. Ein Stöhnen entweicht mir. Es ist egal, ob uns jemand beobachtet. Mir gefällt der Gedanke sogar, dass uns alle sehen könnten. *Schaut nur her! Reese Davis hat seine Königin gefunden.*

»Nimm mich«, wimmere ich an sein Ohr, doch Reese scheint es immer noch viel zu sehr zu genießen, genau das Gegenteil von dem zu tun, was ich von ihm verlange.

Mit einem dunklen Lachen löst er sich von mir. »Später.

Erst will ich dich noch ein wenig rumführen. Alle sollen wissen, dass du mir gehörst und sie zukünftig die Finger von dir lassen, wenn sie an ihrem Leben hängen.«

Scheiße, der feministische Teil in mir sollte ihm zu verstehen geben, dass ich niemandem gehöre, doch selbst der ist viel zu sehr damit beschäftigt, die Besitzurkunde auszustellen. Jede Zelle in mir will, dass alle wissen, dass ich ihm gehöre. Und er mir.

Wenn Syd mich sehen könnte, wie ich in dem knappen schwarzen Kleid, das ich mir von Brit geliehen habe, in dieser versifften Bar sitze, wüsste ich nicht, ob sie schockiert oder begeistert wäre. Kurz denke ich darüber nach, ihr zu schreiben und zu fragen, ob sie vorbeikommen will. Macht man das nicht so? Den Freund der Familie vorstellen? Aber ist er das? Mein Freund … und würde sie überhaupt kommen nach den letzten Wochen?

Ich sitze an der Bar, auf einem Hocker, der seine besten Tage längst hinter sich hat. Beim Hinsetzen habe ich sorgfältig darauf geachtet, mir keinen Splitter einzuziehen, doch weder das spröde Holz noch die alkoholschwangere Luft können meine Laune trüben. Reese, trägt ein schwarzes Shirt, unter dem sich seine Tattoos entlangschlängeln, und eine ebenso dunkle, tief sitzende schwarze Jeans. Als wir den Schuppen betreten haben, hat er mich gleich an die Bar geschickt, hat jedoch im Eingang jemanden entdeckt, den er kennt und mit dem er jetzt ein offenbar angenehmes Gespräch führt. So gut gelaunt habe ich ihn noch nie gesehen. Sein Lachen bringt mich irgendwann noch unter die Erde. Als er dann noch auf mich zeigt und der Fremde mich anerkennend mustert, spüre ich wieder die altbekannte Hitze in meine Wangen und in meinen Unterleib fahren. Er spricht über mich. *Er zeigt, dass ich ihm gehöre.* Wie er es versprochen hat.

Mit einem freundschaftlichen Schulterklopfen verabschiedet er sich von dem Fremden und kommt zurück zu mir. Es ist mir unmöglich, meinen Blick von ihm zu lösen. Reese ist außergewöhnlich. Er kann einem Angst einjagen und zugleich kann er dir das Gefühl geben, als wärst du alles, was zählt.

»Hallo, Schönheit.« Er lehnt sich an das Holz des Tresens. Der Barkeeper, den ich bisher nicht einmal registriert habe, weil meine Augen nicht von Reese gewichen sind, fragt uns, was wir wollen, doch Reese ignoriert ihn. »Bist du bereit für etwas, das du ganz sicher so noch nicht getrunken hast?« Obwohl es für meinen Geschmack noch zu früh am Tag ist, nicke ich. Nachdem wir das Motorrad abgestellt und ich mich umgezogen habe, sind wir eine ganze Weile einfach so durch die Straßen gelaufen.

Dass wir in einer Kneipe landen, habe ich nicht gedacht, doch wirklich dagegen gesträubt habe ich mich nicht. An Reese' Seite fühle ich mich sicher. »Zwei Moonshine«, bestellt Reese, ohne den Mann hinter dem Tresen anzusehen. Unter seinen Blicken fühle ich mich wie die schönste Frau der Welt. Ob das immer so ist, wenn man ... wenn man verliebt ist?

Ich schüttele den Gedanken ab. Es erscheint mir nicht richtig.

Die transparente Flüssigkeit schimmert, als zwei Schnapsgläser vor uns abgestellt werden. Es hat keine raffinierte Farbe oder Tiefe, sondern strahlt eher eine Einfachheit aus. Es gibt keinen verführerischen Duft, der aus dem Glas aufsteigt, nur ein Hauch von etwas Rohem, das sich in der Luft ausbreitet.

Reese reicht mir eines und hält mir dann sein eigenes hin, damit wir anstoßen. Mit einer einzigen Bewegung hat er es zu seinem Mund geführt und den gesamten Inhalt verschwinden lassen.

Ich bin nicht ganz so mutig und führe es erst zögerlich an meine Lippen. Als ich den ersten Schluck Moonshine nehme, durchzuckt mich ein scharfer Schmerz, der meine Sinne weckt. Die Hitze, die durch meinen Körper strömt, ist wie ein Feuerwerk, das in meinem Inneren explodiert. Mein Herz rast, als der brennende Alkohol meine Kehle hinunterläuft und eine Spur von prickelnder Energie hinterlässt. Ich spüre, wie mein ganzer Körper zu vibrieren scheint, als ob jede Zelle in mir erwacht wäre. Meine Augen weiten sich, während ich versuche, mich an die Intensität dieses Getränks zu gewöhnen. Ein nervöses Lächeln huscht über mein Gesicht, als ich versuche, meine Reaktion zu verbergen.

»Zu stark?«, fragt Reese lachend. »Das ist dein feiner Gaumen nicht gewohnt, was?«

Ich recke das Kinn. Weil ich diese Behauptung nicht auf mir ruhen lassen kann, hebe ich das Glas an und lasse es meine Kehle hinabfließen. Es brennt. Es treibt mir die Tränen in die Augen und selbst ein Blinder könnte an meinem Gesichtsausdruck erkennen, dass Reese recht hat, doch in dem Moment, in dem ich das Glas mit einem lauten Klacken wieder hinstelle, bestelle ich mit kratziger Stimme eine neue Runde.

Nur weil man jemanden hasst, bedeutet es nicht, dass man ihn nicht auch lieben kann.

KAPITEL 33
REESE

»M r. Davis?« Schneidend durchbricht die Stimme meiner Psychologin den Sturm in meinem Kopf. Langsam drehe ich den Kopf in ihre Richtung und gebe dabei meinen Blick auf Ava auf, die ich durch die sich spiegelnden Scheiben beobachte, seit ich mich auf meinen Platz im Erker gesetzt habe. Außer einer gemurmelten Begrüßung habe ich mir nicht die Mühe gemacht, etwas zu sagen. Weder zu ihr noch zu Dr. Baker. Jetzt sehe ich sie das erste Mal richtig an. »Möchten Sie uns an ihren Gedanken teilhaben lassen?«

»Warum sollte ich?«, frage ich mit gespielt ruhiger Stimme. Ich bin es nicht – ruhig. Ava hier zu sehen, macht Dinge mit mir, die ich mir selbst nicht eingestehen will. Dass sie so viel Distanz zwischen uns aufbaut, wie es ihr möglich ist, macht es nicht besser. Seit ich hier bin, hat sie den Kopf gesenkt und kritzelt ununterbrochen in ihr Notizbuch.

Von außen betrachtet, könnte man meinen, dass sie sich Notizen macht, ihren Gedanken Worte verleiht, doch ich weiß es besser. Kenne sie besser. Ava ist nervös und versucht ihre zitternden Finger mit der Kritzelei zu verstecken.

Aber ich sehe dich, Prinzessin.

Die letzte Woche hat sie ohne Ausnahme bei mir verbracht. Gestern hat sie dann angefangen, sich zu verschließen. Der Krankenschein, den sie sich gleich nach meiner OP geholt hat, ist abgelaufen und sie hat mit mir über die Therapie gesprochen. Kein Thema, das ich unbedingt begrüßt habe. Dass ich längst beschlossen habe, nicht mehr hinzugehen, hat ihr überhaupt nicht gefallen.

Fuck, beinahe habe ich vergessen, wie gut wir streiten können und wie gut mir das gefällt. Doch obwohl ich am Ende zugestimmt habe, wieder herzukommen, schien sie nicht so zufrieden, wie ich erwartet habe. Im Gegenteil. Sie hat angefangen, sich zurückzuziehen, was mich rasend macht.

»Das ist der Sinn hinter einer Therapiesitzung. Schweigen bringt Sie in dieser Hinsicht nicht direkt weiter.«

»Das sagen Sie.«

»Das sage ich mit meiner Berufserfahrung und den fundierten Studien, die meinen Beruf untermauern.« Höre ich da etwa Sarkasmus aus ihrer Stimme heraus?

»Fundierte Studien? Darauf geb ich nichts.«

»Dafür haben Sie ja mich, Mr. Davis. Sprechen wir also über die Gedanken, die sich immer wieder in Ihrem Kopf abspielen.«

Stirnrunzelnd sehe ich von ihr zu Ava, die ich diesmal direkt anschaue, ohne mir die Mühe zu machen, es zu verheimlichen, dann hebe ich eine Augenbraue. »Ich habe keine sich wiederholenden Gedanken«, erwidere ich selbstsicher. »Außer natürlich der Gedanke daran, dass diese Stunden endlich enden.«

Warum bin ich noch mal hergekommen? Ach ja. Ava hat sich Sorgen gemacht, dass ihre Chefin dem Gericht Bescheid gibt und ich eingebuchtet werde. Sollen sie doch kommen. So schnell bekommen sie mich nicht.

Trotzdem bin ich jetzt hier und gebe mir den Psychokram, der keine Wirkung auf mich hat. Fuck, das ständige Gequatsche über Gefühle und den ganzen Scheiß hat nur dazu geführt, dass ich Ava von meinem Bruder erzählt habe. Nicht mal Ash weiß richtig darüber Bescheid und den Idioten kenne ich, seit ich ihn mit dreizehn in der Gosse aufgesammelt habe. Schmutzig, schmächtig und von seinen eigenen Dämonen zerfressen, konnte ich ihn nicht einfach zurücklassen, auch wenn ich meinen eigenen Scheiß zu regeln hatte. Rückwirkend betrachtet hat er mir vermutlich das Leben gerettet, wie ich seins. Nicht, dass ich ihm das sagen würde. Das steigt ihm nur zu Kopf und er denkt noch, dass ich ihn mag.

»Sie haben die Wahl, Reese.« Sie benutzt meinen Vornamen nur dann, wenn sie mich in die richtige Richtung schieben möchte. Der Scheiß wirkt nur nicht bei mir. »Sie kommen zu Ihren Sitzungen, sprechen mit mir oder Sie sitzen die Strafe ab, die Ihnen die Richterin auferlegt hat. Es ist Ihre Entscheidung. Denken Sie jedoch daran, dass sie dann Ihre Freunde verlassen.«

»Meine Freunde?«

»Ihre Freunde, Reese. Verlassen sie sich nicht auf Sie? Immerhin leben Sie zusammen, oder nicht?«

Ich kneife meine Augen zusammen, bevor sie auf Ava landen, die sich in ihrem Sitz zusammenkauert. Die Schultern hochgezogen, verharrt ihr Stift über dem Papier und sie hält den Atem an.

Dass ich nicht allein lebe, sollte Dr. Baker nicht wissen.

Ich habe es ihr bestimmt nicht erzählt, was nur eines bedeutet. Ava hat gequatscht.

Der Stich in meiner Brust bedeutet nichts Gutes. Doch er verschwindet auch nicht, als ich mit der flachen Hand darüberstreiche. Sie wird mich nicht verraten. Das ist nicht Ava. Nicht die Ava, die zu mir kam, als ich sie brauchte und blieb, obwohl sie es nicht musste. Aber sie weicht weiterhin meinem Blick aus und rutscht stattdessen unruhig auf ihrem Platz hin und her, die Hand so fest um den Kugelschreiber geschlossen, dass ihre Knöchel weiß hervorstechen.

Es gibt nur einen Weg herauszufinden, ob sie das wirklich getan hat oder die Behörden mehr über mich wissen, als ich dachte. »Ethan schafft das schon ohne mich.« Unbekümmert zucke ich mit den Schultern, auch wenn es in meinem Inneren brodelt.

Bei der Erwähnung von Ethan ändert sich Dr. Baker Haltung. Sie lehnt sich in ihrem Stuhl zurück und streicht ihre Unterlagen zurecht. Zum ersten Mal, seit ich diese Therapiesitzungen besuche, schenke ich ihnen Beachtung. Fein säuberliche Notizen zieren ein liniertes Blatt, was nur zur Hälfte gefüllt ist und in einen hellblauen Ordner geheftet ist, doch das ist es nicht, was mich interessiert, sondern das zerknitterte Blatt daneben. Es passt nicht zu dem Rest. Das Papier ist gelblicher, kariert und einzelne Zeilen sind durchgestrichen. Die Sätze und Wörter sind kreuz und quer verteilt und ergeben kein Muster, wie bei den anderen Notizen, doch das, was am meisten hervorsticht, ist die Handschrift. Eine Federführung, die ich in den Therapiesitzungen immer wieder beobachtet habe. Avas.

»Und Ethan wohnt auch mit Ihnen zusammen?« Sie hat sich verraten. Es war ein anderer Name, den sie erwartet hat.

Zum ersten Mal, seit ich den Raum betreten habe, erwidert Ava meinen Blick und die Schuld in den blauen Tiefen, die mich sonst immer beruhigen, ist mir Antwort genug. Ich springe auf die Beine, durchquere den Raum mit zwei Schritten und reiße Dr. Baker den Zettel aus den Händen. Sie ist nicht schnell genug und hat meine Handlung nicht vorhergesehen. Bei der ganzen Aktion lasse ich Ava nicht aus den Augen, die bei den Notizen in meiner Hand beginnt, in ihrem Notizbuch zu suchen.

Gib mir noch mehr Gründe, dir zu misstrauen.

Ich will es ihr entgegenschreien, bis sie mir sagt, dass Dr. Baker es nicht von ihr weiß. Dass sie nicht diejenige war, die diese Notizen geschrieben hat.

Meine Augen fliegen über die Zeilen. Psychologisches Gequatsche über meinen Charakter, doch das ist es nicht, woran ich hängen bleibe. Es sind die Sätze, die durchgestrichen sind, dennoch lesbar bleiben. Namen, Fakten, Erlebnisse. Dinge, die ich mit Ava durchgemacht habe.

War es eben nur ein Stich in der Brust, fühlt es sich jetzt an, als hätte sie mir die Brust aufgerissen und ein Messer tief in mein Innerstes gestoßen. Ich habe ihr vertraut, mich ihr geöffnet und was macht sie? Sie verrät mich. *Uns.*

Meine Welt neigt sich, verliert ihren Angelpunkt und alles, was ich sehe, ist rot. Schlieren ziehen sich über mein Sichtfeld, als ich mich der Frau zuwende, die mir eine neue Seite von mir zeigte, nur um hinterrücks zu petzen.

Fuck! Gottverdammte Scheiße!

»Was ist das?« Meine Stimme zittert. Die Hand zur Faust geballt, zerknülle ich einen Großteil des Papiers, doch es ist noch immer genug zu lesen. Besonders die letzten beiden Zeilen.

Soziopath.

Meine Kehle ist wie zugeschnürt, als das Wort vor meinem inneren Auge tanzt. Das war es also, woran sie dachte, als sie unter mir lag. Als sie mich ins Krankenhaus fuhr, meine Hand hielt und mir sagte, dass sie bleibt.

Ich bin nur ein Soziopath.

Das bin ich für sie.

»Mr. Davis.« Es ist Dr. Baker, die mich anspricht, doch ich kann meinen Blick nicht von Ava abwenden, die in ihrem Stuhl noch weiter zusammensackt. Ihr Gesicht ist bleich und sie drückt sich das Notizbuch gegen die Brust, als könnte sie es damit vor mir beschützen.

»Was steht da noch alles über mich drin?« Ich reiße es ihr aus den steifen Fingern, darauf bedacht, sie nicht zu berühren. Ich will ihre weiche Haut nicht auf meiner spüren. Es war alles nur eine Lüge. Jedes Wort. Jede Berührung.

Eine gottverdammte Lüge aus ihrem Mund.

»War das von Anfang an dein Plan? Du lässt dich von mir ficken, um Informationen zu sammeln?«, presse ich zwischen zusammengebissenen Zähnen heraus. Wut staut sich in mir auf. Bodenlos und schwarz, bis es sogar die roten Schlieren überdeckt und ich nur noch zuschlagen will. Zerstören. Zerschneiden. Blut soll fließen, bis ich mich selbst wieder spüren kann.

»Mr. Davis, beruhigen Sie sich, bitte.« Ich ignoriere die Psychotante und mache noch einen bedrohlichen Schritt auf Ava zu, die zusammenzuckt. Sie hat Angst vor mir. Gut. Soll sie doch haben, vielleicht weiß sie dann, wie ich mich fühle. »Mr. Davis, beruhigen Sie sich, oder ich rufe die Polizei.«

»Verpiss dich.« Die Worte richten sich an Dr. Baker, doch es ist Ava, die auf die Füße springt und den Sessel zwischen uns bringt. Ihr Mund öffnet sich, während sich ihre Augen mit Tränen füllen. Doch ich fühle nichts. Nur Wut. »Hast du nichts zu sagen, Prinzessin?« Den Kosenamen spucke ich ihr vor die Füße.

»Reese.« Mein Name aus ihrem Mund war immer der Lichtblick meines Tages, jetzt fühlt es sich an, als hätte sie mich mit Säure übergossen. Schmerz in ihrem Blick, in ihrer Stimme, doch es ist nicht genug. Er kommt nicht einmal an das heran, was durch mein Inneres tobt.

»Was war dein verfickter Plan? Spuck es schon aus!« Ihre Unterlippe zittert und die erste Träne rinnt über ihre Wange. Tränen, die ich ihr einst von der Haut geleckt habe, weil ich nicht genug von ihr bekommen konnte. Weil alles von ihr mir gehören solle. Ironisch, dass es genau andersrum war. »Du bist das Letzte, Ava Queen.« Meine Stimme ist dunkel, bevor ich aus dem Raum stürme. Keine Sekunde länger halte ich es in diesem Haus aus. Die Wände sind zu eng, die Decke zu tief und ich habe das Gefühl, keine Luft mehr zu bekommen. Auf dem Parkplatz reiße ich meine Schlüssel aus der Jackentasche, doch bevor ich auf mein Bike steigen kann, packen mich kalte Finger an der Hand. Ich zische und reiße mich von Ava los, als hätte sie mich verbrannt. »Fass mich nicht an!«

Ihre Augen sind rot, noch immer laufen Tränen über ihre Wangen, während sich rote Flecken über ihr Gesicht und Hals ziehen. Ihr Atem geht rasselnd, doch ihr Blick bohrt sich in meinen, als wollte sie, dass ich ihre Gedanken lese.

Tja, Prinzessin, der Zug ist abgefahren.

»Reese, warte«, fleht sie zittrig und versucht wieder nach meiner Hand zu greifen, doch ich weiche ihr aus.

»Nein!« Ich schwinge mein Bein über den Sitz meines Motorrads und ramme die Schlüssel ins Schloss.

Ich muss hier weg. So schnell wie möglich, bevor ich ersticke oder Ava etwas antue. Gerade bin ich versucht, sie ... Ja, was will ich eigentlich? Sie überfahren? Oder sie hinter mich ziehen, ihren Körper gegen meinen gepresst und so lange fahren, bis ich vergesse, was gerade passiert ist? Damit wir zu dem Punkt zurückkehren können, wo sie mich nicht verraten hat?

Ich bin vielleicht nicht der Schlauste und mir fehlen einige Jahre in der Schule, doch ich bin nicht so dumm, dass ich ihr noch einmal vertraue. Nie wieder.

»Bitte. Hör mir nur einen Moment zu.« Noch einmal greift sie nach mir, doch ich schiebe ihre Hände von mir, mit einem angeekelten Ausdruck auf dem Gesicht. »Bitte. Ich flehe dich an. Hör mir nur kurz zu. Eine Minute. Es ist nicht so, wie du denkst. Ich habe nicht ...« Tränen rinnen über ihre Wangen und fließen in ihren Mund, bis sie sich mit dem Handrücken über die Lippen wischt und sich an ihren eigenen Worten verhaspelt. »Verlass mich nicht!«

Verlass. Mich. Nicht.

Ich weiß nicht, ob ich lachen oder schreien soll. Vielleicht beides, bis die Wut aus mir ausbricht, doch ich schüttle nur den Kopf. Wieder und wieder, bis ich mich klarer fühle. Ich ziehe den Zettel aus meiner Tasche und halte ihn ihr vor die schniefende Nase. »Hast du das hier geschrieben?«

Ihr Blick fliegt über die Zeilen und ihre Schultern krampfen sich bei jedem gelesenen Wort mehr zusammen. »Ja, aber-«

»Nichts aber«, fahre ich ihr grob über den Mund. »Lass dich nie wieder bei mir blicken. Wir sind durch.« Und damit lasse ich den Motor aufheulen und rase die Straße herunter.

Der kalte Fahrtwind brennt in meinen Augen, doch es ist nicht genug, um den Blick in Avas Gesicht zu vergessen.

Gebrochen. Verzweifelt. Hilflos.

Kein Licht mehr in den blauen Tiefen.

Sie war nur noch eine leere Hülle.

Gut. Dann weiß sie wenigstens, wie ich mich fühle.

Der einzige Mensch, dem ich mich jemals anvertraut habe, hat mich verraten. Mein mühsam aufgebautes Vertrauen missbraucht und sie muss jetzt dafür zahlen.

Ist es nicht gerade diese stürmische Art, die mich so an ihm reizt? Dass er nicht stundenlang darüber sinniert, was andere wohl über ihn denken? Dass er seine Red Flag wie einen Umhang hinter sich wehen hat, statt sie erst irgendwann zu präsentieren, wenn es schon zu spät ist?

KAPITEL 34
AVA

»Ava, mir bleibt keine Wahl. So leid es mir auch tut.«

»Ich weiß«, hauche ich. Ich weiß nicht, ob ich meine Stimme je wiederfinden werde oder ob Reese sie mit sich genommen hat. Wieso sollte er sie jetzt nicht auch behalten? Schließlich hat er sie mir geschenkt.

Mit zittrigen Fingern nehme ich meine Handtasche entgegen, die Claudia mir hinhält. Dass ich meinen Job verliere, wenn ich mit einem Patienten schlafe, sollte keine allzu große Überraschung sein. Ob ich es trotzdem noch einmal machen würde? Den Job für ein paar Wochen, in denen ich freier atmen konnte als all die Zeit davor? Die Antwort sollte eine andere sein, das ist mir klar. Doch ich würde es für nur einen einzigen Tag wieder genauso machen.

»Du hättest meine Notizen nicht lesen dürfen«, flüstere ich kleinlaut. Die alte Ava hätte geschwiegen. Die alte Ava hätte ihr auch nach dem Verrat noch gefallen wollen. »Wieso hast du das getan?«

»Ich musste wissen, ob meine Vermutung richtig war. Du hast dich zu sehr auf ihn eingelassen, Ava.«

»Dazu hattest du kein Recht. Du ... hättest einfach fragen können.« Aber das tut nie jemand, nicht wahr? Alle behandeln mich wie ein Kind. Ohne auf die Antwort zu warten, nehme ich mir das Notizbuch vom Erker und gehe davon. Mein Fensterplatz wird mir fehlen.

»Ava?« Lucys Augen weiten sich, als sie mich zur Tür hereinkommen sieht. »Wo ... wo warst du?«

»Ich ...« Ich schlucke schwer. »Habt ihr meine Nachricht nicht bekommen, dass es mir gutgeht?«

»Doch.« Ihre Stimme ist nur ein Hauchen. Sie selbst nur eine Andeutung ihrer selbst. War ich das? Habe ich ihr das angetan? Weil mich das schlechte Gewissen überflutet, wende ich den Blick ab, während ich meinen tropfenden Mantel ausziehe und hinhänge. Als auch Dan im Flur auftaucht, laufe ich in Richtung Wohnzimmer, obwohl ich selbst nicht weiß, was ich dort will. Vielleicht flüchten. Vielleicht mich einfach nur bewegen. Oder einen Ort finden, an dem ich mich nicht so verloren fühle.

»Wir wollen nur verstehen, was mit dir passiert ist.« *Du hast sie enttäuscht. Du hast sie verloren. Wie du immer alle enttäuschst und verlierst.* Seit Reese mich verlassen hat, ist die Stimme wieder da. Dass sie weg war, habe ich überhaupt nicht bemerkt, bis sie wieder auf mich eingeredet hat.

»Ich hab meinen Job verloren.« Dass diese Aussage meine Lage nur noch verschlimmert, ist mir bewusst. Genauso wie der Fakt, dass ich sie damit verletze. Was stimmt nicht mit mir?

Dan legt Lucy beruhigend eine Hand auf die Schulter, welche nur laut die Luft eingezogen hat. »Wieso hast du diese

Chance weggeworfen? Wir erkennen dich überhaupt nicht wieder.«

Ihr kanntet mich nie, will ich sagen, senke jedoch nur den Blick.

»Sag doch etwas, Ava.« Lucys Stimme ist geprägt von stummen Tränen. Wie viele von ihnen habe ich in letzter Zeit wohl verursacht? Die Schuldgefühle werden immer größer. Ich weiß, sie meinen es nur gut, aber im Grunde machen sie es mit ihren Worten nur schlimmer. Immer wieder erinnern sie mich an das, was ich verloren habe. An das, was ich in den letzten Wochen mit Füßen getreten habe. Die Familie, die ich hatte, kommt nicht mehr zurück. Doch egal, wie sehr dieser Gedanke schmerzt, noch mehr tut es weh, mir vorzustellen, ich müsste wieder in meine Rolle schlüpfen, um sie zurückzubekommen.

Es muss einen anderen Weg geben.

Mein Herz klopft so laut in meiner Brust, dass ich das Gefühl habe, dass es im ganzen Haus zu hören ist. Tonnenschwere Last drückt meine Schultern herunter, doch anstatt mich von ihr in den Abgrund ziehen zu lassen, hebe ich den Kopf und sehe den beiden Menschen entgegen, die mir ein Zuhause gaben, als die ganze Welt mich verlassen hatte. Meine Welt. Und sie haben mir ihre geöffnet.

»Ich ...«, schwer schlucke ich den Kloß in meinem Hals herunter und schlinge im gleichen Atemzug meine Arme um mich selbst. »Ich ... ich ...« Doch keins der Worte, die mir auf der Zunge liegen, verlassen meinen Mund, stattdessen stehe ich hier und stottere vor mich hin. Dan ist der erste, der die darauffolgende Stille unterbricht. Mit sanften Augen schiebt er seine Frau ins Wohnzimmer herein und deutet auf die Couch in meinem Rücken. Mit schleppenden Schritten setze ich mich und bin mehr als überrascht, wenn sich beide neben mich setzen. Ich hätte erwartet, dass sie mir gegenüber Platz nehmen, den Abstand wahren, den ich die letzten Wochen aufgebaut habe, doch Lucy ergreift meine kalte Hand und zieht sie zwischen ihre warmen.

»Auch wenn du uns nicht sagen kannst, was mit dir los ist, möchte ich, dass du weißt, dass wir dich lieben.« Ihre Stimme ist sanft. Zu sanft für mein angeknackstes Herz und ich kämpfe gegen die aufwallenden Tränen.

»Wir sind deine Familie, Ava.« Auch Dan nimmt meine andere Hand in seine große und streicht mit dem Daumen darüber, bis ich mich nur noch zusammenrollen und all den Schmerz herausschreien möchte. Wie schon tausendmal zuvor. Doch wie die tausend Male davor, presse ich meine zitternden Lippen aufeinander und schlucke die Worte herunter. Die Tränen, den Kummer und den Wunsch, sie freizulassen.

Doch was hat mir das bisher gebracht?

Ein Leben im Käfig.

»Ich habe jemanden kennengelernt«, sage ich das Erste, was mir durch den Kopf geht. Weder Lucy noch Dan sehen überrascht über meine Aussage aus, also spreche ich weiter. »Und ich mag ihn. Ich mag ihn wirklich sehr.«

»Aber?« Federleicht streicht Lucy über meine Handfläche und sieht mich mit einem typischen Mutterblick an, der den Damm der Tränen fast zum Brechen bringt. Meine Kontrolle hängt nur noch am seidenen Faden.

»Ich habe Mist gebaut und ihn verloren und jetzt weiß ich nicht mehr, was ich machen soll. Oder wer ich bin. Er ist anders.«

»Wie anders?«, unterbricht Dan mich mit einem finsteren

Blick. »Hat er dir weh getan, Ava? Sag mir seine Namen und Anschrift.«

Panisch schüttle ich den Kopf, dass meine verknoteten Strähnen hin und her fliegen. Wenn Dan erfährt, dass Reese mich entführt hat, wird er vermutlich nie wieder das Sonnenlicht erblicken. Das kann ich nicht zulassen. »So ist es nicht. Ich war es. Ich habe ihn verletzt, meinen Job deswegen verloren und jetzt«, hilflos zucke ich mit den Schultern und sehe beide fragend an. Sie sehen so verständnisvoll aus. So liebevoll, dabei habe ich sie die letzten Wochen behandelt, als wären sie die schlimmsten Eltern auf diesem Planeten, dabei ist es das genaue Gegenteil. »Was mache ich denn jetzt?« Beim letzten Wort bricht meine Stimme und die Tränen rollen mir schlussendlich doch über die Wangen.

Lucy wechselt einen kurzen Blick mit ihrem Mann, bevor sie mich in ihre Arme zieht. Ich wehre mich nicht und lasse mich in die mütterliche Umarmung fallen, die meine Mauern endgültig einreißt. Dans Hand tätschelt meinen Rücken, während Lucy mir lieb gemeinte Nichtigkeiten ins Ohr flüstert, dass alles wieder gut werden wird.

Ich weiß nicht, wie lange ich hier stehe und alles rauslasse, was mich in den letzten Jahren erstickte, doch als die letzten Tränen endlich trocken, fühle ich mich zehn Kilo leichter und mein Herz schlägt freier in meiner Brust.

»Was auch immer du brauchst, Ava, du kannst immer zu uns kommen.«

»Wir sind deine Eltern, Liebling. Wir bekommen das schon wieder hin. Als Familie.«

Aber wie kann ich Reese davon überzeugen, dass ich sein Vertrauen nicht missbraucht habe? Wie soll er mir das jemals wieder verzeihen? Wenn er überhaupt bereit dazu ist, mir noch einmal zuzuhören.

Ich weiß nicht, wie lange ich hier stehe und mich selbst bemitleide, während die Welt dort draußen untergeht, aber es fühlt sich an wie ein Strudel, der mich hinunterzieht. Ich lausche dem Prasseln des Regens, der gegen meine Fensterscheibe fällt. Es klingt wie das Echo meines viel zu schnell schlagenden Herzens. Mich lässt der Gedanke nicht los, dass er noch immer durch die Nacht fährt. Oder sie mit jemand anderem verbringt. Ich empfinde etwas für Reese, was ich nicht empfinden sollte. Nicht, nachdem ich seinetwegen meinen Praktikumsplatz verloren habe. Nur, weil er sich nicht unter Kontrolle hat. Mal wieder. Nur, weil er seine Gefühle nicht wie jeder normale Mensch für sich behalten kann, bis sie abgeflaut sind und man sie rational betrachten kann.

So wie ich?

So wie ich.

Scheiße. Auf keinen Fall soll er so werden wie ich.

Brennende Tränen laufen mir über die Wange. Ist es nicht gerade diese stürmische Art, die mich so an ihm reizt? Dass er nicht stundenlang darüber sinniert, was andere wohl über ihn denken? Dass er seine Red Flag wie einen Umhang hinter sich wehen hat, statt sie erst irgendwann zu präsentieren, wenn es schon zu spät ist?

Ich habe mich in ihn verliebt, weil er mir nichts vormacht und so tut, als wäre er gut oder das Opfer. Er verteidigt seine Taten nicht mit seiner Vergangenheit, auch wenn er jeden Grund dazu hätte. Nein. Er steht dazu. Immer wieder hat er mich gewarnt, dass er der Böse in meiner Welt sein wird, doch statt davonzurennen, bin ich zu ihm geflogen wie die Motte zum tödlichen Licht.

Er war mein Licht.

Und ich die Motte.

Dumme, verliebte Motte.

Jemand packt mich an meiner Schulter, bis es schmerzt, und dreht mich um. »Verdammt, Ava! Was ist bloß los mit dir?« Ich hebe den Blick und sehe in Sydneys dunkle Augen. In ihnen liegt nicht nur Gleichgültigkeit wie so oft oder Wut. Es ist Sorge. Noch tiefer graben sich ihre Finger in mein Fleisch. Beinahe bin ich dankbar für ihren festen Griff, weil ich sonst endgültig den Boden unter den Füßen verlieren würde. »Ich erkenne dich überhaupt nicht wieder!«, sagt sie zynisch.

So langsam kommt die Wut in ihren Augen zurück und überschattet die Sorge. Damit kann ich umgehen. So kannte ich sie schon immer. Mittlerweile entspanne ich mich und das Atmen fällt mir wieder leichter.

Ich lockere den Griff um meine Kette, bis sie wie eine Kennzeichnung um meinen Hals hängt. Sie war mein Anfang und Ende. »Du würdest es nicht verstehen«, antworte ich ihr.

»Endlich«, stößt Syd augenverdrehend aus und wirft sich theatralisch auf mein Bett. »Sie lebt.« Mit hochgezogenen Augenbrauen starrt sie mich an, ehe sie neben sich auf die Matratze klopft. »Dann erklär es mir so lange, bis ich es tue.«

Unsicher bleibe ich stehen und betrachte Sydney, wie sie die Kissen aufschüttelt und sich abwartend darauf ablegt. Es fällt mir schwer, mich zu ihr zu legen. Wo soll ich anfangen und wo aufhören?

»Ich liebe ihn«, platzt es plötzlich aus mir heraus.

Okay. Also mittendrin.

»Ihn?«, fragt sie irritiert. Zwar habe ich Syd von Reese erzählt. Bevor alles zwischen meiner Familie und mir den Bach runtergegangen ist, aber für Syd war er vermutlich nicht mehr als eine Eintagsfliege. Sie bleibt nie länger als ein paar Tage bei einem Typen und trauert nie jemandem hinterher. Vielleicht muss sie mir jetzt beibringen, wie das geht.

Ich stoße die Luft aus. »Reese.«

Kurz kräuselt sie die Stirn, ehe Erkenntnis in ihrem Gesicht aufleuchtet. »Nicht immer noch die *Red Flag auf zwei Beinen?*«

Ich schmunzele bei der Beschreibung, die ich Syd vor ein paar Wochen über ihn gegeben habe. »Leider doch.« Wenn sie wüsste, wie feuerrot diese Farbe mittlerweile geworden ist.

»Du hast dich an ihm verbrannt«, erkennt sie. Wieder klopft sie neben sich. Dieses Mal so fordernd, dass ich mich zu ihr setze. Die Streben des Kopfendes pressen sich unangenehm in meinen Rücken.

»Ich war nur noch Asche.« Ich schlucke den Kloß in meinem Hals hinab. »Und es hat mir gefallen«, gestehe ich. Ihr und mir. »Ich hab nicht versucht, ihm zu gefallen.« Ich schüttele den Kopf, als ich die Lüge erkenne. »Nein, das stimmt nicht. Ich wollte ihm so unbedingt gefallen, aber ich wollte, dass *Ich* ihm gefalle. Dass mein wahres Ich ihm gefällt, verstehst du?« Sie schüttelt den Kopf. Wenigstens ist sie ehrlich. »All die Jahre hatte ich Angst, mich euch wirklich zu zeigen. Ich will nicht immer Ja sagen. Ich will nicht immer pünktlich zu Hause sein. Ich will auch mal etwas mitgehen lassen. Ich will ...« Ich vergrabe die Hände in meinen Haaren. »Ich will Motorradfahren ohne Führerschein und in einer Bar die Blicke der Männer auf mich ziehen, statt dich nur abzuholen und die Spielverderberin zu sein.«

Sydney dreht sich in meine Richtung, das Bein unter sich angewinkelt. Ihr Blick wird traurig, als er über mein Gesicht huscht. Sie bewegt den Arm, stockt für einen Moment, ehe sie ihn doch hebt und mit den Fingern Tränen von meinen Wangen wischt, die ich nicht einmal bemerkt habe. »Ich hatte keine Ahnung, dass du das so siehst.«

Obwohl ich bloß aufatmen will, ist es ein Schluchzen, das meinen Hals verlässt. *Schwach.* NEIN! Ich schüttele den Kopf, was mir nur einen irritierten Blick von Sydney einbringt. Ich bin nicht schwach, weil ich Gefühle habe! Und schon gar nicht, wenn ich dem hinterhertrauere, was er mir geschenkt hat. »Ich will das nicht mehr«, hauche ich mehr zu mir selbst als zu meiner Schwester. Sie sagt nichts, sondern streicht nur weiter mit dem Daumen über mein Gesicht. »Ich will mich nicht immer verstellen, aus Angst, ihr könntet mich dann weniger lieben.«

»Wie ...«

»Warte«, unterbreche ich sie. Das hier fällt mir schwer, doch es ist wichtig. Ich kann nicht zurück. »Ich weiß, ihr habt in mir immer nur das brave Mädchen gesehen, das keine Probleme hat und macht. Aber das will ich nicht mehr sein.«

»Das musst du auch nicht.« Sie senkt den Arm wieder, um ihre Hand mit meiner zu verschränken. In all den Jahren habe ich mich ihr nie näher gefühlt.

»Ich habe Dämonen mitgebracht aus meinem alten Leben und ich habe sie für euch in eine Kiste gesperrt, weil ich dachte, ihr würdet mich dann auch ...«

»Halt!« Jetzt ist es Sydney, die mich unterbricht. Sie kniet sich aufrecht hin und zwingt mich, sie anzusehen. »Wir werden dich nie verlassen, Ava. Du bist meine Schwester.« Bei den letzten Worten bricht ihre Stimme, doch das hält sie nicht auf. »Du darfst rebellieren. Fuck, das ist dein angeborenes Recht! Du musst nicht immer lieb und brav sein. Scheiße, nochmal! Du darfst dich in die falschen Kerle verlieben. Solange du mir alles erzählst, damit ich dich rausholen kann, wenn die Kacke am Dampfen ist.« Mein Herz hämmert so fest gegen mein Brustbein, dass es schmerzt. Erst bei ihren letzten Worten beiße ich mir auf die Lippe. »Was?« Ich senke den Blick. »Ava! Was ist passiert?«

»Er ...« Ist es richtig?

»Was hat er getan?« Da ist sie wieder: die heiße Wut der Sydney Queen. Lodernd und unaufhaltsam wie ein Waldbrand.

Ich befeuchte meine Lippen. Es ist sinnlos, ihr jetzt nicht die ganze Geschichte zu erzählen. »Als ich mich ein paar Tage nicht gemeldet habe oder zur Arbeit gekommen bin?« Sie nickt abwartend. »Da hat er mich entführt.«

»ER HAT WAS?« Sydney springt auf und läuft zur Tür, ehe sie sich wieder auf dem Absatz umdreht und zurück zum Bett kommt, um mich mit angespannten Schultern anzustarren. »Bitte was? Nee, oder? Du ...«

»Doch. Aber ...« Wieso will ich ihn so dringend verteidigen? Ein Teil in mir wehrt sich dagegen, doch der Größere kann ihn nicht dafür verurteilen. »Er hatte seine Gründe und er hat mir nichts getan.«

»Außer dich zu entführen!«, wütet sie. Dass sie kein Feuer spuckt, gleicht einem Wunder. »Was zur Hölle, Ava?! Und du bist danach wieder zu ihm zurückgegangen?«

»Ich liebe ihn«, wiederhole ich kleinlaut.

Kopfschüttelnd läuft Sydney die gesamte Länge des

Zimmers auf und ab. Von meinem Ganzkörperspiegel neben dem Bett bis zum großen Kleiderschrank. Ich beobachte den Boden und warte nur darauf, dass die ersten Striemen darin zu sehen sind. Oder er sich öffnet, damit sie den Teufel höchstpersönlich auf Reese jagt. Abrupt bleibt sie stehen und sieht mich mit in die Hüfte gestemmten Händen an. »Und wieso liegst du jetzt hier wie ein getretener Hund, wenn du ihm diese Sauerei verziehen hast?« Ihre Augen sind so eng zusammengepresst, dass ich nicht einmal das Dunkel dahinter erkennen kann.

Wieder will ich ihn verteidigen, doch in dieser Sache kann ich es nicht. Vertrauensprobleme haben wir beide, weshalb ich ihm sein Verhalten nicht verzeihen kann. »Er hat herausgefunden, dass ich bei Dr. Baker über ihn geschrieben habe. Jetzt bleibt mir nichts mehr. Weder der Job noch Reese.«

»Fuck. So ein Arsch!« Syd starrt mich einige Sekunden ungläubig an, ehe sie sich wütend vor mir aufbaut. »Komm sofort mit!«

Fuck! Fuck. Und noch mal Fuck.
Sie ist nichts.
Mein Hirn muss das nur noch verstehen

KAPITEL 35
REESE

»Spuck es schon aus.«

»Halt's Maul.« Wütend schnipse ich die leere Kippen-Packung in Ashs Gesicht und greife kurzerhand nach seiner. Er trägt sie seit Jahren mit sich herum, ohne jemals eine zu rauchen. Irgendeinen Scheiß verbindet er damit. Sentimental oder nicht – im Moment gebe ich einen Fick darauf.

»Finger weg, das ist meine.«

Er greift ins Leere und ich halte sie aus seinem Wirkungskreis, der durch sein gebrochenes Bein noch immer nicht sehr groß ist. Schmollend sieht er zu, wie ich die erste Kippe aus der Schachtel ziehe und sie zwischen die Lippen klemme. »Heul nicht rum.«

»Du bist echt ein Wichser.« Sein Blick schweift von mir zur Tür und wieder zurück. Er ist nervös und ich kann es ihm nicht einmal verübeln. Nicht mal in meinem jetzigen Zustand. Brit ist seit über einer Stunde weg, mit der Kohle in der Tasche und erledigt den Botengang. Seitdem haben wir nichts mehr von ihr gehört. »Warum bist du noch mal mein bester Freund?«

»Weil ich der Einzige bin, der geblieben ist.«

Die Worte schmecken bitter auf meiner Zunge, doch ich schlucke den Geschmack und inhaliere stattdessen das Nikotin in meine Lunge. Die Kippe ist widerlich, doch besser als nichts. Irgendein Gift brauche ich jetzt und nach Ashs Drogenchaos will ich dem Zeug nicht mehr zu nahe kommen.

»Wer hat dir denn heute Morgen in den Kaffee gepisst? Hält ja keiner aus.« Er schüttelt den Kopf und lehnt sich weiter auf der Couch zurück. »Kein Wunder, dass Ava nicht hier ist.«

Da ist es wieder. Ava. Und der Schmerz in meiner Brust, der sich mittlerweile in allen Gliedmaßen ausgebreitet hat. Egal, wie sehr ich auch versuche, nicht an sie oder den Verrat zu denken, versagen meine Ablenkungsprozesse. Sie ist überall. In diesem Haus. In meinem Zimmer. In der Luft.

Ich hasse es!

Und sie. Besonders sie.

»Ich will nichts über sie hören«, stoße ich aus. Meine Backenzähne mahlen aufeinander, bis der Schmerz alles andere überdeckt. Wenigstens für einen Moment. Fuck! Fuck. Und noch mal Fuck. Sie ist nichts. Mein Hirn muss das nur noch verstehen. Und mein Schwanz, der sich noch immer nach ihrer Wärme sehnt.

»Stress im Paradies?« Ash ist ahnungslos, wie immer, und mal wieder lasse ich meine Launen an ihm aus. Eigentlich müsste ich mich fragen, warum er mein bester Freund ist. *Weil er der Einzige ist, der geblieben ist.* Selbst Ava hat mich verlassen. In dem Moment, in dem sie sich für ihren Job, anstatt für mich, entschieden hat.

Soziopath.

»Hey Ash?« Er legt den Kopf zur Seite und sieht mich mit seinem verdammten Hundeblick an. »Glaubst du, ich bin ein Soziopath?«

Das lässt ihn die Stirn runzeln. »Ein Soziopath? Wie kommst du denn darauf?«

»Beantworte einfach die Frage. Bin ich einer oder nicht?«

Schulterzuckend dreht er mir den Oberkörper zu. Sein verletztes Bein legt er auf dem Hocker vor uns ab. »Kommt drauf an.«

»Auf was?«, hake ich ungeduldiger als gewollt nach.

»Was man darunter versteht. Oder in welchem Zusammenhang.«

»Psychisch.«

»Ach echt?« Sarkasmus trieft in seinem Ton mit. »Schon klar, dass es psychisch ist.« Dann schüttelt er den Kopf. »Nee, du bist kein Soziopath. Passt irgendwie nicht zu dir.«

Ich müsste lügen, wenn ich behaupten würde, dass ich nicht erleichtert bin. Das Wort hat mich in den Wahnsinn getrieben und dem Verrat noch die Krone aufgesetzt. Trotzdem fühle ich mich nicht besser. Noch immer ist meine Kehle wie zugeschnürt, was das Kettenrauchen nicht wirklich besser macht, aber so sind wenigstens meine Hände und mein Mund beschäftigt. »Warum?«

»Warum was?«

»Warum denkst du, dass ich kein Soziopath bin?«

Für einen langen Moment erwidert er meinen Blick, ohne die Miene zu verziehen. Sein ständiger Begleiter, sein Dauergrinsen, das all seine echten Gefühle verbirgt, fehlt gänzlich. »Du hast ne Kugel für mich eingesteckt. Der Plan war riskant und allenfalls mittelgut durchdacht. Trotzdem bist du gegangen.«

»Soll ich etwa nichts tun und warten, bis ich deine Leiche in irgendeiner Nebenstraße finde?« Der Gedanke an seine leeren Augen raubt mir den Atem. Ich kann ihn nicht auch noch verlieren.

»Da hast du deine Antwort.« Mit einer geschickten Drehung schnappt er sich die Kippen-Packung aus meiner Hand und schiebt sie in seine Hosentasche. Langsam klopft er darauf, als müsse er sich vergewissern, dass sie noch immer dort ist. Als ich ihn weiterhin fragend ansehe, hebt er beide Augenbrauen. »Soziopathen kümmern sich nicht um andere Menschen. Sie nehmen nicht die Gefahr in Kauf, wenn sie keinen Nutzen daraus ziehen.«

»Du bist frei.« Ich zucke mit den Schultern, kann das unerwünschte Gefühl in meiner Brust aber noch immer nicht abstreifen. »Da hab' ich doch einen Nutzen.«

»Es ist mein Nutzen. Du hast persönlich nichts davon, was bedeutet, dass du dich um mich sorgst und nicht möchtest, dass ich verschwinde. Ergo – du bist kein Soziopath, weil dir das Wohlergehen anderer am Herzen liegt.«

»Verdammt, Ash, wo hast du den Psychokram aufgeschnappt?« Mein Mundwinkel zuckt nach oben und ich lasse mich tiefer in die Polster sinken. Mit dem Fuß schiebe ich die Kante des Teppichs hoch, lasse meinen Freund aber nicht aus den Augen.

»Du wolltest das doch wissen und wenn wir schon bei Psychokram sind, was ist heute mit Ava und dir passiert?«

Ein Seufzen entweicht mir. Ein gottverdammtes Seufzen. Ich bin nicht der Typ der seufzt und auch niemand, der sich bei seinem Freund ausheult, aber irgendwo muss ich hin mit meinen Gedanken, bevor sie mich von innen heraus zerfressen und ich rausgehe und dem erstbesten Typen die Fresse poliere und es danach dekorativ aus dem Fenster hänge. »Ich-«

RUMS.

Die Tür wird aufgestoßen und knallt auf der anderen Seite gegen die Wand. Bevor ich sie wieder zuschlagen kann, tritt eine Frau in den Raum, die einen mörderischen Ausdruck auf dem Gesicht trägt. Ihre langen schwarzen Haare wehen wie ein Umhang hinter ihr her. Sie ist winzig, zierlich und ähnelt auf gruseliger Weise einer Puppe. Allerdings nicht wie eine, die ich oft in den Schaufenstern der Läden sehe, in denen ich mir eh nichts leisten könnte, sondern als wäre sie direkt aus einem Horrorfilm entsprungen, auf der Suche nach menschlichen Seelen. Ihre fehlende Größe macht sie durch eine selbstsichere Haltung wett, die ich bewundern könnte, wenn ihre dunklen Augen nicht Laser in meine Richtung schießen würden.

Ich kenne sie. Sydney Queen. Avas Schwester.

»Wo ist das Weichei, das meiner Ava wehgetan hat?« Nicht nur ihr Aussehen ähnelt einer Puppe, sondern auch ihre helle Stimme, die jetzt durch den Raum hallt. Sie benimmt sich, als würde sie hier wohnen und Ash und ich wären Eindringlinge. Doch sie schüchtert mich nicht ein. Keine Queen wird je wieder Macht über mich haben.

»Was willst du hier?«, frage ich kontrolliert und setze einen gelangweilten Blick auf. Von wegen, Ava ist verletzt. Sie lacht sich vermutlich ins Fäustchen, weil sie mich aufs Kreuz gelegt hat. Wörtlich und im übertragenen Sinne.

Ihr Mörderblick huscht von mir zu Ash und wieder zurück, bevor sie festen Schrittes auf uns zukommt und eine Hand in die Hüften stemmt. »Dir den Arsch aufreißen.« Das lässt mich eine Augenbraue heben und unterstreicht meinen arroganten Gesichtsausdruck nur weiter. »Du denkst also, du kannst sie entführen und damit davonkommen.«

An diesem Punkt der Geschichte wundert es mich nicht einmal mehr, dass Ava es Sydney erzählt hat. Ich hätte eher damit gerechnet, dass sie sofort zu ihrer Schwester rennt und petzt. Denn genau das hat sie ja auch bei Dr. Baker gemacht. Informationen gesammelt und sie meiner Psychologin gesteckt.

»Verpiss dich, Queen.«

»Fick dich, Davis«, schießt sie ohne mit der Wimper zu zucken zurück. Temperament hat sie, das muss ich ihr lassen, doch gerade nervt es mich nur gewaltig. »Du hörst mir jetzt mal gut zu.« Sydney baut sich vor mir auf, bevor sie mir den Zeigefinger in die Brust rammt. Die Bewegung ist so plötzlich, dass Ash neben mir zusammenzuckt, der Szene aber weiterhin mit schief gelegtem Kopf lauscht. Sein typisches Grinsen ist zurück und für meinen Geschmack hat er viel zu viel Spaß, während ich meine Wut zurückhalte. Warum eigentlich? Sydney ist zwar nicht Ava, aber verletzte ich eine Queen, leidet die andere. »Du solltest deinem Schöpfer danken, dass so ein lieber Mensch wie Ava dich überhaupt eines Blickes würdigt. Du hast sie nicht verdient. Was hast du ihr schon zu bieten, außer Dreck und ein Leben auf der Straße?« Mit ihrer freien Hand deutet sie einmal den heruntergekommenen Wohnbereich an, bevor sie die Augen zu Schlitzen verengt. »Du bist nichts und sie ist alles. Du hättest den gottverdammten Boden unter ihren Füßen anbeten sollen, anstatt sie fallen zu lassen. Eigentlich müsste sie froh sein, dich los zu sein.«

Ihre Arroganz kennt keine Grenzen. Die Nase in die Luft

gereckt sieht sie auf mich herab, als wäre ich nur eine Kakerlake unter ihrem Absatz, doch ich mache mir nichts aus ihrer Geringschätzung. Im Gegensatz zu ihren so hochtrabenden Worten ist sie in meinem Leben und in meinen Augen nichts. Weder sie noch ihre Schwester, die feige jemand anderen vorschickt, anstatt selbst zu kommen.

»Warum bist du dann hier?«

»Damit du merkst, was du verlierst. Anscheinend – und ich frage mich wirklich, wie sie so blind sein kann, jemanden wie dich zu mögen«, Zeigefinger und Daumen presst sie gegen ihre Nasenwurzel, als müsse sie sich zusammennehmen, nicht all ihre Gedanken auszusprechen. »Anscheinend möchte sie dich nicht verlieren, obwohl du sie entführt hast. Gott verdammt, was zur Hölle läuft in deinem Hirn eigentlich schief? Ava? Entführt?« Sie schüttelt den Kopf. »Glaub mir, wenn es nach mir gehen würde, wärst du schon längst im Knast, wo dich irgendwer unter die Erde bringen könnte. Unregistriert, weil du keine Bedeutung auf dieser Welt hast.«

Ich blinzle. Einmal. Zweimal. Und dann verliere ich die Beherrschung. Mit einem Satz bin ich auf den Beinen und in Sydneys Komfortzone. Sie ist noch winziger, als ich dachte, doch trotz des Größenunterschieds reckt sie das Kinn empor und tritt keinen Schritt zurück. »Du denkst auch, du bist ein Geschenk Gottes.« Die Worte spucke ich ihr vor die Füße, die natürlich in irgendwelchen sauteuren Designertretern stecken. »Du sitzt nur auf deinem hohen Ross, weil du reich geboren wurdest. In deiner Welt bin ich vielleicht nichts, aber meine beherrsche ich, was du nicht behaupten kannst. Du bist nur ein kleines Licht. Ich könnte dich zertreten und niemand würde dich je wieder finden. Also nenn mir einen Grund, warum ich dich nach der Scheiße grade gehen lassen sollte.«

Fuck. Noch mehr Worte wollen aus mir herausfließen, sich Luft machen, bis das Gewicht von meiner Brust verschwindet.

»Weil du Ava verlierst, wenn du mich anfasst.« Ihr Blick ist klar und keine Angst schwingt in ihrer Stimme mit. Egal, wem ich so gegenübertrete, sie knien nieder und beugen sich meinem Willen. Nicht Sydney und auch Ava kuschte nicht vor mir. Nicht mehr. Die Queen-Schwestern haben Rückgrat, das muss ich ihnen lassen.

»Und du glaubst, dass ich Ava noch will?«

»Sie ist das Beste, was dir jemals passieren wird.«

»Verdammte Scheiße! Sie ist eine Verräterin!« Sie hat mich verraten.

Mich. Nachdem ich ihr mein Herz ausgeschüttet habe und sie sich mir öffnete. Es schmerzt nur, weil ich den Messerstich nicht kommen sah. Das ist alles.

»Du hast ihr nicht die Chance gegeben, sich zu erklären.«

»Da gibt es nichts zu erklären.«

»Das sagt auch nur ein Vollidiot, der nur seine Seite der Dinge sehen will. Gott, ich verstehe wirklich nicht, was Ava in dir sieht. Sie hat etwas Besseres verdient.«

Etwas Besseres. Jemand, der ihr die Welt zu Füßen legt und sie nicht noch mit sich in den Dreck zieht. Bittere Wut breitet sich in meinem Körper aus, die mich taub macht. Taub für den Schmerz in meiner Brust. Meinem Herzen, das ihren Namen trägt.

»Wenn wir schon dabei sind, sollten wir mit ihrer Familie anfangen.«

»Was soll damit sein?« Zum ersten Mal, seit Sydney hier reingestürmt ist, als würde das Haus ihr gehören, sehe ich einen Funken Unsicherheit in ihren Augen aufblitzen.

»Sie hätte eine bessere Familie verdient.«

Ihre Wangen pusten sich auf, bevor die Laseraugen zurück sind und sie ihren Zeigefinger erneut in meine Brust bohrt. Aus dem Augenwinkel sehe ich, wie Ash sich mühsam erhebt. Bisher hat er die Diskussion schweigend mitangehört, doch auch er muss merken, dass wir auf eine unausweichliche Katastrophe zusteuern. »Sie hat eine Familie, die sie liebt. Mehr als du jemals haben wirst.«

»Lieber keine Familie als eine, bei der sie sich immer verstellen muss.«

Sydneys Lippen öffnen sich, doch kein Wort kommt heraus. Ihr Blick ist starr auf mich gerichtet, doch ich habe ihr die Sprache verschlagen. Mit Genugtuung sehe ich zu, wie sie nach Luft ringt und die kleinen Rädchen in ihrem Hirn sich drehen.

»Sie ... das stimmt so nicht«, stottert sie und bricht das Blickduell mit mir ab. Ich habe gewonnen, doch ich fühle mich nicht besser. Stattdessen fühlt es sich an, als hätte ich nur noch mehr Last auf meine Schultern geladen.

Ava sprach kaum über ihre Familie, doch die wenigen Worte über Sydney waren voller Liebe und Zuneigung. Wenn ich sie jetzt vor mir sehe, wie sie für ihre Schwester kämpft, verstehe ich Ava und ich vermisse meinen Bruder. Mehr als die letzten Jahre, in denen ich es mir nicht erlaubt habe, an ihn zu denken.

»Claudia hat die Notizen aus Avas Notizbuch gestohlen. Sie hat über dich geschrieben, weil das ihre Aufgabe war, doch alles, was sie außerhalb der Therapiesitzungen von dir erfuhr, versteckte sie.« Sydneys Worte sind leise, doch sie reichen aus, um mein Blut zum Kochen zu bringen. War ich eben schon in ihrer Komfortzone, durchbreche ich die letzte Barriere zwischen uns und packe ihren Oberarm mit festem Griff.

»Was hast du gesagt?«, zische ich zwischen zusammengebissenen Zähnen. Meine Stimme erkenne ich selbst nicht
mehr und das Rauschen in meinen Ohren überdeckt jedes
weitere Geräusch in meiner Umgebung. Ich sehe nur noch
Sydney vor mir, durch einen roten Nebel, der nur eines
bedeutet.

Ich will Blut sehen.

»Sie hat dich nicht verraten.«

Mein Handy vibriert in meiner Hosentasche, doch ich
ignoriere es. Stattdessen versuche ich, meine Gedanken zu
sortieren.

*Sie hat dich nicht verraten. Sie hat sich nicht gegen dich
entschieden.*

Es ergibt keinen Sinn. Ava hätte es mir gesagt. Natürlich
hätte sie das. Warum hat sie also nicht den Mund aufgemacht?
Warum hat sie diese Sachen überhaupt aufgeschrieben?
Wieder vibriert mein Handy und ich reiße es aus meiner
Tasche.

»Reese?« Ashs Stimme dringt durch den Nebel in meinen
Kopf, doch ich kann ihn nicht sehen. Ich fühle nur, wie ich
meine Finger fester schließe. Um mein Handy und Sydneys
Oberarm, bis meine Knöchel weiß hervortreten und letztere
einen Schmerzenslaut von sich gibt. »Reese, du tust ihr weh.«
Kalte Hände legen sich auf meine Finger und lösen nachein-
ander jeden einzelnen, bevor mein Arm schlaff an meiner
Seite herunterhängt.

Am Rande meines Bewusstseins bekomme ich mit, wie ein
humpelnder Ash Sydney zur Seite zieht, doch sie verschwimmen, je weiter sie sich entfernen. Alles, was ich wahrnehme,
sind meine rasenden Gedanken. Und die Textnachricht auf
meinem Display.

Ava hat dich nicht verraten. Sie hat sich nicht gegen dich entschieden.

UNBEKANNT:

> Du warst schon so lange nicht mehr hier, aber ich denke, du hast das Recht zu erfahren, was mit deiner Mutter passiert ist …

Blut rauscht in meinen Ohren. Mein Herz schlägt gegen meine Brust. Ich atme Sauerstoff ein und wieder aus. Ein und aus, doch alles, was in meinen Lungen ankommt, ist Dunkelheit. Bodenlose Dunkelheit, die mich mit Haut und Haaren verschluckt.

Ich bin allein.

Endgültig allein auf dieser Welt.

Sie haben mich alle verlassen.

Du bist nichts.

Warme Finger berühren meine Wangen. Streicheln über die taube Haut und heben mein Kinn an. Leise Worte dringen an meinem Ohr. Beruhigend, sanft, bis sie den Schmerz eindämmen. Ich blinzle und fokussiere meinen Blick auf die Person vor mir, die noch immer über mein Gesicht streichelt, als wäre ich das Wertvollste auf der Welt. Als würde ich etwas bedeuten.

Ava.

Ich öffne den Mund. »Meine Mutter ist tot.«

Auch im Tod werden sie vergessene Seelen sein. Von der Gesellschaft im Stich gelassen und niedergetrampelt, als wären sie Dreck.

Es regnet in Strömen. So stark, dass ich kaum etwas hinter der Windschutzscheibe erkenne, obwohl meine Scheibenwischer auf höchster Stufe laufen. Es fühlt sich an, als würde der Himmel weinen. Eine Seele betrauern, die er verloren hat und den Schmerz erkennen, den Reese sich nicht anmerken lässt. Doch ich weiß es besser.

Mit starrer Miene sitzt er auf dem Beifahrersitz und starrt aus dem Fenster. Doch er sieht nichts. Er hört nichts. Seine rechte Hand krümmt sich um sein Handy, das er seit einer Woche, dem Moment, indem er die Nachricht erhielt, nicht mehr abgelegt hat. Er weiß bis heute nicht, wer ihm vom Tod seiner Mutter erzählt hat, und vielleicht ist das auch besser so. Hätte er davon erfahren, wenn die Nachricht nicht gekommen wäre? Hätte er ausgerechnet jetzt diesen Schmerz spüren müssen? Wo er sich doch schon von mir verraten gefühlt hat?

Wieder drückt er es so fest zwischen seinen Fingern, als wolle er es mit bloßer Kraft zerquetschen. Vielleicht hofft er so, die Zeit zurückzudrehen und diese Nachricht niemals zu lesen. Aus Erfahrung weiß ich, dass es niemals passieren wird.

Egal, wie sehr wir uns wünschen, dass etwas nicht passiert ist, wir können es nicht rückgängig machen. Nicht vergessen, weil eine einzige Sekunde reicht, um dieses Erlebnis für immer ins Gedächtnis zu brennen.

Immer wieder sehe ich zu ihm hinüber. Von der halb leeren Straße vor uns zu dem Mann, der nicht mehr er selbst ist. Seine Augen sind leer, alles Licht ist aus ihnen gewichen und er spricht kaum noch. Weder mit Ash noch mit Brit oder Cherry.

Selbst mir hat er nur wenige Worte gewidmet und es trotzdem dabei geschafft, mit mir zu diskutieren.

»Du kommst nicht mit. Ich will dich nicht dabeihaben. Du passt nicht in meine Welt.« Wie ein Mantra hat er es wiederholt, doch schlussendlich habe ich mich über seinen Kopf hinweggesetzt und ihn in mein Auto bugsiert. Seitdem schweigt er. Beharrlich und sieht mich nicht an.

»Wir sind gleich da«, fülle ich die drückende Stille zwischen uns, doch erhalte keine Antwort.

Bis zu dieser Nachricht war ich der Meinung, seine Mutter wäre längst tot. Und vermutlich war sie das in Reese' Augen auch. Sie hat diesen Mann nie verlassen, der den einen Sohn getötet und den anderen vertrieben hat.

Ich verurteile ihn also nicht. Reese würde es nie zugeben, doch ich sehe ihm an, dass ihm ihr Tod dennoch zu schaffen macht. Nur, weil man jemanden hasst, bedeutet es nicht, dass man ihn nicht auch lieben kann.

Die Straße zieht sich endlos, bis wir aus der Stadt herausfahren und an einem kleinen Parkplatz ankommen. Außer uns stehen hier vier weitere Wagen, die aber bereits leer sind. Hohe Bäume säumen die eine Seite und bieten genug Schutz, um halbwegs trocken aus dem Wagen zu steigen.

Trotzdem spanne ich, sobald meine Füße den gepflasterten Boden berühren, den Schirm auf und schlüpfe darunter.

Reese macht sich nicht die Mühe. Seine Füße tragen ihn weiter voran und innerhalb von Sekunden ist er komplett durchnässt. Dunkelblonde Strähnen kleben auf seiner Stirn und Wassertropfen perlen über seine Wimpern, die sich für einen Moment gegen seine Wangenknochen schmiegen. Ich beobachte ihn von meinem Platz unter dem Schirm aus, jeder Atemzug, jede Bewegung, das Zittern seiner Finger um sein Handy und das Zusammenballen der anderen zur Faust, bevor er beide in die Hosentaschen seiner dunklen Jeans stopft. Als sich seine Augen öffnen, mache ich automatisch einen Schritt auf ihn zu. Die grauen Wolken spiegeln sich in dem dunklen Blau seiner Iris, bevor sie sich verdunkeln und er seine übliche *Die-Welt-kann-mich-mal-Miene* aufsetzt.

Überheblich, versteinert und unerreichbar.

Trotzdem trete ich neben ihn und halte den Schirm über seinen Kopf. Er nickt mir zu, bevor wir uns in Bewegung setzen und den kleinen Friedhof betreten. Gerne würde ich seine Hand nehmen, meine Finger mit seinen verschränken und ihm beistehen, doch ich kenne Reese mittlerweile gut genug, um zu wissen, dass er das niemals zulassen würde. Egal, was passiert, er zeigt seine Schwäche nicht. Niemandem.

Das Gras unter unseren Füßen weicht nach und nach einer riesigen Schlammpfütze, die der Regen nur weiter vergrößert. Mit meinen Absätzen bleibe ich immer wieder stecken, doch ich lasse mir nichts anmerken.

Auch ich kann eine Maske aufsetzen, habe es jahrelang getan und heute bin ich für Reese hier. Um uns herum ragen windschiefe Grabsteine empor, die von Unkraut überwuchert sind. Vor einigen der Steine liegen Blumen, Kerzen oder längst vergilbte Bilderrahmen. Wer auf diesem Friedhof begraben wird, hat es nicht gut im Leben gehabt.

Schwer schlucke ich. Auch im Tod werden sie vergessene Seelen sein. Von der Gesellschaft im Stich gelassen und niedergetrampelt, als wären sie Dreck. Verstohlen werfe ich einen Blick zur Seite, doch Reese starrt stur geradeaus. Das hier war sein Leben. Seine Kindheit. Das hier könnte ihn am Ende seines Lebens auch erwarten. Daran will und kann ich nicht denken.

Nach wenigen Schritten erreichen wir eine kleine Ansammlung von Stühlen vor einem ausgehobenen Grab. Der Sarg, der daneben aufgebahrt ist, wird von einem einfachen Blumengesteck bestückt. Doch die Blumen werden vom Gewicht der Regentropfen heruntergedrückt und ertrinken geradezu. Der Anblick lässt meine Augen brennen. Ich spüre die Tränen, doch ich schlucke sie herunter.

Für Reese. Das hier ist nicht mein Schmerz.

Drei Personen, alle in Schwarz gekleidet, sitzen in der vorderen Reihe. Die einzige Frau von ihnen hält einen Regenschirm über ihren Kopf, die anderen beiden sitzen im Regen. Neben dem Grab steht der Priester in seinem Talar, daneben ein hochgewachsener Mann im schwarzen Anzug. Seine Miene ist verkniffen, die Haare zu lang und fallen ihm immer wieder in die Stirn, auch wenn er sie sich zurück streicht. Der Stoff seiner Jacke ist an den Ellenbogen ganz dünn und am Kragen ausgefranst, die Hose ausgebeult. Seine Schuhe sind schlammbedeckt, doch keiner der hier Anwesenden kann dieser Matschhölle entgehen.

In dem Moment, als seine dunklen Augen auf Reese fallen, höre ich, wie Reese tief durch die Zähne hindurch Luft in seine Lungen zieht. Sein gesamter Körper spannt sich an und füllt die schwarze Lederjacke, bis sie an seinen Schultern spannt. Das Kinn gereckt erwidert er den Blick und seine Lippen bilden eine harte Linie.

Wer auch immer der Mann ist, Reese kann ihn nicht leiden.

Sein Blick fällt auf mich, mustert mich von meinen Pumps bis hin zu dem Kragen meines schwarzen Mantels, unter dem ich ein schlichtes dunkles Kleid trage und bleibt schließlich an der Kette um meinen Hals hängen. Es ist die Kette, die mir Reese bei unserem Einbruch schenkte. Wenn ich sie und den Ring trage, fühlt es sich an, als wäre ich ihm näher. Unter dem dunklen Blick des Mannes berühre ich ganz automatisch den Anhänger mit meinen kalten Fingerspitzen und sein Mund verzieht sich zu einem Grinsen.

Raubtierlächeln. Etwas Böses lauert hinter der Fassade, des trauernden Mannes, das kann ich sogar von hier sehen.

Reese' Arm legt sich um meine Taille und er zieht mich mit einem Ruck an seine Seite, bevor er mich durch die Reihen führt und auf einem der freien Stühle am Ende Platz nimmt. Er hat den größtmöglichen Abstand zu den anderen Trauergästen gewählt. Auf jede Bewegung bedacht sinke ich langsam auf den pitschnassen Stuhl und hebe den Schirm über unsere Köpfe.

Die Stimmung ist angespannt und die Stille ohrenbetäubend.

Je länger wir hier sitzen, desto schwerer fällt es mir, den Blick vom Grab und dem Sarg vor mir abzuwenden. Ich kannte Reese' Mutter nicht, worüber ich nach seinen Erzählungen dankbar bin, doch trotz allem war sie seine Mutter.

Seine Familie und sie war die einzige lebendige Verbindung zu seinem Bruder, die er noch hatte.

Mabel Davis hat ihr Leben gelebt. Zwei Kinder hat sie auf die Welt gebracht und beide an ein und demselben Tag verloren. Ob Noah auch hier begraben liegt? Der Gedanke lässt mich den Kopf zur Seite drehen, doch mein Blick wird von Reese aufgefangen.

Es ist das erste Mal, dass er mich richtig ansieht. Das erste Mal, dass er mich wirklich sieht und nicht durch mich hindurchblickt und ein Schauer läuft mir über den Rücken bei der Intensität seines Blickes.

»Schließ den Schirm«, haucht er so leise, dass ich es über den prasselnden Regen kaum verstehe, doch ich folge seiner Anweisung nach kurzem Zögern. Er wird seine Gründe haben, die ich in dieser Umgebung nicht diskutieren möchte. Also lasse ich den Schirm zuschnappen und die kalten Regentropfen auf mich niederregnen. Reese' Hand auf meiner Hüfte streichelt kleine Kreise über den Stoff meines Mantels, doch es fühlt sich an, als würde er sie direkt auf meine Seele zeichnen.

Er sucht meine Nähe. Ich gebe ihm Halt.

»Liebe Trauergäste«, die dunkle Stimme des Priesters schallt über den Friedhof und zieht die Aufmerksamkeit jedes Anwesenden auf sich. »Heute sind wir zusammengekommen, um einen geliebten Menschen auf seiner letzten Reise zu begleiten. Wie Immanuel Kant einst sagte: Wer im Gedächtnis seiner Lieben lebt, der ist nicht tot, der ist nur fern; tot ist nur, wer vergessen wird.«

Der Kloß in meinem Hals wird größer und ich rutsche unauffällig näher zu Reese. Die Worte des Geistlichen gehen mir unter die Haut, auch wenn ich versuche, an dem

Gedanken festzuhalten, dass ich hier nur Gast bin. *Nicht mein Schmerz. Nicht mein Schmerz. Nicht mein Schmerz.*

»Mabel Elizabeth Johnson war eine liebende Mutter, ergebene Ehefrau und wurde in ihrer Gemeinschaft stets geschätzt, bevor sie zu früh zu unserem Schöpfer gerufen wurde.«

Ein spottender Laut verlässt Reese' Kehle, bevor sich seine Finger in meine Seite graben. Es schmerzt, doch ich lasse es geschehen. Wenn es das ist, was er braucht, dann gebe ich ihm die Möglichkeit, seine Energie herauszulassen. Federleicht lege ich meine Hand auf seine, streiche mit dem Daumen über seinen Handrücken und blende die Worte des Priesters aus. All meine Konzentration liegt auf dem Mann neben mir, der angespannter nicht sein könnte. Sein Blick wandert vom Sarg zu dem Mann, der zu Beginn der Zeremonie auf dem Stuhl neben diesem Platz nahm.

Sie tragen ein stummes Blickduell aus und keiner von ihnen ist geneigt, zuerst wegzusehen. Mit jeder verstreichenden Sekunde spannt sich Reese weiter an, seine Lippen pressen sich aufeinander und sein Kiefer mahlt, die Füße presst er in den Schlamm vor sich, doch er weicht nicht aus. Was auch immer das hier ist, der Kampf ist in seinem Inneren.

Seine Augen, die immer einen gewissen Funken Wärme in sich trugen, sind jetzt kalt. Das dunkle Blau ist hart, auch wenn sich Regentropfen in seinen Wimpern verfangen und seine Wangen befeuchten. Ich blinzle. Sind es wirklich Regentropfen, die sein Gesicht heruntertropfen und in dem Stoff seines Pullovers, der unter der Lederjacke hervorguckt, versickern oder sind es vereinzelte Tränen? Sollte ich deswegen den Schirm schließen? Damit niemand seine Tränen sieht. Nicht einmal bei der Beerdigung seiner Mutter kann er seinen

Panzer ablegen und sich einen Moment der Schwäche erlauben.

Das Brennen hinter meinen Augenlidern verstärkt sich, bis ich die Tränen nicht mehr aushalten kann. Schwer fallen sie über meinen unteren Wimpernkranz und wärmen meine kalten Wangen. Ich weine für Reese. Für den kleinen Jungen, der seine Mutter viel zu früh verlor, schon vor diesem Tag. Für den Jungen, der seine Kindheit aufgab, noch bevor er geboren wurde. Für den Jungen, der stark sein musste, auch wenn er daran zerbrach. Ich weine all die Tränen, die er sich über die Jahre hinweg verkneifen musste, weil sie in seiner Welt nur zu Schmerz geführt hätten.

Stumm sitzen wir nebeneinander. Meine Hand auf seiner gibt ihm Kraft, während der Himmel weint und sich unsere Tränen mit den Regentropfen mischen, bis sie unzertrennbar sind. Genauso wie Reese und ich.

Ich werde ihn nie wieder gehen lassen.

KAPITEL 37
AVA

»Hier bist du aufgewachsen?« Schwer schlucke ich, als ich mich in der winzigen Küche umsehe. Der aufgerissene Linoleumboden und die schmutzige Arbeitsplatte tragen nicht zum Charme dieses winzigen Hauses bei. Wobei man es nicht unbedingt Haus nennen kann.

Die drei Zimmer, mit dem schmalen Flur und winzigem Badezimmer, sind nicht größer als mein Zimmer zu Hause. Die ersten Jahre meines Lebens habe ich an genauso einem Ort verbracht. Ähnliche Nachbarschaft, ähnliche Gemeinschaft, gleiches beklemmendes Gefühl.

»Home sweet home«, spottet Reese mit bitterem Ton, bevor er sich mit überkreuzten Füßen gegen den Kühlschrank lehnt.

Mit schief gelegtem Kopf suche ich seinen Blick, doch er weicht mir aus. Noch immer kleben ihm blonde Strähnen auf der Stirn, während der Rest schon halb getrocknet ist. »Wann bist du hier weggegangen?«

»Mit fünfzehn.« Er räuspert sich, bevor er sich abstößt und

401

auf mich zukommt. Seine Bewegungen sind geschmeidig, doch sein Kiefer ist noch immer angespannt. Der harte Zug um seinen Mund hat sich, seitdem wir den Friedhof verlassen haben, nicht verändert. Sein Zähneknirschen habe ich sogar über das leise Surren meines Motors gehört, als wir durch seine ehemalige heruntergekommene Nachbarschaft gefahren sind. Auf matschigem Rasen standen Tonnen und alte Möbel, die keiner mehr will und vereinzelnde Gestalten, mit bis ins Gesicht gezogenen Kapuzen, haben uns beobachtet. »Nachdem mein Bruder«, jetzt ist er es, der schwer schluckt. Sein Adamsapfel hüpft, bevor er seine Stimme wiederfindet. »Nachdem Noah nicht mehr da war, habe ich es nicht mehr ausgehalten. Ich habe ein paar Sachen in meinen Rucksack gestopft und bin auf und davon.«

»Ganz allein?«

Er nickt und mein Herz zieht sich bei dem Gedanken an sein fünfzehnjähriges Ich zusammen, welches allein durch dunkle Gassen zieht und keinen Ort hat, wo er hingehört. »Aber das war ich nicht lange. Drei Wochen, nachdem ich abgehauen bin, habe ich Ash aufgesammelt.« Für einen Sekundenbruchteil werden seine Augen weicher. »Den Idioten bin ich nie wieder losgeworden.«

»Du liebst ihn«, necke ich ihn.

»Von wegen!«

»Du kannst mir nichts vormachen, Reese. Du hast dein Leben für ihn riskiert.«

Er zuckt mit den Schultern, als wäre es nichts, doch ich sage nichts dazu. Die Freundschaft der beiden geht tief und vermutlich verbindet sie ein tiefer Schmerz, den ich nicht erkunden will.

Lautes Brummen kündigt ein weiteres Auto in der leeren

Straße an, das direkt hinter meinem am Rand parkt. Es ist ein alter Chevy Pickup mit abblätternder roter Farbe, der eindeutig schon einmal bessere Tage gesehen hat. Das kleine Küchenfenster gibt den Blick auf einen Mann frei, der einen ausgebeulten schwarzen Anzug trägt und mir das Blut in den Adern gefrieren lässt. Nicht nur ich erstarre, auch Reese bleibt mitten im Raum stehen, die Augen aufgerissen und die Lippen leicht geöffnet. Den erschrockenen Ausdruck auf seinem Gesicht habe ich noch nie gesehen und er macht mir Angst.

RUMS.

Die Tür knallt ins Schloss und die Luft um mich herum gefriert, als ich den Kopf hebe und in rotgeränderte tote Augen blicke. Dunkle Augen. Böse Augen.

Reese' Stiefvater. Der Mann vom Friedhof, der Reese anstarrt, als wolle er ihm an Ort und Stelle den Hals umdrehen.

Carl Johnson macht sich nicht die Mühe, den Schlamm von seinen Schuhen zu entfernen, bevor er auf direktem Weg auf Reese zustürmt.

Will er ihn schlagen?

Ganz automatisch mache ich einen Schritt auf beide zu, doch sein Stiefvater bleibt wenige Zentimeter vor ihm stehen. Reese ist etwas größer, doch der ältere Mann sieht ihn an, als wäre er noch immer das kleine Kind, das er herumschubsen konnte. *Und schlimmeres.* Diesen Gedanken verdränge ich in den hintersten Winkel meines Bewusstseins, bevor ich dem Mann etwas antue. Was, weiß ich selbst nicht, doch die Wut in meinem Bauch ist grenzenlos.

»Sieh an, wer sich nach Hause traut.« Seine Stimme ist blechern und kratzig. Seine Finger zucken unregelmäßig, bevor er eine zerknautschte Schachtel Zigaretten aus der Hosentasche zieht. Beim näheren Hinsehen entdecke ich die Nikotinflecken auf seiner Haut, als er sich einen Glimmstängel in den Mund steckt. »Der feine Herr erinnert sich also doch noch daran, dass er ne Mutter hat.«

»Was willst du hier?« Reese übergeht den Kommentar, doch seine Züge sind angespannt, sein Rücken durchgestreckt und die Hände, die eben noch locker waren, ballen sich jetzt zu harten Fäusten. Er drückt sie gegen seine Oberschenkel, als müsste er sich davon abhalten, sie in das Gesicht seines Stiefvaters zu rammen.

Carl lacht spöttisch auf, der Klang beschert mir eine Gänsehaut der schlimmen Sorte. »Ich wohne hier.«

»Das ist Mums Haus.«

Wieder lacht er. Hart und unnachgiebig, bevor er seinen Zigarettenqualm in Reese' Gesicht pustet. Die Aggression zwischen den beiden ist deutlich, doch ich kann nicht eingreifen. Stattdessen knete ich den Schultergurt meiner Tasche zwischen meinen klammen Fingern und suche nach einem Ausweg.

»Und jetzt meins.« Reese Augenbrauen ziehen sich zusammen, doch er schüttelt nur den Kopf. »Wärst du mal aufgekreuzt, hätte Mabel dir gesagt, dass du nichts bekommst, Rotzbengel.« Sein Blick fällt auf mich. »Aber du hast ja schon was Besseres gefunden.«

»Lass sie da raus.«

»Ach, willst du etwa nicht teilen?« Sein Blick wandert erneut über meinen Körper, als würde er mich zum ersten Mal in einem anderen Licht sehen und mir wird schlecht. Ich will mich verstecken, verschwinden aus diesem Haus und dem Leben, dem ich all die Jahre zuvor entkommen bin. In einem

Rettungswagen. Doch gerade wird mir bewusst, dass ich nie wieder zurück möchte.

»Nimm. Deine. Augen. Von. Ihr.« Jedes Wort ist ein Befehl und er tritt zwischen Carl und mich und verdeckt mich so. Erleichterung durchflutet mich, doch es währt nur für einen Sekundenbruchteil, bevor er wieder den Mund öffnet.

»Glaubst du wirklich, dass du sie beschützen kannst?«, spottet er mit kehliger Stimme, dann schnippt er die halb gerauchte Zigarette in meine Richtung. Sie bleibt auf dem rissigen Linoleumboden vor meinen Füßen liegen und brennt ein weiteres Loch hinein. »Das konntest du damals schon nicht.«

Seine Worte sind wie ein Schlag in meine Magengegend. Die Anspielung auf Reese' Bruder ist subtil, und wenn ich mich schon fühle, als könnte ich nicht mehr richtig atmen, weiß ich nicht, wie es Reese geht. Er hat mir den Rücken zugekehrt, was mir den Blick auf sein Gesicht verwehrt. Die Hände immer noch zu Fäusten geballt, spannt er sie immer wieder an, bis seine Knöchel weiß hervorstehen und die Muskeln in seinen Schultern arbeiten. Das Knarzen der Lederjacke ist für einen Moment das einzige Geräusch im Haus, bevor Reese hörbar ausatmet, sagt aber nichts. »Du hattest damals nicht die Eier in der Hose, dich gegen mich zu stellen, was soll sich geändert haben? Du bist noch immer ein undankbarer Bastard.« Es entsteht eine Pause. »Nutzlos. Wertlos.« Dunkles Lachen dringt an mein Ohr und ich trete unwillkürlich einen Schritt zur Seite. Ich kann mich nicht weiter verstecken. »Der kleine Scheißer dachte wirklich, dass du ihn rettest«, höhnt Carl weiter und als ich den Ausdruck auf seinem Gesicht sehe, gefriert mir das Blut in den Adern. Boshaft hat er die Zähne gebleckt und seine Augen funkeln, als hätte er Spaß daran,

Reese zu verletzen. Und vermutlich ist es genau das. »Aber er hat wenigstens gefleht.«

Reese schüttelt den Kopf, doch kein Wort verlässt seinen Mund, auch wenn sich seine Lippen einen Spaltbreit öffnen. Seine rechte Faust zuckt hoch, doch fällt unverrichteter Dinge wieder herab. Ich bin mir absolut sicher, dass er mit sich ringt. Alles in ihm muss ihn dazu drängen, zu handeln, seine Worte verstummen zu lassen, doch der alte Schmerz und die Erinnerungen an seine Kindheit halten Reese gefangen. Die Ketten sind zu stark, als dass er sie durchbrechen könnte.

In seinem alten Zuhause wird er wieder zu dem Jungen, der Prügel bezog und niemand kam, um ihn zu beschützen. Durch die Hand dieses Mannes musste er leiden und er hat den Menschen verloren, der alles für ihn war. Seinen Bruder.

»Geheult hat er nach seiner Mama und seinem großen Bruder, doch keiner kam.« Seine spröden Lippen verziehen sich zu einem diabolischen Grinsen, bevor er die Hand hebt und seinen Zeigefinger in Reese' Brust bohrt. »Du hast nie geheult, nicht gefleht. Du hast mich immer nur angeguckt, als würdest du meinen Tod planen. Was ist daraus geworden, hm? Fehlt dir der Mumm? Bist du ein Feigling?« *Ich will ihn schlagen.* Solange, bis er den Mund nicht mehr aufmacht. Solange, bis die Übelkeit verschwindet und ich nicht mehr das Gefühl habe, Säure einzuatmen, anstatt Sauerstoff. Meine Hände ballen sich um den Gurt meiner Tasche zu Fäusten, die ich eng gegen den Bauch presse. Schmerzhaft beiße ich die Zähne zusammen, doch solange Reese nicht reagiert, kann ich nichts machen. »Bist einfach abgehauen, als die Kacke am Dampfen war. Glaub nicht, dass deine Mutter dich vermisst hat. Ein Maul weniger zu stopfen und endlich Platz im Haus. Aber du hast ja was Besseres gefunden.« Seine Augen verengen sich, bevor er den Kopf in meine Richtung dreht. »Was willst du mit so einem Versager, Mädchen?«

Mein Atem bleibt mir in der Kehle stecken. Langsam schüttle ich den Kopf, bevor ich meine Sprache finde. »Er ist kein Versager.« Meine Stimme ist fester, als ich erwartet habe, und es erfüllt mich mit Stolz, dass ich nicht zurückweiche, obwohl mein ganzer Körper vor Anspannung kribbelt.

Ein spottender Laut verlässt Carls Mund, bevor er seinen Kopf schüttelt und mit der Zunge schnalzt. Spucketropfen fliegen dabei durch die Luft, was mich nur noch mehr ekelt. »Kein Versager, huh? Hat unser lieber Reese also was aus sich gemacht.« Er legt ihm die Hand auf die Schulter, was liebevoll wirken könnte, wenn sich seine Finger nicht in das Leder seiner Jacke graben würden. Reese bewegt sich noch immer nicht. Es ist, als wäre er festgefroren, und nur seine Augen folgen den Bewegungen seines Gegenübers. »Verschwende deine Zeit nicht mit ihm.«

»Nein, danke.« Ich recke das Kinn in die Luft und straffe die Schultern.

»Komm schon, Kleine, was willst du mit einem Verbrecher?«

»Das ist meine Entscheidung.« Wie kommt es, dass ich hier den Mund aufbekomme, aber mich bei meiner eigenen Familie noch immer verstecke?

»Womit erpresst er dich?«, bleibt er beharrlich und dreht sich mir diesmal ganz entgegen; Reese zieht er dabei mit sich. Seine Miene ist wie versteinert, die Lippen fest aufeinandergepresst, wirken seine Augen leer. Keine Emotion ist darin zu erkennen, als hätte er sich vor der Welt verschlossen. »Ist es das Dunkle, was dich anzieht?« Er fährt fort, ohne meine Antwort überhaupt abzuwarten. Doch ich habe das Gefühl, dass es egal ist, was ich sage. Er bildet sich seine eigene Meinung und Reese ist in seinen Augen nichts wert. Was er ihm oft genug gezeigt hat. »Für ihn bist du nur ein Geldgeber, glaub mir. Er fickt dich und du gibst ihm dafür alles, was er will. Ist es nicht so?«

Reese rechtes Augenlid zuckt unkontrolliert, bevor er seine Schulter aus Carls Griff reißt. »Du kennst mich nicht«, zischt er dunkel. Eiskalte Finger greifen nach meinen, die noch immer zur Faust geballt sind. Ganz langsam entspanne ich sie und öffne mich der Berührung. »Und du kennst sie nicht, also tu uns allen einen Gefallen und halt dein Maul.«

»Was hast du gesagt?« Sein Ton wird drohend, doch diesmal schrecke ich nicht zurück.

»Halt. Dein. Maul.« Reese betont jedes einzelne Wort mit einer Ruhe, die ich nicht fühle. Seit er aus seiner Starre erwacht ist, kocht mir das Blut unter der Haut, bis ich kurz davor bin, durchzudrehen. Ich will hier einfach nur noch raus.

»Du kleine Ratte«, bedrohlich kommt er einen Schritt auf uns zu. »Ich werde dir Manieren beibringen.«

Alles passiert wie in einem Rausch. Zu schnell, zu unvorhersehbar. Es ist, als würde ich durch einen Nebel blicken und den Kontakt zu meinem Körper verlieren.

Carl packt Reese am Arm und reißt ihn von mir weg, bevor er ihm die Faust in den Magen rammt. Reese kippt nach vorne, doch bleibt auf seinen Beinen. Der nächste Schlag trifft ihn an der Schläfe, bevor Carls Knie nach oben schießt und mit seinem Gesicht kollidiert. Reese wehrt sich nicht, stattdessen versucht er sich zu schützen, doch es ist zwecklos. Blut fließt aus seiner Nase und tropft auf den schmutzigen Boden. In Rinnsalen läuft es sein Kinn herab und über seinen Hals.

Kurz denke ich an die Tränen und die Regentropfen, die

über seine Wangen flossen und seinen Hals hinab. Sie gaben ein ähnliches Bild ab, waren allerdings nicht rot. Rot wie Blut, das einfach nicht stoppt.

»Du bist noch immer schwach.« Schlag. »Noch immer wertlos.« Tritt. »Diesmal entkommst du mir nicht.« Schlag. »Du hättest damals sterben sollen.« Der nächste Schlag schickt Reese zu Boden. Mit den Knien schlägt er auf dem Linoleum auf, seine Finger krallen sich in die Risse, doch er steht nicht auf. Auf allen vieren krümmt er sich zusammen, während noch immer Blut von seinem Gesicht tropft. Sein Gesicht, das mich nie wieder anlächeln wird, wenn ich nichts unternehme. Seine Augen werden sich schließen, seine Finger werden kalt, er wird mich nie wieder in seine starken Arme nehmen, mich nie wieder halten, nie wieder küssen und mich Prinzessin nennen. Ich werde ihn an das Monster aus seiner Kindheit verlieren. Weil er sich nicht wehrt, obwohl er diesen alten Mann mit Leichtigkeit erledigen könnte.

Manche Entscheidungen trifft man, ohne darüber nachzudenken. Als würden sich die Muskeln selbstständig machen und dem Unterbewusstsein die Kontrolle übertragen, während der Kopf noch damit beschäftigt ist, die Ereignisse zu verarbeiten. Manchmal passiert zu viel auf einmal, zu schnell hintereinander und es fühlt sich an, als wäre man in einem Traum gefangen. Einem Traum, den man nicht steuern kann und nicht mehr aufwacht, egal, wie sehr man es versucht.

Meine Bewegungen sind langsam, wie in Zeitlupe, als ich mich zur Küchenarbeitsplatte umdrehe und nach dem Messerblock greife, in dem nur noch ein einziges Messer steckt. Es ist nicht mein Körper, der sich bewegt, nicht meine Hand, die sich um den Griff legt und es herauszieht. Es fühlt sich an, als würde ich einen Film schauen und sitze auf dem Sofa, während ich mitfiebere und das Ende kaum erwarten kann.

Ich drehe mich herum, den Blick fest auf Reese' Stiefvater gerichtet, der mit dem Fuß ausholt. Er wird gegen seinen Kopf treten und ich weiß nicht, ob Reese diesen Angriff überleben wird. Also handle ich. Mit meiner freien Hand greife ich nach seiner Schulter. Schneller, als ich so einem massigen Mann zugetraut hätte, dreht er sich zu mir herum und holt mit der Faust zum Schlag aus. Ich sehe seine aufgeplatzten Knöchel auf mich zurasen. Reese' und sein Blut damit vermischt. Unbewusst und unfokussiert hebe ich das Messer und lasse es dann in einer einzigen schnellen Bewegung nach vorne sausen. Nur kurz stoppt es auf seinem Weg, dann dringt es ohne viel Widerstand durch Fleisch und Sehnen. Blut spritzt mir entgegen, trifft auf mein erhitztes Gesicht und meinen Mantel.

Dann ist es still.

So still, dass ich nicht einmal meinen Herzschlag hören kann. Oder spüre ich ihn nicht? Hat mein Herz aufgehört zu schlagen?

»Ava?« Reese' Stimme dringt durch die Watte in meine Ohren und endlich kehre ich zurück in meinen Körper. Ich stolpere zurück, falle hin. Ich lasse von dem Messer ab und schlage mir die blutverschmierte Hand vor den Mund.

»Was ... was habe ich getan?« Meine Stimme bricht bei dem letzten Wort. Ich sehe noch, wie er nach Carls Puls tastet und gleich darauf wieder auf den Beinen ist. Die Stelle an seiner Schläfe, an der Carls Faust ihn getroffen hat, wird bereits blau und ich möchte gar nicht wissen, wie der Rest seines Körpers aussehen wird. Oder welche Schmerzen er leidet.

Schmerzen. Ein dumpfes Stöhnen zieht meinen Blick

erneut auf das Messer, das ich eben noch in den Händen hielt. Jetzt steckt es in Carls Brust. Tief und in der Nähe seines Herzens. Er liegt auf dem Boden neben mir, während sich eine Blutlache um ihn herum bildet. Blut, das aus seinem Körper fließt, weil ich auf ihn eingestochen habe.

Ich.

Ich war das.

Ich habe ihn getötet.

»Komm, Ava.« Reese' Hand auf meiner ist zu sanft. Der Druck bringt Wärme zurück in meine Gliedmaßen, doch ich kann mich nicht bewegen, den Blick nicht von dem Mann abwenden, der Reese getötet hätte, wenn ich nicht eingeschritten wäre.

»Ich ... Ich ... Ich ...«, stottere ich vor mich her, weiß aber selbst nicht, was ich eigentlich sagen möchte. Die Gedanken springen in meinem Kopf kreuz und quer, bis sie sich zu einem Knäuel zusammenbinden und ich nur noch blinzeln kann.

»Komm, Prinzessin. Wir müssen hier weg.« Er sammelt Zeug auf, das beim Sturz aus meiner Tasche gefallen sein muss. Es liegt überall und ich? Ich kann mich nicht rühren, um ihm dabei zu helfen. Ich sehe nur dabei zu, während die Blutlache immer größer wird und mich beinahe erreicht. Wimmernd rutsche ich zurück, ehe Reese nach mir greift und bestimmend an meiner Hand zieht. Ich lasse mich hochziehen und stolpere hinter ihm her aus dem Haus heraus. Mit einem undeutbaren Ausdruck auf seinem Gesicht bugsiert er mich auf den Beifahrersitz, zieht meinen Gurt fest und setzt sich dann hinters Steuer. »Bleib bei mir, ok?«

Ich konzentriere mich nur auf seine Stimme. Nur auf die Wärme in ihr. Sie ist echt, er lebt, er ist bei mir. Ich habe ihn nicht verloren. Doch was habe ich getan?

»Wieso tust du das für mich? Ich könnte mich einfach stellen.«
»Weil du mir etwas bedeutest.«

KAPITEL 38
REESE

»Ich will nach Hause.« Drei Worte und ein Wunsch, den ich ihr unmöglich erfüllen konnte. Mehr hat Ava in den letzten Stunden nicht von sich gegeben. Die Ruhe raubt mir den Atem und malt Bilder vor meinen Augen, die ich mit aller Kraft verscheuchen will. Nicht jetzt! Ich atme tief ein, als wir endlich in dem schäbigen Viertel ankommen, das zumindest für einen von uns ein Zuhause ist. Avas Auto parke ich in einer Querstraße, in der zwar die Gefahr besteht, dass es auseinandergenommen, jedoch nicht allzu schnell entdeckt wird.

Ich warte nicht darauf, dass sie die Tür öffnet und aussteigt, sondern laufe um das Auto herum und hebe sie heraus. Sofort schmiegt sie ihr tränennasses Gesicht an meine Halsbeuge. *Tu mir das nicht an! Du darfst jetzt nicht aufgeben!* Ich will sie anschreien und zur Vernunft bringen. Fuck, der Typ hat es verdient! Sie hat der Gesellschaft einen Gefallen getan! Doch ich schweige, weil ich sie anders behandeln muss als Ash oder Brit. Ava ist zwar genauso kaputt wie wir, doch ihre Wunden sind noch nicht so vernarbt wie unsere, der

Schmerz noch immer zu frisch, als dass sie ihn begraben könnte. Sie ist nach wie vor zerbrechlich. Auch, wenn ich mir etwas anderes eingeredet habe.

Das leise Lachen, das uns im Hausflur erwartet, ist ein seltenes Geräusch, weshalb es mich all meine Kraft kostet, die Tür hinter mir zuzuschlagen und mit ihr die Ruhe zu begraben. Ich höre Ashs Humpeln noch bevor er den Kopf durch den Türspalt steckt. »Du kommst genau richtig, wir -« Er hält inne, als er Ava in meinen Armen und meinen angespannten Kiefer sieht. »Was ist passiert?« Seine Stimme hat sofort die Klangfarbe gewechselt. Jetzt ist er es, der die Beschützerposition einnimmt. Seine gesamte Körperspannung verändert sich binnen einer Sekunde. Er steht aufrecht. Die Schmerzen, die er dabei in seinem Bein haben muss, sind ihm nicht anzumerken.

»Carl.« Mehr muss ich nicht sagen, damit sein Kiefer beginnt zu mahlen. »Wir reden morgen.«

Nickend beobachtet er mich, wie ich Ava in mein Zimmer trage und auf dem Bett ablege. Sie ist wie ein Kind. Hat sich in ihrer eigenen Welt verschanzt, um der Realität nicht in die Augen sehen zu müssen. Wie gut ich das noch kenne. Wie sehr ich mir früher gewünscht hätte, ich müsse nie wieder aus dieser Welt aufwachen.

Ich ziehe ihr die Schuhe und klammen Klamotten aus, ehe ich auch mich ausziehe und mich zu ihr lege. Sofort robbt sie sich an mich, legt den Kopf auf meine Brust und klammert sich mit den Armen an mich. *Was, wenn ich sie verloren habe?*

Ava schließt die Augen und ich weiß, was sie dahinter sieht. *Sein Gesicht.* Das Gesicht, das auch mich jahrelang verfolgt hat. Den Ersten, den du erledigst, vergisst du nie. Ich erinnere mich noch gut an meinen.

Er hatte es verdient. Wie es alle verdient haben, bei denen ich die Beherrschung verlor. Es war genau vor diesem Fenster vor sieben Jahren, als ich gesehen habe, wie so ein schmieriger Typ einen kleinen Jungen von der Straße in seinen Van ziehen wollte. Die Hilferufe des Jungen höre ich immer noch, auch nachdem das Gesicht meines Stiefvaters hinter meinen Augenlidern verschwunden war. Niemand war da, um ihn zu retten. Niemand hat ihn gehört. Bis auf mich.

Ich lehne den Kopf gegen die Wand und streiche sachte durch Avas Haare. Um sie zu beruhigen oder mich, weiß ich nicht genau. Ich spüre die stummen Tränen, die an ihrem Gesicht hinab über meine nackte Brust laufen. »Versuch zu schlafen. Ich bin da, wenn du wieder aufwachst.«

Die Nacht war unruhig, doch als ich am Morgen die Augen aufschlage, ist Ava weg. Ihre Kleidung liegt zusammengefaltet auf der Fensterbank und nur noch ihr Duft auf meinem Kopfkissen erinnert daran, dass sie bis vor Kurzem noch hier lag.

Ich finde sie im Wohnzimmer. Zusammen mit Ash, Brit und Cherry. Mit einem müden Lächeln auf den Lippen hockt sie neben der Kleinen und sieht ihr beim Spielen zu. Sie trägt eine meiner Boxershorts und mein ausgewaschenes graues Shirt.

»Hey.«

Ash, der auf seinem Handy tippt, hebt stumm die Hand zum Gruß, während Brit mich mit in Falten gelegter Stirn ansieht. Ich frage mich, wie viel Ava ihnen erzählt hat. Oder ob sie es überhaupt angesprochen hat. Darauf bedacht, nicht über die Kartons am Boden zu stolpern, suche ich mir einen

Weg zu dem Sessel hinter Ava und berühre sie an der Schulter. Als sie aufsieht, deute ich ihr mit einer Kopfbewegung an, sich zu mir zu setzen. »Was ist das für ein Zeug?« Ich nicke zu den Kartons, während Ava sich neben mich auf die Lehne setzt und die Beine über mich legt.

Brit stößt ein freudloses Lachen aus. »Das ist von Ashs neuen *Freunden*.«

»Wieder Ratten?«, frage ich verwirrt. Wie verkorkst muss unser Leben sein, wenn man solche Fragen nicht ironisch meint?

Ash schüttelt den Kopf, sieht aber immer noch nicht hoch. »Das mit den Drogen war offenbar ein Test. Ich hab wohl bestanden und soll jetzt für sie arbeiten.«

»Fuck!« Tief durchatmend, knete ich meine Nasenwurzel. »Okay. Eins nach dem anderen. Erst einmal müssen wir die Scheiße von gestern klären.«

Bei meinen Worten versteift Ava sich merklich. Noch hat sie kein Wort gesagt, aber ich kann auf ihrem Gesicht ablesen, dass es hinter ihrer Stirn arbeitet. Vermutlich hat es das die ganze Nacht, weshalb sie wie ich kaum ein Auge zugemacht hat.

Anstatt irgendwelche blöden Sprüche abzulassen, beugt Brit sich vor, um Cherry auf ihren Schoß zu hieven und ihr die Ohren zuzuhalten. Die Kleine ist schon so sehr daran gewöhnt, dass sie sich nicht daran stört. »Wie können wir dir helfen?«

Mit einer Hand streiche ich mir die Haare aus dem Gesicht, während die andere auf Avas Oberschenkel liegt und beruhigende Kreise zieht. »Wir sollten zurück und den Bastard wegschaffen, bevor jemand ihn findet.«

»Reese.« Avas Stimme ist nur ein Hauchen. Sie sieht erst

mich, dann Brit und zum Schluss Ash an, der endlich aufsieht. »Ich will nicht, dass ihr euch für mich in Gefahr bringt.«

Ashs versucht sich an seinem sorglosen Grinsen, doch ich kenne ihn besser und sehe hinter die Maske. »Keine Sorge, wenn wir uns nicht mit dieser Scheiße beschäftigen, dann ist meine dran und darauf kann ich gerade verzichten.«

Brit stößt ein müdes Seufzen aus. Kopfschüttelnd wendet sie den Blick zu Cherry, die unbekümmert mit einer Puppe auf ihrem Schoß spielt. »Da hat er recht. Wir sind nicht bekannt für unsere entspannten Sonntage.«

Ava sieht mit einem so besorgten Blick zu mir, dass mein Herz einen Schlag aussetzt. Nie hätte ich gedacht, dass ich jemals so für eine Frau empfinden würde und verdammt, dass ich das auch noch zulasse, anstatt sie von mir zu stoßen. Ich lächle sie an, weil es das Einzige ist, was ich tun kann und streiche ihr eine Haarsträhne hinters Ohr. »Prinzessin, es gibt genug Menschen, die diesen Mistkerl abmurksen wollten. Mich an erster Stelle. Hättest du es nicht getan ...«

»Aber das hast du nicht, sondern ich!«, unterbricht sie mich harsch. Ihre Stimme wird lauter und obwohl es nicht so sein sollte, beruhigt mich der Fakt, dass sie sich aufregt. Zu kämpfen ist immer besser, als aufzugeben. »Aber du sollst nicht für mich -«

»Alles wird gut.« Es ist ein Versprechen, das mir nicht leichtfällt. Wann ist schon jemals irgendetwas gut geworden? Doch wenn es nur die geringste Chance gibt, dass dies das erste Mal wird, werde ich alles dafür tun.

Kopfschüttelnd senkt sie den Blick. Dahin ist die kämpferische Ava. »Wieso tust du das für mich? Ich könnte mich einfach stellen.«

Weil ich so nun mal bin. Weil ich stärker bin als du. Weil

es für mich nicht das erste Mal ist. »Weil du mir etwas bedeutest.« *Fuck.*

Avas Blick zuckt hoch, genauso wie auch Ash und Brit mich anstarren. Ich spüre ihre bohrenden Blicke wie Laserstrahlen auf meiner Haut. Ein Lächeln zieht an Avas Mundwinkel. »Weil du in mich verliebt bist«, neckt sie mich. Wenn ich ihr nur so etwas sagen muss, damit sie wieder zu mir zurückkommt, werde ich ihr die Welt versprechen. Und sie ihr zu Füßen legen, wenn sie es verlangt.

Ich setze mich aufrecht hin, lege die Hände an ihre Hüfte und drehe sie so, dass sie rittlings auf mir sitzt. »Sehe ich für dich etwa wie ein Schulmädchen aus?«

Ava kichert leise, während sie mit den Fingern den Bund meines Shirts entlangfährt. *Sie kichert.* »Leugne es ruhig.«

»Tu ich nicht.« Ich vergrabe die Hände in ihren Haaren und ziehe ihr Gesicht zu mir heran. Als sich unsere Lippen berühren, hat sich etwas verändert. Scheiße, ich habe mich verändert, aber nicht, weil sie es wollte, sondern weil ich es musste. Weil sie mein Herz eingenommen hat. Ohne Vorwarnung und ohne Rückgaberecht.

Ein Klingeln reißt uns aus unserem Kuss und sofort spüre ich, wie sich erst meine Schultern, dann mein ganzer Körper anspannt. Brit verdreht die Augen, während Ava aufspringt und das Handy aus ihrer Jackentasche holt. »Ein Glück hat das Handy geklingelt, sonst hätte ich mich auf den Teppich übergeben.«

»Schlimmer hätte es das nicht gemacht.« Ash zieht ein angewidertes Gesicht und stößt mit dem Fuß gegen eine Fast-Food-Tüte, die schon viel zu lange auf dem Teppich steht und eine unangenehme Farbe unter sich sammelt.

»Was?« Ich sehe zu Ava, deren Stimme einen zitternden

Unterton angenommen hat. Ihre Augen weiten sich, rauschen durch den Raum auf der Suche nach etwas.

»Ava? Was ist los?« Ich erhebe mich, will zu ihr gehen. Ihre Schulter berühren. Ihr das Zittern wieder nehmen, doch sie hält nur weiterhin das Handy ans Ohr gedrückt und verlässt das Wohnzimmer. Ich folge ihr in mein Zimmer, beobachte hilflos, wie sie zu ihrer Handtasche läuft, die seit gestern unberührt am Fußboden liegt. Fallengelassen. Vergessen.

»Nein«, murmelt sie. Sie fällt auf die Knie und beginnt mit zittrigen Fingern in den Taschen zu wühlen.

Ein ungutes Gefühl macht sich in meiner Magengegend breit. *Du musst stark für sie sein!* »Was ist passiert?«, frage ich erneut, doch auch dieses Mal bleibt die erhoffte Antwort aus. Ava registriert nicht einmal, wie ich die Tür schließe, mich neben sie hocke und sie dabei beobachte, wie sie nach etwas sucht, was offenbar verschwunden ist.

Die Luft ausstoßend, nehme ich ihr das Handy aus der Hand und stelle es laut. »Was. Ist. Passiert?«

»Die Polizei war eben hier«, höre ich Sydneys farblose Stimme. Kein Fauchen, kein Zetern, keine Arroganz. Nur Angst. Um ihre Schwester.

»Wieso?« Ich muss die Frage stellen, obwohl die Antwort schon nach dem ersten Klingeln des Handys in meinen Gliedern steckte. Mein Körper wollte flüchten, weil er genau weiß, was zu tun ist, um zu überleben. Nur bin ich jetzt nicht mehr allein.

»Sie …« Syd stößt die Luft aus. Nervös. *Versteck dich! Nimm Ava und versteck dich!* »Sie haben etwas von einem Mann erzählt, der schwer verletzt ist.« Schwer verletzt. Nicht tot. Das ist gut. Auch, wenn ein Teil in mir, das ganz anders sieht. Doch für Ava ist es gut und etwas anderes zählt im

Augenblick nicht. »Avas Führerschein ... sie hat ihn da verloren. Was ist passiert? Wieso war ihr Führerschein da? Wer ist dieser Mann? Wieso -«

»Wissen sie, wo sie ist?«, unterbreche ich Sydney. All das Gequatsche hat Zeit oder müsste meinetwegen überhaupt nicht mehr stattfinden. Wer, wieso, wann? Alles nur Fragen, um Schuld zuzuweisen. Aber dass er den Tod verdient hat und ich ihn schon vor Jahren hätte abmurksen sollen, spielt in diesem Zusammenhang keine Rolle. Wichtig ist nur, dass er das Opfer ist. Wie ich dieses System hasse! Sydney gibt nur einen undeutbaren Laut von sich, während meine Aufmerksamkeit dem Gespräch weicht und sich langsam wieder Ava zuwendet. Ihr Gesicht wird mit jeder verstreichenden Sekunde blasser. Sie sinkt in sich zusammen. Vergräbt sich hinter einer neuen Maske. *Die sie nur meinetwegen erschaffen musste.* »Sydney«, knurre ich. Ich muss zurück zum Telefonat. *Ich muss stark sein.* Weil *sie* es im Moment nicht mehr sein kann. »Spucks aus!«

»Ich habe den Cops nichts von dir erzählt, aber sie sind unterwegs zu Dr. Baker.« Und diese wird eins und eins zusammenzählen. *Fuck.* Ich lege auf. Habe keine Zeit für Dankesfloskeln oder Lobeshymnen für den Einsatz, den sie zeigt. Ich muss jetzt Ava hier rausschaffen. Und das am besten, ohne sie in die Schussbahn zu befördern.

»Brit!« Ich weiß, dass sie wie ein Wachhund vor der Tür auf und ab geht. Sitzt einer von uns in der Scheiße, sind wir alle involviert. So ist das eben in dieser abgefuckten Familie. Das ist das Einzige, worauf wir zählen können.

Es dauert keinen Wimpernschlag, bis sie die Tür aufreißt. »Was soll ich tun?« Ihr Blick fällt auf Ava, die wie ein Häufchen Elend neben mir auf dem Boden kauert und ihre leeren

Hände anstarrt. Brits Augenbrauen ziehen sich zusammen. Sorge. Um einen Menschen, den sie bisher nur wie Dreck behandelt hat. *Sie ist jetzt eine von uns.* Schnell schüttele ich diesen Gedanken ab, weil es das Letzte ist, was ich mir für Ava wünsche.

»Pack zusammen, was du finden kannst. Ava und ich müssen untertauchen. Ich weiß nicht, für wie lang. Wenn die Bullen kommen, sag nichts.«

»Wir wissen, wie es läuft.«

Die Tür fällt wieder zu und ich wünschte, mit ihr würde die Last von meinen Schultern fallen, doch diese wird von Sekunde zu Sekunde schwerer. »Hey.« Ich beuge mich vor, um Avas Gesicht anzuheben. Sie leistet keinen Widerstand. Ava war ihr Leben lang eine Marionette. Sie tanzte mithilfe der Erwartungen an sie, bis ich kam und so lange ihre Schnüre zerschnitt, bis sie sich schlussendlich überhaupt nicht mehr bewegen kann. Ihre blutunterlaufenen Augen sind auf mich gerichtet, doch sie sieht durch mich hindurch. »Er lebt«, sage ich und versuche dabei erleichtert zu klingen. Was ich doch für ein beschissener Lügner geworden bin. »Du hast niemanden umgebracht. Aber jetzt müssen wir trotzdem abhauen und uns überlegen, wie es weitergeht.«

Ihr Blick klart langsam wieder auf und wandert über mein Gesicht. Sie wirkt wie benebelt.

»Schaffst du das? Prinzessin? Du musst es für mich versuchen, okay?«

»Okay«, haucht sie und legt ihre Hand in meine. Sie ist kalt und wirkt so winzig in meiner. Bisher schien sie perfekt reinzupassen, jetzt verliert sie sich.

Das ist der Abgrund, vor dem ich sie versucht habe zu warnen.

»Ich liebe dich, Reese. Alles von dir. All deinen Schmerz und
all deine Freude. All deine Fehler und all deine Lügen. Ich
liebe dich für dich und werde es immer tun.«

KAPITEL 39
AVA

Eiskalter Wind bläst mir die Haare aus dem Gesicht, als ich hinter Reese auf den Bürgersteig trete. Er lässt sich von dem Wetter nicht aufhalten, während ich mich nur tiefer in meinem Mantel vergraben will. Die Träger meines Rucksacks schneiden mir ins Fleisch, doch ich beschwere mich nicht. Reese schultert die schwerere Tasche von uns zwei und zieht mich an der Hand hinter sich her, die Straße entlang. Vorbei an gesichtslosen Menschen, die vor meinem inneren Auge verschwimmen, bis ich nur noch meine Füße sehe, die über den brüchigen Asphalt stolpern.

Sirenen ertönen in der Ferne und Reese bleibt stehen. Sein ganzer Körper versteift sich, während mein Fluchtinstinkt mit voller Wucht einsetzt. Blind vor Panik laufe ich an ihm vorbei, im Zickzack passiere ich Fremde, denen ich keinen Blick würdige, bis ich von einem Auto gestoppt werde, das die halbe Straße blockiert. Die Windschutzscheibe ist eingeschlagen und nur noch ein Hinterrad ist geblieben.

»Ava«, Reese' Stimme ist sanft, zu sanft, während er meine Hand in seiner drückt und mich an dem ausgeschlachteten

Wagen vorbeiführt. In aller Ruhe überquert er die Straße, obwohl die Sirenen lauter werden und Panik wie Elektroschocks durch meinen Körper rasen.

Sie kommen mich holen. Sie kommen mich holen. Sie kommen mich holen.

»Komm mit.« Sein Gesicht ist das Einzige, was ich erkenne und so folge ich ihm blind, ohne sein Ziel zu kennen. Alles, was ich weiß, ist, dass ich nicht hierbleiben kann. Ich muss gehen, ohne Reese, bevor ich ihn in Gefahr bringe. Doch seine Hand ist so fest mit meiner verschlungen und ich bringe es nicht übers Herz, die Verbindung zwischen uns zu lösen.

Er ist alles, was ich habe. Alles, was ich will. Alles, für das es sich zu kämpfen lohnt.

Weil du mir etwas bedeutest.

Mein Kopf schwirrt von all den Gedanken, die sich in Endlosschleife abspielen, gemischt mit Gefühlen, die mich gleichzeitig taub und blind machen, aber auch elektrisieren. Ich bin nicht allein. Reese ist bei mir, er hat versprochen, dass alles gut wird und wem sollte ich diese sonst oft leere Floskeln glauben, als dem Menschen, der das Schlimmste schon gesehen hat und trotzdem noch da ist. Trotzdem noch jeden Morgen aufsteht. Er hat gekämpft, also kann ich das auch.

Der Boden unter meinen Füßen verändert sich von hartem Asphalt zu gebrochenem Pflasterstein, bevor Schatten über mein Gesicht fallen und ich wieder vor dem Drehkreuz stehe, das ich schon einmal passiert habe. Mit anderen Gefühlen, doch derselben Intention.

Flucht.

»Waru-« Meine Frage wird von lauten Sirenen unterbrochen, die zu nah klingen, zu viele sind. Reese schüttelt den

Kopf, zieht mich mit sich durch den Eingangsbereich hindurch und den Hauptweg entlang.

Damals habe ich mich auch für diesen entschieden, ohne zu wissen, wo ich am Ende lande und ob es einen Ausweg gibt. Ich wollte nur weg. Von Reese und diesem leeren unheimlichen Raum, der Hilflosigkeit und der Kälte. Wenn sie mich finden, werde ich wieder an solch einen Ort gebracht. Allein. Endgültig allein.

»Hier lang, Prinzessin.«

»Warum hier?« Meine Stimme klingt blechern und zu weit weg. Mühsam befeuchte ich meine Lippen, doch meine Zunge löst sich kaum vom Gaumen.

Rasselnd ziehe ich Atemzug für Atemzug in meine Lungenflügel, die sich einfach nicht richtig füllen wollen. Ich bekomme keine Luft, doch darauf kann ich mich jetzt nicht konzentrieren. Stattdessen starre ich weiterhin auf meine und seine Füße und folge seinen langen Schritten, bei denen ich halb joggen muss, um mitzuhalten.

Reese schnalzt mit der Zunge, bevor er links abbiegt und uns vom Hauptweg wegführt. »Das war das Beste, was mir einfallen wollte. Wenn das wirklich die Bullen waren, die auf dem Weg zu uns waren, blieb uns nicht gerade viel Zeit.«

»Aber mein Auto?«

»Zu weit weg und zu leicht zu identifizieren.«

»Aber hier sitzen wir in der Falle.« Bohrende Verzweiflung packt mich am Kragen und ich werde langsamer, bis Reese mich ziehen muss, damit ich noch einen Fuß vor den anderen setze.

»Ava.« Er bleibt stehen und legt seine Hände federleicht um meine Wangen, bis ich ihm ins Gesicht blicke. Seine Züge sind ernst, angespannt und sein Mund ist zu einer harten Linie gepresst, doch seine Augen sind warm. Dunkel und voller Versprechen von Sicherheit. »Ich habe mehr Zeit hier verbracht als an sonst irgendeinem Ort. Ich kenne jeden Stein und jedes Haus. Was glaubst du, warum du mir nicht entkommen konntest, als du hier her geflohen bist?« Er hat auch an diesen Moment gedacht. Der Gedanke lässt mich für einen Moment lächeln. Bittersüß und zu kurz, um mein Herz zu berühren, doch genug, um den Knoten in meinen Magen zu lockern. »Vertraust du mir?« Ohne nachzudenken, nicke ich und ernte ein seltenes, strahlendes Lächeln. Wenn Reese lacht, verändert sich sein ganzes Wesen. Die Härte weicht einer Wärme, die mich einhüllt und vor der Welt behütet. Seine Lippen verlieren den bitteren Zug und seine Augen leuchten, wie am Weihnachtsmorgen. Sein Lächeln bringt den Jungen zurück, der zu wenig Zeit hatte Kind zu sein und ich will ihn bei mir behalten, also drücke ich seine Hand in meiner.

»Vom ersten Moment an, obwohl ich es nicht hätte tun sollen.«

»Ich hab' dich gewarnt.«

»Ist mir egal.« Wie wahr diese Worte wirklich sind, erkenne ich erst in diesem Moment.

Alle Warnsignale waren da, alle Sirenen, die neonrot leuchteten, als Reese in mein Leben trat oder es eher niedergewalzt hat. Ich wollte sie nicht sehen, habe die Augen verschlossen und bin blind in seine Arme gelaufen. Er hat mich aufgefangen, ohne es selbst zu sehen. Mühelos hat er jede Mauer, die ich um mein Herz und meine Seele erbaut habe, eingerissen, niedergetrampelt und mich aus meinem selbsterschaffenen Gefängnis gezerrt, bis ich meine Augen nicht mehr verschließen konnte. Vor mir selbst. Vor meinem wahren Ich. Vor den Narben, den Schmerzen, den dunklen Tiefen, die unschönen Seiten und die rebellische Ader, die ich jahrelang unterdrückte. Er gab mir die Stärke, für mich selbst einzustehen. Er hat mich davor gerettet, irgendwann an all den niedergerungenen Emotionen zu ertrinken und meine Familie dabei mit in den Abgrund zu ziehen.

Dafür werde ich ihm immer unendlich dankbar sein.

»Vertraust du mir?«, stelle ich die Frage zurück, vor dessen Antwort ich Angst habe. Will ich es wirklich wissen oder kann ich mit der Illusion leben, dass er immer zu mir stehen würde, auch wenn die Wahrheit vielleicht eine andere ist?

Seine Augenbrauen ziehen sich zusammen, während er mir ins Gesicht blickt, unsere ineinander verschlungenen Hände zwischen uns. »In unserer Welt ist Vertrauen gefährlich.«

Mein Herz setzt einen Schlag aus. Hoffnung blüht in meinem Inneren auf, wie die ersten Knospen nach einem langen Winter. *Unsere.* Unsere Welt. Seine und meine. Bis vor Kurzem lebten wir in zwei unterschiedlichen Welten und jetzt sagt er es so, als wären wir in derselben. In seiner. Voller Gefahr und Dunkelheit. Das Schweigen, das daraufhin folgt, ist ohrenbetäubend laut und wiegt schwer auf meinen Schultern. Wieder öffnet er den Mund, doch kein Wort verlässt seine Lippen, stattdessen zieht er an meiner Hand.

Doch ich rühre mich nicht vom Fleck. Die Fersen in den harten Boden gestemmt, halte ich seinen Blick mit meinem fest und suche in seinen Augen nach dem Riss, den ich hinterlassen habe, als er meine Notizen in die Finger bekam. Diese Worte waren nie für ihn bestimmt und ich habe mich dabei selbst gehasst. Trotzdem habe ich sie geschrieben, weil ich die Hoffnung hatte, dass ich die Fassade aufrechterhalten kann.

Nur noch ein wenig, bevor die Welt um mich herum zerbricht. Dass ich ihn damit so verletzen könnte, kam mir nicht in den Sinn.

»Du bist kein Soziopath, Reese«, flüstere ich die Worte, die mir auf dem Herzen brennen, seit er mich verlassen hat. Die Worte, die ich ihm hätte entgegenschreien sollen, bevor er überhaupt auf das verfluchte Motorrad stieg. Damals habe ich mich nicht getraut, heute ertrage ich es nicht mehr, meine Gedanken für mich zu behalten.

Für einen langen Moment sieht Reese mich einfach nur an. Seine Hand in meiner ist starr und sein Gesichtsausdruck zeigt keine Regung, als würde er sich vollständig vor mir verschließen. Doch dann senkt er ganz langsam den Kopf, bis seine Stirn meine berührt und ich förmlich spüre, wie er einatmet und die Luft dann mit einem Mal auspustet. Die Berührung kitzelt auf meinen Lippen, doch ich wage es nicht, mich zu rühren.

»Warum hast du es dann geschrieben?« Reese' Stimme ist leise. Zu leise für einen Mann, der sonst kein Blatt vor den Mund nimmt. Sechs Worte voller Schmerz, Zweifel und gebrochenem Vertrauen, welches er in meine Hände legte und ich zerbrach, nur weil ich mir selbst nicht eingestehen konnte, dass das Leben, das ich lebte, ein goldener Käfig war.

»Ich sollte ein psychologisches Profil über dich schreiben. Die Aufgabe habe ich schon bekommen, bevor du mich entführt hast.« Das Lächeln auf meinen Lippen ist allenfalls halbherzig. »Als ich wiederkam, schickte Claudia mich in ihr Büro und ich sollte anfangen. Und genau das habe ich getan. Du hast meine Notizen gesehen. Ich habe alles aufgeschrieben, was mir über dich einfiel, auch wenn sich alles in mir dagegen gesträubt hat. Schlussendlich habe ich die Punkte gestrichen, die ich nur wusste, weil wir uns außerhalb der Therapiestunden gesehen haben.« Traurig zucke ich mit der Schulter, bevor ich den Rucksack zurecht ziehe. »Du hast kaum über dich gesprochen und am Ende blieb mir eigentlich nichts und das, was da stand, deutete tatsächlich soziopathische Züge an.« Seine Augenbrauen ziehen sich zusammen, bis eine Falte zwischen ihnen entsteht, die ich mit dem Finger wieder glattstreiche.

Ich rechne es ihm hoch an, dass er mich aussprechen lässt, auch wenn er innerlich bestimmt mit sich kämpft. Verleugnen ist leichter, als sich einzugestehen, dass man vorschnell gehandelt hat. Ich kann es ihm nicht einmal verübeln. Vermutlich hätte ich genauso gehandelt. »Du bist kein Soziopath, Reese. Du versteckst dich nur hinter einer kalten und unnahbaren Fassade, die jeden von dir wegtreibt.«

»Du bist noch hier.«

Zustimmend nicke ich, bevor ich auf unsere ineinander verschlungenen Hände blicke. »Weil ich dich kenne. Dein wahres Ich. Die Seite, die sich um Brit und Cherry sorgt. Die Seite, die für seinen besten Freund alles tut. Du hast mich mit Essen versorgt, als du mich nicht gehen lassen konntest. Du hast mir dein Zimmer gegeben, mich beschützt und dich schlussendlich geöffnet.«

»Ich bin kein Märchenprinz, Ava.« Diese Worte habe ich schon einmal gehört, dennoch handelt er gegen jeden Instinkt, wenn es um mich geht.

»Oh, glaub mir, das weiß ich.« Dieses Mal löst sich ein zittriges Lachen von meinen Lippen und ich würde nichts lieber tun, als mich in seine Arme zu werfen, doch nicht jetzt. Nicht, wenn noch immer so viel zwischen uns steht. »Du bist nicht perfekt, ich bin es nicht und die Welt, in der wir leben, ist es erst recht nicht, aber wenigstens versuchen wir es, oder?« Hoffnungsvoll suche ich erneut seinen Blick, der mich gefangen hält.

»Ich hab dich gewarnt, dass unsere Welt dich verschlingt, wenn du nicht aufpasst.« Reese beobachtet mich und ich bin mir sicher, dass er die Zahnräder hinter meiner Stirn sieht, die nicht aufhören, sich zu drehen und meine Gedanken immer weiterspinnen. Sein rechter Mundwinkel verzieht sich zu einem halbseitigen Lächeln, bevor er meine Hand nimmt und seine Lippen gegen meine kalten Fingerknöchel drückt. »Aber diese Gefahr lässt mein Herz schlagen. Also ja. Ich vertraue dir, Ava Queen«, beantwortet er meine Frage von vorhin, die mein Herz höherschlagen lässt. Mit seiner freien Hand fährt er sich durch seine Haare, bevor er sie in seinen Nacken legt. »Und jetzt komm mit, sonst ist das hier alles sinnlos.«

Die harte Realität lässt die Blase um uns herum mit einem lauten Knall platzen. Oder eher mit einem Zuschlagen von mehreren Autotüren. Noch immer schallen die Sirenen bis zu uns herüber, doch sie sind nur noch Hintergrundgeräusche in meinen Ohren. Reese' Worte sind bedeutender. Also konzentriere ich mich auf sie, während ich mir jedes Detail seines Gesichts einpräge.

Sein dunkler Bartschatten, der die untere Hälfte seines Gesichts bedeckt, bis auf eine schmale Narbe neben seinem Kinn. Das blasse Muttermal unter seinem linken Wimpernkranz. Die Fältchen, die sich um seine Augen bilden, wenn er lächelt und die Linien, wenn er die Stirn kraus zieht. Wie gerade. Seine dunklen Augen bohren sich in meine, während er sich halb abgewandt hat und schon einen Fuß in Richtung Zoorestaurant setzt. Das Schild hängt hinter ihm nur noch an einer dünnen Kette, die im Wind schaukelt und ein quietschendes Geräusch von sich gibt.

Ich bin wie festgewachsen auf dem aufgerissenen Asphalt, zwischen den hohen Tannen und dem Unkraut, das aus allen Ecken und Rissen schießt, als könnte es niemand davon abhalten, sich seinen Platz zurückzuholen. Meinen Blick kann ich nicht von seinem lösen. Möchte es nicht. Der Himmel ist heute von Wolken bedeckt und lässt seine Augen eher grau als blau wirken, mit einem dunklen Ring um die Iris, der sich von keinem Wetter, keiner Sonne und keiner Naturgewalt verwaschen lässt. Dunkelblau, wie der tiefste Teil des Meeres, der so viele Wunder birgt, die wir nicht erforschen können. Tiefes Blau, das mich für immer an Wärme und Geborgenheit erinnert. An Freiheit, den Wind in meinen Haaren und Küsse voller Leidenschaft, bei denen mir ganz heiß wird. Wenn ich dieses Blau sehe, werde ich immer an die Zeit mit ihm denken, an seine Worte, seine Taten und was er für mich getan hat. Wie er mich ins Licht zerrte und mich in den Abgrund stieß. Fallen oder Fliegen?

Ich bin geflogen. In ungeahnte Höhen, der Sonne entgegen, bis alle Kraft aus meinem Körper wich und ich zum Boden zurückkehren musste. Den Boden der Tatsachen.

Stimmen dringen an mein Ohr. Laut und durcheinander, mit donnernden Schritten, die auf uns zukommen. Wieder zieht Reese an meiner Hand, bestimmend und mit einem Blick, als wolle er mir stumm mitteilen, dass wir hier wegmüssen. Doch ich bleibe stehen. Unsere Arme strecken sich einander entgegen, während er sich noch weiter von mir entfernt, bis die Spannung unangenehm wird. Ganz langsam löse ich meine Finger von seinen, rutsche mit meiner Handfläche über seine, ohne den Blickkontakt zu lösen.

Ich lächle. Ein trauriges Lächeln. Ein Lächeln voller Zuge-ständnisse und Offenbarungen, doch mit einem ganz klaren Versprechen. Reese erkennt es, denn sein Ausdruck wird panisch, als die Stimmen lauter werden und mehrere Poli-zisten um die Wegecke biegen.

»Nein!« Reese' Stimme ist nur ein Flüstern. Dennoch spüre ich den Riss in ihm, den ich verursache. Es war meine Entscheidung. Ich konnte die Augen nicht länger verschlie-ßen. Auch das hier ist meine Entscheidung.

»Ava Queen?« Der Polizist, der mir am nächsten ist, tritt in mein direktes Sichtfeld und meine Hand fällt endgültig aus Reese' Umklammerung. Schlaff hängt mein Arm neben mir herunter, während ich dem Mann nicht richtig in die Augen sehen kann. Stattdessen lege ich den Kopf schief und blicke den Mann an, der von zwei weiteren Polizisten aufgehalten wird. Seine Lippen bewegen sich unaufhaltsam, während er versucht, zu mir zu kommen. Ich höre nicht, was er sagt, alles, was ich wahrnehme, ist seine Stimme. Seine dunkle Stimme, die mich seit dem ersten Moment an in meinen Träumen heimgesucht hat. Ich konnte ihn nicht vergessen, ihm nicht widerstehen.

»Ja?«, richte ich mich an den Polizisten vor mir und verliere den Fokus auf Reese. Mein Schicksal ist besiegelt und ich werde ihn beschützen, selbst wenn ich mich dafür verliere.

»Es liegt ein Haftbefehl wegen versuchten Mordes gegen Sie vor. Hiermit nehmen wir Sie fest.« Er spricht weiter und verliest mir meine Rechte, doch seine Worte driften in den Hintergrund, während ein weiterer Mann meine Hände auf den Rücken zieht und das Zuschnappen der Handschellen alles ist, was ich noch höre. Metallisches Klicken und das dunkle Timbre von Reese' Stimme, welches mich innerlich wärmt und mich niemals allein lässt.

Ich werde an der Schulter umgedreht, doch bevor ich meine Füße in Bewegung setze, wende ich den Kopf noch einmal zurück. Meine Augen kollidieren mit Reese' wütenden. Er wehrt sich gegen den Griff der Polizisten, die sich abmühen, ihn festzuhalten. Sein Blick verlässt meinen nicht, als ich den Kloß in meinem Hals herunterschlucke und den Mund öffne. »Egal was passieren wird, ich würde es wieder genauso machen. Jeder Moment mit dir war es wert. Du hast mir mehr Freiheit geschenkt, als ich dachte, verdient zu haben.« Heiße Tränen brennen hinter meinen Augenlidern und ich lasse sie los. Lasse zu, dass sie mir über die Wangen fließen und salzige Spuren auf meinen Lippen hinterlassen. Ich heiße sie willkommen, waren sie doch all die Jahre zuvor schon einmal mein Begleiter, als die Polizei mich mit sich nahm, auch wenn ich damals zu meiner neuen Familie gebracht wurde und sie diesmal hinter mir lasse. »Ich liebe dich, Reese. Alles von dir. All deinen Schmerz und all deine Freude. All deine Fehler und all deine Lügen. Ich liebe dich für dich und werde es immer tun.« Flatternd schließen sich meine Lider und sperren den gequälten Ausdruck auf seinem Gesicht aus. Ich stelle mir sein Lächeln vor, sein melodisches Lachen und das Funkeln in seinen Augen, wenn wir allein waren. Dann gebe ich dem Drängen der Polizisten nach und lasse mich von ihnen den Weg hinunterführen.

»Ich will ihn beschützen, Syd.«
»Das wirst du, Ava. Wir alle werden das.«

KAPITEL 40
AVA

Meine Wangen sind taub. Die Tränen der letzten Stunden haben ihre Spuren hinterlassen und vermutlich ist meine Haut so rot wie eine Tomate, doch es ist mir egal. Alles ist mir egal. Der bohrende Schmerz ist mittlerweile so weit abgestumpft, dass ich nicht mehr sofort losheule, wenn ich die Augen öffne. Stattdessen sitze ich auf dem harten Bett und starre an die Wand. Diesmal sehe ich keine Risse in ihr und zähle auch nicht, bis ich mich verhasple und von vorne beginne. Die Zeit vergeht, ohne dass ich sie dazu zwinge.

Wie viele Stunden vergangen sind, seit die Polizei mich aufgesammelt hat, weiß ich nicht. Doch jede fühlt sich stumpfer an als die davor. Mein Anwalt, der anscheinend eine 99-prozentige Erfolgsquote hat und meine Eltern ein halbes Vermögen kosten muss, war bereits hier. Ich weiß nicht, wie sie es geschafft haben, aber anstatt in einer Gemeinschaftszelle zu landen, wurde ich in dieses Einzelzimmer gebracht ... Es ist ein kleiner Raum, mit einem Bett, einem Stuhl und Tisch, sowie einem winzigen Waschbereich mit Toilette. Das winzige Fenster ist hoch und schmal, doch nicht ein Gitterstab ist in Sicht. Jedenfalls keine, die ich sehen könnte. In meinem Inneren sieht es dafür ganz anders aus.

Die Mauern, die Reese so erfolgreich eingerissen hatte, sind zurück und dicker und stabiler denn je. Habe ich mich vorher schon zurückgezogen, nehme ich jetzt kaum noch etwas wahr. Mein Anwalt sagte mir, dass ich mir keine Sorgen machen muss und in der nächsten Stunde auf Kaution freikomme, da Reese' Stiefvater noch am Leben ist. Gerade so. Er liegt im Koma und wird vielleicht nie wieder aufwachen. Der Teil in mir, der Reese' Stimme noch immer hört, kann daran nichts bedauern. Lieber im Koma und bewegungslos als frei und mit der Möglichkeit weiteren Menschen zu schaden. Trotzdem sehe ich noch immer das Blut an meinen Händen und die Silhouette des Messers, das ich mit meinen Fingern umklammert hielt.

Die Gerichtsverhandlung ist schon in drei Tagen, auch da haben meine Eltern alle Fäden gezogen und Gefallen eingefordert, vor einer Richterin, die Lucys Yogakurse besucht. Vermutlich ist es nicht einmal legal, doch es ist mir schlichtweg egal. Vielleicht bekomme ich nur eine kurze Strafe und darf bald schon wieder nach Hause. Auch wenn ich nicht weiß, was davon noch übrig ist.

Ich war eine tickende Zeitbombe und diese ist mit einem so großen Knall hochgegangen, dass ich das Leben meiner Familie torpediert haben könnte. Wer möchte denn etwas mit Menschen zu tun haben, dessen Tochter einen Mann auf dem Gewissen hat?

Er lebt. Erinnere ich mich selbst. *Noch.* Dieser Teil in mir klingt verdächtig nach Reese. Ein winziges Lächeln zieht an meinem Mundwinkel. Nur ein Moment, doch es bringt ein wenig Gefühl in meine tauben Glieder zurück.

Immer wieder streichle ich über die Hand, die Reese in seiner hielt. Die er nicht loslassen wollte, bis ich mich dazu entschied, zu dem zu stehen, was ich bin. Ein Mädchen, das sich verliebt hat und Fehler macht, um den Menschen zu beschützen, der mein Herz in seinen Händen hält.

Ein leises Klirren vor der metallenen Tür lässt mich den Kopf leicht zur Seite drehen. Die Tür öffnet sich lautlos und hindurch tritt ein Polizist mit einem Schlüsselbund in der Hand, dicht gefolgt von meinem Anwalt im marineblauen Anzug. Er ist in seinen Vierzigern und seine schwarzen Haare sind zur Seite frisiert, was charmant wirken könnte, wenn seine braunen Augen nicht so tot wirken würden. Für ihn zählt nur das Gewinnen, das habe ich schnell gemerkt.

»Ms. Queen?« Seine dunkle Stimme ist wie immer freundlich, trägt jedoch keine Wärme in sich. Ich nicke geistesabwesend, während ich meinen Besuch weiterhin unfokussiert mustere. »Kommen Sie.«

Das lässt mich aufblicken. Ganz langsam löse ich mich aus meiner Starre, lasse die Schultern sinken und fahre ein letztes Mal mit meinen Fingern über meine Handfläche. Das Gefühl von Reese' Berührung ist schon lange verschwunden, doch es ist alles, was mir bleibt.

»Jetzt schon?«

»Es hat sich etwas geändert.«

Alarmiert reiße ich den Kopf hoch. Ist er doch gestorben? Ist es nun Mord und nicht mehr versuchter Totschlag? Muss ich jetzt für immer ins Gefängnis und werde meine Familie nie wieder sehen? Werde ich Reese nie wieder sehen?

Die Gedankenlawine überrollt mich mit einer Macht, dass

mir schwindelig wird. Anscheinend muss ich auch nach außen hin einen zerbrechlichen Eindruck machen, denn Mr. Pears, mein Anwalt, greift geistesgegenwärtig nach meinem Ellenbogen, bevor ich zurück auf die Matratze falle.

Zu ängstlich, um zu fragen, beiße ich auf meine Lippe und nage an der empfindlichen Haut, bis ich Blut schmecke. Der Schmerz lindert die Befürchtungen in meinem Inneren nur kurz, bevor ich das Gefühl habe, zu ersticken.

»Ms. Queen, geht es Ihnen gut?« Echte Sorge spiegelt sich in seinen unnachgiebigen Augen, bevor er mich zurück auf die Matratze dirigiert, auf die ich mich nicht gerade elegant plumpsen lasse. »Brauchen Sie ein Glas Wasser.« Er wedelt schon in Richtung Tür, doch ich schüttle schnell den Kopf.

»Was hat sich geändert?«, frage ich mit dünner Stimme und vermeide Blickkontakt mit den beiden Menschen in meiner Gefängniszelle.

»Sie wurden entlastet.«

Ich halte die Luft an. Einen Herzschlag, zwei Herzschläge lang, bevor ich sie zischend entweichen lasse. »Wie kann das sein?«

»Mr. Davis hat sie entlastet.« Es ist, als würde sämtlicher Sauerstoff aus meinen Lungen gezogen werden. Mir wird heiß, bevor ein Zittern durch meine Glieder geht und ich kopfüber in eine Panikattacke falle, die mir den Boden unter den Füßen wegzieht. Mein Körper wird schlaff und nur Mr. Pears' Griff an meinem Ellenbogen hält mich aufrecht.

Japsend ringe ich nach Luft, die nicht mehr da ist. Meine Sicht verschwimmt und erneut spüre ich Tränen auf meiner Haut. Heiß und wütend und voller Verzweiflung. »Nein.« Fanatisch schüttle ich den Kopf. Meine losen Haarsträhnen fliegen von einer zur anderen Seite und bedecken mein

Gesicht. »Das kann nicht sein. Das kann nicht sein. Das kann nicht sein.«

Ich wiederhole die Worte wie ein Mantra, in der Hoffnung, dass sie nicht wahr sind. Dass das alles nur ein böser Scherz ist. Ein Traum. Ich wache gleich wieder auf und bin allein in der Dunkelheit. Unter meiner dünnen Decke und sehne mich nach starken Armen und einer warmen Brust, an die ich mich schmiegen kann. Ich sehne mich nach Reese. Dem Reese, der sich nicht für mich stellt, obwohl er nichts falsch gemacht hat. »Ich war es.«

»Ms. Queen, kommen Sie bitte mit.« Mr. Pears erhebt sich, doch ich kralle meine Finger in die Matratze, bis meine Knöchel schmerzen. Wieder schüttle ich den Kopf, bis meine Haare fliegen. »Ms. Queen!« Sein Ton wird harscher, doch ich löse mich nicht von meinem Platz. Ich war es. Ich habe das Messer genommen und durch sein Fleisch gestoßen. Nicht Reese.

»Nein!«, kreische ich alarmierend schrill und drücke meine Handflächen auf meine Ohren. Das Rauschen meines Blutes ist alles, was ich höre, doch ich heiße es willkommen.

Die Männer sehen sich für einen Moment an, bevor sie den Mund öffnen, doch ich schließe die Augen und sperre sie aus. Ich will nicht hören, was sie zu sagen haben, will sie nicht sehen. Wenn ich hierbleibe, dann können sie Reese nicht festnehmen. Dann müssen sie mich nehmen, oder?

Nach einem sehr langen Moment, in dem sich die Gedanken in meinem Kopf im Kreis drehen, berührt mich eine warme Hand an der Schulter und ich zucke zurück. Panisch schlage ich die Augen auf und sehe in grüne Augen, umgeben von einem dichten Wimpernkranz und einem besorgten Ausdruck in ihnen.

Sydney.

Ohne eine weitere Sekunde zu verschwenden, werfe ich mich mit meinem ganzen Gewicht in die Arme meiner Adoptivschwester. Sie stolpert einen Schritt zurück, doch dann hüllt sie mich in ihrer Wärme ein und ich verliere den Kampf gegen die Stimmen in meinem Kopf und der Verzweiflung, die mich in ihrem Griff hält, seit ich zusehen musste, wie Reese wieder zu dem kleinen Jungen wurde.

Ich schluchze auf und bette mein tränennasses Gesicht in Sydneys Halsbeuge. Undefinierbare Laute schlüpfen mir über die zitternden Lippen, hallen in dem fast leeren Raum wider und schmerzen in meinen Ohren. Wie eine Ertrinkende klammere ich mich in Syds Jacke und lasse all den Schmerz, den ich seit meiner Kindheit in mir trage, raus.

Ich kann nicht mehr.

Der Schmerz ist zu groß. Zu laut. Zu dunkel. Zu allumfassend. Er überdeckt jedes andere Gefühl, jeden Funken Licht, jeden Tropfen Wärme, bis nur noch Schmerz übrig ist und durch mich hindurchfegt, als wäre ich nur noch eine leere Hülle. Meine Seele ist verschwunden, unter all den Jahren vergraben, in der ich sie verleugnet habe. Reese hat sie an die Oberfläche gezogen, sie mit Licht und Liebe überschüttet, bis er nicht mehr warten konnte. Bis er mich retten wollte, obwohl ich nicht gerettet werden musste. Nicht wollte.

Ich habe es nicht nur für ihn getan. Sondern auch für mich und das Mädchen, das nie genug für seine Eltern sein konnte und danach dachte, dass es keine Liebe verdient hätte. Dabei wurde sie mir mit offenen Armen geschenkt. Ich hätte sie nur ergreifen müssen.

»Sag mir, dass das nicht wahr ist«, murmle ich gegen

Sydneys Haut. Ihr Nicken spüre ich im ganzen Körper. Sie ist ehrlich, wie immer, und ich bin ihr dankbar.

Sydney hält mich, während ich zusammenbreche und das Gefühl habe, dass ich mich selbst nicht zusammenhalten kann. Sie tut es. Mit ihren Armen, mit ihren streichelnden Händen, mit der Wärme, die sie ausstrahlt und den gemurmelten Worten, die nur für mich bestimmt sind.

»Ich konnte ihn nicht davon abbringen, Ava. Der Gedanke, dass du hier allein bist, zerstört ihn.« Das bringt mich nur noch mehr zum Weinen und ich bin mir sicher, dass das ganze Gebäude meinen Schmerz hören kann. »Es wird alles gut werden.«

Es ist das gleiche Versprechen, das Reese mir gab. Dieselben Worte, dieselbe Bedeutung, doch wie soll ich es glauben, wenn er sich für mich opfert? Wie soll alles gut werden, wenn wir nicht zusammen sind? Wenn ich ihn seine Freiheit gekostet habe?

»Ich will ihn beschützen, Syd.«

»Das wirst du, Ava. Wir alle werden das.«

»Vielleicht bist du der Narr in meiner Welt. Aber in dieser
musst du keine Krone tragen, um ein Held zu sein.«

KAPITEL 41
REESE

Meine Finger trommeln rhythmisch gegen den dunklen Holztisch vor mir, auf dem eine einzige schwarze Akte liegt.

Tap. Tap. Tap.

Pause.

Tap. Tap. Tap.

Pause.

Ungewollt zuckt mein Blick zur Seite und ich bereue es in dem Moment, in dem ich rotgeränderte Augen erkenne. Avas blonde Haare werden von einer Spange an ihrem Hinterkopf festgehalten, dennoch haben sich einige Strähnen daraus befreit und umrahmen ihr blasses Gesicht. Dunkle Ringe unter ihren Augen verraten mir ihren Gemütszustand mehr, als jedes Wort es könnte.

Worte, die sie nicht mit mir gewechselt hat. Diese Möglichkeit habe ich ihr genommen und seitdem jede weitere Gelegenheit manipuliert, sodass sie mich nicht besuchen konnte. Sydney hat Wort gehalten und ihre Eltern davon abgehalten, meine Kaution ebenfalls zu bezahlen.

Der Anwalt, Mr. Pears, hat mir mehr als einmal ins Gewissen geredet und seine Professionalität infrage gestellt, weil er Ava nicht leiden sehen konnte.

Wenn er es schon nicht kann, was erwartet er dann von mir? Dass ich einfach dasitze, sie nicht berühren darf und mit ansehen muss, wie Tränen über ihre Wangen laufen, während sie mir sagt, was für ein Idiot ich bin? Dass ich stillhalte, wenn sie das Geschehene so dreht und wendet, dass ich nicht als Schuldiger dastehen kann?

Das bin nicht ich.

Ich habe meine Entscheidung getroffen und die heißt: Ava.

Immer Ava.

Jetzt lasse ich zum ersten Mal meinen Blick über ihre zerbrechliche Gestalt wandern. Sie sitzt zusammengekauert neben Sydney, die ihre Hand hält, während sie so flach atmet, dass ihr schwindelig werden müsste, doch sie reckt das Kinn in die Luft. Stärke. Ava versucht stark zu wirken, obwohl jeder im Gerichtssaal erkennt, dass sie kurz vor einem Zusammenbruch steht.

Dieser Gedanke quält mich so sehr, dass meine Finger ihren Rhythmus verlieren, bis ich es ganz aufgebe. *Wem mache ich eigentlich was vor?* Ich bin Gott verdammt noch mal aufgeregt. Aufgeregter als jemals in meinem Leben zuvor. Das hier ist nicht meine erste Gerichtsverhandlung, aber die Einzige, die zählt. Die Einzige, über deren Ausgang ich mir Tag und Nacht den Kopf zerbreche.

Mir ist es egal, wenn ich eingebuchtet werde, solange Ava frei ist. Sie hat das Messer nur gegriffen, weil ich mich nicht wehren konnte. Weil ich schwach war. *Zu schwach.* Weil mich Carls Anblick in einen kleinen hilflosen Jungen verwandelt hat, anstatt ihm ins Gesicht zu spucken. *Fuck.* Er hätte es verdient.

Doch Ava so in sich gekehrt zu sehen, zeigt mir, dass es nicht reicht, einfach nur den Platz mit ihr zu tauschen. Sie fühlt sich schuldig, dafür, dass sie dieser Welt einen Gefallen getan hat, indem sie auf den Mistkerl eingestochen hat. Sie fühlt sich schuldig, dass ich jetzt hier sitze und nicht sie.

Ihre Fußspitzen tippen unruhig gegen den polierten Fußboden, bis ihre Mutter ihr eine Hand auf das Bein legt und sie beruhigend anlächelt. Ein echtes Lächeln, das Ava jedoch nicht zur Ruhe bringt. Stattdessen wird sie noch unruhiger und ich möchte nur noch zu ihr stürmen, den Anwalt zur Seite schubsen und ihr Gesicht in meine Hände nehmen. Ich will ihr sagen, dass alles gut wird, dass ihr Leben auf sie wartet und ich das hier schon schaffe. Ich würde mir einen Kuss stehlen, bevor ich mich einbuchten lasse. Mit Avas Geschmack auf den Lippen kann ich alles schaffen.

Steif vom langen Sitzen lockere ich meine Schultern und ziehe an dem Kragen meines nagelneuen weißen Hemdes. Der dazu passende schwarze Anzug spannt unangenehm über meinen Bizeps. Beides Geschenke von Avas Eltern. Der Anwalt, die Kleidung, die faire Behandlung im Gefängnis, obwohl ich anderes gewohnt bin. Sie sitzen am längeren Hebel und haben all das bewerkstelligt, ohne mich auch nur zu kennen. Sie machen es für Ava.

Wieder wandert mein Blick zu ihr und ihren schmerzerfüllten Augen, doch mir sind die Hände gebunden. *Halt durch, Prinzessin. Ich bringe das in Ordnung.*

Neben der Richterbank öffnet sich eine Tür und alle Anwesenden erheben sich.

Ich folge ihnen, ohne den Menschen aus den Augen zu

lassen, der zählt. Die Richterin, eine Frau mittleren Alters und dunklen Haaren, begibt sich schnellen Schrittes zu ihrem Platz und bedeutet allen, sich wieder zu setzen. Als sie die Stimme erhebt und den Fall eröffnet, kann ich ihr noch immer nicht meine Aufmerksamkeit schenken. Alles, was ich sehe, ist Ava und wie sie mit jedem weiteren Wort mehr in sich zusammensinkt, bis ihr Rücken ganz rund ist und ich körperliche Schmerzen leide.

»Mr. Davis, hören Sie mir zu?« Bei der Erwähnung meines Namens hebe ich doch den Kopf. Stockend nicke ich, auch wenn ich nichts von dem verstanden habe, was sie gerade gesagt hat. »Sie sind schneller wieder hier, als ich erwartet habe.« Fragend ziehe ich die Augenbrauen zusammen.

Mr. Pears neben mir wird plötzlich hektisch und schlägt die Mappe vor ihm auf, die nicht sehr viele Unterlagen beinhaltet. »Richterin Miller, Sie wissen sicherli-«

Besagte Richterin unterbricht ihn mit einer einzigen Handbewegung, bevor sich ihre dunklen Augen in meine bohren. »Sie haben mich bereits vergessen.« Es ist keine Frage, sondern eine Feststellung, die sie mit einem bitteren Zug um den Mund in den stillen Raum wirft.

Das kann nichts Gutes für mich bedeuten. Es war schon ein schlechtes Zeichen, dass die Verhandlung, die eigentlich drei Tage nach meiner Festnahme erfolgen sollte, verschoben wurde.

Drei Wochen saß ich in dem kleinen Raum fest, den ich dank Avas Eltern erhalten habe. Immerhin war ich allein, hatte meine Privatsphäre und die Gewissheit, dass Ava in Sicherheit ist. Behütet und beschützt. Geliebt von ihren Eltern und ihrer Schwester und frei von allen Gitterstäben, die einmal ihr Leben zusammenhielten. Mit diesem Gedanken konnte ich gut leben, bis ich jetzt genauer hinsehe und versuche mich an die Frau vor mir zu erinnern.

»Ich habe Ihre letzte Verhandlung geleitet und dachte damals schon, dass Sie Ihre Taten nicht bereuen. Wundert es mich jetzt also, dass Sie wegen versuchten Totschlags angeklagt sind, noch dazu, dass die Familie, der ehemaligen Praktikantin Ihrer Therapeutin, deren Stunden ich für Sie angeordnet habe, anwesend ist, oder dass Ms. Queen auf der Zeugenliste steht?« Ihre spitze Zunge schneidet durch mein Fleisch und mir wird eiskalt.

AVA

Es war nur eine Frage der Zeit, bis Reese wieder auf diesem Stuhl sitzt. Angeklagt für irgendeine der Straftaten, die für ihn schon beinahe zum Alltag gehören.

Es war nur eine Frage der Zeit.

Diesen Gedanken versuche ich mir seit Tagen einzureden. Jeden Tag, den ich mit meiner Familie verbringen kann, während er allein ist. Alleingelassen. Verlassen. Wie so oft in seinem Leben. Mir zerreißt es die Seele, ihn so zu sehen. In diesem perfekt sitzenden Anzug, der ihm viel zu gutsteht und ihn gleichzeitig in einen Fremden verwandelt. Es war nur eine Frage der Zeit. Seine Augen sind nicht rot wie meine. Seine Haut nicht blass. Seine Haltung nicht gebeugt. Er gibt nicht auf. Sosehr ich mich auch konzentriere, so wenig bekomme ich doch von der Verhandlung mit. Meine Gedanken sind zu laut, schreien über den Satz, der mich zu schützen versucht.

Als er sich erhebt, droht mein Herz, meine Brust zu zersprengen. Was passiert jetzt? Hektisch rutsche ich auf meinem Platz umher, sehe mich um, doch sonst bewegt sich niemand.

»Er wurde in den Zeugenstand gerufen«, flüstert Sydney mir zu und greift nach meiner Hand. Lucy drückt die andere, ohne aufzusehen. Ohne meine Familie hätte ich das hier nicht überstanden. Sie haben nicht von mir verlangt, ihnen die ganze Geschichte zu erzählen. Sie haben mich nicht gedrängt, mich zu öffnen, sondern haben mir vertraut, als ich gesagt habe, dass er unsere Hilfe braucht. Obwohl ich ihr Vertrauen und ihre Liebe nicht mehr verdient habe, waren sie für mich da. Sind es in jedem dieser furchtbaren Momente.

Ich sehe wieder nach vorne, schaue zu, wie Reese auf den Zeugenstuhl zugeht, wie der selbstbewusste, arrogante Mann, den ich in Claudias Praxis kennengelernt habe.

Es war nur eine Frage der Zeit.

Doch noch ehe er angekommen ist, dreht er den Kopf. Seine Augen suchen nach meinen, um sie gefangenzunehmen. Und dann lächelt er. Ja, es war nur eine Frage der Zeit, bis ich ihm nicht nur meinen Körper, sondern mein ganzes Leben schenke.

Reese

Die Fragen der Staatsanwaltschaft ziehen sich endlos in die Länge. Besagter Anwalt ist zu klein für seinen Designer-Anzug, was er mit einem übertriebenen Selbstbewusstsein wettmacht. Oder es auf jeden Fall versucht. Meine Antworten sind einsilbig und beinhalten nur das Nötigste. Ich kenne solche Menschen wie ihn, die denken, dass sie mich in der Hand haben, weil ich nicht mit dem goldenen Löffel im Mund geboren wurde. Ich hasse es. Doch das lasse ich mir nicht anmerken.

Stattdessen sitze ich entspannt auf dem harten Stuhl, dessen Lehne sich unangenehm in meine Schulterblätter bohrt, und beobachte mit einer gelangweilten Miene das versammelte Publikum. In Wahrheit behalte ich Ava im Blick. Nur aus dem Augenwinkel, um sie nicht noch mehr zu verunsichern. Und das, was ich sehe, lässt mich hart schlucken.

Sie zittert und ihre Augen zucken unruhig von mir, zur Richterin, zum Staatsanwalt und schließlich wieder zurück zu mir. Ich bin mir sicher, dass sie kaum ein Wort von dem mitbekommt, was hier gesprochen wird, dafür sehe ich geradezu die Gedanken durch ihren Kopf walzen.

Laut und unaufhaltsam. Ich will sie stoppen, sie in meine Arme ziehen und diese Farce endlich beenden, doch mir sind die Hände gebunden. Am Ende der Verhandlung im wahrsten Sinne des Wortes.

»Mr. Davis, erläutern Sie bitte noch einmal den Tathergang.« Seine Stimme trieft vor Arroganz, während er vor mir steht. Dieses Spiel können auch zwei spielen.

Mit ruhigen Bewegungen lege ich die Unterarme auf meine Knie und beuge mich zu ihm vor. »Habe ich das nicht bereits?« Kurz zuckt meine rechte Augenbraue in die Höhe. Der Spott in meiner Stimme entgeht ihm nicht und bringt ihn zu schnell aus der Fassung. *Eindeutig nicht der Richtige für die Position des Staatsanwalts.*

»Ich glaube Ihnen nicht.«

Ich zucke unbekümmert mit den Schultern. »Und damit wollen Sie mir was unterstellen?«

Der Blick meines Anwalts ist bohrend, doch ich ignoriere ihn. Vielleicht war seine Anweisung, dass ich Reue zeige und mich kooperativ verhalte, aber das bin nicht ich. Wenn ich Ava heute zum letzten Mal sehe, will ich, dass sie mich so in Erinnerung behält, wie sie mich kennt. Vorlaut und von mir selbst überzeugt. Geheuchelte Reue wäre nur eine bittere Lüge.

»Sie haben nicht aus Notwehr gehandelt.« Was er eigentlich sagen möchte ist, dass es versuchter Totschlag war. »Sie hatten ein Motiv. Hat Ihr Stiefvater nicht das Haus Ihrer Mutter geerbt und Sie sind leer ausgegangen?«

Meine Augen verengen sich, während ich dem Staatsanwalt ins gerötete Gesicht blicke. Aus dem Augenwinkel sehe ich, wie Ava bei seinen Worten zusammenzuckt und sie noch weiter zu Sydney rutscht, bis sie fast auf ihren Schoß klettert. Der Wichser stresst sie. Das kann ich nicht zulassen. Sie sollte nicht einmal hier sein. Aber wie hätte ich sie davon abhalten sollen?

»Sie wollen wissen, was wirklich passiert ist?« Ich warte seine Antwort nicht erst ab, sondern lasse das erste Mal meine Maske der Gleichgültigkeit fallen, bis der blinde Hass für den Menschen zum Vorschein kommt, der es immer noch schafft, mein Leben zu versauen, während er sabbernd in irgendeinem Krankenbett liegt. Komplett nutzlos. »Ich habe mich gewehrt für all die Jahre, in denen ich es nicht konnte. Ich habe dem Drecksack das Messer in die Schulter gerammt, weil er es verdient hat. Zuzusehen, wie er vor Schmerz auf die Knie geht, war das Beste, was mir seit Jahren passiert ist. Ich war noch gnädig, auch wenn er Schlimmeres verdient hat, also hören Sie auf, mir zu sagen, dass es keine Notwehr war.«

Ein Raunen geht durch die Zuschauer. Mr. Pears sieht aus, als hätte er etwas zu Großes verschluckt und würde keine Luft mehr bekommen.

Richterin Miller zieht ihre Augenbrauen zusammen, bis eine steile Falte zwischen ihnen entsteht.

Doch keiner von ihnen ist von Bedeutung. Den einzigen Menschen, den ich wirklich ansehe, ist Ava.

Ihr Gesicht ist bei meinen Worten noch blasser geworden, ihre Augen größer und sie hat den Mund geöffnet, als wollte sie etwas sagen. Bevor sie zusammenbrechen kann, nicke ich Sydney zu, die einen Arm um ihre Schulter schlingt und beginnt ihr etwas ins Ohr zu flüstern.

»Sonst noch irgendwelche Fragen?«, knurre ich mit provozierendem Unterton. Mein Schicksal ist besiegelt und ich will dieses Theater einfach nur noch hinter mich bringen.

Mr. Pears rückt seine Krawatte zurecht, bevor er sich in aller Ruhe von seinem Stuhl erhebt und sich zu seinem Kollegen umdreht. Sein Gesichtsausdruck, der ihm eben noch vollkommen entglitten ist, zeigt jetzt ruhige Entschlossenheit. Sein Anwaltsmodus ist zurück. »Staatsanwalt Walker, Sie haben, wie Richterin Miller, die Beweisliste vorliegen. In dieser finden sie unter Punkt sieben die Fotoaufnahmen der Fingerknöchel von Mr. Johnson. Diese sind aufgeplatzt und blutverschmiert. Unter Sieben Punkt Eins sehen sie weitere Aufnahmen. Diese sind von meinem Mandanten, Mr. Davis, und zeigen Hämatome an seiner Schläfe, seinem Unterbauch und an seinen äußeren Extremitäten. Diese Verletzungen sind auf Mr. Johnson zurückzuführen, der seinen Stiefsohn schwer misshandelt hat, bevor dieser sich zur Wehr setze. Es ist Mr.

Davis zu verzeihen, solch harsche Worte für seinen Stiefvater zu finden, wenn man die jüngsten Ereignisse berücksichtigt.«

»Entschuldigung?« Die zaghafte Stimme gehört zu einer winzigen Frau mit hellen Haaren und ebenso hellen Augen, die von Falten gezeichnet sind. Tiefe Linien ziehen sich durch ihre Stirn und sie hat die Schultern gebeugt, als sie sich aus der letzten Reihe erhebt und den Gang entlang geht. »Dürfte ich etwas sagen?«

»Setzen Sie sich, das hier ist eine Gerichtsverhandlung.« Mit wehenden Haaren wirbelt der Staatsanwalt, dessen Namen ich schon wieder vergessen habe, zu der Frau um, wird aber durch die Richterin unterbrochen.

»Das hier ist mein Gericht und ich entscheide.« Ihr bohrender Blick lässt ihn schnappend den Mund wieder schließen, doch seine Haltung ist alles andere als zustimmend. Die Arme gegen seine Seiten gepresst, beobachtet er mit zusammengepressten Zähnen, wie die unbekannte Frau neben Mr. Pears tritt.

»Wieso melden Sie sich jetzt?«

»Ich bin Janice Moore.« Ich kenne ihre Stimme, auch wenn ihr Anblick keine Erinnerungen in mir wachruft. Aber den sanften Ton, mit dem sie spricht, und die melodische Aussprache rüttelt etwas in mir wach. Tief vergrabene Erinnerungen an heiße Sommertage, verbranntem Gras und beißendem Desinfektionsgeruch. »Ich habe mehrere Jahre lang in der Nachbarschaft von Reese und Mr. Johnson gewohnt und würde gerne etwas zu dem Thema beitragen.«

»Sie stehen nicht auf der Zeugenliste«, erinnert sie die Richterin an die geltenden Vorgehensweisen, doch Mr. Pears sieht seine Chance und ergreift Partei.

»Wir beantragen die Verschiebung der Verhandlung.«

Energisch schüttle ich den Kopf. Was macht er denn jetzt? Ich will keine Verschiebung. Das bedeutet nur, dass Ava sich noch einmal durch eine Gerichtsverhandlung schleppen muss. »Nein.« Mein Ton ist bestimmend und zurück ist meine Maske der Arroganz.

»Möchten Sie nicht wissen, was Ihre ehemalige Nachbarin zu sagen hat?« Gerne würde ich die Wahrheit sagen, dass ich nie wieder etwas aus meiner Vergangenheit hören wollte, doch diese Blöße kann ich mir nicht geben, also schweige ich. Richterin Miller beobachtet mich ganz genau, während sie zu meinem Anwalt spricht. »Mr. Pears, befragen Sie Ihre Zeugin.«

Der plötzliche Wechsel des Verfahrens rauscht an mir vorbei, während ich mich zurück auf meinen Platz begebe und Ava noch einen aufmunternden Blick zuwerfe. Meine Hände ballen sich zu Fäusten. Das hier war so nicht geplant und ich hasse es. Der Staatsanwalt scheint zum ersten Mal seit Beginn der Verhandlung meiner Meinung zu sein. Rote Flecken ziehen sich über seine Wangen bis zum Hals und Schweißperlen rinnen seine Schläfen herab.

»Mrs. Moore, Sie kennen Reese Davis und Carl Johnson?« Mr. Pears spricht mit einer professionellen Stimme und geht vor der Richterbank auf und ab, während sein Blick über alle Anwesenden schweift. »Erzählen Sie uns von der Bekanntschaft.«

»Reese war immer ein fröhlicher Junge, der bis spätabends draußen herumlief. Ich erinnere mich daran, dass seine Mutter abends auf der Veranda stand und nach ihren beiden Jungs gerufen hat. Noah, sein Bruder, lief ihm immer hinterher.« Die Erwähnung meines Bruders lässt mir das Blut in den Adern gefrieren. Jahrelang habe ich jede Erinnerung an ihn verdrängt und innerhalb weniger Wochen scheint es wieder so zu sein, als wäre er ein Teil meines Lebens. Nur, dass er tot ist. Für immer weg.»Das wurde nur noch mehr, als Mr. Johnson bei den Davis' einzog. Die Jungs blieben draußen, bis sie gerufen wurden.«

Sie hebt ihren Kopf und sieht zur Richterin hinauf, deren Ausdruck weicher geworden ist.»Sie müssen wissen, ich bin Krankenschwester und habe meinen Nachbarn oft bei kleineren Wunden geholfen. Mabel, Reese' Mutter kam oft zu mir, mit Schürfwunden und vielen blauen Flecken. Ihre Lippe war oft aufgeplatzt, doch sie hat nie etwas gesagt. Auch ihre Jungs hat sie manchmal mitgebracht. Schürfwunden, Schnittwunden, Brandmale.« Sie schluckt und ich senke den Kopf.

Wenn sie uns verarztete, summte sie ein altes Lied, an dessen Text ich mich nicht mehr erinnere, doch ihre Hände waren immer warm. Neben Mum war sie der einzige Mensch, der meine Wunden versorgte und mir mit ihren Händen keinen Schaden zufügte. Ich frage mich, ob sie sich weiterhin um Mum gekümmert hat, nachdem ich weg war. Ob sie es war, die mir wegen ihrer Beerdigung geschrieben hat? Weil nicht jeder Mensch aus meiner Kindheit mich vergessen hat? »Keiner hat gesagt, warum sie so oft verletzt waren, und manchmal schickte ich sie ins Krankenhaus, weil die Wunden genäht werden mussten.«

»Warum haben Sie es damals nicht gemeldet?« Mr. Pears füllt die Pause, die nach ihren Worten entstanden ist.

»Wenn ich etwas gesagt hätte, wären sie nicht mehr zu mir gekommen und wer hätte dann geholfen? Vielleicht wären die Wunden unversorgt geblieben und was wäre dann gewesen?« Ihr Ton wird mit jedem Wort schärfer. Ich starre auf meine Hände in meinem Schoß, die sich so eng zusammenpressen, dass die Haut weiß wird. Nach einigen Sekunden lasse ich locker und konzentriere mich auf das Kribbeln, als das Blut zurück in die Arterien fließt.

»Warum sprechen Sie es jetzt an?«

»Ich habe von Mr. Johnson in der Zeitung erfahren und Reese' Namen gelesen. Damals wollte ich nur helfen, aber es wäre besser gewesen, wenn jemand genauer hingesehen hätte.«

»Mrs. Moore, was meinen Sie damit?« Ihr schweres Seufzen schallt durch den stillen Raum. Ganz langsam hebe ich den Kopf und treffe ihren Blick über Mr. Pears hinweg. Erinnerungen, wie ich mit Noah an ihrem Küchentisch sitze, während sie die Zigarettenmale reinigt und scharfes Desinfektionsmittel darauf tupft, füllen meinen Kopf. Ihre Stimme in meinem Ohr, wie sie uns versichert, dass alles gut wird. Mums leises Schluchzen von nebenan. Alles kommt zurück, jedes Gefühl aus meiner Kindheit. Hilflosigkeit. Wut. Verrat. Enttäuschung. Und den unbändigen Wunsch, Noah zu beschützen.

»Die Verletzungen wurden schlimmer und schlimmer und irgendwann kam Mabel nicht mehr zu mir, aber ich habe sie noch draußen getroffen. Ihre Oberarme waren voller Hämatome, genauso wie ihr Gesicht. Die beiden Kinder sahen genauso aus und das Geschrei aus ihrem Haus war die ganze Straße herunter zu hören. Ich glaube, es war ein Dienstag, als es wieder so laut wurde. Mr. Johnsons Stimme war überall zu hören und dann ein lautes Kreischen und Krachen. Ich will helfen, aber was hätte ich schon tun können. Die Polizei ist nicht gerade ein willkommener Gast in unserer Nachbarschaft gewesen. Jedenfalls wurde es danach still. So still. Irgendwas war passiert, aber Mabel suchte mich nicht mehr auf. Reese habe ich danach nur noch ein einziges Mal gesehen und das war mitten in der Nacht am Tag darauf. Er hatte einen Rucksack auf dem Rücken und lief durch die Schatten über mein Grundstück, bevor er um die Ecke bog. Noah war nicht bei ihm und das war er sonst immer, aber er blieb verschwunden. Also Noah. Er ging an dem Abend des Geschreis ins Haus, aber kam nie wieder raus, obwohl ich genau darauf geachtet habe.« Die Worte strömen aus ihrem Mund ohne Unterlass. Worte, die Wunden aufreißen, die ich schon vor Jahren geschlossen habe. Notdürftig, aber sie waren taub und jetzt bluten sie wieder, weil sie den Mund nicht halten konnte. Weil Janice sich einmischte. Noch immer bohren sich ihre hellen Augen in meine, während sie den schlimmsten Abend in meinem Leben wiedergibt. »Carl Johnson war kein guter Mensch. Ein noch schlimmerer Stiefvater, der kein gutes Wort für die Jungs übrighatte und seine Frau schlug. Was er ihnen angetan hat, kann ich nicht mit Sicherheit sagen, aber all die Narben auf ihrem Körper erzählen die Geschichte von Gewalt und Schmerz. Sollte Reese ihn erstochen haben, dann aus Notwehr. Carl war nicht für seine Geduld bekannt und hat jeden provoziert, der ihm über den Weg lief.«

»Wo ist Ihr Bruder jetzt?« Die Richterin spricht mit scharfem Ton, doch ich erwidere ihren Blick nicht, stattdessen schüttle ich den Kopf, während ich mir unbemerkt auf die Zunge beiße. »Mr. Davis, darf ich Sie daran erinnern, dass es hier um Ihre Zukunft geht?« Ach was? Als ob ich das nicht selbst wüsste. »Wo ist Ihr Bruder?«

»Pike National Forest«, zische ich durch zusammengebissene Zähne und hasse mich im selben Moment dafür, dass ich mein Schweigen breche. Dass ich selbst das letzte Erinnerungsstück an meinen Bruder teile, das nur mir gehört hat.

»Er lebt dort?«

Gequält lache ich auf, während mich die Last auf meinen Schultern immer weiter zu Boden drückt. Tiefer und tiefer, bis mir das Atmen schwerfällt. »Er ist tot.«

»Wie bitte?« Ihre Stimme erhebt sich über mir, während die Menschen hinter mir beginnen, leise zu sprechen. Ihre Worte kommen nicht bei mir an, doch ich muss gar nicht verstehen, was sie sagen, um zu wissen, worum es geht. »Erklären Sie sich, Mr. Davis.«

Mit zusammengekniffenen Augen reiße ich den Kopf hoch und starre der Richterin auf ihrer hohen Richterbank entgegen. Kein Muskel in meinem Körper bewegt sich, bis ich den Mund öffne. »Er hat ihn getötet, weil ich nicht zu Hause war. Weil ich nicht einschreiten konnte.« Bei jedem Wort spüre ich, wie die Wunde in meinem Inneren weiter reißt, größer wird, bis sie alles ist, was ich spüre. »Der Wichser stand über ihm, als ich durch die Tür kam, und trat ihm immer wieder gegen den Kopf. Aber Noah bewegte sich nicht mehr. Er ...« Meine Stimme bricht, doch ich stoppe meinen Redefluss nicht. »Er blutete und seine Augen waren offen, doch er stand nicht wieder auf. Er sagte nichts mehr zu mir. Fuck.« Mit der flachen Hand schlage ich auf den Tisch, doch die Wut wird nur mehr, nicht weniger. »Er hat ihn getötet und dann in seinen Wagen geschleppt und ist davongefahren. Ich weiß nur, wo er ihn hingebracht hat, weil ich ihm gefolgt bin. Noah ist tot, weil die Bierflasche, die er nach ihm geworfen hat, zerbrochen ist und er kein Neues mehr hatte.«

Mr. Pears' Mund öffnet sich und er spricht sowohl mit der Richterin als auch mit Janice, doch ich höre ihnen nicht zu. Stattdessen schaue ich zu Ava und ihrer Familie. Ihr meine Erinnerungen zu schildern, war schlimm genug, doch dass jetzt dieser ganze Saal von meiner Kindheit erfährt und sie mich mit anderem Blick sehen, macht mich rasend. Ich will kein Mitleid. Von niemandem!

Tränen füllen Avas blaue Augen, die meine nicht loslassen und auch Sydney und Lucys Blick sind feucht, während Dan die Schultern gestrafft hat und für seine Familie stark ist. Dennoch sehe ich den Funken in seinem dunklen Blick. Aber es ist kein Mitleid, wie ich erwartet habe, sondern Wut. Brodelnde Wut auf meinen Stiefvater und was er mir und meiner Familie angetan hat, ohne jemals die Konsequenzen dafür zu tragen. Bestimmend nickt er mir zu, bevor er über die Hand seiner Frau streicht, die mir ein tränennasses Lächeln schenkt. Kein Mitleid. Fürsorge und das Bedürfnis zu beschützen. Das erste Mal in meinem Leben kämpfen Erwachsene für mich und mein Schicksal und sind auf meiner Seite. Sie halten zu mir, obwohl ich ihrer Tochter nur Schmerz gebracht habe.

Avas Lippen zittern, bevor sie schluchzend die Hände vors Gesicht schlägt und mir ihren Anblick entzieht. Ich will zu ihr. Meine Arme um ihre schmalen Schultern schlingen und sie an meine Brust ziehen. Ihr Kopf auf meinem Herz und ihr Duft in meiner Nase, bis die Welt verblasst und nur noch wir wichtig sind. Doch ich sitze hier fest und muss auf ein Urteil warten, das mich von Ava trennen wird.

Die Verhandlung zieht sich noch weitere zwei Stunden, in denen ich noch einmal zur Zeugenbefragung muss, doch meine kargen Worte decken Janice Erzählungen, was den Staatsanwalt nur noch mehr ins Schwitzen bringt. Er mahlt auf seinen Backenzähnen, bis ich mir sicher bin, dass sie zerbrechen, wenn er den Raum verlässt. Dann wird es ganz still, als die Richterin sich zurückzieht und über das Urteil entscheidet.

Während der Verkündung stehe ich auf unsicheren Beinen. Meine Maske sitzt fest auf meinem Gesicht, doch in meinem Inneren sieht es anders aus. Ich bin aufgewühlt und würde gerade alles für eine Kippe zwischen meinen Lippen geben. Der einzige Trost ist Avas Anblick. Ihre Tränen sind getrocknet und sie steht zwischen ihrer Familie, während sie auf ihrer Unterlippe kaut und meinem Blick ausweicht.

»Mr. Davis, für alle Beteiligten war es ein aufwühlender Tag. Sie haben die Tat an Ihrem Stiefvater gestanden. Die Beweise sind eindeutig.« Die Luft weicht aus meinen Lungen und mein Herz sinkt mir in die Hose. »Nach allen Zeugenaussagen und Ihren eigenen Schilderungen über das Verbleiben ihres Bruders gibt es nur einen möglichen Ausgang dieser Verhandlung. Mir bleibt keine andere Wahl.«

Ich blinzle. Einmal. Zweimal. Kein Sauerstoff bleibt in meinen Lungen zurück und alles, woran ich denken kann, ist die Tatsache, dass sie mich verurteilen wird. Ich werde Ava verlieren. Für wie viele Jahre weiß ich nicht, aber sie wird allein sein. *Fuck.* Was für eine verdammte Scheiße. Ich wusste, was auf mich zukommt, doch es so endgültig zu hören, zieht mir den Boden unter den Füßen weg.

»Sie haben aus Notwehr gehandelt, welche keine rechtswidrige Tat darstellt. Damit spreche ich Sie von allen Anklagepunkten frei.« Richterin Miller sieht mich mit einer strengen Miene an. Die Lippen zu einer dünnen Linie aufeinandergepresst, faltet sie die Hände auf der Richterbank. »Allerdings werden Sie weiterhin die Therapiestunden besuchen und wenn mir zu Ohren kommt, dass Sie auch nur eine davon verpassen, werden Sie erneut vor meiner Richterbank stehen, haben Sie mich verstanden?«

Um mich herum bricht Trubel aus. Stühle werden

gerückt, es raschelt und Mr. Pears nickt zufrieden, doch ich kann nichts anderes machen, als sie mit offenem Mund anzustarren. Mir fehlen die Worte. Mein Kopf ist leer, meine Finger taub. Habe ich mich verhört oder sagte sie, ich bin freigesprochen? Wie in, ich muss nicht ins Gefängnis. Wie in, ich werde nicht eingesperrt und verliere Ava nicht? Mechanisch nicke ich und erwidere ihren Blick. »Gut. Dann schließe ich hiermit die Verhandlung.« Sie erhebt sich und verschwindet durch die Tür, durch die sie gekommen ist.

Ich bin noch immer wie betäubt, als sich zitternde Arme um mich schlingen und sich ein tränennasses Gesicht in meine Halsbeuge drängt. Blonde Haare kitzeln meine Nase und lösen mich aus meiner Starre. Ava. Ava ist zurück in meinen Armen.

Ava

Japsend ringe ich nach Luft, als ich ihn endlich wieder spüren kann. Bisher wusste ich nicht, dass man nicht nur nach Drogen oder Alkohol süchtig sein kann, doch die Symptome der letzten Wochen haben mich eines Besseren belehrt. Ich bin absolut süchtig nach diesem Mann, an dessen Arm ich mich beim Verlassen des Gerichtssaals klammere, wie eine Ertrinkende an das Rettungsseil. Er ist nicht mein Untergang. Ganz im Gegenteil. Er hat mich gerettet.

Vor dem Gericht steht nicht nur meine Familie, die darauf wartet, endlich die ganze Geschichte zu erfahren, sondern auch Ash, Brit, die Krankenschwester und sogar Claudia.

Bisher habe ich sie nicht wahrgenommen, doch im Nachhinein war es zu erwarten. Ich bleibe stehen und mustere den Haufen, der auf den ersten Blick nichts miteinander gemein haben könnte.

»Bist du bereit?«, höre ich Reese' flüsternde Stimme. Er kennt mich zu gut und ist nicht überrascht, als ich ihn kopfschüttelnd ansehe. Hilfesuchend. Nein, ich bin noch nicht bereit, ihn mit allen teilen zu müssen. »Gut. Ich auch nicht.«

Noch ehe uns einer der im Kreis Stehenden sieht, zieht Reese mich eine kleine Treppe hinab. Weg von den Verpflichtungen und Gesprächen, für die ich noch nicht bereit bin und er vermutlich genauso wenig. Unten angekommen, verstecken wir uns hinter der Hauswand des Gerichts.

Ich lehne mich dagegen und werde von seinen starken Armen eingekesselt. Seine Augen fliegen über mein Gesicht und landen auf meinem Mund.

Mein Herz schlägt Purzelbäume in meiner Brust. Niemals sah er heißer aus als in diesem Augenblick, in dem er mich ansieht, als gäbe es nur ihn und mich.

»Dir ist bewusst, dass ich dir noch die Hölle dafür heiß machen werde, weil du dich gestellt hast?«

Er kommt einen Schritt näher, sodass die kalte Wand in meinem Rücken und seine Wärme einen starken Kontrast ergeben. »Ich freu mich darauf. Du und ich? Da könnte die Hölle nicht heißer sein.«

»Ich meine es ernst.« Ich beiße mir auf die Unterlippe und ziehe ihn an seinem Hemd noch ein Stückchen näher. Er kann mir nicht nah genug sein. »Ich hätte dich verlieren können.«

Das Zittern in meiner Stimme lässt ihn den Kopf schräg legen. »Das war mein Kampf, Prinzessin. Es wäre nicht fair gewesen, ihn dich ausfechten zu lassen.«

»Du hattest Unrecht, weißt du?« Fragend zieht er eine Augenbraue hoch. Ich löse eine Hand von seinem Hemd und lege sie an seine Wange. Das Kratzen seines Barts an meiner Haut ist der Beweis für die Zeit in der Zelle. »Vielleicht bist du der Narr in meiner Welt. Aber in dieser musst du keine Krone tragen, um ein Held zu sein.«

Mit einem einseitigen Grinsen auf den Lippen legt er seine Hände an meine Hüfte und zieht mich an sich. »Wenn es sein muss, werde ich mich den gefürchtetsten Monstern stellen, um dich zu beschützen.« Ich hebe das Kinn und genieße die sinkende Distanz zwischen unseren Lippen. Ein Kuss. Mehr wollte ich nie. Als sie sich beinahe berühren, spüre ich sein Lächeln. »Daran wird sich nichts mehr ändern. Ich werde für dich kämpfen, meine Königin. Bis zum Ende.«

REESE

»Da seid ihr ja endlich.« Sydney schnappt sich Ava aus meinem Arm und zieht sie fest an ihre Seite, bevor sie ihr ein aufmunterndes Lächeln schenkt. »Wir dachten schon, ihr seid durchgebrannt.«

»Keine schlechte Idee.« Der Gedanke ist verlockend, sie einfach hinter mich aufs Motorrad zu setzen und dem ganzen Scheiß den Rücken zu kehren, doch der Blick in den Augen von Avas Eltern hindert mich an dieser vorschnellen Idee. Sie brauchen sie. Genauso sehr, wie ich sie brauche. Weil sie meinem Leben Licht gebracht hat.

»Reese.« Ihr Vater nickt mir zu, doch bevor er noch ein

weiteres Wort sagen kann, schlingen sich dünne Arme um meine Mitte und ich werde erstaunlich fest gegen einen schmalen Körper gezogen. Mit stockendem Atem sehe ich auf einen Schopf schwarzer Haare herunter, die die gleiche Farbe haben wie die ihrer Tochter.

»Danke, dass du uns unsere Ava zurückgebracht hast.« Lucys Stimme ist tränenerstickt, trotzdem lässt sie nicht von mir ab. Unbeholfen von so viel zur Schau gestellten Zuneigung tätschle ich ihr mit starren Händen den Rücken und räuspere mich. Mein Blick schweift von ihr, über ihren milde lächelnden Mann zu Ash, der mich über die beiden hinweg mit einem so breitem Grinsen ansieht, dass es echt sein muss.

»Ähm, gern geschehen?«

»Lucy, lass den Jungen los, du erdrückst ihn ja.« An den Schultern zieht Dan seine Frau an seine Brust und ich kann wieder atmen. Ihr fester Griff war es allerdings nicht, der mir die Kehle zuschnürte, sondern die Emotionen, die sie mit dieser Umarmung ausdrückte. Das bin ich nicht gewohnt.

Aus dem Augenwinkel sehe ich, wie Brit die Augen verdreht, doch auch sie trägt ein angedeutetes Lächeln auf den Lippen. Ihre Hände hat sie tief in den Taschen einer ausgefransten Jeans vergraben. Brit trägt nie Hosen, das stört sie bei der Arbeit, die sie nur für mich hat sausen lassen.

»Ihr hättet nicht kommen müssen«, stoße ich mit belegter Stimme aus. Mir fehlen die Worte und die Maske der Gleichgültigkeit, die ich sonst trage wie meine zweite Haut, habe ich irgendwo im Gerichtssaal zurückgelassen oder bei dem wilden Kuss, aus dem ich Ava nur entlassen habe, als sie begann mein Jackett zu öffnen. Das muss bis später warten. Ihre Eltern wären wohl nicht meine größten Fans, wenn ich sie gegen die Hauswand des Gerichts ficke, wo uns alle sehen können.

»Machst du Witze?« In zwei humpelnden Schritten ist Ash bei mir und schlingt mir den Arm um die Schultern. Sein Bein ist nicht mehr geschient, doch noch immer quälen ihn Schmerzen. »Wir sind Familie und Familie lässt man mit so einer Scheiße nicht allein.« Bei dem Wort Familie verrutscht sein Lächeln für einen Moment und ich ziehe die Augenbrauen zusammen.

»Was ist los?«

Doch er schüttelt nur den Kopf, bevor er mich zu Ava schiebt, die bereitwillig die Arme öffnet und sich gegen meine Seite schmiegt. Ihre Nähe macht mir bewusst, dass wir es geschafft haben. Ich lande nicht im Knast und bleibe bei meiner Königin, mit der ich unsere Welt regiere.

»Ich denke, wir sehen uns dann am Freitag, Mr. Davis?« Dr. Baker spricht mit einem professionellen Ton, der gleichzeitig aber deutlich macht, dass sie sich mein Verhalten in den Sitzungen nicht mehr gefallen lässt. Allein nach dieser Verhandlung hat sie wohl genug Stoff für ihre ach so wichtigen Berichte und den ganzen Kram, der mich einen Scheiß interessiert. Als ich zögernd nicke, deutet sie mit dem Kinn auf Ava.

»Und bringen Sie Ihre bessere Hälfte mit.«

Avas Hände in meinem Hemd verkrampfen sich für einen Moment, doch dann streicht sie federleicht über den Stoff und schenkt ihrer ehemaligen Chefin ein zögerliches Lächeln. Fuck. Das werden interessante Sitzungen, wenn beide Frauen versuchen, mir mein Seelenheil näherzubringen. Doch ich wäre nicht ich, wenn ich einer Herausforderung nicht ins Auge blicke.

Obwohl meine und Avas Welt so unterschiedlich sind, kann ich mit eigenem Auge zusehen, wie sie sich vermischen. Brit unterhält sich einigermaßen freundlich mit Sydney, die kein Blatt vor den Mund nimmt und es ihr so einfach macht, sie selbst zu sein. Ash konzentriert sich auf ein Gespräch mit Dan, der seine Frau, ähnlich wie ich, gegen seine Seite drückt. Sein Blick wandert dabei immer wieder zu mir, bevor er an Sydney hängen bleibt und sich seine Stirn runzelt. Er lächelt, wie er es immer tut. Strahlend und einnehmend, doch ich kenne ihn besser. Ich weiß, dass es nur die Fassade ist, die all seine Risse und Dunkelheit verdeckt.

»Ich bin sofort wieder bei dir«, sage ich mit sanfter Stimme und drücke Ava einen Kuss auf die Stirn. Etwas, das ich mir niemals zu träumen gewagt hätte. Ihr Blick ist fragend, doch als ich mit dem Kinn auf Ash deute, nickt sie zustimmend und wendet sich an ihre Eltern. Ich nutze die Gelegenheit und ziehe meinen besten Freund aus der Runde heraus. »Was ist los?«

»Wir feiern dein Urteil. Nicht eingebuchtet zu werden, ist doch schon mal was.«

»Verarsch mich nicht, Ash. Sag es schon.«

Sein Lächeln fällt und zurück, bleibt der Mann, der mir viel zu oft aus der Scheiße geholfen hat. Ernst, undurchsichtig und entschlossen. Seine Augen verdunkeln sich, als er die Schultern strafft und sein Gewicht auf das verletzte Bein lagert. Verschwunden sind das Humpeln und der Schmerz in seinen Zügen. »Ich glaube, ich habe meine Schwester gefunden.«

Ende (für diese Geschichte)

DANKSAGUNG
REESE

Ihr dachtet, ihr seid mich los? Fehlanzeige. Jetzt folgt etwas, was ihr euch übers Bett hängen könnt. Jeden Abend wie den heiligen Gral begaffen, weil es ein verfluchtes Wunder ist!

Ich bin mir ziemlich sicher, dass meine Geschichte ohnehin jeden überzeugen würde. Spätestens nach den verdammt geilen Szenen mit meiner Prinzessin. – *Fuck*. Ein Film wäre mir lieber gewesen, um es mir mit ihr zusammen immer wieder anzusehen, aber es zu lesen ist auch nicht schlecht. – Nichtsdestotrotz gibt es einige Mädels, denen ich hier gerne danken würde, dass dieses Buch unserer Geschichte gerecht geworden ist.

Ich fange nicht bei Ava an, der zeige ich oft genug, wie dankbar ich bin … das hättet ihr wohl auch gerne was?

Tja, für euch gibt's nur Worte. Dumm gelaufen.

An erster Stelle müssen Tina und Sarah erwähnt werden. Ohne euch wäre die Idee zur Geschichte vermutlich nie geboren worden. Und seien wir mal ehrlich: Wie verdammt ätzend wäre das Leben dann gewesen? Denkt an mich in einsamen Momenten, denn mich gibt's nur für euch. (Okay, den Testlesern nach, müsst ihr mich teilen, aber Hey. Ich bin der Letzte, der sich da beschwert …)

Also hier gleich: Testies – wow, gibt es ein Wort, das meine Männlichkeit noch schneller minimieren kann? – egal, das hier mach ich nur für euch: Meine süßen Testies ihr seid genial. Danke für eure Hilfe, auch letzte Fehler zu finden.

Was fehlt? Scheiße, das Wichtigste! Du! Prinzessin kann ich dich nicht nennen, denn die gibt es nur einmal für mich. Aber wie wäre es mit *Schönheit*? Meine Schönheit. Was wäre ich nur ohne dich? Wären wir uns früher begegnet … vielleicht hättest du mich genauso in den Bann ziehen können wie meine Königin.

Ein Versprechen hab ich noch für dich: Wenn dich Avas und meine Geschichte zum Jauchzen brachte, dann freu dich auf Sydneys, Ashs und … Ja, zu viel will ich noch nicht verraten.

DIE ERFOLGS-REIHE DER GRÜNDERIN VON BLACK EDITION JANE S. WONDA

Very Bad Kings
978-3-98942-615-3

Band 1 der Bestseller-
Dark-Romance-Reihe
von Jane S. Wonda

Mable ist eine von fünf Stipendiatinnen, die jedes Jahr an der Kingston University angenommen werden. Die reiche Elite des Colleges hält allerdings nichts vom Charity-Programm ihrer Eltern und will Mable mit aller Macht vertreiben. Allen voran die Kings. Fünf abtrünnige Seniorstudenten, die im Hintergrund ein unmoralisches Spiel veranstalten.
Wird Mable gewinnen?
Und wie soll sie sich dagegen wehren, dass drei der Kings plötzlich nur sie wollen?

Du dachtest, Kingston biete dir eine akademische Zukunft?
Lektion eins: Alles, was du je lernen wirst, ist das Überleben zwischen uns.
Der Elite.
Und wenn du deine Hausaufgaben nicht anständig machst, Belle, müssen wir dich leider bestrafen ...

Dark College. Bully Romance. Reverse Harem.
DU WILLST NICHT TEILEN. SIE DICH SCHON.

Mehr von SPIEGEL-Bestseller-Autorin Jane S. Wonda

»Ich werde dir eine Geschichte erzählen. Sie beginnt mit einem Geheimnis, das England bis ins Königshaus erschüttern könnte, und endet mit einem noch viel größeren. Du denkst, ich sei nichts weiter als ein Gangster, der mit Drogen und Kartellen spielt und dabei gewinnt. Du denkst, ich besäße nur meinen Club und ein paar Leute, die mir gehorchen. Du glaubst, meine Kontakte reichten nicht um die Welt, und du glaubst, mein Blut sei so rot wie deines. Aber du täuschst dich. Du hast keine Ahnung, wen du wirklich vor dir hast.«

Blaues Blut und schwarze Abgründe – Die überarbeitete Neuauflage des eBook-Bestsellers DARK PRINCE

Dark Prince - Gefährliches Spiel | 978-3-9859597-2-3
Band 1 einer Reihe

»Du dachtest, du könntest nach dem Land deiner Vorfahren suchen, 2000 Meilen von deiner Heimat entfernt. Du dachtest, du könntest mit deiner Freundin in einen Saloon spazieren, ohne dass dich jemand bemerkt. Du dachtest, du könntest meine Warnung ignorieren, obwohl ich freundlich genug war, dir eine auszusprechen. Du dachtest, ich wollte nur nett sein, als ich dir meine Hilfe anbot. Und selbst als du am nächsten Morgen an mein Bett gefesselt aufwachst, denkst du noch, dir wird nichts passieren. Wie falsch du liegst ...«

Der düstere Reihenauftakt, zum ersten Mal als veredelte Klappenbroschur. Lass dich entführen in die Prärie Montanas. Atemberaubend spannend, ein Pageturner!

Smoke - Du bist sein Besitz | 978-3-98595-461-2
Band 1 einer Reihe

„Wir wollen nicht wissen, wie verwerflich unsere Liebe für die wirklich bösen Jungs ist. Wir wollen es nur genießen."

- Jane S. Wonda, Gründerin von Black Edition

Erfahre mehr über Jane und ihre Bücher und entdecke wondavolle Goodies und Buchboxen unter:

WWW.WONDAVERSUM.DE

 @JANES_WONDA  @JANES.WONDA

 JANE S. WONDA

WILLKOMMEN AN DER W&R ACADEMY, KLEINER HASE.

Du bist ein braves Mädchen,
nicht wahr?
Hast immer nach den Regeln gespielt
und gerade deswegen verloren.
Dein kleines Märchen hat sich nicht
erfüllt. Was machen wir nun mit dir?

Du machst es uns zu leicht, Praeda.

Nur deine Kapitulation ist uns nicht
genug. Wir wollen mehr, wollen alles.
Du bist hier unter Wölfen.
Du wirst für uns bluten.

Willkommen an der W&R Academy, kleiner Hase.

Savannah Díaz hat nur ein Ziel. Sie will nach Harvard. Als die Absage sie erreicht, bricht für sie eine Welt zusammen. Gerade als sie denkt, ihren Traum begraben zu müssen, erhält sie eine Einladung der W&R Academy, einer elitären Privatschule in Schottland. Sie soll ein Jahr lang die kulturelle Abwechslung an der Akademie sein und erhält im Austausch dafür die nötigen Kontakte, um es nach Harvard zu schaffen. Sie willigt kurzerhand ein, nur um sich auf einer abgelegenen Burg wiederzufinden. Im Zentrum der Aufmerksamkeit der acht Regents.
Anführer der Elite.
Heiß wie die Hölle und laut dem, was gemurmelt wird, ebenso gefährlich.
Als mehrere Stipendiaten tagelang verschwinden, nur um mit Bisswunden am ganzen Körper wieder aufzutauchen, muss Savannah sich fragen, ob es nur die verruchten Spiele der Regents sind, vor denen sie sich fürchten soll, oder doch eher vor den Regents selbst.

Regents - Blute für uns
Von Isabelle North
ISBN: 978-3-98942-626-9

WIE TÖTET MAN EINEN MENSCHEN, DER ES VERDIENT, ZU STERBEN?

Der Mörder
Du denkst, dass deine Seele dunkle
Abgründe kennt, weil du anstatt
wegzulaufen, deine Finger in das Blut
der Leiche getaucht und neugierig
betrachtet hast?
Oh Maddy ... ich zeige dir die wahren
Tiefen der dunklen Welt.

Der Cop
Du hättest schneller laufen und besser
lügen sollen, Maddison.
Jetzt habe ich dich und was einmal mir
gehört, lasse ich nicht wieder gehen.

Maddy
Fuck.

Maddy flieht vor ihrem gewalttätigen Ex-Freund und versucht, sich ein neues Leben aufzubauen. Kaum lebt sie ein paar Monate in der neuen Stadt, findet sie die Leiche ihres Nachbarn.
Anstatt wegzulaufen, ist sie fasziniert, weil eine Frage ihr halbes Leben dominiert: Wie tötet man einen Menschen, der es verdient, zu sterben?
Sie entdeckt ihre verbotenen Sehnsüchte in dem maskierten Mörder wieder und lässt zu, dass er sie stalkt.
Als wäre das nicht genug, beginnt sie ein Verhältnis mit dem Cop, der den Fall aufklären soll.
Schon bald wird sie von ihrer Vergangenheit eingeholt und ahnt nicht, dass jeder der Männer in ihrem Leben ein dunkles Geheimnis verbirgt.

Observed
Von Kristin Glimmer
ISBN: 978-3-98942-634-4

KANNST DU DICH VOR
DEM PUPPENSPIELER RETTEN?

Ein unsichtbarer Beobachter
verfolgt jeden ihrer Schritte -
im Alltag, in intimen Momenten,
einfach immer.
Dieser Schatten behauptet,
ihr Leben zu kontrollieren,
ihre Existenz zu gewähren
und unter seiner Gnade zu halten.

**Werden seine Puppen sich ret-
ten können?**

Ich beobachte dich ...

Wenn du deinen Hund ausführst, wenn du deinen Mann vögelst,
wenn du auf deinen Laptop einschlägst, weil er nicht tut, was du willst.

Ich bin dein Schatten.

Wenn ich bei dir bin, dann ist dein Leben unter Kontrolle.
Nur mit mir kannst du existieren, denn ich gewähre es dir.
Du stehst unter meiner Gnade.
Doch immer, wenn du schaust, weil du meine Anwesenheit spürst, erhaschst
du mich nicht.
Ich weiß, wer du bist, Pupetta. Jeden Zentimeter von dir kenne ich in- und
auswendig.
Aber du kannst dich nicht an mich erinnern, obwohl du mir so nahe bist.

Pupetta - Gute Mädchen gehorchen
Von Isabelle Herzog
ISBN: 978-3-98942-630-6

IST DIR BEWUSST, DASS DU VERLIEREN KANNST, WENN DU SPIELST?

Im schillernden Monte Carlo wagt Lore, ihre finanzielle Misere durch ihre Pokerkünste zu überwinden. Doch Luzifer entlarvt ihre illegale Taktik und lässt sie nicht mehr gehen. Zwischen der eisigen Fassade des Casino-Besitzers und Lore entfaltet sich ein undurchsichtiges Spiel aus Manipulation, Zwang und einer tiefen Verbindung, das in einem dramatischen Finale zwischen Liebe und Verrat gipfelt.

In Monte Carlo, wo Glitzer und Glamour auf düstere Geheimnisse treffen, beginnt Lores Kampf gegen ihre finanzielle Not.
Mit nichts als ihrem scharfen Verstand und ihren Pokerfähigkeiten bewaffnet, taucht sie in die Welt des Glücksspiels ein, entschlossen, ihr Leben zu wenden. Doch das Schicksal hat andere Pläne, als Luzifer, der Besitzer des Velvet Dreams, ihre Tricks entdeckt. Anstatt sie der Justiz zu übergeben, zieht er sie tiefer in sein Netz aus Intrigen und Machtspielen. Ein gefährliches Katz-und-Maus-Spiel beginnt, bei dem jede Fassade zu bröckeln droht und jedes Lächeln eine verborgene Klinge sein könnte. Doch was als Spiel um Macht und Kontrolle beginnt, entwickelt sich zu einer unerwarteten Verbindung, die die Grenzen von Liebe und Besessenheit verschwimmen lässt.

In Monte Carlo, wo jede Entscheidung über Sieg oder Untergang entscheidet, gibt es für Lore und Luzifer nur eine Frage: Folgen sie ihrem Verlangen?

Velvet Dreams - Der Teufel sieht dich
Von Isabelle Herzog
ISBN: 978-3-98942-656-6

VERFANG DICH NICHT IN DIESEM NETZ AUS LÜGEN UND TÄUSCHUNG!

»Du hast mich förmlich angefleht, dich anzulügen und dir dieses Leben als Ausweg zu schenken.«

Und ich lasse mich von ihm und seinem Charme anziehen wie eine Motte vom Licht. Ich wollte einen Ausweg finden, eine Zuflucht vor der ganzen Scheiße, die passiert ist. Doch stattdessen knie ich tiefer im Dreck als jemals zuvor.

May sehnt sich nach einem Neuanfang in der beschaulichen Kleinstadt Maple River, um die schmerzhaften Erinnerungen an eine toxische Beziehung hinter sich zu lassen. Als sie auf den Auftragskiller Evan trifft, verändert sich ihr Leben schlagartig.

Doch hinter der verführerischen Fassade verbirgt sich ein düsteres Geheimnis, das May in ein Netz aus Lügen und Täuschungen zieht. Zwischen Liebe und Abhängigkeit, Lust und Dunkelheit verschwimmen die Grenzen.

Als Mays düstere Vergangenheit die beiden einholt, muss Evan eine Entscheidung treffen, die nicht nur seine Tarnung in Gefahr bringt.

Lie to me , softly
Von Lea R. Eden
ISBN: 978-3-98942-632-0

JOB ODER LIEBE? GUT ODER BÖSE?
DAS JUWEL ODER DER MANN?

Zwei raffinierte Meisterdiebe.
Zwei Naturgewalten.
Drei wertvolle Schmuckstücke.
Ein Verbrechen, das sich auszahlt?

Dion
Es ist ein Deal, den ich mit dem Teufel eingehen muss. Diese Schmuckstücke, die das Leben meines Bruders retten können, binden dich an mich.
Doch du durchkreuzt alle meine Pläne! Lässt Gefühle in mir erwachen, auf
die ich nicht vorbereitet bin, die mich in eine gefährliche Lage katapultieren
– meine Disziplin und Regeln auf die Probe stellen.

Vee
Du gehst mir unter die Haut und gleichzeitig kann ich mich bei dir fallen
lassen. Endlich, nach so langer Zeit, komme ich zur Ruhe. Leider ist dieser
Moment nicht von langer Dauer, denn der unbarmherzige Schatten aus meiner Vergangenheit legt sich erneut über mich und droht, mich mit sich in
den Abgrund zu ziehen.

Werden sie stark genug sein, um den Schatten ihrer Vergangenheit zu
vertreiben, oder werden sie in der Dunkelheit untergehen?

Damned Rascals - Gangs of Dark Hill
Von Sadie Baines und Davis Black
ISBN: 978-3-98942-633-7

Good Books – Evil Stories

Traust du dich?

Spiegel- und Bild-Bestseller-Autorin
Jane S. Wonda präsentiert:

Black Edition

Dein Zuhause für Dark Romance.

Dein Herz schlägt für die dunkle Seite der Liebe?
Dann komm in die Welt von Black Edition
und lass Moral und Anstand hinter dir.
Dich erwarten raue Kerle, sinnliche Lügen sowie das
Versprechen von Nervenkitzel und Gefahr.

www.black-ed.de

Good Books – Evil Stories

Noch nicht genug?

Dann besuche uns auf www.black-ed.de.
Entdecke unser Verlagsprogramm, stöbere durch
den Shop und verlier dein dunkles Herz.

Auf Instagram & TikTok: black.edition.verlag
erwarten dich Coverreveals, Schnipsel, Booktrailer
und das eine oder andere Gewinnspiel.

Vorbeischauen lohnt sich!

Konnte diese Geschichte dein Herz erreichen?
Dann lass es uns wissen und schreib eine Rezension.
Auf dass noch mehr diesem Buch verfallen
können und dir in die Dunkelheit folgen.

www.black-ed.de

TRIGGERWARNUNG

Dieses Buch behandelt folgende potentiell triggernde Themen.

- Drastische Gewaltdarstellung
- Manipulation
- Explizite sexuelle Darstellung
- Entführung
- Drogenkonsum
- Waffen
- Tod
- Verlust
- Beginn einer Vergewaltigung (die abgebrochen wird)
- Gewalt allgemein
- Drogenkonsum oder -missbrauch
- Mord
- Traumatische Kindheit